Un Escalón al Cielo

La Doña, "la Loca que llego con la Tormenta"
Primera parte

FRANCISCO DELGADO PATIÑO

This publication contains the opinions and ideas of its author. It is intended to provide helpful and informative material on the subjects addressed in the publication. The author and publisher specifically disclaim all responsibility for any liability, loss, or risk, personal or otherwise, which is incurred as a consequence, directly or indirectly, of the use and application of any of the contents of this book.

WRITERS REPUBLIC L.L.C.
515 Summit Ave. Unit R1
Union City, NJ 07087, USA

Website: *www.writersrepublic.com*
Hotline: *1-877-656-6838*
Email: *info@writersrepublic.com*

Ordering Information:
Quantity sales. Special discounts are available on quantity purchases by corporations, associations, and others. For details, contact the publisher at the address above.

Library of Congress Control Number:	2020941720
ISBN-13:	978-1-64620-501-1	[Paperback Edition]
	978-1-64620-483-0	[Digital Edition]

Rev. date: 07/16/2020

A mi pequeña, Diana y; a todas las personas que
me estan dando la oportunidad De hacer un sueño
realidad por el cual, tanto tiempo espere.

"Locura, es hacer lo mismo una y otra vez
esperando obtener resultados diferentes",
Albert Einstein.

Prologo

Muchos años llevo perdida aquí sin poder encontrarme a mí misma y no entiendo el porqué, ¿que fue exactamente lo que me paso? Quisiera saber. Quiero saber, pero hasta eso me ha sido negado, es como vivir una vida que no me corresponde y no entiendo el motivo. Hoy solo sé que mi locura y desesperación va más allá de lo imaginado y del cual jamás llegue a pensar que me sucedería. Hoy solo sé que me siento como "El Quijote de la mancha" peleando mis propias batallas de las cuales, ni siquiera sé que existen. No sé si todo lo que me pasa es real o solo es parte de un sueño mal contado al cual, no logro descifrar. Los días pasan como si los hojearan, así, uno tras otro y se amontonan en mi recuerdo sin dejar huella alguna. No tengo memoria y ese es mi peor castigo. Lo peor para mí, es que "sé que soy, mas no quien soy", y eso, eso es lo que me hace sufrir y me mata en cada desvelo y en cada desvarió. Todos me llaman loca, aunque sé que no tienen razón, porque, simplemente no me conocen y me juzgan por mi apariencia y porque, porque me ven llorar al saber que, simplemente soy una vaga que huyo de su hogar y me fui a refugiar a los brazos del primer hombre bueno que se cruzó en mi camino. Si, es así como me juzgan y su maltrato va más allá de lo que algún día podía yo llegar a imaginar. Se que se equivocan conmigo porque no soy así. El problema es, ¿Cómo demostrarles lo contrario? ¿Cómo hacerles saber y entender, que están equivocados? Es por ello por lo que paso las noches sin poder dormir y pensando, solo pensando en…, ¿Quién soy? ¿Quién soy y cuando me perdí? A veces me siento como una flor temprana que no pudo vivir con cordura un solo día por que los rayos solares me marchitaron mis pétalos al primer roce de luz. Es entonces cuando pienso y me pongo a llorar al saber que, no soy más que eso, una pálida flor marchitada por la falta del roció. La mente me traiciona y me hace vagar en la desesperación de mi locura y es ahí cuando mis ojos vuelven a llorar y las altas horas de la noche me sorprenden sin que haya probado bocado alguno y solo tenga en mi estomago el agua de mis propias lagrimas bebidas por tanto llanto. Que desesperación tan grande es no saber, ¿Quién eres? A veces desalentada por tanta locura y tanta desesperación me dedico a escribir algunos renglones llenos de nostalgia y de locura para olvidar. ¿pero que puedo olvidar yo si todo lo he olvidado? Lo salvaje de la lejanía me acerca más a olvidar lo vivido que a recordar. Si, así es. Eso es un hecho. Muchas veces me sorprende la mañana y la noche llega para volver a oscurecer mis recuerdos y la mañana me vuelve a sorprender con la frente apoyada sobre las últimas líneas que escribí. Hace mucho ya, que no escucho los golpes del recuerdo y la verdad, ni siquiera escucho las manecillas del reloj que me acompaña, porque a él, también se le ha terminado su tiempo de energía y por tanta nostalgia las campanas de su corazón también se le apagaron como a mí. Mis ojos fatigados por el insomnio ven de nuevo salir el sol, el cual siento, se burla de mi al igual que todas ellas. ¿Cuántas lunas vendrán antes de recordarlo todo? Quiero recordarlo todo, todo. Ya no quiero que exista bruma en mi memoria y tampoco que llegue hasta mi ese centinela que con un solo golpe me borra todos mis recuerdos. Quiero que lleguen mis recuerdos, así como todas las horas que necesito para vivir. ¿Qué mano invisible me borra la mente y me hace vagar entre las sombras? Aquí el silencio no es forzado, sino, totalmente natural y solo los grillos pueden disiparlo y se esconden entre las paredes porque saben que me irrita su cantar perturbador, el cual, no me deja pensar. Lo cierto es que, escribo y escribo demasiadas paginas quizá, demasiado queridas para mí, pero, también se, que ahí quedaran olvidadas de la misma manera en que quedan mis propios recuerdos los cuales se niegan a despertar. Que diferente seria todo si pudiera recordar. Si, todo seria, muy diferente porque, "Se que soy, mas no quien soy". No, no estoy confundida, "no quiero saber quién soy para saber que hacer, yo sé que puedo hacer, pero no sé quién soy". Esas son dos cosas muy diferentes. Lo malo esta que, eso es lo que me tortura y no me deja dormir y una vez más, la brisa de la mañana me vuelve a sorprender llorando sin poder recordar. Pero ¿Qué es lo que tengo que recordar? ¿Quién soy? Se quien soy, pero no se mi nombre ni de dónde vengo y, he allí el problema que me aqueja y que me hace sufrir lo inimaginable. Mis ojos ya no tienen lágrimas y mi garganta me duele por tanto suspiro, tanta queja y tanto llanto. Se que, afrontar mi idea a mi único recuerdo es soñar. Si, eso me hace soñar o imaginar que, algún día me encontrare con mi pasado y que seré feliz, como nunca, antes lo fui. Eso es lo que imagino, pero, antes que todo, debo de

"La Loca que llego con la Tormenta"

enfrentar todos mis miedos a la soledad. Se que tengo que hacerlo, pero por más que pienso no logro descifrar mi vida. Es curioso Comadre, sé que tengo una sabiduría extraordinaria para afrontar la vida como venga o enseñar a todo ser humano a ser y a, aprender. No sé porque tengo esa extraordinaria sabiduría, pero, sin embargo, me suceden cosas que no logro entender, Comadre. Mi vida ha sido como un castigo a lo que yo hice mal, pero, por más que pienso no logro encontrar mi mal comportamiento y tampoco he podido encontrar mi peor pecado al cual tenga que arrepentirme y motivo por el cual este hoy pagando con esta soledad y esta locura de no saber quién soy. No, no logro entender ese motivo y por tal el castigo que he recibido. ¿en verdad lo merecía? No, no logro entenderlo y sin embargo siento que, hay un motivo, y ese es, el causante de mi castigo. Se que se mucho, demasiado, pero…, he ahí el problema. No sé nada de mí. Es como si sufriera la sentencia del señor ante los médicos, "doctor, cúrate a ti mismo". Y es entonces cuando pienso que, forzosamente necesito la ayuda del Señor, mi Dios, mi único Dios, pero ¿si de él vino el castigo por algo que hice mal, que hago? Muy bien Doña inteligente, cúrate a ti misma. Ja, así estoy yo Comadre. ¡oh!, gran maestra, demuéstrate a ti misma tu gran sabiduría. Que estupidez y que gran ironía. Se que soy, mas no sé quién soy, Comadre. Lo único que recuerdo de esta vida vivida aquí es que, viajaba en un autobús, si Comadre. El autobús era de primera línea con sus sillones de color azul con unos forros aterciopelados con figuritas blancas o color marfil. La gente callaba y me veía. Si Comadre, la gente callaba y veía y lo mismo hacían con aquel hombre que me hablaba de no sé qué. Solo recuerdo que él hablaba y hablaba de tantas cosas que la verdad, no le entendía. Quizá no le entendía absolutamente nada porque era totalmente desconocido para mí, aunque, también te he de decir que nadie en el autobús me pareció conocido, solamente el, pero, su rostro me era totalmente ajeno. Si Comadre. Era y me es hasta la fecha Totalmente ajeno. Hoy recuerdo que él me hablaba mucho de su esposa de sus hijos y de sus sueños. Él me hablaba de su maizal. Si, ahora lo recuerdo bien. El me hablo mucho de su maizal mientras que yo trataba de ver el camino. No se comadre, lo digo así porque, no estoy segura en qué momento me subí al autobús. Tengo recuerdos estúpidamente vanos. …y no, no estoy segura en qué momento me subí al autobús y era por ello por lo que trataba de ver desesperadamente el camino. Desde que subimos al autobús yo trataba siempre de ver el camino he intentaba adivinar hacia donde íbamos. No recuerdo bien, pero, creo que, primero salimos de la estación a gran velocidad o tal vez eso es lo que me pareció, Comadre. No estoy segura porque comencé a sentir vértigo y tal vez me sucedió un desmayo. No sé. Quizá sea por eso por lo que pensé que el autobús se movía demasiado aprisa pero no, no era así, el que se movía siempre era el de alado. Si comadre, siempre era así. ¿usted sabe que así sucede? Si, yo sé que así sucede comadre y luego… ¡ah! me dormí, me perdí o me desmayé. No sé, Comadre. Solo sé que desperté cuando el autobús ya iba muy rápido por una de las autopistas que dan salida de la Gran Ciudad. Se que no pude ver gran cosa porque, volví a caer en ese sueño de mareo y de cansancio y totalmente lleno de…, no sé Comadre, no sé cómo se describe ese estado de somnolencia o soñolencia, cansancio o desmayo. Quizá sea depresión o miedo, no sé. Solo sé que me desvanecí en aquel sillón donde me despertó el sonido de un radio mal sintonizado que daba la noticia del tiempo: -se avecina una gran tormenta que azotara las costas de…-, ya no escuche, Comadre, porque el ayudante del chofer o el cobrador le cambio al quejarse, -me lleva la chingada, - grito. -puras malas noticias y esta chingadera, no agarra muy bien-. Dijo y apago la radio y durante un buen tiempo estuvo todo en silencio y creo que me volví a quedar dormida. Cuando desperté tenía mi cabeza colgando hacia el lado izquierdo como si tratara de ver la autopista, pero no, descubrí que el hombre seguía hablándome de cosas que él quería y tal vez yo estaba dormida o desmayada con los ojos abiertos y que por ello el hombre no se dio cuenta de mi estado. Esa es la única razón que le encuentro a todo esto. Yo sé que estaba mal Comadre, pero él nunca se dio cuenta de mi estado. Tal vez desde ese instante yo… Si, Comadre, tal vez desde ese instante ya comenzaba a perder la memoria y me quedaba trabada como en un encantamiento. Quizá parecía como una maldita muñeca estúpidamente inmóvil y con los ojos abiertos. Demasiado abiertos, quizá, llenos de terror. El hombre seguía hablando y hablando de tantas cosas que jamás le entendí hasta que… Un fogonazo los volvió a todos a la realidad y a mí me perdió. Si Comadre. El pánico que sentí me borro la memoria. El chofer grito: - ¡maldita sea! -, y todos los que viajábamos en aquel autobús gritamos al mismo tiempo. Fue un coro totalmente horroroso. Muchos se pusieron de pie para salir corriendo al igual que yo. El pánico se apodero de nosotros y creo que fue mucho más al ver, como aquel hombre enloquecido se retorcía frente a nosotros en un acto de dolor y de demencia. Era ilógico, Comadre. Si, era ilógico, Comadre porque solo había sido un trueno, pero, había caído sobre unos árboles a un costado de la carretera, en frente y justamente donde comenzaba la curva. Así que todos lo vimos bien de frente y a doce metros aproximados o tal vez diez, pero fue, como si lo hubieran alineado justamente en frente del autobús. La luz fue, espantosamente brillante sobre la orqueta de aquel árbol. Fue un, ¡zas!, así, relampagueante y cegadoramente terrorífico. Fue como a doce metros, pero, aun así, se había escuchado dentro del autobús como si se tratara de una bomba. Yo, quizá, espere el chisporroteo de chispas volando y brotando por todos lados, pero no sucedió así. Solo fue un gran destello de luz y yo di un parpadeo, mientras me cubría la cara para no ver más aquel gran faro de luz cegadora y pensé, gracias a Dios que estamos dentro del autobús que ha servido como un caparazón. Eso nos ha salvado. Si Comadre, creo que eso pensé, aunque la verdad ya no estoy segura de nada, solo recuerdo un ligero parpadeo de luz en el cielo y luego el flechazo de luz partiendo el árbol con un gran estallido y luego, le siguió la maldición del chofer, para luego hacerle coro y unirse al gran griterío. No se realmente cuando fue que me perdí, pero, la verdad, Comadre. Yo me sentía como una verdadera estúpida, como si estuviera poseída o tal vez, comadre, como si estuviera drogada. De una cosa si estoy segura, todo comenzó ahí. Si Comadre, desde ahí ya no me sentí bien, aunque, tal vez, nunca estuve bien y lo cierto es que, no recuerdo nada de antes de… ¡demonios!, Comadre, antes de subirme al autobús no recuerdo absolutamente nada. ¿hacia dónde viajaba, Comadre? ¿hacia el Norte? ¿hacia el Sur, Este u Oeste? ¿hacia dónde iba? Lo cierto es que no sé. Tal vez alguien me dio una droga. Eso puede ser posible, pero ¿con que finalidad? ¿robarme? Puede ser posible, pero, normalmente la gente hace eso para abusar de las mujeres. Quizá pudo ser ese hombre que me hablaba, Comadre. Si, es posible, y me hablaba y me hablaba para que la gente no sospechara y así no se diera cuenta de que yo no estaba bien. Si, eso puede ser verdad, pero, por otro lado, también pude perder mis recuerdos por un golpe, pero, no recuerdo que me hubiera golpeado o que alguien me hubiera golpeado, no Comadre. Creo que todo eso no sucedió, nunca sucedió y a pesar de todo lo recuerdo muy bien, yo estaba en el autobús y a partir de ahí lo recuerdo todo. Consiente estoy de que no me drogaron ni me golpearon como para que yo me pusiera mal a tal grado de perder la memoria y soy sincera, Comadre, no he recibido nunca ni un solo coscorrón, pero, volviendo al griterío del vehículo donde, segura estoy que, ahí comenzó todo porque, no tengo un recuerdo antes de. Comprobado. Al menos no lo recuerdo y segura, segurísima estoy de que, ahí comenzó todo para mí. Recuerdo que después del trueno el autobús zigzagueo peligrosamente. Primero lo hizo hacia un voladero y la gente grito de miedo. Después se digirió hacia el peñasco y la gente volvió a gritar. Todos nos pusimos de pie y algunos se salieron de su asiento precipitándose contra los cristales de las ventanas y chocando unos con otros. El griterío fue enorme, horripilante y al mismo tiempo, sé que era entendible porque nadie quería morir. Creo que todos podíamos ver el tremendo voladero rocoso y al mismo tiempo, profundo. -Por favor, siéntense-. Alguien grito, pero nadie le hizo caso y segura estoy de que hasta el mismo estaba desobedeciendo su propia orden. Bien pudo haber sido el chofer, pero, descubrí que este estaba demasiado concentrado en el volante como para gritar esa orden tan descabellada. ¿Quién pensaría en sentarse si seguros estábamos que saldríamos volando por las ventanas de los costados o bien por la única que teníamos al frente? Segura estoy de que nadie obedecería y si me atrevo a decir que nadie, es porque nadie lo haría y ni siquiera lo intentaría y no era porque no quisiera, sino porque, simplemente no podía. El zangoloteo era simplemente tremendo. Era como ir a setenta kilómetros por hora en un terreno totalmente pedregoso y lleno de zanjas. Los brincos y saltos eran tan continuos que, apenas si atinábamos a poner una mano al respaldo del sillón o a la lámina del techo donde las maletas amenazan con salir volando. Creo que los pies nunca estuvieron en el piso, no sé, no estoy segura y lo único que recuerdo y lo recuerdo bien, es que, el chofer volanteaba a diestra y siniestra sin despegar los ojos de la pista y las manos del volante. Así que, hacer caso a la orden era simplemente imposible. El autobús iba de un lado a otro y el griterío se hizo tan largo, tan terrorífico e intenso, que sentí mi mente al borde de la locura. Mire como muchos se ponían de pie, pero no porque ellos quisieran hacerlo, no, de ninguna manera, el zangoloteo los obligaba a ir y venir de un lado a otro como si quisieran salir del autobús por su propia voluntad, aun sabiendo que era imposible hacerlo a esa velocidad. En un ligero frenazo que dio me precipité hacia el frente y fue entonces en que vi al gritón. Había sido el ayudante del chofer el que gritaba. Lo vi y lo supe, simplemente porque había gritado justamente frente a mí. - ¡siéntese! -. Dijo dirigiéndose a mí. -si pudiera hacerlo, seguramente que lo haría sin necesidad de que me lo pidieras, idiota-. Pensé en decirle, pero no dije nada. Estaba muy asustada como para ponerme a pelear con alguien más, justamente cuando estábamos a punto de morir, quizá. Había quedado muy cerca del chofer y lo vi en su desesperada maniobra de frenar, volantear a la derecha y luego a la izquierda y luego dirigirse hacia el frente mientras que el autobús crujía, rechinaba y al mismo tiempo soltaba un escandaloso ruido de aire comprimido. Parecía que estaban disparando y luego, nada. Todo en silencio. Me senté ante la mirada de aquel hombre y me comencé a mecer. Mi cuerpo era un constante vaivén del frente hacia atrás, una y otra vez, una y otra vez. Recuerdo que me lleve las manos al frente y las puse bajo mi barbilla y tome los dedos de la mano derecha apretándolos con la mano izquierda mientras me seguía balanceando. Recordé al chofer maniobrar como un desesperado. Si, Comadre. Así lo hice antes de que perdiera la memoria. Después, vi cómo se nublaba el cielo, aunque me parece que ya estaba nublado, pero no, las nubes ya habían quedado atrás, estas eran otras, estas nos iban persiguiendo, querían atraparnos y yo, no sé, tal vez me quede dormida. Todo fue tan rápido que apenas si atine en asimilar que llovía. El chofer tal vez se había asustado demasiado al igual que todos nosotros por culpa del rayo. Ahora lo recuerdo bien, él lo vio exactamente de frente y era lógico, se cegó y no vio la curva. ¿Usted sabe Comadre, cómo es eso? Yo sí, la luz del tremendo resplandor te Cega momentáneamente y no puedes ver bien durante un buen rato y eso le sucedió al chofer, el cual luchaba como un desesperado para no chocar o para no irse al barranco. Yo recuerdo haber visto el barranco y si el chofer lo vio de la misma manera en cómo yo lo vi, es como para volverse loco. Si Comadre, sé que ya lo dije, ya no estaba bien, de eso puede estar usted muy segura…, ya estaba bien y…, a eso agréguele que, escuché de pronto: - ¡ha llegado! -. Quise morirme en ese mismo instante, pero, el chofer ya no tenía ánimos de soportar nada.

Estaba enojado con todos por culpa de lo que le había sucedido. Yo lo entendía y la verdad, Comadre, lo justificaba. No era culpa de él, ni de nadie, la culpa era solo mía por no saber quién era ni de donde venia ni hacia donde me dirigía, pero, la verdad, creo que no era la manera de tratarme así. Aunque he de mencionar que no fue el, el que me trato de tan fea forma sino, su ayudante. -Ha llegado-. Grito nuevamente el chofer, mientras que a horilla el autobús para que yo pudiera descender.

-Aquí no es-. Respondí. Si Comadre, eso es lo que dije, aquí no es. -Por lo que más quiera, no me deje aquí-. Le pedí, le supliqué, le rogué, y la verdad, Comadre, él no me hizo caso.

- ¡bájese! -. Me grito tajantemente el ayudante, quizá molesto por lo que había sucedido, por el trueno.

-Aquí no es-. Le volví a suplicar, -por lo que más quiera no me deje aquí- volví a decir, pero, esta vez llorando. -por lo que más quiera, por su madrecita santa-. Suplique tratando de ablandar su corazón, pero, todo me fue inútil.

- ¡no tengo madre!, ella me abandono cuando yo apenas si tenía once años. Se largo con un maldito aventurero. Se marcho ha acapulco y nunca más volví a saber de ella y usted me la está recordando, me está haciendo que recuerde los peores años de mi vida, ¡bájese! -. Grito y casi me empujó hacia los escalones. ¿Quién iba a imaginar que alguien se molestara por recordarle al ser que te trajo al mundo? ¿Quién lo iba a imaginar, Comadre? Él se puso peor y creo que todo se le junto: el trueno, la ceguera, el voladero, la peña, el estúpido que se retorció cerca de él, como si estuviera quemándose, el griterío de toda la gente soltando tremendos alaridos, la granizada que caía en ese instante sobre el autobús como si le apedrearan. El granizo era grande y la verdad sonaba por todas partes. Creo que estuvo a punto de atropellar a dos personas que se atravesaron corriendo desde el otro lado del camino. Eso lo había enfurecido demasiado porque iban casi corriendo, no supe si trataban de tomar el autobús o simplemente trataban de protegerse de la lluvia y del de granizo que ya comenzaba a caer poco a poco acompañada de una lluvia ligera. Apenas si había alcanzó a verlos ligeramente y dio tremendos frenazos y la gente nuevamente grito. -fíjate pendejo que no llevas puercos-, grito alguien de los asientos de en medio. Esto lo había enfurecido mucho más que yo con mi suplica y mi recordatorio de su madre. Los dos hombres que había estado a punto de atropellar se habían quedado cerca a la curva. Si Comadre, eran dos hombres, dos caballos y un burro. El burrito es el que se había quedado atrás y creo que era el causante de todo y apenas alcanzo a librarla. Yo vi un burro, pero según la mención del ayudante era una mula. Estaba más que furioso. Ahora recuerdo que había gritado, -maldito imbécil, tú y tu mula-. Estaba hecho una fiera, Comadre y lo peor, el aire soplaba como si viniera de debajo de la tierra y el granizo se arremolinaba como si lo empujaran hacia las paredes de los peñascos y corría rodando sobre el pavimento como si se tratara de un remolino. La luz aún no se apagaba, Comadre, o tal vez se veía así por los relámpagos y el granizo. -Se nos está partiendo el cielo en pedazos-, alguien dijo muy seguro de saber lo que sucedía afuera. El agua era poca y el granizo creo que también, pero no voy a negar que se veía tétrico, asombroso. La luz iba y venía, y pensé, tal vez sea por eso por lo que se ve así. Si, tal vez sea por eso, pero, lo cierto es que, el entorno se volvió de color amarillento o rojizo, no sé Comadre, raro. Después, todo, todo sucedió como en un apagón, el cielo se nublo, aun que, a veces pienso que, el cielo ya estaba nublado y que el infierno había salido del suelo para subir al cielo. Si, Comadre, creo que es por eso por lo que yo olvide todo y que el chofer estaba molesto. La lluvia caía como lanzada a presión sobre el autobús, el parabrisas parecía romperse y el vehículo crujía. La lluvia hizo desaparecer el hielo. Fue rápido. Fue como si lo soplaran con mangueras de aire y a presión. Fue raro, pero hasta hoy deduzco de que estábamos en el ojo de un huracán o cerca de un pequeño tornado que no nos dio de frente por… si, comadre, por el cerro. Fue por el cerro que no nos dio de frente, porque de lo contrario nos habría arrastrado y nos habría lanzado hacia el otro lado del cerro. Recuerdo que los relámpagos dejaban ver una gran parte de tierra hundida. Quizá un rio, un arroyuelo o algo así, pero, sé que había un barranco. Era un tremendo voladero y frente al autobús aparecían y desaparecían el peñasco recortado por la maquinaria para convertirla en carretera. Al frente se desataba el infierno. Los cerros aparecían y desaparecían conforme los iluminaban los relámpagos. Era una gran tormenta y el autobús seguía crujiendo ante la mirada sorprendida de todos los pasajeros que deseaban salir huyendo, menos yo, a la cual exigían me bajara. No sé cuántas veces me pedio aquel buen hombre me bajara muy amablemente. Es verdad que lo hacía a gritos, pero…, está bien, comadre. También es verdad que no hubo nunca una linda sonrisa y tampoco amabilidad. Yo quiero darle ese don a esa buena persona que me pedio amablemente: - ¡bájese! -.

- ¡No! Por piedad, no me deje aquí-. Suplique.

- bájese ya jefa, que nos está retrasando demasiado-. Dijo otro pasajero al cual no mire, pero, lo imagine muy joven.

-bájese, ya es muy tarde y tenemos que llegar-. Canturreo otro más, no muy amable. Su voz sonó como, sino te bajas te voy a bajar a empujones y créeme que no te ira nada bien. Después de escucharle mis manos comenzaron a temblar. Mis piernas ya no me respondían muy bien y un extraño sabor sentí en mi paladar. Creo que mi cuerpo se estaba preparando para recibir lo peor, Comadre. Creo que los truenos y los relámpagos se hicieron más fuertes y continuos. Eran ahora más intensos y mucho más seguidos y ello apago mis suplicas, Comadre. Ya no pude oír a nadie más, a pesar de que yo los veía manoteando. Ya no pude ver más, a pesar de que el autobús tenía todas sus luces encendidas. Lo único que podía ver, Comadre, era su ingratitud y mi destino allá afuera. La lluvia comenzó a caer mucho más fuerte y los rayos iluminaban todo, todo, Comadre. Mientras que yo gritaba, ¡aquí no es!

-Es aquí, jefecita. Solo tiene que atravesar la carretera e ir por aquel camino-. Dijo amablemente el hombre que estuvo conmigo hable y hable durante todo el camino. -tiene que ir por aquel camino, vaya con cuidado, con mucho cuidado-. Dijo y señaló, mientras que otro se acercó a mí y me empujó hacia la puerta. Yo estaba aterrada, Comadre. No me podía mover. ¿Qué será de mí? Me preguntaba en aquel momento de lucidez. Si, Comadre. Recuerdo que, aun podía pensar y razonar muy bien, Comadre, pero, en cuanto toque tierra, se me fundió el único foco que le daba un poco de luz a mi vida. Si, en cuanto pise la tierra sentí que me movía sin que yo pudiera mover un solo pie. Creo yo o al menos es muy posible que me hayan cargado para bajarme. No sé, no estoy segura, pero de pronto me sentí empapada de pies a cabeza y veía incrédula como mi autobús se iba al igual que mi memoria. Todo estaba obscuro, si, Comadre. Todo estaba muy obscuro y por más que abría mis ojos y por más que me esforzaba por ver, no podía ver absolutamente nada. Nada. Solamente podía ver como se alineaban aquellos cerros en la distancia y perdían conforme se apagaba la luz del rayo que caía y que titilaba con el trueno. Ese pequeño resplandor me decía que yo tenía razón, que no era el lugar a donde tenía que llegar y en cada centello se apagaba la luz de mi memoria. - ¡Aquí no es! -. volví a gritar a la nada y se apagó mi mundo y se acabó mi vida y con ello, se detuvo mi memoria. Hoy solo sé que soy, "la Loca que llego con la Tormenta". Eso es todo lo que se de mí, Comadre. Si, eso es todo lo que se de mí. Nada tengo porque nada soy y lo único que me acompaña siempre, es un tubo de crema que para nada suelto y llevo conmigo a donde quiera voy.

¿Morbosidad o Curiosidad?

Creo que, alguien ha venido a arrojarme un mantón de libretas y unas cuantas plumas y la verdad, ¿no sé con qué fin? Lo cierto es que, les he encontrado un buen uso, estoy escribiendo a en ellas a todas horas. Desde que aparecieron cerca de mí, no he dejado un solo instante de utilizarlas. Se perfectamente que mi cerebro se niega a decirme quien soy y que hago aquí, pero, eso no es impedimento a que yo pueda escribir. Lo único que se de mi obscura realidad es que, me he pasado horas y horas escribiendo en esas libretas que aparecieron cerca de mi mientras me encontraba sentada sobre aquella barda mirando la lejanía como único recurso a mi estupidez. Ahora sé que no me importa el tiempo. Bueno, eso es lo único que me ha quedado en mi memoria, una extraña sensación por escribir y escribir. Tal vez se lo dije a alguien y esa persona se acercó a mi para darme lo que necesitaba, una libreta para escribir y unas plumas las cuales guardo muy celosamente en la playera que me dieron. Las plumas cuelgan sobre mi pecho y las traigo prendidas sobre el cuello de la playera blanca a la cual, también, me he arreglado un poco o mejor dicho me las he ingeniado para poder atar que ella mi crema inseparable de la cual le doy uso solamente una vez a la semana y no entiendo el porqué. Solo sé que la uso solamente una vez a la semana, pero es, como la numeración del reloj, doce y no sé porque la manecilla tarde o temprano llegara ahí y eso es lo que sucede con mi crema, allí está colgando en un nudo esperando a que llegue el tiempo de su uso. Gracias a esta estúpida manía me he ganado el apodo de "Loca" y sé que muy bien merecido lo tengo por mi extraña manera de ser. La verdad, no me interesa que me llamen "Loca", solo sé que soy y los apodos ganados en mi largo caminar no me interesan, eso es todo, pero, lo que si me preocupa es esa extraña manía que tengo de escribir a todas horas. Eso si es preocupante porque nadie en esta casa lo hace, solamente yo y eso sí que preocupa. Me preocupa demasiado, aunque le voy a ser sincera, Comadre. Se que, el simple hecho de que si a alguien no le gustan los frijoles no necesariamente no tienen que gustarme a mí. Escribir me gusta, no lo voy a negar y no se desde cuándo. Me imagino que desde siempre y se, sé que eso me llena, me satisface y me deja una extraña sensación de alegría cada vez que lo hago. Es como si estuviera escribiendo para recordar, pero, no sé, no estoy segura de ello. Como quiera que sea no me importa, solo sé que lo hago, que estoy escribiendo en ellas a todas horas. No me importa la hora que es, solo sé que tengo que escribir en ellas para luego leer su contenido. He tratado de escribir sobre mí, pero, no recuerdo absolutamente nada más, que este episodio de mí, viajando en autobús. No se mi nombre y hasta ahora solo he descubierto que, a comparación de toda la gente de aquí, soy muy buena para escribir, imaginar y narrar cualquier acontecimiento e incluso, puedo solucionar cualquier cosa, siempre y cuando no me empeñe en recordar mi pasado. Si lo hago, Comadre, me pierdo en las sombras danzantes de mi mundo perdido. Lo cierto es que, cada vez que miro hacia atrás me pierdo más y más. Es por eso por lo que he decidido ponerles a las libretas, a cada una de ellas, "Léeme". Así poder leerlas para recordar si me llego a perder una vez más. Perdida ya estoy, solo quiero recordar un poco más de mí, sé que no será fácil por la forma en cómo me suceden las cosas, pero, sé que algún día llegara lo que tanto anhelo, "Saber quién soy". ¡Ah!, Comadre. Eso de perderme se me da tan natural y tan continuamente que, las pequeñas y los jovencitos de aquí, se burlan de mí. Los he escuchado reírse de mi cuando me quedo, trabada, encantada o hechizada, sin movimiento alguno. Pensando. Siempre pensando y eso les divierte y dicen que me he quedado embobada. También los he escuchado decir que soy una estúpida. Es de suponerse porque nadie entiende de que estoy sufriendo y que necesito ayuda, y en lugar de ayudarme se burlan de mí, de mi enfermedad o de mi condición que muy probablemente sea, ocasionada por el miedo. -Es una Psicótica, piensa que hay unas vocecillas en su cabecita. Tal vez piensa que, su mundo mental e imaginario le llama, le habla o le pide haga cosas raras que nosotras, las normales, no podemos hacer ni entender. Jajaja-. Termino riendo, burlándose de mí y se comenzó a alejar rumbo a la salida de aquella casa humildemente construida. Muy segura estaba de que era hecha de bloques de adobe, Comadre. Ya sabe usted como se hace el adobe, este es solamente lodo y arcilla. Si, comadre. Lodo y arcilla. Se podían ver los bloques sobre las paredes y sabía que eran como de, sesenta centímetros cada uno. Cuadrados. Si, Comadre, cuadrados. Para hacerlos no se necesitaba mucha ciencia de eso estaba más que segura, pero si, mucha energía y paciencia, sobre todo porque estos son pesados. Desde donde estaba sentada podía ver claramente los bloques que se iban asomando poco a poco en aquella construcción milenaria. Ya casi no tenía aplanado y se alcanzaban a ver los bloques de adobe un poco deteriorados por el tiempo y dejaban ver algunos brotes de pasto seco. Yo centraba mi pensamiento en eso y no en los insultos de la mujer que se alejaba mientras que otra de ellas, más joven y bonita la reprendía.

- ¡Idiota ¡-. Le grito defendiéndome y acariciando mi pelo rizado al cual veía con demasiada extrañeza. Eso me pareció un poco raro que ella, precisamente ella, hiciera esa cara de, ¿Qué es esto?, pero, no dije nada ni caí en el juego de la provocación. Tal vez ella venía a hacer lo mismo que hacían todas las demás. Todas aquellas que se acercaban, me preguntaban y luego se iban haciendo ademanes extraños de los cuales ellas creían que yo no las veía porque simplemente estaba perpleja mirando a la distancia y tratando de recordar, ¿Quién era yo? ¿De dónde venía y que hacía ahí? Desde ese punto donde me encontraba sentada podía ver mis vestidos y mi calzado sobre aquella cómoda, vieja y deteriorada. Al verla y reconocerla pensé en que era verdad, yo no pertenecía ahí a ese lugar y que alguien me había llevado. Pensé en huir, pero, también pensé en que no podía hacerlo sino estaba segura de donde estaba y quien me había llevado. - oye, vamos a salir a dar un paseo al rancho, ¿quieres venir con nosotros? -. Alguien me pregunto y la verdad no respondí porque simplemente no tenía opción, tenía que viajar con ellos forzosamente porque no podían dejarme ahí. Yo, simplemente era una extraña a la cual tenía que cuidar y saber quién era. El problema era que, o bien, era verdad que no lo sabía o estaba fingiendo para robarles. En esta vida nadie sabe con quién se puede topar y es verdad, a veces crees tener a tu lado a una buena persona y de pronto te llevas el chascarrillo de que no era tan buena como pensabas y que vive haciendo males a todo el mundo. Así me pasaba a mí y más en este tiempo de locura y de cerrazón. Cuando creía que la gente era buena, me resultaba todo lo contrario y durante un buen tiempo solo una de las chicas se mostró totalmente incondicional conmigo. Siempre me ayudo en todo y para todo desde el primer día en que me conoció. Desde ese día casi no se separó de mi a pesar de los regaños que recibía por mi culpa. Si, Comadre, esa fue, Lucero. Tal vez fue ella la que me trajo todas las libretas y apenas si logro recordar aquella vocecita que decía: -Si, estas nadie las usa, son tuyas-. Cayeron sobre la barda y con ellas las plumas de colores; rojo, azul y negro. Las miré y las extendí sobre la palma de mi mano. Seis plumas, dos de cada color y coloque cinco sobre mi pecho y tome una para poderla utilizar de la manera más inmediata. Tome una libreta y las demás las lleve a guardar sobre una de las esquinas más lejanas de la casa y me regrese para comenzar mi escritura sobre aquella barda. Tal vez mi primer escrito fue, ¿Qué hago aquí? ¿Quién soy y de dónde vengo? Creo que esa fue mi primera pregunta ante aquella libre blanca y llena de rayas. Sobre la pasta escribí a letras grandes con letra manuscrita "Léeme". ¿No sé porque hice eso? Pero creo que fue para que pudiera recordar un poco de todo lo que yo escribía o escribiría en ella y así pudiera leer y escribir de todo lo que se viniera a mi memoria. Hoy se, gracias a las libretas que era conducida continuamente hacia la barda donde me sentaba para escribir tomándola de mesa o de silla a la vez. También sé que ahí me llevan de comer y también sé que como muy poco. La chica que me cuida está preocupada por mi forma de comer y al mismo tiempo se preocupa y me admira de una forma sorprendentemente porque no paro de escribir. A veces la miro y la veo ahí, aburrida, afligida de estar con una persona que no hace más que estar escribiendo y escribiendo sin parar y en algunas otras veces dibujando cosas que ella misma no entiende y, no sé porque me trajo un juego geométrico al cual ella se ha dado cuenta que se usarlo a la perfección, pero, no logra entender lo que dibujo en aquella libreta.

- ¿Qué nivel de estudio tienes? -. pregunto preocupada tratando de que la mirara, pero, no lo hice, yo seguí en lo mío mientras respondía, no sé. Al ver que no obtenía las respuestas que ella quería se callaba y me miraba escribir sin lograr entender todo aquello, pero no preguntaba, prefería quedarse con la duda y al mismo tiempo era como una tumba para las demás a las cuales no les decía absolutamente nada de mí. Creo que ella se encarga de que nadie más me moleste mientras escribo y solo se entristece cuando ve que no cómo. Ella me obliga a comer y me trata como si fuera un niño chiquito. Ella enrolla la tortilla después de haberle puesto sal y me la ofrece y al no obtener respuesta la lleva a mi boca al igual que la cuchara del Guizado y yo, perdida totalmente en mi mundo imaginario lleno de fobias o miedos me vuelvo a perder a pesar de tenerla a ella ahí. Muy de vez en cuando me pongo a brincar al mismo tiempo que ella lo hace, mientras dice: -eso es, desentúmete. ¿no sé cómo puedes estar tantísimo tiempo escribiendo y escribiendo sin parar? Yo estoy en realidad aburridísima de estar solamente viéndote. Y lo cierto es que, nunca conocí a alguien como tú, que pueda estar así, sentada sobre esa barda dura y fría, a veces sentada y otra hincada tomándola de mesa o tirada sobre ella, pero sin dejar de escribir-. Dijo mientras me miraba preocupada.

- ¿sabías tú que las personas psicóticas pierden el sentido o el contacto de la realidad y que dos de los síntomas principales son, delirios y alucinaciones? Eso es verdad lo que dijo tu hermana hace unos minutos-, dije mientras ella me miraba extrañada y yo dude un poco porque, quizá, ya había pasado demasiado tiempo en que esto había sucedido, Comadre, y entonces me preocupe por mi enfermedad y pensé que ella tenía razón, yo era una psicótica. -No digas nada-, le dije. -los trastornos psicóticos son trastornos mentales graves que causan ideas y percepciones anormales y si, las personas con psicosis pierden el contacto con la realidad y eso creo que me está sucediendo a mí. No sé porque y ni cuando comenzó, pero, lo que más me preocupa ahora es no saber quién soy. Algún día lo sabre, Lucero, y ese día me iré a casa, al lugar que pertenezco. Por ahora quiero dejar de pensar en mí, porque siento que, entre más pienso más me pierdo y me llena de miedo esa sensación. Siento miedo, mucho miedo. Ahora mismo estoy temblando de miedo y de impotencia por querer y no poder. No sé qué tiempo llevo aquí, unos minutos quizá, unas horas tal vez. Puede que lleve días, semanas, meses o años, pero de una cosa si estoy segura, voy a recordar quien soy y ese día me iré, si Lucero, ese día me iré tomando el rumbo ya conocido y el cual me imagino demasiadas veces andado. ¿Cuál es? no sé, solo sé que existe y que volveré ¿volveré? Si Lucero, volveré. Volveré porque se o me imagino que hay alguien que me espera allá, más allá de las montañas, de los ríos y los valles. Si, Lucero, más allá. Mas allá-. Le dije y luego comencé a llorar, Comadre. Que estupidez la mía, Comadre, de ponerme a platicar de cosas que no estoy segura. Tal vez yo pertenezco aquí, a este lugar y mi enfermedad me hace alucinar tantísimas idioteces irreales que hasta pienso que son verdad. Cuéntate una mentira más de tres veces, Comadre, y se volverá realidad. Eso dicen y ahora, creo que es verdad, pero no, yo no pertenezco aquí. ¿Sabes, Comadre? No sé qué sea realmente, pero, a ellas, a todas ellas les divierte el hecho de quedarme pensativa, meditabunda en hechos que me ocasionan el perderme más y más a cada día. Las mujeres grandes me ven con celo porque saben que soy bonita, pero, mi estado de estupidez las hace bajar la guardia porque a ningún hombre le gustaría estar con una idiota, ¿o sí? Lo cierto es que, a ningún hombre le interesa saber si eres tonta, loca o idiota. A ellos lo único que les interesa es tener mujer y su condición no les interesa, es más, entre más idiota sea esta, para ellos mejor, pero, en mí, ellos no encuentran a una mujer idiota, loca o depravada, sino, a una mujer realmente inteligente y capaz de resolver todos sus problemas y no precisamente sexuales, Comadre. No, eso no. Ellos saben que yo soy inteligente y que frente a ellos tiene a una mujer con grandes y extraordinarias virtudes las cuales las mujeres de estas tierras no tienen, y eso lo descubrieron los Abuelos. Aunque no se realmente porque se autonombran, "Abuelos", si no son grandes de Edad. Yo creo que promedian entre los 40 y los 45 años, y eso no es grande, pero, ellos así se llaman y el pueblo entero, así los conoce. He visto 3 o 4 más, mucho más grandes que ellos, pero, nadie los llama, así como a ellos: El Abuelo Arturo, Luis, Oscar, Cipriano, Genaro y el Gran Patrón, aunque este último más bien es, chiquito, chaparrito, bajito, gordito y muy sangrón. Abusivo, diría yo. Y no me importa escribirlo con letras grandes y mayúsculas. Lo escribo así, por si algún día llegan a tener la osadía y curiosidad de leer lo que escribo, que se enteren y que se lo digan. Me cae mal el viejo joven o joven viejo. El Gran Patrón, un hombre abusador y nada más, pero, es este precisamente quien descubrió que tonta no soy. No, para nada y creo que fui yo quien se descubrió ante él. Quizá lo hice pensando en que el me ayudaría a descubrir, ¿Quién soy? Pero, lo cierto es que, jamás pensé en que el haría todo lo contrario. Él hablaba de ganancias y del buen manejo del dinero y yo respondí que el todo lo que necesitaba era, Un Contador, que le manejara todo para así poder darse cuenta en el día a día de lo que hacía con sus inversiones. ¡ah! Idiota de mí, mando traer un Contador del Municipio y este se dirigió a mi para platicar de Contaduría, me mostro una hoja Contable y yo, como una verdadera idiota le solucione todo. Así fue como descubrió que de tonta no tengo un solo pelo. El Abuelo

Arturo se puso en Alerta y contacto a todos sus compadres; Luis, Cipriano, Oscar y Genaro, pero, este último, aunque acepto su sociedad casi no estuvo con ellos porque a todas horas se sentía amenazado por la Esposa del Gran Patrón a la cual supe inmediatamente que se llamaba, Priscila. Era una mujer, metiche y arrogante. Dominante y al igual que el marido, sumamente posesiva y abusona. Creo, y sin temor a equivocarme, fue esta quien se aferró a investigar a que había llegado yo al Pueblo. Estaba más que interesada en saber quién era y que quería y el motivo por el cual, el Abuelo me había llevado a su casa. A todos les pareció muy extraño su comportamiento, ya que, según las propias palabras de sus hijas, esta, no paraba de llegar a todas horas a visitar a la Abuela Rosaura. - ¿Qué te pasa mama? ¿estás bien? Nunca bienes porque según tú te aburres de estar aquí entre tanto pobre y, ¿ahora? De aquí no sales-. Le dijo Lucero. -No seas insolente niña-. Le respondió muy malhumorada. Si, Comadre, su forma de actuar era muy evidente y tal vez solo era por pura curiosidad o en verdad pensaba que yo era una espía del Abuelo Arturo o alguien a quien él había contratado para salir adelante y se mantenía en alerta conmigo y a todas horas me cuidaban. Yo me daba cuenta de todo y con la mentalidad tan rápida de aprenderme todos los nombres de todas las personas a las cuales me bastaba escuchar una sola vez para saber de quien se trataba, pude darme cuenta inmediatamente que, cuando no me cuidaba el capataz lo hacia su mujer. Era precisamente ella la que continuamente se acercaba a la Abuela y era precisamente para saber más de mí. Pájaro en jaula y sin ganas de volar ni de cantar no les decía absolutamente nada, pero era sospechoso para ellas, para todas ellas el verme a todas horas escribiendo bajo la mirada de Lucero que no me soltaba ni un solo instante, ni siquiera para ir al baño. Era precisamente ella la que más me cuidaba, desde que amanecía hasta que anochecía y al día siguiente estaba ahí, presente como si no tuviera absolutamente nada que hacer. Y de hecho no hacía nada más que cuidarme. No supe el porqué, quisa era verdad que ella era el ángel enviado por Dios para cuidarme y para que nada me pasara. Era raro, ella no comía si yo no comía, no iba al baño si yo no iba y así, fue todo el tiempo en que yo permanecí en la casa de la Abuela. Creo que fue por ello por lo que la mujer del capataz se sentía incomoda al verla, pero, no desistía en ir con la Abuela Rosaura, a la cual le gusta que le llamaran solamente Rosa y se tenía que ir con Doña Rosa y Doña Isabel, la esposa de Oscar, para según ella practicar algunas recetas. Algo que según las Abuelas no era verdad. Ellas decían que iba únicamente por mi para enterarse de lo que yo hacía y cada vez que se iba, ellas iban a donde yo me encontraba y me decían: - Muy bien, te portaste muy bien, se siempre así, discreta-. Decían como si en verdad a mí me interesara jugar su juego. Lo que ellas no sabían era que a mí me importa un comino lo que pensaran de mí y lo único que yo deseaba, era no pensar en nada de mi para no olvidar, y trataba de mantener mi cerebro ocupado en cosas que me podrían servir en el futuro. – Debes de saber-, dijo Isabel, - esta mujer, todo lo que ve y escucha aquí, se lo informa a la Gran Patrona. A la abusadora-. Dijo con más exactitud.

-El problema hija, no es que sea solamente ella, sino que últimamente también vienen sus hijas, ¿lo has notado? -. Me pregunto Doña Rosaura, pero yo, no respondí. El problema para mí fue, haber descubierto que ellos en algún tiempo habían sido Socios y algo había ocurrido entre ellos. Después me entere, que, el hermano de Genaro estaba desaparecido y eso hacia muy interesante la vida en el pueblo. Me gustaba la intriga y quería ayudar en todo, pero, al mismo tiempo quería saber, ¿Quién soy? Hasta eso hacia interesante mi vida y me mantenía escribiendo y escribiendo en aquellas libretas que alguien había dejado olvidadas y arrumbadas sobre una esquina. Después, pensaba y recordaba que había sido yo misma la que las había ido a dejar allí. Después, más tarde recordaba que alguien las había ido a tirar sobre la barda quisa pensando en que yo las tiraría al igual que ella y no se imaginó que yo les daría el uso debido. Si ese alguien las había tirado, ahora me pertenecían a mí y nadie protesto por ello, tal vez había sido el mismo Abuelo Arturo. Como quiera que haya sido, ahora me pertenecían y nadie podía decir lo contrario. Las libretas tenían un dueño que, si le gustaba escribir, historias, ideas y todo lo que se le ocurriera, pero, para colmo de sus males, tenían que dormir con la luz de una vela encendida porque yo, cuando tomaba una libreta no la soltaba para nada, leía y escribía a mi más entero placer y comenzaron las quejas por tanto fastidio. -Esta mujer, ni come ni duerme por estar escribiendo ahí, tirada de panza o sentada en un rincón. ¡maldita sea! Me asusto. Estaba ahí en la esquina con su cabeza llena de... ¡parece tlacapanal! -. dijo refiriéndose a un panal de abejas. -No sé qué tanto escribe y ni idea tengo de lo que diga tanto garabato que pone-. Eso le escuche decir a sus hijos y uno de ellos, tuvo el atrevimiento y falta de respeto de tomar una, leer y luego arrojarla al piso. Yo me entristecí, Comadre, pero, al mismo tiempo broto una ligera esperanza en mí.

- ¿Qué es eso que escribes que no se le entiende nada? -. Pregunto furioso.

-Formulas Algebraicas, Físicas y Químicas de algunos cuantos minerales-. Respondí con una sonrisa, pensando en que había hecho bien en decirle y descubrirme ante él. Creí que con esto el me respetaría al saber que yo, fácilmente podría ser su maestra, pero ¡oh! Desilusión.

- Estas, idiota ¿o qué? -. Me respondió sínicamente ante la mirada de los Abuelos, que, al parecer, ellos habían visto otra cosa o algo más anteriormente. La Abuela le susurro algo al oído al Abuelo y este pareció entristecer. Fue entonces en que intuí, el chico había tratado de tocarme mientras estaba ahí, tirada de panza, escribiendo muy distraída. Para colmo la ofensa de uno de sus hijos me había herido de tal forma que, lo único que pensé o, mejor dicho, ni siquiera pensé, porque fue así. Me sentí tan ofendida y al mismo tiempo tan frágil que lo único que pude hacer, fue, abrazar en ese instante al único protector que yo tenía en aquel instante. Llore, y precisamente como lo había dicho el chico, Alberto, como una idiota y la verdad, Comadre, no pensé, no intuí y mucho menos imagine lo que se venía de castigo para mí. Ese día la Abuela no hablo conmigo para nada, por el contrario, se mantuvo distante y muy alejada de mí. Yo, podía ver su enojo y la verdad, Comadre, quería irme de ahí inmediatamente, pero creo que todos los Abuelos la afrontaron para que yo saliera bien librada, pero, no fue así porque, sin demora alguna le encontraron solución a mi problema y como dijo una de las chicas: - Mujer bonita, elegante, inteligente y arreglada, a la chingada-. Muchas rieron a tal descripción y lo cierto es que no pensé que lo decía por mí y para mí, porque yo simplemente nunca me había considerado bonita de eso estaba más que segura. Arreglada tampoco, porque no era de esas mujeres que se la pasara frente al espejo, maquillándome, peinándome y boleándome las uñas, pintándolas, limándolas y pegándoles plásticos para que lucieran más grandes, no, yo no era así. Yo no me comportaba de la manera en cómo lo hacían todas las chicas que perdían demasiado tiempo en el espejo para que lucieran cada vez mejor. Yo no intentaba engañarme ni engañar a nadie, era así, al natural y totalmente transparente. ¿o no, Comadre? Ahora que lo pienso, ya no estoy tan segura, porque si la chica lo menciono, fue por algo. ¿Acaso en verdad me consideraban bonita y de buen cuerpo, Comadre? ¡ah! ¿de verdad? No lo creo. Bueno, como quiera que haya sido, yo en ese instante lo único que tenía en mente era salir de allí. Las chicas se burlaban y la única protectora que yo tenía no aparecía por ningún lado. En ese instante pensé en que había un complot para alejarme de ahí. La única persona que deseaba alejarme de allí era la Gran Patrona y sus hijas, eso era casi real, entonces, eso quería decir solo una cosa, Lucero no había llegado porque también formaba parte de ese plan. El chico que se había involucrado directamente había sido Alberto y este tenía demasiada comunicación con la hija mayor de la Gran Patrona. Y pensé que su plan había dado frutos porque yo había caído de una forma muy inocente. Ahora el problema para mí era, ¿Cómo salir bien librada? No encontré la solución y preferí no pensar porque simplemente me estaba descomponiendo nuevamente. Así que me crucé de brazos y ya no pensé. Eso era real, si no tenía cabeza para mí para que molestarme en estar pensando en solucionar problemas ajenos. De algo si estaba muy segura, yo no pertenecía a ese lugar y lo único que podía ocasionar eran problemas para tanto Joven en plena pubertad y para colmo, muy mal educada. Después de ese pequeño problemita todo mundo se volvió loco, unos venían y otros iban, pero, en su mayoría pasaban junto a mí y se reían, se burlaban como si esto les diera mucha alegría. Solamente Doña Isabel estaba más que triste. En mi cerebro lo único que sonaba era: Dejarme abandona a mi suerte en una casa lejos del pueblo. Yo recordaba claramente como había sucedido todo. La Abuela estaba Celosa y había decidido pelear a su hombre a como dé lugar. La lucha bien podía ser a muerte si era preciso, pero, lo único cierto en todo esto es que yo, tenía que ser eliminada. Ella dio varias vueltas del campo al pueblo y en una de esas vueltas, empaqueto mis libretas e hizo lo mismo que su hijo, las leyó. Claro que no todas porque en aquellos días estoy consciente que había escrito ya demasiado porque no tenía nada que hacer más que escribir y como lo hacía a todas horas sin parar, como lo había dicho el chico, yo ni comía ni dormía y si por alguna razón el cansancio me vencía, me dormía y al despertar con la pluma en la mano, continuaba escribiendo mis ideas y fue así, como se enteró de que, entre tanta escrituración yo había anotada toda clase de alimento para pollos, cerdos y vacas. Todo era para hacer crecer al Abuelo. Me había gustado mucho su pequeño potrero al cual ellos le llaman, Rancho y si, comadre. Me había emocionado con él desde el primer día en que lo había visto. ¿Cuándo fue? No sé, Comadre. No sé.

- ¿Qué son todas esas libretas y que es lo que has anotado aquí?

-Son fórmulas de vitaminas para el ganado vacuno-. Respondí.

- ¿para que las anotaste? -. Volvió a preguntar.

- para dárselos a su esposo, Don Arturo. Hace unas horas lo escuche diciendo que le gustaría crecer con su ranchería y eso fue lo que hice…-, -¿Hace unas horas? Dirás semanas-. Dijo, pero no hice caso y por la emosion que sentía continúe. -me he dedicado a escribir todo tipo de fórmulas en comida que el ganado vacuno necesita y no solo eso sino también los pollos, puede fácilmente realizar una granja de pollos y cerdos, y estas son las anotaciones de todo lo que se de ellos, sobre ellos, sus cuidados y su alimentación-. Qué curioso es todo, Comadre. De pronto me vi hablando de los animales de granja como toda una experta. Nunca vi a mi alrededor por estar tan emocionada con el tema que, solo cuando le terminé de explicar a la Abuela, descubrí de que estaba rodeada por todos ellos. – Es impresionante la forma en cómo te expresas de todo lo del campo, hija-. Dijo el Abuelo Oscar el cual estaba acompañado de su esposa Isabel la cual no le soltaba del brazo y lo escuche continuar. - ¿acaso eres granjera? - No sé. - ¿Como te llamas? -. – No sé. - ¿De dónde vienes? -No sé. - ¿No sabes nada de ti? -. -No sé, no sé, no sé. No se-. Respondí una y otra vez y creo que fue entonces cuando escuche en mi cabeza un sonido como cuando se rompe algo, y ya no recuerdo más. Así era todo el tiempo, Comadre. Y hoy que intento reconstruir todo, solo tengo vagos recuerdos de todo lo que sucedió.

¿Vagos Recuerdos?

Si, Comadre, así es como comenzó mi vida en un aquí, y ahora estoy luchando por recordarlo todo. Quiero saber todo de mí. Se que me será muy difícil porque creo que ha pasado demasiado tiempo, pero, a veces pienso que, cuando veo demasiado cerca o que creo que estoy a punto de recordarlo todo, se rompen los cables de la razón y cuando estoy demasiado lejos sin pensar en mí, la sabiduría, la inteligencia y la buena razón se apoderan de mí y me hacen crear cosas espectaculares. Pero, el maldito problema es que, siempre es así. Entre más lejos estoy de mí más inteligente soy, pero yo, siempre quiero saber de mí. ¿Quién soy? Y usted Comadre, ¿También usted quiere saber quién es? No, yo creo que usted todo lo sabe y es por eso por lo que nunca me responde ni me llena de preguntas como yo lo hago con usted. Si, usted lo sabe todo, por eso no responde. ¡ay!, Comadre, yo tengo un problema muy grande, ahora sé que me encanta leer y escribir, pero, cuando busco mi pasado se me olvida todo, todo. Mi mundo entero se borra por completo y no sé cuánto tiempo me pierdo en él. Ahora sé que puedo perderme por unos breves minutos, pero también sé que puedo perderme por horas y como estoy lejos de la gente del pueblo más cercano, pienso que me pierdo por días enteros e incluso semanas. Es muy probable que me pierda por meses o tal vez, también, por años. No sé. No se la hora que es ni que día es hoy. Así que, he pensado como única solución a mi extraordinaria memoria, ponerle una numeración clave a mis libretas, las cuales pierdo continuamente. Es así como las encuentro. Leo su contenido y al saber de la existencia de las demás, las busco como una verdadera demente hasta encontrar la que se perdió. Pero, hay veces en que me topo por accidente con una y resulta que lleva demasiado tiempo perdida y para colmo, al leer, pienso y al pensar me vuelvo a perder. Que estupidez la mía, porque, escribo en diferente tiempos, pasado y presente y, a veces pienso que también estoy escribiendo en el futuro. A veces pienso que tránsito de tiempo en tiempo, pero, no es así, Comadre. Usted sabe que eso no es posible. Ese pensamiento quiero desecharlo porque simplemente es imposible, ¿o no? ¡va! Si, Comadre, eso es simplemente imposible. Lo que pasa es que, escribo ideas futuras y aparecen en mi tiempo pasado o en mi tiempo presente y eso me asusta y me confunde, porque, muy bien podría ser una loca que viaja en el tiempo. ¿o no, Comadre? ¿Podría ser eso posible? Si Comadre, ahora que lo pienso creo que puede ser eso posible y es por ello por lo que, los hijos del Abuelo Arturo me dicen continuamente, que, "soy la loca que llego con la tormenta". Eso me hace dudar mucho y me hace perder mi realidad. ¿Acaso es verdad que soy la loca que trajo la tormenta? No sé, es posible y creo que muy poco probable, aunque, si pienso en mi sueño o en la forma en como llegue aquí, es posible que sea verdad. Otras veces los he escuchado decir que soy, "la bruja loca que viaja en el tiempo". Creo que es posible todo eso, pero, también pienso que es, exageradamente fantasioso todo eso. Segura estoy de quedarme con, "La Loca que trajo la tormenta", porque eso suena más humano, aunque no deja de ser ficción. Lo cierto, lo único cierto es que, yo soy real. Yo soy la mujer que viajaba en el autobús y que fue hipnotizada por alguien que, sinceramente, se pasó de… Cabron, Comadre. Eso es más real y creíble, Comadre y como eso es lo que más recuerdo, eso es. Lo malo está en que, no recuerdo nada más de lo que me ocurrió antes de subirme al autobús. ¿Me subí o me subieron? Lo malo está en que me bajaron donde ellos quisieron y ahora todos los muchachitos se burlan de mí, con la frasecita de; "La Loca que llego con la Tormenta" que no sabe más que escribir y escribir para recordar y que se pierde cuando recuerda. Es por eso por lo que siempre estoy perdida porque siempre estoy perdiendo mis libretas las cuales pierdo al recordar. Si, Comadre, siempre perdiendo mis libretas las cuales a veces las encuentro en la cocina, tapadas con ollas de barro, cazuelas o el chiquihuite. Otras veces las encuentro tapadas con el canasto de pan o encajadas en el tejado. Quizá lo hago pensando en que me pueden descubrir escribiendo, pero sé que siempre me descubren así, y la verdad, no entiendo por qué ocultarlas. Tal vez lo haga por la reacción al mal entendido o quizá, es que no quiero que sepan lo que en ellas escribo. Es ridículo e incomprensivo, pero, es así como me sale en ese instante y así lo realizo. Aún no he descubierto el motivo porque lo realizo así, solo sé que así lo hago, principalmente de día. Es posible que lo haga así al escuchar a alguien venir, eso es muy probable, porque cuando lo hago de tarde o durante las noches, como ya no me muevo, donde dejo mi libreta ahí aparece a la mañana siguiente y se, que es esa en la última en la que escribí. Para no perderlas les he puesto su número clave y es así como las encuentro todas.

"Loca y Abandonada"

No sé porque tengo en mente en que me vinieron a tirar aquí, solo por una noche. Tal vez sucedió, pero, no estoy segura. El hecho es que, si yo fuera totalmente normal me acordaría exactamente de todo, pero, como no soy muy consiente de mí, no estoy segura. Solo sé que tengo "vagos recuerdos" de aquel día. Muchos de estos recuerdos vienen a mi gracias a las burlas de la Gran Patrona que continuamente me pregunta: -¿Has visto a este hombre por aquí? -. y me muestra una fotografía vieja y arrugada de un hombre que le da mucho parecido al Abuelo Genaro, pero, este está acompañado por dos Perros Pastor Alemán, los cuales descubro son grandes, fuertes y muy inteligentes, en cambio el hombre, se ve asustado y mal alimentado. Luce muy flaco. Miro la fotografía de lado a lado, estudiándola y memorizando todo de ella. Alguien la tomo mientras el corría a esconderse hacia una cueva encharcada de un agua que parece correr por ella. En el pueblo mencionan, "La Puente". Así he escuchado, pero, no la conozco. Dicen que el río pasa por ella pero que solo se puede cruzar por ella a caballo. La veo y pienso. Tanto el hombre como los perros voltean en ese instante como si alguien les gritara. Ella me arrebata la fotografía mientras me grita y me jala del pelo sin darme tiempo a responder su pregunta. -No se-. Parece que le había dicho antes o después de que me arrebatara la fotografía. -No se-. Vuelvo a responder cuando soy jalada hacia su boca y parece que me va a besar a la fuerza, pero, en el último instante cambia de dirección mi rostro y me dice al oído: -Eres una estúpida-. Me grita varias veces y en algunas otras apenas si me susurra al oído exactamente lo mismo. Yo intento verla a los ojos y siento la misteriosa necesidad de contratacar la agresión. Me siento al borde de hacerlo y mis nudillos suenan, rechinan como si fueran matracas desgastadas y siento mis piernas a punto de soltar una terrible… No, me detengo porque siento miedo y no quiero perderme nuevamente. Pienso en lo poco prudente que es al jalar a una mujer de esa forma y por muy loca o muy estúpida que esta sea, puede ser que tenga un detalle que ella no conoce y eso es precisamente lo que me da miedo. Pero ella solo desea demostrar su poder, su estatura y su fuerza, y no ve más allá. -Eres una estúpida-. Me vuelve a gritar con odio al oído. Pero eso me asusta, sé que no quiero ni deseo ser maltratada porque no me gusta enojarme. Tal vez, ¿Por qué soy muy agresiva? No sé. El caso es que, no me gusta ser maltratada de esa manera, pero, para ella, eso es correcto y está bien. -Mira estúpida-, volvió a resoplar. -tu defiendes a todos estos ancianos, principalmente a la Rosa…

¿Quién es Realmente la Mala?

-Doña Rosaura-. Respondí, mientras que intentaba quitar su mano de mi pelo, pero, sin lograrlo, porque me tenía bien sujeta. No voy a negar que ella es grande y muy fuerte a comparación de su marido. Me volvió a dar otro tirón y me lanzo sobre la pared, mientras decía: -como sea. Ella te abandono en la casucha aquella, que, por cierto, ni casa era en aquel tiempo. Solamente le pusieron unos malditos plásticos para que no te comieran los murciélagos, ¡niégalo!, ¿no te acuerdas? Fueron mis hijas las que te encontraron, tirada en un rincón, vomitando y bañada en llanto. ¿No te acuerdas tonta? Deberás que eres estúpida. ¿y aun así la... las defiendes? Ellas son unas arpías. Lo malo es que me culpan a mí. Deberás que eres una, ¡estúpida! -. Grito cerca de mí y mi mundo se borró. No sé cómo ha sucedido realmente ese día, pero, creo que el episodio que ella me narro es real, aunque no del todo cierto. Lo cierto es que, mucho tiempo he invertido pensando en reconstruirlo totalmente hasta obtener toda la verdad. El día en que ella me lo dijo se escuchó demasiado cruel, pero, creo que no todo es verdad. -Mis hijas te encontraron tirada en un rincón, vomitada y bañada en llanto-. Es ahí donde uno se pone a pensar y busca la veracidad de las cosas. Es allí, ahí precisamente donde se busca con afán la verdad de todo lo sucedido y luchas por recordar, si, Comadre, luchas por recordar absolutamente todo a pesar de lo poco que se tiene de aquella frase que sonó totalmente cruel. "Tirada en un rincón, vomitada, y bañada en llanto". Si, Comadre, se escuchó demasiado despiadado, pero ¿Cómo es que sucedió todo aquello? ¿Todo es verdad, comadre? De ser cierto todo esto, estoy siendo engañada, Comadre y creo que me encuentro en el bando contrario. Las malas son las Abuelas y la buena es La Gran Patrona. ¿En verdad Priscila es la buena, Comadre? ¿Es ella la que tiene toda la razón? ¿Sera verdad que Doña Isabel, Rosaura y la esposa de Genaro son... ¿malas? ¡está bien! Reconozco que en algún tiempo me maltrataron, pero ¿Cuál fue la razón? ¿Quién de todas ellas es realmente honesta? No me crea Comadre, pero, la verdad, me siento como Diógenes el Sínico ante su maestro Antistenes, que le rechazo y lo golpeo con su bastón. Lejos de rendirse, Diógenes inclino la cabeza ante él y le dijo: pega, pega. No encontraras bastón lo suficientemente duro para hacer que me vaya.

Así estoy yo, aquí no tengo absolutamente nada, quiero irme y no puedo porque mi mente no me ayuda. Vivo simplemente con aquello que es; absolutamente indispensable para mí, unas libretas y unas plumas. Como lo que quiero, cazo lo que puedo y también solo tengo una cazuela, una olla, un plato, mi jarro y Usted, que es igual a estar sola. También creo, Comadre que, Priscila lo tiene todo, pero esta igual que Alejandro Magno, se pone diariamente a innumerables peligros, solo para extender sus límites y creo, también que no se da cuenta que aquí, la odian demasiado tan solo por su forma de ser… Avariciosa. Yo también se, Comadre, que es realmente curiosa y al mismo tiempo igual o semejante mi vida a la de Diógenes porque sin ser esclava así me siento. Nadie puede ayudarme con mi vida y soy como el León, no soy esclavo de quien me alimenta. Yo también creo que el que me alimenta es mi esclavo y sin quererlo y sin saberlo me da todo lo que yo necesito, ese es, el Abuelo Arturo. ¿y no sé porque lo hace? Pero, yo también, al igual que Diógenes, siento que han caído todas las maldiciones y tragedias sobre mí. No tengo casa. Esta pertenece al Abuelo. No tengo pueblo, ciudad, ni país y vivo aquí, sin la convicción exacta de saber quién soy. Hasta la misma razón se aleja de mí y no me deja recordar ¿quién soy? Vivo, buscando un hombre o mujer honesta y no se ni a quien dirigirme hoy, comadre. No sé quién de todas diga la verdad. Si tuviera que escoger entre todas las mujeres que se han acercado a mí, no sabría a quién escoger, todas ellas, hasta hoy, no tienen ni brillo ni luz propia. Para colmo, todos esos chicos son más capaces a detenerse a escuchar a un pájaro cantar que, sentarse a escuchar mis grandes enseñanzas. Eso me hace pensar, ¿Quién de todas ellas es realmente honesta? Si Doña Rosaura e Isabel me abandonaron aquí, creo saber la razón, Comadre. Fue por celos y por amor a sus hijos. Hoy que lo medito en su totalidad, creo que yo haría lo mismo si tuviera un hijo, pero, creo que no lo hay, ¿o sí? Creo que solamente con eso se podría justificar, pero, aun así, por celos no es motivo suficiente como para hacer eso, abandonarme en medio de la nada. Bueno, cabe mencionar que por celos hay personas que llegan a matar y sin saber que verdaderamente son engañadas. La inseguridad de nuestros pensamientos nos hace realizar actos deplorables, bochornosos e incluso, lacerar la honra, la reputación y el corazón. Mi corazón. A pesar de que la apreciaba demasiado, Comadre. Me abandono. Pero, quiero justificarla a pesar de todo. Quiero entenderla y al mismo justificarla a pesar de que no era verdad su mal pensamiento. Si fuera verdad, tal vez no la justificaría, ¿o sí, Comadre? ¿es bueno maltratar a una persona por algo que no se está seguro si lo que hizo o se cuenta que es verdad? Lo malo es que recuerdo que la Abuela, grito: -No la quiero cerca de mis hijos-.

-Amor, se comprensiva, ponte en su lugar tan solo por un instante, ¿Qué va a hacer de ella? -. Me defendió el Abuelo.

-que se las arregle como pueda. ¿no que es, muy inteligente, según tu? -. le dijo y al mismo tiempo le pregunto sarcásticamente.

- Lo es-. Respondió el Abuelo intentando zafarse de la plática y comenzó a caminar como si quisiera darla por terminada, pero, la Abuela lo siguió y le reto. Se puso frente a él, sin tocarlo, pero, segura esta estaba de que ganaría.

- Lo dudo. Si es así, y en realidad la quieres seguir ayudando… ¡Déjala…! Déjala en tu maldito potrero-. Ella había dado una pausa y había sonreído sabiendo, casi segura de la reacción del Abuelo. Quizá esperaba que el dijera está bien, la voy a llevar al municipio y que ahí se encarguen de ella, pero no fue así, su reacción fue diferente.

- Amor, amor, ¡no! Ahí no es seguro y la casa que una vez intente levantar…, como para unos días de campo, le resulto un gran orificio en la única pared que habíamos levantado y de él salieron inmensas serpientes. Quisimos taparla, pero, no resulto, alguien la volvió a destapar y tuvimos que colocarle algunas estacas de otate. La casa no está terminada. Tiene una media pared por un lado y por la parte de arriba apenas levantamos una pared de un metro, quizá. Sería más que una locura dejarla ahí. Por favor, se sensata. Se, esa mujer humana, tierna y dulce que yo conozco-.

- ¿Conoces? Y… ¿Crees que sería una locura dejarla ahí? Mi amor, te recuerdo que ella ya está loca, no sabe quién es, de donde viene ni a donde va. De ella no sabes absolutamente nada y ahora me dices, ¿Qué no me conoces? Perdón, pero, quiero que medites por un instante lo que tú y yo vimos. Una mujer cuerda no se tira de panza en el suelo para escribir a la luz de unas velas, durante toda la noche y menos donde hay puros jovencitos. Una mujer en su pleno juicio no se la pasa todo el tiempo escribiendo y estudian todo lo que escribe mientras va y viene por toda la casa sin acomedirse a trabajar. Yo me siento como la criada de esa mujer. Todo parece indicar que yo soy la esclava de ella y no la dueña de mi casa. Ahora resulta que todos la ven, simplemente por tener un cuerpo bonito y sin estrías. No, no estoy de acuerdo verla a todas horas escribiendo por todas partes de la casa y sin dejar dormir. No. No estoy de acuerdo.

¿Quién es el Culpable?

- Perdió la razón. Reconozco que tiene un trastorno mental y no voy a negar que en verdad tiene mucho conocimiento, aunque pierda el sentido del tiempo. Creo que ella es así…, es como el anciano ese que trae los libros y motivo por el cual a nuestro hijo le pusimos Alberto. Por ese viejito que invento la bombita esa de la que tanto hablan. A José Luis le pusimos ese nombre por la Biblia y por el que invento la vacuna-. Yo había escuchado todo eso e inmediatamente lo relacione con, Albert Einstein y por José, esposo de la Virgen María y Luis Pasteur. -De veras, amor-. Dijo el Abuelo en mi defensa.

- ¿crees tú que una mujer sensata va a perder el sentido del tiempo? Varios de mis hijos se la pasaron sentados y revolcándose en la cama esperando el momento en que nadie los viera para lanzarse sobre ella, incluyéndote a ti.

- No digas tonterías. Ella es como una hija para mí, esa hija que nunca tuvimos y que tanto buscamos-. Dijo y se dio la vuelta porque realmente se sintió ofendido. Eso si lo recuerdo muy bien, Comadre. El Abuelo se sintió ofendido y se dio la vuelta para ya no seguir hablando con la Abuela. Ella noto esto y quiso recapacitar, pero, ya era demasiado tarde para echar atrás y lejos de contentarlo, busco la forma de seguirle envenenando y lo volvió a alcanzar para seguir hablando. Lo cierto es que, a ella no le importo si yo le escuchaba o no. Lo único que ella deseaba, era que me fuera, porque estaba perturbando la paz de su hogar.

-ummm. No te creo. Bueno, como sea, no la quiero cerca de mis hijos. José Luis, estuvo demasiado tiempo mirando sus…

- ¿Nalgas? Por favor, amor, él es un santurrón, se la pasa leyendo la Biblia. Es…, de ideas diferentes

- No lo creo, sé que le gustan las mujeres, pero, es muy respetuoso con todas ellas.

- No estoy diciendo que sea marica. Solo estoy diciendo…

- ¡Me importa un carajo lo que tu estés diciendo y pensando!, no la quiero aquí y punto. Así que te la llevas ahora mismo. Y ahora es ahora, ¿Oíste? -. Grito la Abuela Rosaura y ahora sé que es verdad lo que dijo Priscila. Es verdad. Aun no comenzaba a amanecer del todo cuando me dijeron que, me llevarían a conocer un lugar al cual decían me iba a encantar. En ese instante comencé a procesar todo mientras me sentía morir poco a poco. Curiosamente me comencé a sentir como el personaje de un cuento de los Hermanos Green, Comadre. Me sentí como; Ansel y Gretel. Yo recordaba claramente toda la conversación del Abuelo y la Abuela y sabía lo que sucedería conmigo. También seria abandonada en el campo, aunque sabía que existía una gran diferencia; ellos eran dos niños a los cuales odiaba la madrastra y no los quería con ella. Yo, soy una mujer adulta a la cual se le puede considerar discapacitada. No tengo razonamiento y todo lo olvido. No sé quién soy, de donde vengo ni a donde voy. No recuerdo absolutamente nada de mí y para colmo, tal y como lo había mencionado el Abuelo; Estaba sufriendo porque había perdido la razón y estaba sufriendo un trastorno mental por nerviosismo. Era precisamente una afección que me afectaba el estado de ánimo, el pensamiento y el comportamiento. Entre ellos podían existir muchas enfermedades o trastornos; trastorno depresivo, trastorno de ansiedad y quizá era bipolar. El peor de los casos era, Esquizofrenia, si sufría de esta enfermedad, sí que estaba perdida y lo cierto era que, si entraba en pánico fácilmente. Eso quería decir que, el problema eran mis Fobias. Pero también podía ser un Déficit de Atención e Hiperactividad… Si ese era mi problema no tenía tanta importancia porque podía solucionarlo en cuanto me acordara ¿Quién era yo? Pero, para mí también existía otro problema, podría estarme enfermando por mí misma; Trastorno de la Alimentación y me acorde de; Don quijote de la mancha, que por poco dormir y poco comer se volvió loco. ¿Podría ser este mi problema? Ummm interesante. Muy interesante. Me dije, pero volví a recordar a los Hermanos Green. Ansel y Gretel Engañados por su propio padre fueron abandonados en el campo. Así estaba yo. No voy a negar que desde ese instante comencé a temblar. Estaba muerta de miedo y eso que solo fue una sola frase. - "Te vamos a llevar a conocer un lugar"-. Había dicho el Abuelo. – Te va a encantar -. Dijo Alberto con una sonrisa exageradamente burlona. Yo, en ese instante pensé, ¿Qué lugar? Si ellos mismos sin darse cuenta de que yo estaba ahí lo habían mencionado. ¿De verdad no se había dado cuenta la Abuela de mi presencia o solamente fingía no saberlo? Ella nunca dijo; llévala a conocer tu rancho, no. Ella había dicho: "Déjala… Déjala en tu maldito potrero". Eso quería decir una sola cosa, me iban a abandonar ahí. No voy a negar que desde ese instante ya me estaba muriendo de miedo y no era para menos, Comadre. El problema, era ¿Qué tan lejos estaba el potrero? Pero, mientras tanto, en mi cabeza entumecida por pensar en lo que se me esperaba desde que había dicho la frasecita: "te vamos a llevar a conocer un lugar, que te va a encantar". Ya sabía lo que me esperaba.

¿Potrero o Ranchería?

Las piernas me comenzaron a temblar cada vez más y más. Mi mente era un completo caos. No supe porque el brillo del sol era mucho más intenso y me sentía tan estúpida. Aun cuando vi venir al Abuelo que trataba de sonreír y fingir que no pasaba nada. Si, Comadre. Existen personas tan buenas que por más que intenten ocultar alguna maldad siempre sus ojos los delatan porque no saben fingir ni mentir. Así era el Abuelo. Yo lo miré y vi en sus ojos un amor profundo, cierto, sincero y sin hipocresía alguna. Para él era imposible sentir maldad u ocasionar algún mal a alguien. Me estaba protegiendo y sé que le dolía el alma y quería abrazarme, pero, su mujer estaba ahí, mirando y lo entendí a la perfección. Eso me dio un poco de valor para afrontar lo que venía. En ese mismo instante llegaba mi protectora, Lucero. Y se dirigió a mí con una gran sonrisa. Ella tenía la habilidad de hacer que todo se olvidara con una sonrisa. Me miro y corrió hacia mi como si tuviera años de no mirarme y la verdad esa emoción que ella me hacía sentir me lleno ese vacío que yo en aquel instante sentía por no saber ¿hacia dónde me llevaban y que era precisamente aquel lugar? Lucero me abrazo y me beso en la mejilla mientras decía: -ya me dijeron que te van a llevar a conocer el Rancho. Solo espero que te guste tanto como me ha gustado a mí. A mí, en lo personal, me encanta, me fascina y te soy sincera, me hace sentir viva-. Cuando ella dijo esto pensé en que no sería tan malo conocer el famoso, "Potrero que había mencionado la Abuela". Porque eso es lo que era un potrero para unos y un rancho para otros. Aunque, creo, que todos lo confundían, Comadre. Potrero es donde solo hay caballos pastando y en algunas ocasiones se le llama así al cuidador de los potros, y Ranchería es, un pueblo muy pequeño con casitas viejas, un asentamiento rural, aldeas o casas de campo. Eso quería decir que, encontraría varias casas familiares en pleno campo donde ellos iban a trabajar cotidianamente. Quizá tenían mucho ganado vacuno y extensas tierras de pastura con riachuelos y otras cosas más. Para Lucero era una Ranchería y la verdad, comencé a dudar en quien de las dos o de toda la familia estaba confundiendo aquello de lo que tanto hablaban y que, para algunos les ocasionaba mucha emoción.

-Vamos, "no sé". Te vamos a llevar a conocer un lugar... que, te va a encantar-. Dijo el Abuelo titubeante, pero, yo, ya iba más que encantada, Comadre. Para que entrar en detalles, comadre, si tú sabes muy bien cómo me pongo. Desde que vi aparecer los caballos vertiente abajo, con las crines al viento y resoplando, mientras que otros hacían ruidos estrepitosos con los frenos que no dejaban de morder. Resoplaban al viento y cabeceaban mientras sacudían sus crines. Yo estaba más que paralizada y pensé en las palabras del Abuelo; "te va a encantar". Quería gritarles que desde hacía días yo ya estaba más que encantada. Sufría de parálisis cerebral y no, la verdad no sabía quién demonios era yo. Si a eso se le llama encanto ya estaba encantada, inmovilizada, paralizada y para que negarlo. Me daba horror el solo pensar que sería abandonada ahí. Ese era el plan de la Abuela y la vi enfrascarse a discusiones con sus propios amigos del alma y de toda la vida. Lucero no intuía absolutamente nada. Ella siguió hablando y hablando de sus planes y sus vivencias en aquel Rancho, me contaba sus historias de niños y de todo lo que ahí había hecho y de todo lo que habían pasado, pero, yo, para que negarlo, Comadre. No escuche ni entendí absolutamente nada de todo lo que ella decía. Yo estaba más que preocupada por mi futura vida en lo que ellas llamaban "Potrero". ¿Qué sería de mí? Por alguna y rara razón el cuerpo me comenzó a hormiguear. Increíblemente no podía dar un solo paso. Lucero me llevo casi arrastrando para poderme montar en el caballo. - ¿todo bien? -. Me pregunto de pronto como si ella no supiera absolutamente nada. "No te hagas tonta", quise gritarle, pero, pensé que ella no tenía la culpa del mal pensamiento de la Abuela Rosaura. De hecho, toda la culpa era mía por haber aceptado irme con ellos a su casa, pero, también creo que no tenía otra opción, Comadre.

Lo hice porque no podía quedarme allí, tirada sobre aquella carretera. Ahora me iban a abandonar a mi suerte en aquel sitio porque la Abuela no me quería cerca de sus hijos y de su familia. Y pensar que yo había invertido demasiadas horas pensando en ellos. Yo me había dedicado a pensar en cómo hacerlos progresar y ahora me daban la puñalada trapera. La Abuela jamás sabría en lo yo había invertido mi tiempo durante todos esos días en los que según ella me había pasado tirada de un lado a otro dentro de su casa. Ella no sabía todo lo que yo había realizado para ella y su familia. Para colmo, su estúpido vástago, me había puesto una trampa en la cual yo caía. Él lo había hecho a propósito para que me alejara y celebraba su triunfo con La Gran Patrona que hacía aparición en ese instante. - ¿Por qué estas tan inquieta, que te pasa? "No sé", por favor, cálmate, vas a estar bien. El lugar es muy bonito. ¡ah pilluela!, tú no puedes dejar de estar escribiendo y no llevas nada de libretas-. Dijo, mientras que sorpresivamente pegaba un brinco del caballo al suelo y salía corriendo rumbo al interior de la casa. No me dio tiempo de pensar. Tampoco medio tiempo de decirle que mi libreta principal la tenía la Abuela. Ella se había quedado con ella y a lo que recordaba la había puesto sobre su closet. El resto de las libretas estaban en una esquina y ella lo sabía, así que se dirigió a ese lugar y trajo consigo una totalmente en blanco. ¿Sabe? Comadre. Cuando Lucero volvió con la libreta en blanco recordé el motivo por el cual me había puesto a trabajar en ellas. Recordé que había escuchado a los Abuelos hablar de sus peores preocupaciones. El trataba de sacar adelante su Ranchería junto con sus amigos y socios. Los escuche hablar durante un buen rato, mientras asaban unos cueritos de cerdo, los cuales sacaban y comían acompañados con pico de gallo, ¿usted sabe? Jitomate, chile, cebolla, limón y sal, y un mezcal. Tomaban y hablaban, mientras que movían y movían el contenido de una gran cazuela, si, en ella realizaban chicharrón para la comida. Ellos hablaban de un engaño, una estafa o algo así. Ellos estaban preocupados por todos sus hijos y supe también que eran Socios y amigos. Tardaron mucho tiempo hablando de su Socio principal, "El Gato", este los había estafado y se había ido, pero, aun así, yo pensaba en ellos, pensaba en como los haría progresar. Si Comadre, pensaba en hacerlos progresar y lo único que tenían en mente, era eso, su Rancho. Pensé que ya lo había visto pero, no estaba segura. Así que comencé a escribir todo tipo de ideas. Y, ahí estaban todas mis ideas escritas en esas dos libretas que tenía la Abuela,

Comadre. A cambio de mis desvelos me iban a tirar lejos de la gente para que me perdiera mucho más de lo que ya estaba. Así que, La Gran Patrona, tenía razón, pero, aun así, Doña Rosaura me parecía mucho mejor persona que ella, la cual, a fuerza de jalones de pelo me hacía entender que ella tenía razón, por la cual yo tenía que estar con ella y con nadie más. Hasta ese momento de las cuatro mujeres que yo conocía, la mejor era, Doña Isabel, pero, después de recordarla platicando con, Doña Rosaura y al mismo tiempo, verla participar con ella en mi abandono, la única que me quedaba en confiar en ella a ojos cerrados era, la más seria, la callada, la que no platicaba con nadie y que curiosamente ni siquiera las volteaba a mirar, esta era la mujer de Genaro. Y quizá todo lo hacía por él y por orden de él, para no quedar mal con sus amigos a pesar de saberse en peligro cerca de la Gran Hacendada o la Gran Patrona, pero, ella en todo momento se mantuvo distante y lejos de todos. A mí en lo personal me pareció que se mostraba exageradamente fría y muy poco amistosa y era verdad, no se prestaba a un trato intimo por nada del mundo. Uno de los hombres que iba con la Gran Patrona paso cerca de ella con las manos en los bolsillos y dijo algo que ella no quiso entender ni escuchar, porque en lugar de mirarlo se volvió hacia mí y se quedó mirando hacia la colina que estaba a mi espalda. En cuanto apareció la Gran Patrona, todos se dispersaron, Comadre. Esta solo apareció por unos breves minutos custodiada por varios hombres a caballo. Vio, observo sin ver a nada en específico. No hablo ni opino, solamente me miro a mí, soltó una ligera risita como diciendo, "Te tengo en el lugar justo, exactamente dónde te necesito" y se marchó. No voy a negar, Comadre, que me sentía exageradamente extraña, ida, peor que una estúpida, pero, trataba de meterme en la mente que eso no me derribaría. Trataba de reanimarme y bajo las palabras de Lucero, a la cual ya comenzaba a no tomarle mucha importancia porque, era verdad, era la hija más pequeña de la Gran Patrona. Si esta me había tendido una trampa para tenerme a su merced, era posible que su propia hija hubiera participado. Ella era la única que se pegaba a mí todo el tiempo, así que, era lo más seguro en que había participado al complot sobre mi persona. Lo vi y lo pensé. Tenía que estar segura de lo que estaba pensando, pero, curiosamente si ella era la única que más se pegaba a mí, en algún momento le pudo haber dicho a la madre todo lo que yo era, o todo lo que yo hacía y como me la pasaba escribiendo todo el tiempo. Así mismo pudo haberle contado del juego geométrico que me había llevado y pudo haber hablado de lo extraño que hacía en mis dibujos. No sabía de qué se trataba, pero, fácilmente pudo comentarlo. Así que no confiaba absolutamente en nadie, en nadie. La miré, le sonreí

¿Falta mucho?

y comprobé que era verdad, ella era la hija más pequeña de la Gran Patrona, si, la más pequeña y se llamaba, Lucero. Curiosamente siempre estuvo conmigo y siempre muy cerca de mí, hablándome y tratando de que yo volviera a la realidad, pero, es muy difícil volver a estar seguro si alguien más habla de cosas que hacen daño. Su hermana mayor, Cristal, era la encargada a hacer que yo me perdiera en mi totalidad. Sus comentarios iban más allá de lo real y de la imaginación. - ¿Sabías tú? "No sé". ¿Que en estas tierras hay Coyotes, Zorras y Zorros salvajes que se comen a la gente? Es verdad, primero se comen a las Gallinas, los Pollos y Los Gallos, y cuando ya no hay nada, agarran parejo, se van sobre la gente y se la comen. Es por eso por lo que nadie se ha quedado a vivir aquí. Las tierras son bonitas pero muy peligrosas. Los Coyotes y los Zorros no es nada, también hay Leones. El Abuelo no hace mucho mato uno, media doce cuartas, así, mira, doce cuartas de la cabeza a la cola. Era grande. Muy grande. ¿No te lo enseñó la Abuela? Lo tienen guardado como el más preciado trofeo en la casa de arriba. También dicen los Abuelos que hay Tigres y Gatos montes. Genaro apenas mato uno, ¿te acuerdas del enorme Gato que llevaron a la casa del Abuelo? ¿Sí? Ese lo mato Genaro porque se estaba comiendo todas sus gallinas-. Curiosamente, mientras más hablaba Cristal, más me perdía yo, pero, creo que Lucero se dio cuenta y le grito: -Ya cállate idiota-. Cristal callo, pero el mal ya estaba hecho. Cada vez me sentía más y más entumecida y no podía pensar adecuadamente. Yo tenía los ojos apretados y al mismo tiempo apretaba más las piernas sobre mi montura pensando que me podía caer. Lucero, creo se dio cuenta de ello y me comenzó a hablar más de sus cosas las cuales no entendía absolutamente nada. Ella siguió hablándome y tratando de que yo volviera a la realidad y así, no caer del caballo, para que no fuera a ser devorada por los animales. Podía sentir el tirón que alguien le daba a mi caballo. Podía escuchar las risitas. Solamente estando cuerda yo podría defenderme de los Lobos, coyotes, leones, tigres, zorros y gatos. Fue entonces que entro un poco de luz a mi cerebro y me comencé a preguntar ¿Dónde estaba? Lo cierto es que no lo sabía, Comadre. Creo que Cristal había cumplido cabalmente con su cometido, me había distraído en mi totalidad y por miedo, no pensaba realmente en el camino que era justamente lo que necesitaba para regresar. Yo tenía que memorizar el camino para regresar y por estar pensando en lo que decía Cristal ya había pasado mucho tiempo, demasiado. Te juro, Comadre, te juro que no lo sabía. Solo recordaba que habíamos pasado varios cerros, varios zanjones y, no sé cuántos arroyuelos. Quizá fue el mismo todo el tiempo el cual cruzamos una y otra vez de subida y de bajada, buscando la forma en que yo me perdiera y no supiera regresar. El problema, Comadre, es que, yo ya estaba perdida desde que escuche su frasecita de abandono; "Déjala... déjala en tu maldito potrero". Desde ahí ya no estaba muy bien. Todo era para mi borroso. Caminaba como si estuviera metida en una gran neblina y para colmo de mis males, traía conmigo un sonidito en mi cabeza que no me dejaba pensar muy bien. Si eso no fuera todo. Los cuentos de Cristal me produjeron acalambramientos en el cuerpo. Me sentía como un maldito siervo acabado de nacer. Sentía las piernas temblorosas y quería gritar por mi madre. ¿Tenía Madre, Comadre? No sé. Tal vez. Ni de eso estaba segura, pero, de algo si puedo estar totalmente segura de lo que sentía, de ese día. Me sentía enferma. Me sentía como si estuviera agripada o como si hubiera pescado un resfriado. Me dolía el cuerpo, la mente, el cerebro, las manos, los pies, el corazón y el alma. Me sentía pisoteada en mi propia dignidad y lo malo es, que, ni siquiera yo misma me conocía. Tenía tantos problemas en la mente que no sabía ni a cuál atender. Sentía que tenía que darle prioridad a uno, pero en estos casos, ¿Cuál era el principal? Mi mundo se estaba despedazando aun que pensé y llegué a la conclusión, ya tenía mucho que estaba deteriorado y ahora solamente me restaba dar lo último de mí. Esa es la verdad. Y si, así seguimos cabalgando; cerro arriba, cerro abajo, por la ladera y después por el valle, para continuar escuchando los cascos de los caballos pisotear las piedras de un arroyuelo, mientras que en mi mente surgía una y otra vez: - "Déjala ... déjala en tu maldito potrero-. Al recordarlo sentí que me faltaba el aire. No sé porque comencé a sentirme tan mal. Deseaba dejarme caer del caballo y dejar que todos los caballos que venían atrás me pisotearan. Esa sensación me comenzó a triturar los pulmones y quise mirar de

Cerrar los Ojos por Miedo, no es Buena Idea

un lado a otro, pero no, no lo hice porque sentí miedo. Sentí demasiado miedo en toparme con hormigas gigantes y carnívoras. Quería gritar, me sentí realmente incomoda y esa sensación de no poder respirar me estaba poniendo muy nerviosa. Mire de un lado a otro totalmente desesperada buscando quizá, que alguien se diera cuenta de mi estado y que se padeciera de mí, pero no, nadie se dio cuenta o tal vez todos se hicieron los disimulados para que yo continuara con ellos hasta el fin. En un principio había pensado que estaba cerca, Comadre, pero no. El tiempo pasaba y pasaba y nosotros cabalgábamos y cabalgábamos sin parar sobre aquel camino zigzagueante entre cerros de tierras con demasiados declives y arroyuelos casi secos. - ¡ay! Ya quiero salir de aquí, esas malditas plantas me ocasionan trastornos en mi cuerpo y no me dejan respirar bien-. Grito una mujer. Mientras que yo, sentía claramente como rociaban agua sobre mi rostro y yo, manotee. Había sentido claramente como rociaban agua en mi cara. Es como si hubieran utilizado un espray y sentí demasiado miedo. Escuche algunas risitas apagadas de los chicos que les divertía aquel roció, pero, había al menos un consuelo en mi al saber que yo no era la única. Son las plantas. Eso quiere decir que hay plantas que son toxicas. – Siento que me ahogo-. Volvió a decir. Yo también quise decir que me sucedía lo mismo, pero, no me atreví. Los caballos parecían saberlo y caminaban muy rápido por el aroma que despedían. A pesar de que había un delgado hilo de agua ningún caballo se detuvo a beber. Eso quería decir que yo tenía la razón. Pero ¿porque venir por aquí si era peligroso? Esa era para mí una muy buena referencia. No hay muchos arroyuelos con ese tipo de plantas toxicas, así que, debe de ser único. El guía, era el culpable. Todos lo sabían y conocían el camino y se protegieron la cara con sus pañuelos menos la chica que gritaba y yo. Quise ver a la persona que iba al frente y adiviné, era la Abuela, ella no quería que yo regresara, pero, me había dado una muy buena referencia a pesar de tanto zigzagueo. Para colmo, estaba nublado. Una neblina tenebrosa cubría el poblado y me daba pavor mirar hacia el frente. No podía creerlo, apenas llevábamos avanzado un kilómetro a lo máximo y por mi miedo, no lo había notado. Cuando salimos a la altura del cerro pude ver el manto blanco de aquella bruma tenebrosa. Era una neblina, blanca, compacta y desde lo lejos parecía una bola de algodón meciéndose sobre el poblado. ¿Qué tiempo había pasado, Comadre? Quería echarme a reír. No podía creerlo, tal vez solo habían pasado unos cuantos minutos y era cierto, desde ese punto podía ver todo el poblado y al centro de él, su inmensa Iglesia. No habíamos caminado nada aun, nada. El problema para mí era el caballo y la neblina, amén de mi estado estúpido. El que me paseaba por el calmil preocupado a que me fuera a caer del Caballo era José Luis. Fue el, el que me trajo dando vueltas y más vueltas del cerrito a la casa del Abuelo, ida y vuelta, una y otra vez. Una y otra vez y yo en mi estúpido pensar me imaginaba, laderas y cerros, arroyuelos y agua corriendo. Se trataba de unos bules a los cuales estaban llenando de agua. Y ese era el sonido que yo escuchaba. Los Abuelos llenaban los bules con un jarrito y sonaban muy ligeramente y yo pensando que eran arroyuelos. Estúpida. La única agua que corría eran las grandes gotas que me escurrían de sudor por mis mejillas por miedo. No podían creer que yo fuera capaz de montar totalmente sola un Caballo y por eso me trajeron paseando por todo el callejón empedrado que había en la casa del Abuelo. De la casa de Don Luis a la casa del Abuelo, ida y vuelta, Comadre, ida y vuelta. Está bien. Está bien. Culpo a mi estupidez, ¿de acuerdo? Por un lado, tenía el nerviosismo totalmente destrozado de mi mentalidad. Hasta ahí estoy completamente de acuerdo. Pero, también entiéndeme comadre, había una niebla tan gruesa, que apenas si se podía ver a un metro de distancia. ¿Cuándo se nublo? No lo sé, Comadre. Solo sé que me dio un miedo totalmente brutal y cerré los ojos. Es como si me hubieran lanzado en paracaídas y lo primero que haces es cerrar los ojos, Comadre. Ese es el miedo. Lo peor y lo que me imagino más feo, es, como se habrán estado riendo los chicos de mí. Tal vez uno de ellos me tallaba una rama y yo, como una idiota, me agachaba y me pegaba al caballo. Después los oía atacarse de risa. Si el mismo caballo no sabía ni por donde iba, imagínate yo comadre, que en la mayoría del tiempo me la pase con los ojos cerrados. ¿Qué dijo? ¿Qué soy una verdadera estúpida? Está bien, Comadre, lo acepto, cabalgar con los ojos cerrados es de idiotas. Lo cierto es que, estaba hecha una verdadera estúpida y si, en cuanto abrí los ojos comenzamos a avanzar. La chica que se quejaba del aroma era Priscila, la hija de Don Luis. Era ella la que se había colocado un perfume que lejos de oler bien, todos la rechazaban y la hacían que se alejase de ellos, de todos ellos. Ese aroma era el que nos traía a todos, mareados con náuseas y sin poder respirar bien. A ella también le habían jugado una muy buena broma y se quejaba por su infortunio. Los chicos reían como unos endemoniados burlándose de mí. Las tres Abuelas eran las primeras en línea. Ya habían terminado de cargar todo lo que necesitaban y ahora si avanzábamos frente al calmil de la Abuela. Ellas habían tomado por un delgado camino por donde solo se podía ir de uno en uno y zigzagueando hasta llegar a un delgado arroyuelo con algún sembradío de caña de azúcar. Desde ahí se podía ver como si fuera bambú de un color verdoso y morado o negro. Pero no, yo conocía muy bien la caña de azúcar y esa era caña. atravesamos sin demora aquel paraje que me pareció agradable. Ya no cerré los ojos, estaba vez iba con los ojos muy abiertos para no perder detalle alguno. José Luis no me perdía de vista y Lucero tampoco. Ella seguía cerca de mi e incluso desde que me anduvieron paseando en el callejón de la casa de los Abuelos. Ahora estaba concentrada en todo lo que se hacía y memorizaba todos los caminos para poderme regresar cuando yo quisiera. Cerca al cañaveral había un arroyuelo casi seco con apenas un delgado hilo de agua que corría por él y esta vez, los caballos si tomaron agua. Todos en su totalidad se acercaron a beber uno atrás de otro y todos soltamos las riendas para que bebieran con comodidad. Todo el paraje estaba nublado, aunque ya no se podía ver esa neblina que cubría el pueblo, habíamos tomado un camino hacia el Este, de eso estaba más que segura. Para colmo, todo el trayecto fue cubierto por esa neblina tenebrosa que cubría el poblado y si, Comadre, no lo voy a negar, me daba miedo. Me daba miedo volver mi vista y también me daba pavor mirar demasiado hacia el frente, hacia donde se extendía aquella serranía porque no se podía ver muy bien. Veías a unos diez metros, pero el resto tenías que adivinarlo, pero era verdad, justo al frente había cerros y más cerros alineándose uno atrás del otro. De lo que, si estoy segura, Comadre, es que los caballos caminaban por ese delgado camino porque lo conocían a la perfección y pensé en quedarme con el caballo que montaba. Ese caballo podía llevarme de regreso al pueblo. Si, Comadre, el caballo podía ser mi solución para regresar. Mientras pasaba el tiempo veía el camino y lo memorizaba; primero fue el empedrado, después le siguió una ladera con un arroyuelo delgado pero ancho con apenas un hilo de agua. Se que era ancho a pesar de la neblina, aunque cabía la posibilidad de ir arroyo arriba, de no ser así, entonces ya no era un arroyuelo sino un rio. Si se trataba de un rio ¿Qué rio era? - ¿Qué rio es? -. Le pregunte a Lucero para así, ubicarme en el mapa de mi memoria. Yo conocía un mapa y todos sus estados, y por tal, también tenía en mi memoria todos los ríos, y por un momento brillo mi lucidez y respire tranquilidad. No me importaba a donde me llevaran, segura estaba de que daría con el pueblo o con las ciudades en el preciso momento en que Lucero me diera el Nombre del Rio. Para mi sorpresa ella solamente se sonrió un poco y me pareció decir; - ¡Ay estupidita! -. Quiero mencionar que realmente no lo dijo, pero su sonrisa eso me hizo entender. La que hablo fue su hermana. - ¿Rio? Este es el arroyo más seco que yo haya conocido en toda mi maldita vida y creo que, ni nombre tiene-. Dijo y todas rieron de buena gana, mientras que yo me encogía de hombros y me volvía a quedar trabada por el miedo. Durante todo el camino solamente escuchaba el susurro de sus voces y el chasquido de las piedras cada vez que eran pisadas con las herraduras de los caballos. Debes en cuando un chiflido, otras veces era un grito lo que me volvía a la realidad, y otras tantas veces eran los cantos de las chicas que cada vez que una de ellas desafinaba intencionalmente el resto se callaba para volver a escuchar el resoplido solitario del caballo y una vez más, el ti qui taca, ti qui taca, rítmico de las herraduras de los Caballos sobre las piedras. Después, se volvía a escuchar otro resoplido. Tardamos, sé que tardamos en llegar al Rancho o Potrero. Cuando lo vi desde la cima del cerro pensé, este es un pequeño Rancho, no Potrero. Había unas cuantas vacas pastando en el corral y muchas más había en la ladera más allá. Nadie salió a recibirnos. Solamente un potrillo que a grandes relinchidos nos recibía como celebrando nuestra llegada, pero, lo que a mí me preocupaba era ese espacio de una pared en forma de escuadra y con un poco de techo. Y pensé en las palabras del Abuelo: -Apenas hay dos paredes -. Descubrí que no era verdad. Era una gran finca. Había una gran cantidad de corralones de unos dos metros cada uno y en cada uno se escuchaba el chillido de un cerdito. Mire la distancia y calcule unos doscientos metros abajo.

Nuca Creas en Todo lo que Vez

Eso quería decir que había unos cien cerditos sobre aquella tira escalonada, pero, no todo terminaba ahí. La construcción seguía más abajo con chiqueros abiertos para caballos. Se podría decir que eran unos cien metros abajo y otros cincuenta o setenta y cinco haciendo escuadra. Y volvió a sonar la frase del Abuelo: -Apenas hay dos paredes-. No voy a negar que casi me carcajeo, Comadre. Eso no podría ser verdad. Creo que, me comenzaba a gustar la idea de quedarme aquí. Si me iban a abandonar al menos tendría una muy buena compañía. El caballito brincaba de gusto. Se retorcía y se remolineaba sin dejar de trotar. El caballo parecía bailar al vernos, mientras que la Yegua parecía saludar a los Abuelos. El Potrillo seguía trotando mientras era observado por la vaca que permanecía atada junto a su crio. Había tres vacas más, pero, estas estaban sueltas menos esa que no dejaba de mirar al Potrillo. Me pareció ver que lo seguía con la mirada Celosa tal vez de estar atada ella y su crio. Mientras que el Potrillo era libre en aquella cerca demasiado grande para él. Mientras que yo veía, me enamoraba más y más de aquel lugar tan lleno de vida y de vegetación un poco destrozada por algo que había sucedido no hacía mucho. Mire a la lejanía y descubrí algunos pequeños problemas que habría que resolver, pero, al mismo tiempo pensaba en las palabras del Abuelo: -Vamos, "no sé". Te vamos a llevar a conocer un lugar… que, te va a encantar-. Pensé en ese instante, que el Abuelo me había dicho, "te va a encantar", y era verdad, no se había equivocado. El lugar era hermoso de verdad. Aun no pisaba tierra y ya estaba encantada, maravillada con aquel espectáculo tan bonito de la naturaleza y, sobre todo, tan lleno de flores. No voy a negar que algo siniestro había ocurrido ahí, pero, no había arrancado del todo su belleza. Por un lado, se extendían las maravillosas buganvilias de flores moradas, lilas y rojas. Lucían un poco deterioradas pero las paredes donde se extendían y donde aún permanecían encaramadas las habían protegido mucho. Toda la parte de atrás de los chiqueros y de los corralones estaban adornados con esas flores. Mas allá había un árbol seco y sobre él se había encaramado una trepadora y formaba un gran matorral de flores blancas, azules y moradas. Era todo un espectáculo. Lucero me miro y se sonrió. Sabía que me había gustado mucho y mi preocupación se disipo, se esfumo como las nubes al viento, Comadre. Me había gustado el caballo, la yegua y su crio. Me había encantado la naturaleza, las flores, las plantas, el trinar de las aves y aquella inmensa construcción que parecía escalonarse rumbo al rio. Los pastizales que se perdían en la lejanía de los paredones y aquel murmullo del agua de una cascada que no se veía por ningún lado pero que ahí estaba dando su sonido y ayudando a la naturaleza a gritar su belleza y su armonía. Me había encantado. Me sentía emocionada y durante un buen rato le vimos, le contemplamos y nos llenamos la pupila de tan fiel hermosura, las chicas y yo. Las Abuelas y los Abuelos se habían ido rodeando el cerro, pero, al ver que ninguna de las chicas se había movido de ahí, pensé que tarde que temprano volverían porque ese era el Potrero de un solo caballo y era precisamente el que mencionaba la Abuela. Yo en ese instante pensé que se había equivocado de Frase, no era potrero sino un Rancho. ¡Idiota de mí, Comadre! Era una verdadera "Idiota". ¿Quién se iba a imaginar que aún no comenzarían los peores horrores de mi vida?

"Lo Agresivo se trae en la Sangre"

¿Quién se lo iba a imaginar, Comadre? ¿Quién? ¿Quién comadre? A la única persona que he visto disfrutar horrorizando a la Gente es a la Gran Patrona y su marido, pero, aun sabiendo que vendrían no me preocupo mucho. La que lo menciono fue su propia hija, Cristal y trate de seguir toda normal, sin pensar en mí y sin emocionarme demasiado, ya que había visto que esto era lo que me hacía perderme y no pensaba perder la brújula una vez mas de mi persona. Yo sabía que tenía que estar al cien si realmente quería regresar a casa. Al menos por un par de horas ya había logrado establecerme mentalmente y aquel encanto de la madre naturaleza me hacían recuperarme sin perderme y sin sentir miedo a nada. Ilusa de mí, Comadre. Creo que nunca había visto Horrores más grandes que los que había vivido aquí, pero, no deseo adelantarte nada, porque quiero que los disfrutes conmigo, de la misma manera en cómo todo sucedió. Si, Comadre. Quiero que lo disfrutes todo, de la misma manera que yo. ¿Quién se iba a imaginar lo que seguiría después, Comadre? Yo, no tenía ni la más mínima idea de lo que seguiría después, aunque, tal vez nadie lo imaginaba, pero, lo intuían. Tal vez era por ello por lo que Lucero tenía su mirada triste y la verdad, llorosa. Esto ocurría cada vez que me abrazaba. Creo que fue la única que paso la mañana, triste y muy pensativa. Se podría decir que, preocupada y meditativa y creo que era por lo que vendría después. A pesar de todo, trataba de sonreír, pero, no podía ocultar su tristeza. Víctor estaba lejos de ellas y pensé que quizá esa podría ser una muy buena razón y todo se lo deje al amor. "El amor es el culpable de la tristeza de mi niña". Me dije sin tomar en cuenta que las mujeres tienen cierta intuición. Intuición o instinto que yo no tenía o que quizá no tomaba mucho en cuenta por mi estado cata-estúpido que tenía. Me sentía como muerta en vida, Comadre. Es por ello por lo que mencione este hecho. Los síntomas de la catalepsia pueden ser, rigidez corporal, padecimiento que ya tenía. El sujeto no responde a estímulos; lo mismo que yo, que no respondía mentalmente y la respiración y el pulso se vuelven muy lentos, la piel se pone pálida y mire mis manos, mire mis manos, Comadre, ya tenía desde ese tiempo este color amarillo, pálido asiático que detestaba porque me hacía lucir sin vida. El problema de todo es que, en gran número de casos, este estado lleva a creer que la persona que padece un ataque de Catalepsia ha fallecido. Y así precisamente me sentía, muerta en vida sin poder saber, quien era yo, Comadre. ¿Quién? Como te decía, Comadre. Lucero, sonreía muy poco y gran parte de su sonrisa era forzada. Cada vez que alguien le hablaba o la bromeaba con sus típicas indirectas que yo, no alcanza a comprender muy bien, aunque creo que se lo decían por mí, porque ya sabía que me iban a abandonar en ese lugar y así lo escuche: - Si le vas a llorar a la yegua, Lucero, hazlo bien, y no moquees por partes-. Le dijo Cristal que parecía disfrutar el momento, aunque, cierto era que todas rieron de buena gana y ella se entristeció más, mucho más, aunque la verdad, vi que hacia un gran esfuerzo por reír. - ¿Tienen otra yegua aparte de esa? -. Pregunte inocentemente y todas volvieron a reír. -Esta, sí que es idiota-. Dijo Priscila que se alejaba con su canasto para traer… ¿no sé qué…? Habíamos llegado y todas comenzaron a desmontar y a dirigirse a realizar algunas labores. Yo me detuve para observar el panorama. Había demasiadas flores destrozadas y sus pétalos estaban esparcidos por todo el campo. Priscila se comenzó a alejar de todas ellas y alguien más se dirigió con ella para hacerle compañía. Voy a reconocer que, no las conocía del todo en aquel tiempo, Comadre y es por ello por lo que no voy a mencionar sus nombres por ahora, sola voy a decir que Priscila y la que le acompañaba eran hermanas. Yo les observe a la distancia. Se metieron a un Quiosco un poco grande con algunas hendiduras y con el tejado, una parte del tejado un poco maltratado y algunas tejas le hacían falta. Las vi, cuando subieron y también alcancé a verlas como se iban perdiendo hacia el centro del Quiosco que parecía tener algunos escalones para bajar. Por la forma de perderse, Conte tres escalones. Me llamo demasiado la atención aquella construcción porque tenía 16 partes y era la forma de un Hexadecágono. Desde donde me encontraba podía ver, aun no muy claramente algunos troncos mal acomodados que servían de sillas y otros tantos de mesas. Fuera del Quiosco y un poco más retirado hacia abajo, a donde todos se dirigían había un gran árbol tirado. Don Luis se había quedado casi en la entrada para cuidar o tal vez para esperar a sus Socios los cuales se habian ido más arriba. Otras dos chicas encendieron otra fogata a un costado del gran tronco que permanecía caído y ligeramente encaramado en parte de lo que había sido su raíz a la cual le habían cortado y emparejado para que asemejara dos patas de una mesa. En este lugar no había techo alguno, solamente había unos troncos mal acomodados que servían de mesa. Vi que alguien había tratado de emparejar la parte de arriba para que sirviera como mesa y abajo había otras seis partes iguales de troncos que servían como bancos. También habían tratado de hacer lo mismo, pero lo hicieron tan mal, que se podía ver claramente los machetazos que le habían dado. Tal vez lo hicieron con mucha flojera o con muy mala puntería. Estos cortes indicaban claramente el mal uso de un machete o simplemente lo habían realizado con muy mala actitud. Tal vez el que lo había realizado estaba molesto de su trabajo y no tenía gana alguna de realizarlo. También cabía la posibilidad de su desesperación al ver que era demasiado trabajo por realizar. Este tipo de trabajos es preciso utilizar exactitud y realizarse con mucha calma para no echar a perder la madera que en la mayoría de los casos es escasa. El tronco principal era muy grueso y las seis piezas que servían para sentarse, eran más delgadas. Todo pertenecía a un solo árbol, el cual, era muy probable se había caído o lo había tirado un rayo. En ese instante pensé en la Tormenta. Era muy probable que esta lo hubiera tirado y los Abuelos pensaron en utilizarlo así, y recordé su ir y venir del pueblo a qui, acompañado por algunos de sus hijos y por todos sus socios y amigos. Todos se venían para acá. Es probable, muy probable que se tratara de esto. Venían aquí para tratar de arreglar todo esto. Eso quiere decir que el potrero no está muy retirado de la carretera, ¿o sí? ¿Qué tanto abarco el Tornado queriendo tocar tierra? ¿Por qué eso es lo que sucedió? El gusano se movía de un lado a otro, yo podía verlo cada vez que relampagueaba y siempre aparecía a mi mano izquierda. Eso quiere decir que la carretera esta hacia el Norte y hacia el Oeste está el pueblo. El Sol esta ahora sobre el Este, son como las ocho de la mañana y nos tardamos entre una hora u hora y media. Aquí amanece a las seis. Es probable que haya amanecido a las cinco y media. A esa hora ya había problemas en la casa del Abuelo y se siguió con su trote. Ahora que veo todo esto, estoy tratando de ubicarme y si quiero salir de aquí, es muy seguro que vaya hacia allá. Hacia donde sale el Sol. Creo que, en caso necesario puedo irme hacia allá y largarme de aquí. Si, creo que puedo hacer eso. Quiero largarme porque aquí, con todos ellos no voy a realizar nada en la vida. Me siento enganchada a la nada y sin ningún progreso. Y con estos muchachitos burlones y desobedientes que no saben hacer otra cosa más que molestar a su propia Familia. Durante un buen rato los observe y creo que yo misma me sorprendí de mí. Yo no tenía por qué estarles mirando, observando y juzgando sus formas y modales porque, Comadre. A mí, que me importaban ellos. Yo lo único que tenía que hacer era portarme bien, mirar y callar, porque yo no era absolutamente nada de ellos. Pero, sin embargo, los miraba como si yo fuera su maestra y era de mi incumbencia sacarlos adelante. Se me hizo estúpido todo eso, pero, pensé por un buen momento que yo podía sacarlos adelante. El problema era, ¿Cómo? Si no sabes quién eres tú, menos vas a poder sacar adelante a estos chicos. ¿Qué te pasa, No se? Me pregunte y casi me regaño a mí misma ante aquellos chicos que me miraban. Creo que también ellos estaban igual que yo, me observaban para ver cuál era mi reacción ante su mundo al cual yo era totalmente desconocida. Me hice la disimulada y observé aquel desastre de troncos. Poco a poco lo fui recorriendo todo. Miré los corrales y aquella cabaña que era más bien un quiosco que servía de cocina. Las dos chicas habían reavivado el fuego y se disponían a calentar agua o algo así. Supuse que era para el café, pero, también he de mencionar, Comadre, que no a todos les gustaba el café. Ese era mi caso y continúe el recorrido con mi vista. Mas abajo, donde terminaba la escuadra de la construcción, en la punta para ser más exacta, Comadre. Había una especie de cabaña sin ventanas. Una rama del gran árbol se había llevado una parte del tejado. No había tirado la pared, pero, si había tirado casi la mitad del tejado y aún permanecía gran parte de la rama encaramada sobre aquella construcción. Yo le miré y a pesar de la distancia, que por cierto no era mucha, pude comprender que era un granero. Creo que, era por ello por lo que se preocupaban los Abuelos. Si permanecía demasiado tiempo a la intemperie su grano se podía echar a perder. Este era precisamente su mayor preocupación. No tanto el realizar una mesa con el tronco, pero, pensé que todo estaba unido. El árbol, era realmente frondoso y muy grande, motivo por el cual se había volteado arrancándose desde la raíz, la cual no era muy extensa por falta de agua y más sácate a su alrededor. La cabaña sin ventanas la vi, demasiado derruida y sin partes de lo que una vez había sido techo o tejado. Seguí mirando y pude notar que todas las tejas habían sido retiradas del piso y lanzadas, quizá, con una pala, pero, el trabajo se les había hecho demasiado y lo habían abandonado a medias. Apenas si habían realizado un ligero montón a un costado. No habían podido lanzarlas más lejos, así que les seguiría molestando esas tejas rotas. En aquella construcción que parecía un Quiosco también se habían caído algunas tejas. Tenía un metro y medio a lo máximo de gruesor y como dos y medio de largo por la parte de abajo. Se veía que ya le habían acomodado algunas tejas y solo les faltaba esta parte, pero, ya no tenía más, así que, tenían que acarrearla desde uno de los chiqueros. Ahí tenían mucha teja acumulada y nueva. Volví a ver el tronco, verdoso y tirado hacia el Este, hacia donde estaba el Rio. Vi el tronco y lo toqué. Aun se veía y se sentía muy verde y vi como habían apilado una gran parte de sus ramas más allá. Eso le daba razón a mi pensamiento y quería decir una sola cosa, la estaban conservando para leña y el resto del tronco lo querían para realizar una gran mesa que serviría para todos. Cuando le miré detenidamente al tronco, pude notar que antes tendrían que terminar de cortarle toda la corteza, emparejarla y pulirla. Me parecía bonito todo esto. Lo único malo que existía en ello era que, el frondoso árbol había tirado una gran parte de la construcción del potrero. Eran unos cuatro metros y aun así permanecían tejas rotas y parte del adobe tirado y despedazado. Quizá se habían entristecido un poco, pero, gracias a esto no tuvieron que cortar el tronco en su totalidad, porque idearon en realizar una gran mesa. Creo que esa es la idea principal. Realizar una mesa para todos. Seguí mirando y descubrí a Don Luis parado frente a la entrada del Rancho, fumando. Creo que lo hacía así, por respeto a los chicos y al mismo tiempo creo, los miraba para ver, ¿Qué hacían? Era muy probable que ya todos tuvieran su tarea por realizar en cuanto llegaran, pero, nadie se atrevía a comenzar, por lo tanto, el solo les vigilaba mientras disfrutaba de su cigarrillo. Por otro lado, yo también los miraba, Comadre. ¡Ay! Los jóvenes, Comadre. Estos

La Broma con una Vaca Furiosa

no saben hacer nada. A estos los he visto vagar, cortar una ramita sin gran ánimo y después estar molestando a sus hermanos con travesuras tontas y tratando de llamar la atención de las jovencitas que están más que dispuestas a jugar…, con su incredulidad e inocencia total, la cual he descubierto por ambos bandos, Comadre y me he dedicado a observar su tonta inocencia, negligencia y, sobre todo, la gran falta de ideas. Era verdad, Comadre, tenían una gran falta de ideas, de todo y en todo, olvidando totalmente el motivo por el cual estábamos ahí. Por observarlos olvide totalmente de que me iba a abandonar en aquel sitio del cual, la mayoría de los chicos contaban horrores. Principalmente de aquella construcción diminuta y derruida a la cual le llamaban cabaña, aunque a mí me pareciera más un Quiosco mal construido y en su centro hundido del cual ya salía una gran flama y apenas alcanzaba a notar dos ollas. Había visto a las chicas poner dos inmensas cazuelas a un costado para poner las ollas y se habían salido de ahí para ponerse a platicar y a observar lo mismo que yo hacía, pero, ellas lo hacían sentadas en aquellas bancas que había por dentro y por todo el derredor del Quiosco. Para mí, era un Quiosco más que cabaña y me quedo con eso, Quiosco. Una de las chicas se puso de pie sobre una de las bancas y miro hacia abajo, miro de tal forma que parecía ver el Rio desde ahí, pero, pensé que era imposible aparte de imaginarlo un Rio, pensé que era más un arroyuelo delgado y lleno de piedras, aparte de arenoso. Yo los miraba ir y venir en aquello que ellos le llamaban trabajo y a mí me pareció que jugaban bajo una reglas descompuestas y mal dirigidas y descubrí, que, en realidad, ellos no sabían lo que es tener reglas, porque los mismos adultos tampoco las tenían. A veces un adulto escucha que hay que poner reglas en el hogar, pero, no tienen idea de lo que es una regla y menos lo que van a hacer. Todo mundo opina, pero, no tienen ni la menor idea de lo que están diciendo y lo malo es que, todos se sienten expertos para ello, sin saber de qué están cayendo en el peor error de su vida. Así sucedía aquí. Lo que descubrí, es que, El Abuelo intenta, pero, los hijos son demasiado desobedientes y estos no obedecen a nadie. La madre quiere, pero esta es más lo que regaña que lo que enseña y, he ahí el desastre. Me pareció ver que, era costumbre de los chicos reunirse en el Potrero junto a su padre para realizar prácticas de ayuda, solo por llamarlo así, porque en realidad eso era o que hacían, practicar y lo cierto es que no ayudaban como era debido, pues del asunto sabían muy poco. Los vi y he de decir que eran simples aficionados del trabajo, sin ningún conocimiento solido de lo que estaban haciendo. Yo los miraba, los observa y los estudiaba con ojo clínico, científico y al mismo tiempo, pensaba en como corregir todo aquel desastre que ocasionaban. En repetidas ocasiones habían intentado hacer algo diferente e ir más allá a través de métodos empíricos y descubrí que ni siquiera ordenar sabían. Increíblemente, era más juego y maldad que un buen trabajo y era tan así que, incluso, aquel que lo había realizado bien, el mayor de los hermanos a propósito, para no quedar mal de su trabajo, le había ido a desatar las patas a la vaca y esta con la cola suelta, se espantó las moscas y latigueo a placer al que la toqueteaba. Y como era de suponerse, termino tirando la poca leche que ya llevaba acumulada en su cubeta, la cual tenía entre las piernas. En un movimiento de la vaca lo lanzo al suelo y tiro la canoa que tenía enfrente a ella, llena de agua. Esta se giró hacia el chico ordeñador y este se revolcó en el suelo quedando totalmente enlodado. Yo le miré y le sonreí, pero este estaba más que furioso. Era de suponerse porque traía paja, leche, agua, tierra lodosa y caca de vaca fresca y muy pegajosa. El problema es que, no todo termino ahí, no, para nada. Para colmo de sus males el becerro se soltó y lo embistió cuando este se iba poniendo de pie y fue el golpe tan fuerte y certero que este animalito pareció lanzarlo a dos metros de allí. Todo pareció real. Aunque a mí en lo personal me parecía que él había ayudado un poco para que se viera muy aparatoso el golpe. Al verlo, descubrí, que no había sido así, el becerrito si lo había golpeado y fue demasiado fuerte. Tan era así, que, le costaba trabajo ponerse de pie y esto ayudo a que el becerrito se lanzara de nuevo sobre él, mientras que la vaca luchaba por soltarse. Esto se había vuelto un verdadero manicomio. Al siguiente golpe creo que él había ayudado un poco lanzándose hacia atrás para no ser golpeado tan fuerte, pero, esto alarmo a todos. Los gritos de las mujeres no se hicieron esperar. Una de ellas corrió en su ayuda mientras gritaba, auxilio, auxilio. Yo sabía que estaba enojado, pero, nada más. El golpe no había sido tan fuerte y la caída tan tampoco había sido tan aparatosa como él lo había hecho ver y creer, pero, su enojo y su frustración por vengarse de su hermano mayor tenía consuelo y perdón, porque ella más bien lo abrazo más que ayudar a curar sus heridas. La herida principal, la del alma ya había sido curada, Comadre. Si Comadre, ya había sido curada con la actitud, amor y ternura de ella. Pero, el problema siguió. Porque no he de negar que se hizo mucho más feo. El coraje del becerro no había sido satisfecho en su totalidad y así lo vimos todos. Primero rodeo a la vaca y se lanzó de lleno a toda velocidad sobre los muchachos que les agarro totalmente distraídos. Apenas si me dio tiempo de decir; "cuidado", cuando este le volvió a dar un golpe frontal en pleno pecho y esta vez sí fue a parar al suelo rodando y sin aire. Para colmo el becerro lo traía sobre el tratando de hacerle una herida mayor. No tenía cuernos, apenas si le salían unas pequeñas bolitas en la frente como si fueran espinillas, pero, nada más. De algo si estaba muy segura. De haber tenido cuernos, aunque sea muy pequeños, a Víctor le habría ido como en feria, porque a pesar de su tamaño el becerrito era muy bronco. Era fuerte y muy decidido. Todos corrieron a su auxilio cuando lo vieron que rodaba por el suelo sin poder respirar. Imagínese usted, Comadre. La ayuda de Lucero más bien resulto mala, contraproducente para el pobre Víctor, porque esta corrió a sus espaldas y lo empujo a él para no ser alcanzada ella y el recibió el impacto demasiado fuerte y sin poderse mover porque ella lo sujetaba por la espalda. Qué curioso, el nerviosismo de ella por protegerse detuvo el cuerpo de Víctor empujándolo hacia el frente y el por amor, y por evitar que ella fuera a hacer lastimada, recibió el golpe totalmente de lleno. Ahora que puedo pensar en aquel tiempo me pregunto; ¿Qué habría sucedido si el recental o becerro de año, hubiera tenido cuernos? ¡Dios! Habría sido fatal. Pero, a lo que recuerdo de aquel día, es que, Victor recibió el golpe totalmente de lleno. Si, Comadre, el Becerro, Recental o como se le llame, apenas tenía 6 o 7 meses, no quiere decir que no fuera fuerte, por el contrario, era muy fuerte, por el constante correr por el campo al cual estaba acostumbrado. Yo lo vi y lo imaginé demasiado fuerte y muy decidido a terminar con Victor, que no solo el rodo por el suelo, sino que también lo había hecho, Lucero. Pero Víctor había llevado la peor parte. Pienso que no había visto bien porque el golpe… imagino, no lo recibió en el pecho sino en la boca del estómago y ahí duele, exageradamente feo. Por ello, por lo que Víctor no podía respirar ni soportar el dolor y mucho menos levantarse. Y era precisamente por ello es por lo que el becerro seguía brincoteando sobre él y tratando de sumirlo bajo tierra a topetazos y haciéndole girar por el suelo. Que agresividad, Comadre. Yo me quede paralizada sin saber que hacer y creo que todos estábamos igual. Fue tal la estupidez que teníamos todos que nos quedamos inmóviles. Nadie escucho el caballo correr asustado. Nadie escucho el sonido del aire. Lo único que oíamos era el coraje que sacaba el recental haciendo un ruido estrepitoso de un Berrido. Empujando y brincoteando, mientras que Victor parecía estar noqueado. El becerro iba y venía brincoteando y topeteando la espalda, el pecho y las nalgas de Victor que rodaba sin parar. Creo que algo se despertó en mí que no conocía. De pronto me sentí una experta, una verdadera maestra del tacleo. Si, Comadre, algo se despertó en mí y me hizo reaccionar de una forma que nunca pensé que sucedería. De pronto me vi con las piernas separadas y las rodillas flexionadas, sé que mantuve los pies separados en la misma distancia que mis hombros. Me sentí una experta como si antes demasiadas veces lo hubiera practicado lanzándome a toda velocidad sobre alguien, mientras mantenía mi vista al frente. Se que puede ser un poco tonta la posición que tomé de un pato, pero, lo hice y me pareció en ese instante que yo había instruido a un equipo de jóvenes para practicar este deporte del futbol americano. Dígame la verdad, Comadre, ¿Lo hice? ¿En el pasado lo hice? ¿Por qué tengo la sensación de haberlo realizado demasiadas veces, Comadre? Dígame, porque tengo la sensación de haberlo realizado demasiadas veces con jóvenes que, en mi sueño, estos jóvenes levantan una copa y me llenan de abrazos y besos y me gritan que…, fui yo quien los llevé a ganar. En mi sueño, ellos dicen que fui yo la que los lleve ahí. Que fui yo la que los hizo campeones. -Todo es gracias a ti, a tu fuerza de voluntad, a tu tenacidad y perseverancia. A tu coraje de jamás dejarte vencer y a tu ambición de siempre querer más y más-. Eso dijo el Hombre y yo estoy en duda y en deuda para conmigo misma porque no sé quién soy. Una y mil veces me he preguntado, ¿Quién soy? Pero, la respuesta es tan callada que siento que me hundo, siento que me hundo en mi propio pensamiento y solo me queda un recuerdo incierto, inseguro y muy deprimente que solo se borra con el paso de unas cuantas horas y vuelve a quedarse en la nada. Si, Comadre, se pierde en la nada como si nunca hubiera existido y he ahí mi problema. Dudo de mi propio recuerdo como si existiera pero que yo lo acepto como un hecho legitimo por ser bello o muy duro. Creo que necesito, Comadre, mi aprobación de, si lo hice. Ese recuerdo es mío, porque yo lo hice, yo lo realice, yo lo lleve a cabo como aquel día con el Becerro. El Recental envestía con toda saña, alevosía y ventaja y yo lo vencí. Mire, Comadre, hasta me emociono al recordar aquel día y la piel seme pone chinita como de gallina por la emoción que me da al verme ahí, con las piernas separadas y flexionadas. Recuerdo que puse los hombros hacia atrás y tenía mi mirada al frente y salí disparada a toda velocidad. Busqué un ángulo por donde poder envestir al Becerro y el mismo se acomodó dándome una ligera inclinación por el lado derecho por el cual me precipité. No voy a negar que me lance, desde unos dos metros y medio, y fui a parar con mi hombre izquierdo a una cuarta de su axila donde golpee con toda mi fuerza. Mi brazo izquierdo se fue sobre mis pechos, Comadre, y el brazo derecho se fue automáticamente sobre las rodillas del Recental que Bramo de dolor. Recuerdo que mis rodillas tocaron tierra y me ardió la piel, pero, yo puse un pie al piso y me impulsé con toda mi fuerza, derribando al Becerro, el cual cayó pesadamente y entonces me abracé a él con ambas manos y empujando con mi hombro y mi cabeza lo mantuve en el suelo. Fue entonces cuando mire a Lucero dudando. No sé porque tenía esa cara de espanto. Yo la descubrí, totalmente horroriza y no sabía realmente el porqué. Yo pensé que realmente no tenía por qué sentir tanto miedo si ya tenía al Becerro totalmente inmovilizado en el piso, pero, no, lejos de ayudar me pareció ver que lo que más deseaba era huir y dejarme ahí. ¿Por qué? Me pregunte. Yo estaba asustada porque sabía que no todo terminaría ahí. Era como una especie de intuición femenina. Si, Comadre, no todo terminaría ahí y supe, creo que, demasiado tarde que aquello apenas comenzaría. Dicen que, cuando más obscuro se ve, es porque va a amanecer y eso pensé. Creí que ya había terminado todo, pero, en realidad, apenas estaba comenzando. ¡ay! Comadre. Que incredulidad la mía. Yo sonreí triunfante ante aquel hecho, porque sabía que había vencido al Becerrito al cual tenía en el piso, dominado e inmovilizado totalmente y solo esperaba que Lucero le contara las tres palmadas al piso como lo hacen en la lucha libre. Ya casi me imaginaba a Lucero, Comadre, lanzándose al piso, pecho tierra y contando el un, dos, tres, mientras golpeaba el piso… y si, si, Comadre. Yo me sentía feliz al tener dominado al Becerro que comenzó a berrear como un desesperado. A mí me pareció que gritaba, ¡ma, ma, ma! Y volví mi vista hacia Lucero a la cual descubrí, Aterrada, Comadre. Miré hacia mi alrededor y descubrí a todos los chicos corriendo, pero, no precisamente para ayudar, sino todo lo contrario. Todos corrían hacia el corral, el quiosco y hacia los chiqueros. Todos corrían horrorizados. Aterrados al igual que Lucero y no veía el, ¿Por qué? Realmente no entendía ese proceder de los chicos. Se supone que al sentir peligro todos tienen que ayudar al caído que en este caso era Victor, pero lejos de ayudarle todos corrían como si quisieran hacer todo lo contrario. Volví mi vista hacia Victor y Lucero y vi, increíblemente a Lucero tan aterrada, horrorizada y demasiado preocupada en… su decisión. Creo que por primera vez estaba tratando de decir entre el amor de su vida o su vida. Y no voy a negar que decidió de una manera que no me lo esperaba. Quizá pensó que hombres hay muchos, pero, vida solo hay una y que habría que salvarla. Quiso correr, pero, también pensó en su amor y ese instante es crucial para salvar la vida. Un solo pestañeo y se terminó todo y la verdad, yo no sabía ni donde estaba. Creo que seguía disfrutando de mi triunfo apachurrando más y más al becerro que seguía gritando como un endemoniado. Berreaba desesperadamente y yo en la mía, no estaba dispuesta a dejarlo parar hasta ver a Victor sano y a salvo. Volví a mirar a Lucero y volvió a realizar la misma maniobra. Vio con horror a la lejanía por encima de mí. Fue entonces en que descubrí que no me veía a mi sino a la lejanía y que volvía a realizar la misma acción una y otra vez. ¿Por qué? ¿Por qué quería correr abandonando a Victor a su suerte si este lo que más necesita en ese instante era recuperar el aire? Aun así, lo mire ahí tirado y con una cara de dolor que, cuando descubrió también lo que venía a toda velocidad, se levantó de una forma relampagueante, olvidando todos sus malestares. Creo que solo así pudo respirar y pudo olvidar todos sus dolores. Creo que en ese instante apareció para mí la gracia divina. Porque, si bien Lucero y Victor se habían puesto de pie olvidando todo el dolor y la suciedad en la que estaban y se disponían a correr totalmente asustados y con sus rostros desencajados era porque algo grande, fuerte y muy furioso venia hacia nosotros. Volví la vista y no vi nada. Volví hacia los chicos y los volvía a encontrar en la misma posición, estaban semi agachados en una posición de alerta como cuando se espera un tacleo o la embestida del contrincante que desea arroyarte con todo, así los vi y así los descubrí, y lo que era peor, buscando hacia donde correr. Entonces fue cuando entendí. La vaca se había soltado o la habían soltado a propósito. Tanto a Victor como a Lucero, los vi dudando hacia donde poder correr para ponerse a salvo y esto desoriento un poco a la Vaca que dudo sobre quien ir. El griterío era inminente. Yo sabía que tarde o temprano sucedería y cierto es que, surgiría por todas partes, Comadre. No me equivoque. Creo que las primeras en gritar fueron las dos chicas que estaban dentro del Quiosco, aunque, al saber que tenían el fuego a su alcance y que estaban un poco retiradas no corrían demasiado peligro. Miré sobre mi hombro derecho y ahí descubrí a Lucero tratando de ponerse a salvo junto con Victor, pero no tenía más opción que meterse al chiquero donde este chico había llevado a la Vaca para ordeñarla. En ese instante recordé que no la había llevado el, sino dos de sus hermanos mayores, Alberto y Carlos y, entonces entendí por qué había estado amarrada todo el tiempo sobre aquel árbol triste y solitario como lo estaba la Vaca con su crio. Hasta ahora entendía que la Vaca era totalmente agresiva y por ello entre los dos la habían llevado atada hasta ese lugar donde le pedían a Victor la ordeñara. Lo cierto es que, mientras ella tuviera a su crio cerca o pegado a ella, no hacía nada, pero al tenerlo lejos y más aún, Berreando, esta se volvía totalmente agresiva y eso había sucedido. Ella se había soltado por los Berridos de su crio y creo que yo era la culpable de aquel desastre que se veía. Si anteriormente había escuchado un tronido y teja que caía era por ello, ella había intentado zafarse y lo logro, arrancando el poste donde los chicos la habían ido atar como si ese delgado postecillo la pudiera detener. Bueno, cierto era que así había sucedido mientras tenía al crio pegado a ella, así había sucedido, y tal vez hasta sonreía al ver a su crio darle una paliza a Victor, pero, como sucede en todo. A ninguna madre le gusta ver sufrir a su hijo sufriendo y llorando como lo hacía en ese instante y al verlo ahí, tirado y sin poder ponerse de pie, se enfureció tanto que, arranco el poste de un solo tirón y este salió despedido rumbo al tejado al cual destrozó en un estrepitoso escándalo, poniendo en alerta con ello a todos los chicos que, si bien antes reían, ahora tenía que correr para poderse salvar de la Vaca enfurecida y así, comenzaron a correr como unos endemoniados, rumbo a cualquier parte. Prioridad, salva el pellejo y corre hacia el sitio más cercano a ti. Mientras que la Vaca hacia un escándalo con su poste al cual cabeceaba para poderse librar de él y así poder correr con mayor velocidad y libertad. Algo que creo me salvo por unos segundos es que, la Vaca había dudado un poco sobre quien lanzarse primero. Supongo que los más cercanos a ella era Carlos y Alberto, porque a ellos era a los que escuchaba reír más cerca de todo. Pero no voy a negar una cosa, ellos no gritaron cuando la Vaca trozo el poste y ello ocasionó a que volteara hacia dónde venían los gritos de las chicas que por cierto eran las más lejanas y que esto había destanteado a la Vaca. Ella corrió hacia ellas y yo volví misma en ese preciso instante, y la vi correr arrastrando su tronco el cual le molestaba para correr porque se le metía entre las patas, pero, esto impedía que se moviera. El tronco la molestaba, sí, pero, no impedía que pudiera correr y tampoco que pudiera ver a todo su alrededor. Carlos y Alberto se metieron a un chiquero con los puercos. Lucero y Victor aún seguían a merced de la Vaca que se había alejado un poco yendo primero sobre las más lejanas y a las cuales eran las más desprotegidas. Me imagino que la Vaca pensaba muy bien sobre quién era el más fácil para arrollar y envestir. Despúes vendría por nosotros que, estábamos a unos diez metros de la primera puerta. Ella lo sabía. No teníamos escapatoria y era por ello por lo que primero se había ido sobre ellas, pero, al verlas armadas con tremendas antorchas se volvió hacia Carlos y Alberto que ya habían alcanzado los chiqueros. Victor y Lucero lo único con que se podían proteger era con los polines que sostenían el tejado. Estos en cierta forma eran un poco más gruesos, pero, creo que podían resistir la primer envestida. Yo, Comadre. Yo era la que estaba tirada al aire libre. No había nada en que o conque protegerme y para colmo de mis males tenía a su crio abrazado a mí, y era yo la culpable de sus Berridos. La vaca resoplo al lanzarse sobre Ángel, Francisco y Adrián, pero, estos estaban más que a salvo porque su tarea era limpiar las cuadrillas donde estaban los Cerdos. Todos lo sabíamos porque incluso desde que habíamos llegado ellos se habían dedicado juguetonamente a limpiar aun que lo hacían de mala gana. Cantaban para entretener su olfato y así, no escuchar tanto los chillidos y gruñidos de los Puerquitos dentro de su cerco. Los puercos amontonados con su madre era otro escándalo aparte y la Vaca se volvió de los corrales para dirigirse hacia donde se habían metido las otras mujeres. A ellas no les importo meterse corriendo y brincado donde estaban los puerquitos. A pesar de saber que entre esos corrales también había puercos grandes que las podían lastimar, era preferible un mordisco a ser arrollada por la Vaca que se veía tenía las astas demasiado filosas y puntiagudas. Para las mujeres que ahí se metieron hasta parecía que los puerquitos las ayudaban a ocultarse y la Vaca corría arrastrando su tronco el cual se le metía entre las patas, mientras esta recorría los corralitos hacia abajo. No sé porque me dio la impresión de que se asomaba para ver si alguien había allí. Eso me había salvado por unos breves segundos. Eso, quizá, porque la Vaca había dudado un poco sobre quien irse primero, sobre ellos o sobre mí. Esto me había salvado, Comadre. Pero, yo sabía que no sería por mucho tiempo. Lo cierto es que a ella lo que le interesaba era su crio y sabía que estaba ahí, tirado y berreando. En ese instante pensé que ella no me había visto. Ella había corrido hacia todos los que tenía más lejanos y nos había dejado a los tres que estábamos más desprotegidos y entonces surgió lo que menos esperaba. En primera instancia se precipitó sobre Victor y Lucero y estos se protegieron por uno de los postes. Después se quiso lanzar sobre mí, pero al ver que yo no me movía tal vez pensó que me tenía a sus pies y era presa fácil. Por otro lado, también era muy probable que si se lanzaba sobre mi podía herir también a su crio. Si, Comadre, creo que eso fue lo que me salvo, pero ¡Dios Vendito!, Comadre. Al verla venir me entumecí. Paso corriendo a mis espaldas. La vi venir y me agazapé más sobre el Becerro que volvió a Berrear como si lo hubiera lastimado demasiado. Yo en mis adentros no pude ni pensar bien, Comadre, pero, fue lo único que se me ocurrió, apretarme más a él y pujo por tan terrible apretón sobre sus rodillas las cuales intento zafarse, pero no pudo. Lo primero que pensé es que si lo soltaba sería una presa demasiado fácil para la Vaca, así que no estaba dispuesta a ceder un solo instante hasta que uno de los chicos se armara de valor y me ayudara. La Vaca mugía y pataleaba la tierra frente a mí, pidiéndome quizá que soltara a su crio, pero yo, la verdad, no estaba dispuesta a presentarle un blanco fijo y fácil para ella, así fuera que su crio bramara y berreara en el suelo. Y sí, estoy muy segura de que lo aprete mucho más fuerte por miedo, Comadre y no porque yo haya querido mantenerlo ahí, apretado e indefenso. No voy a negar que me parecía más a una maldita Boa que a una mujer allí, tirada y enredada sobre aquel becerro al cual descubrí, que no era tan pequeño como antes yo había visto. Este podía tener más de un año y era muy fuerte o tal vez el miedo me estaba jugando una broma. No sé porque se me vino a la mente que alguien me decía: - ¡tápale el hocicó para que deje de gritar! -. En mi memoria había sonado así, tápale el hocico para que deje de gritar y no de berrear, que era lo correcto. Eso era algo que realmente el Becerro hacia y lo hacía muy bien. Así que me estiré lo más que pude y le aprete el hocico. No voy a negar que, me costaba demasiado trabajo el hacerlo. Eso implicaba mantenerlo quieto de las patas, las manos y el hocico y, me sorprendí. La Vaca por alguna extraña razón se detuvo y dejo que correr. Veía de un lado a otro inquieta y sorprendida. El que su crio dejara de Berrear la tranquilizaba, pero, ahora el problema era, ¿Por cuánto tiempo podía detenerlo y mantenerlo así? La verdad, Comadre, quiero mencionarle que no duro mucho tiempo mi gran Azaña. Mire a la Vaca, creo que se había calmado, pero, como el becerro era bravo y no le gustaba para nada la posición en que yo lo mantenía. De repente se dio un estirón y casi se me zafa. No supe como alcance a presionarlo de las rodillas y lo volví a mantener en el suelo, pero, yo había quedado debajo de el en una posición que, el maldito becerro tal vez celebraba. Yo, Comadre. Me volví a enredar en él. Con las piernas lo tenía inmovilizado de las patas, a la altura del corvejón y nalga, y con los brazos lo inmoviliza de las patas frontales, del antebrazo y pecho, pero, el problema era que, podía seguir berreando y eso hizo. Muy difícilmente le alcance a tomar un poco del cuello y morrillo, pero, se me estaba soltando y me asuste. La Vaca, se volvió a perfilar hacia nosotros y volvió a sacar polvo en su carrera. Yo maldije mi mala suerte. Por primera vez podía pensar adecuadamente y el maldito Becerro y la Vaca se encargarían de borrarme la memoria para que no volviera a intentar pensar más. En mi cerebro sentí varios tronidos. Se estaba fundiendo la pila de mi memoria y maldije ese instante de Terror. El maldito Becerro mugía, bramaba y berreaba. Quizá no estaba acostumbrado a que alguien lo tratara mal. Tal vez el Abuelo lo había apartado de los demás porque era siniestramente bravo al igual que su madre. Si, Comadre. Ese era el caso del maldito becerro endemoniado. Era bravo. Que digo, Bravo, Comadre. Era exageradamente Bravo y no estaba dispuesto a perder esta partida. Lo malo es que yo tampoco, Comadre. No era necedad la mía, Comadre. Lo cierto es que, no tenía otra opción. Si lo soltaba entre los dos me daban una buena tunda o como dice la chaviza, Comadre. Entre los dos me daban mi buena revolcada y eso era lo que menos quería. Si dañada del cerebro ya estaba, la verdad es que no estaba despuesta a que me dañarán el cuerpo. Con tener el cerebro dañado era más que suficiente para mí. Si, Comadre. Eso era más que suficiente y volví a apretar al Recental más fuerte al ver venir a la madre con los cuernos gachos y como ya le dije, lo hice por miedo y el becerro berreo como si se estuviera ahogando. Tal vez lo estaba ahorcando, pero, no era eso lo que yo quería, Comadre. ¿Qué ganaba con matar al Becerro? Nada. Nada, Comadre, pero, sin embargo, lo estaba matando y, aflojé un poquito, solo un poquito, Comadre y, el maldito Becerro casi se me escapa de las manos y volví a colgarme de él, como una maldita Leona, Comadre. Me volví a prender de sus piernas y de su cuello y lo llevé al piso. No sé porque, me volví a sentir entumecida de mi cabeza. Rogué a Dios que todo fuera un mal sueño, pero no. Eso era real, Comadre. Muy real y pensé que, el miedo era algo que no podía controlar muy bien y es que, en casos como este, creo que menos. Yo sentí que me estaba doblegando fácilmente y la verdad, me paralicé al verla pasar y tirarme una cornada tímida, insegura y tal vez, premeditaba porque podía herir a su crio. Lo cierto es que, no se lanzó con esa seguridad que normalmente lo hacen los Toros de Libia, no Comadre. Mas bien lo hizo para que me asustara y soltara a su crio y después arremeter con todo sobre mi. Esa es la única explicación que le encontré al hecho de solo fintar y seguirse. Cuando volví la vista para seguirla por el camino que había tomado, descubrí que tanto Lucero como Victor ya estaban corriendo como si fuera sobre ellos, pero no, no era así, la Vaca estaba más que entusiasmada conmigo. Los dos corrían pegados al cerco o la pared, por la parte de abajo y pensé que esta vez tendría que arreglármelas yo sola. Volví a sentir otro tronido en mi cerebro y sentí desvanecerme como muchas veces lo había sentido en el autobús y después ya no recordaba nada de lo sucedido. Sentí claramente como las fuerzas me iba abandonando ante este hecho donde la parálisis hizo nuevamente aparición en mí, con un tronido estrepitoso. Fue como un latigazo, aquel sonido y el Becerro casi se puso de pie conmigo colgando de su cuello. Yo pude sentir su cansancio y sus piernas temblorosas al igual que las mías y ya no pude más. Se acabaron mis fuerzas y solo me quedaba como una goma de mascar, pegada al becerro que, si corría, buena arrastrada me daría, pero, el también, ya no tenía fuerza. Él también estaba agotado, pero, no padecía de parálisis como, el si podía moverse y poco a poco me comenzó a arrastrar, mientras que yo, inmovilizada, aterrada, horrorizada y sin ningún movimiento en mi cuerpo. No me pude mover al verla venir. No pude, Comadre. Lo único que daba seguimiento al cuerpo de la Vaca, fueron mis ojos. La vi pasar como un relámpago. La vi pasar como una sombra demoniaca que deseaba atravesar mi cabeza con sus cuernos, pero, más el derecho. Sentí el bufido en mi oído, y el vapor de su aliento que soltaban sus narices y su boca se impregno sobre mi nuca desnuda. Su vaho era fuerte y con aroma a caña de maíz, comadre. Lo sentí y lo olí, Comadre. De por sí, los cabellos rizados, rizados cual, si fuera Rarotonga, la chica esa de la revista de lágrimas y risas, Comadre. Así, también a mí, los cabellos rizados nunca me tapan ni los hombros. ¿Verdad que, si me parezco a ella, comadre? No sé porque los chicos se ríen de mí y dicen que mis cabellos parecen un Tlacapanal de abejas, Comadre. Como sea, yo solo sé que forman una bola de cabellos sobre mi cabeza y ahí la vi pasar a la condenada Vaca, para alejarse y pensar un poco, sobre quien iría esta vez. Yo me volví a paralizar. No grite. No Comadre, no grite, solamente se me soltó un ligero gemido, un ¡Dios ayúdame!, un ¡Dios, protégeme! Un ¡Dios sálvame! Y un… No sé, Comadre. Se que algo dije, pero no recuerdo lo que mencione. Solo recuerdo claramente que la Vaca venia nuevamente sobre mí y esta vez venia con todo y decidida a todo. Creo que lo que más deseaba era salvar a su crio. Si, Comadre, esta vez venia conmigo con todo. Quiero mencionar, Comadre. Que algo zumbo en el aire mientras que yo cerraba mis ojos, después de ver los ojos de la Vaca que parecían despedir fuego. No exagero, Comadre. Le juro que no exagero. Sus ojos parecían dos tizones lanzando fuego y yo me entumecí. Creo que todo se me nublo de pronto y se volvió obscuro y sombrío y, pude ver claramente como sus ojos brillaban. Los ojos de la Vaca parecían dos tizones encendidos al rojo vivo. La vi venir y ese zumbido de pronto lo cubrió todo, incluso se escuchó más que las patas de la vaca al correr sobre aquella llanura donde todo estaba en silencio y solo se podía escuchar las patas de la vaca. El zumbido lo cubrió todo y yo pensé que, quizá la Vaca ya me había alcanzado. Quise abrir los ojos los cuales había cerrado al verla decidida en acabar conmigo. El zumbido casi me alcanzo y se escuchó como un tronido después de escucharle claramente que producía un sonido parecido al de un mosquito pasando a toda velocidad por tu oído, Comadre. El sonido casi me alcanzo y abrí los ojos para ver y me quedé pasmada. – ¡Mi hombre! -. Dije, grite o no se realmente lo que mencione o como lo dije. No lo sé y no quiero que me reclame nada, Comadre. No quiero que me reclame de este hecho tan raro, pero, solo se, que hizo aparición un jinete montado sobre su caballo pinto, de un color amarillo obscuro, pegándole a canela con manchas blancas, ¿era café con manchas blancas? ¡Dios mío Comadre! Como si fuera yo daltónica. No recuerdo bien los colores o tal vez los confundo. ¿Eso es normal, Comadre? Yo creo que no, todo es gracias al miedo. Todas las tonalidades que vi ese día fueron producidas por el miedo, comadre. De eso estoy segura, el miedo, pero ¿aún no sé porque le dije mi hombre? Bueno, como quiera que haya sido, el caso es que, el zumbido era producido por su riata la cual fue a parar en la frente de la Vaca, lazándola justo en el instante en que me iba a alcanzar, el caballo se retranco y pude ver claramente como la vaca se detenía justamente frente a mi nariz. Nuevamente pude sentir el vaho sobre mi cara. ¿Tiene idea, Comadre de lo que sentí? ¿Tiene idea de lo que se siente ver venir a un animal sobre ti a toda velocidad y detenerse justo frente a tu rostro? ¡Oh, Dios todo poderoso! Es horroroso, Comadre. Simplemente, aterrador. Qué tan grande será el pánico que se siente que, hasta el estómago responde, Comadre. Mi estomago hizo un ruido raro, así como cuando te va a dar diarrea. De haberme dado no lo contaría, Comadre y menos a usted que somos tan intimas. No, no lo haría. Quizá por vergüenza o porque no me gustaría que usted tuviera algo que contar de mí, ya ve que, la gente solo busca un motivo para reírse o burlarse de los demás y yo, no quiero ser la burla de nadie. Soy, quizá un poco loca, atolondrada para realizar las cosas, pero, no me gusta que la gente se burle o que tenga motivos para reírse de mí. Por esa simple razón creo que no se lo diaria, Comadre. Pero, bueno, ese es otro cuento. La vergüenza nos hace callar demasiadas cosas, pero, lo que sucedió ese día no es para callarlo, Comadre. Creo que ese día yo me perdí un poco más de lo que ya estaba perdida. Y creo que comenzó precisamente en ese instante en que yo decía: - ¡Mi hombre! -. Desde ese preciso momento yo comencé a perderme en un mundo de sombras y olvido. Si, Comadre. Yo me perdí un poco más al recordar... ¿quizá, yo ya había visto eso antes, Comadre? Tal vez ese episodio sea parte de mi vida, pero no, no logro recordar nada más. No me crea, pero, creo, que me volví a perder un poco más al recordar algo y pensar... pensar en lo que había dicho. ¿Por qué lo dije, Comadre? ¡Mi Hombre! Que estupidez la mía, Comadre. Hoy recuerdo que me cerré a todo, a todo. ...y pensar que solamente se trataba de Don Luis, un señor un poco Grande de edad, eso, me llena de ira, de incertidumbre, de duda y de cerrazón. Me da, demasiado coraje porque no puedo recordar nada. No puedo recordar absolutamente nada, Comadre. Y eso me llena de impotencia y de incertidumbre. Se que tengo una vida más o menos acomodada. Lo sé, lo siento y así creo, pero ¿Por qué no logro recordar nada? ¿Qué es lo que hay detrás de todo esto, Comadre? ¿Qué? Hoy solo sé que, mi mente no funciona nada bien ante este hecho. Solo recuerdo... y quiero que le quede bien claro, Comadre que, después de todo lo que sucedió con lo de la Vaca, que, como tenía que ser; Don Luis la jalo y la Vaca se fue contra él, pero como iba a caballo, este era muy rápido y así, fue que le dio vuelta al árbol y la ato, sin mucha demora. Después, a toda velocidad regreso por mí, que, no sé cómo pude seguir soportando al Recental. Cuando él me dijo: - ¡Suéltalo, Suéltalo! -. Yo sé que ya no estaba muy bien. No sé por qué no podía desprenderme del Becerro, Comadre. Lo único que sé es que, el me ayudo a que yo lo soltara y tal vez el mismo Animalito le agradecía el que él hubiera llegado a salvarle la vida. Lo que no entiendo es, ¿Por qué no podía desprenderme del Becerrito? Quizá era porque mi cuerpo estaba entumecido y, por otro lado, le atribuyo este problema al Miedo. Creo que sentía miedo de soltarlo y que este se fuera nuevamente sobre mí de la forma en como lo había hecho con Victor al cual ya no vi hasta más tarde. Lo vi bien, cojeaba un poco, pero, estaba bien que era lo principal. Mientras tanto, Don Luis lucha por llevar al

Becerrito junto a su madre. Este en más de una ocasión se le soltó de las manos y como todo buen Becerro de pelea, era muy Bravo y se lanzaba con toda furia sobre Don Luis el cual lo esquivaba y, en una de tantas veces lo atrapo y se lo llevo casi arrastras al lado de su madre, la cual ya no hizo nada por luchar porque tenía la cabeza muy arriba y apenas si se podía mover. Se que Don Luis lucho también durante mucho tiempo con el Becerrito al cual volvió es estar atado, nuevamente al árbol. Madre y crio juntos otra vez. Yo me había quedado sentada en el suelo y pensando el motivo por el cual le había dicho, "mi hombre". Mientras tanto él se sacudía el polvo con su sombrero y decía: - ¡A hijo de… es malo el Cabron ¡¿Quién lo viera? ¿Estás bien? -. No sé si respondí o no, solo recuerdo que me puse en pie con mucha dificultad. Ahora recuerdo que, cuando el logro quitármelo el Becerro se dio un parón repentino y hecho a correr para quedarse parado frente a nosotros y después de ver el panorama se lanzaba con todo sobre Don Luis. Vi a su caballo un poco alejado, pero, aun así, el mismo caballo se mantenía en alerta sobre el Recental demasiado Bravo. Don Luis se retiró un poco de mi porque sabía que el becerrito se lanzaría sobre el primero que se moviera y fue el. Increíblemente se lanzó sobre sus rodillas y apenas alcanzo a esquivarlo y paso de largo para luego volver sobre su presa una y otra vez hasta que él lo atrapo del cuello y ya no lo soltó. El, sabía que, si lograba zafarse, se cansaría demasiado y le sería muy difícil poder atraparlo. Así que, aprovecho una de las oportunidades y lo arrastro hasta donde estaba su madre, donde lo ato. Si, Comadre, creo que así fue como sucedió todo. Después de ayudarme a ponerme en pie y llevarme a sentar para que me recuperara un poco más, se fue contra los muchachos y la agarro contra Carlos, al cual le dio una buena regañada. Este hecho lo recuerdo bien, Comadre, porque fue el, el protagonista de esta mala broma.

- Recuerdo que su padre les dijo que no ordeñaran esa vaca porque es muy brava. ¿A quién se le ocurrió tal Azaña y tan vergonzosa broma? -. Pregunto Don Luis y fue Victor el que señaló a Carlos, dejando en evidencia. No sé qué tanto le dijo, pero, de algo si estoy segura, le regaño demasiado fuerte y casi estuvo a punto de darle con el fuete. Carlos se encogió de hombros y luego se fue conmigo donde yo permanecía sentada y meciéndome como una idiota. No voy a negar que, solo me faltaba chuparme el dedo, Comadre. Si, solo eso, pero, ya no importaba nada porque estaba más que perdida. Mi mundo y mi pensar estaban vagando en el tiempo y el espacio, buscando una respuesta a mi famosa frase del día: "Mi hombre". ¿Por qué lo había dicho así, Comadre? Qué raro es para mí todo aquello, solamente podía escuchar sus palabras de todos ellos. – Pobre. Creo que ha entrado en un shock nervioso por miedo. Por el miedo que le dio ver venir a la Vaca sobre ella –. Dijo Lucero y me acaricio mis cabellos y mis brazos. Me abrazo tiernamente. Aun puedo sentir su calor y su aroma, Comadre. Pero, más que nada, aun lo pienso y no logro entender, por qué lo dije, Comadre. No sé si realmente sea eso, el miedo por lo que me la pase así, meciéndome por un buen rato, pero, de algo si estoy muy segura, me perdí, Comadre. ¿Sabe? Quiero que lo sepa usted, se lo digo, se lo escribo y se lo afirmo muy claramente, Comadre. Lo escribo muy claramente en las hojas de esta libreta que tengo en mis manos a la cual, hojeo todos los días para recordar, que ese día, me perdí. Me perdí totalmente en mi mundo mágico. Me perdí en ese estado de vacío que solo un demente puede vivir. Me perdí, Comadre y solo puedo recordar como Don Luis me tomaba de los brazos para ayudarme a ponerme de pie, mientras decía: – ¿Estás bien? –. Quizá miro en mis ojos y descubrió que no, que no estaba bien. Que para nada estaba yo, bien. Quizá el vio en mi esa locura que te ocasiona el miedo al vivir horas de Terror. Si, Comadre. Eso puede ser. Él hablaba y preguntaba cosas que no entendía. Miro mis ojos, lo recuerdo muy bien, lo observo, primero a uno y después al otro. Los reviso de una manera, médica. Si, Comadre, el reviso mis ojos como lo habría hecho un doctor, y tal vez me descubrió realmente como yo me sentía; triste, llorosa y perdida. Loca tal vez. Demasiado loca, y solamente me abrazo y me regocijo en su pecho como lo hace un padre con su hija. Quiero decirle, Comadre que ese abrazo para mí fue medicinal y con ello poco a poco fui recuperando mis sentidos, como lo hace un hombre que… ha tenido una crisis o ataque cerebral. Me humedecí mis labios para ver si no me había mordido y sentí la flexibilidad de mis manos y ya no volví a sentir esa rigidez en ellas. Si, Comadre, estaba volviendo de mi shock. Todo había pasado, pero, aún me sentía como entumecida. Quizá, estaba regresando de mi conmoción cerebral de la misma manera en cómo vuelve un boxeador después de recibir un nocaut. Si, Comadre, así estaba yo. Volviendo de aquel entumecimiento cerebral, corporal y sanguíneo. Qué raro, no me había dado ningún golpe como para que me sintiera así, pero, así me sentía. Quizá había sido algún golpe que me había dado al lanzarme sobre el Becerro, pero no. Recordaba perfectamente que el golpe había sido con mi hombro y no con la cabeza. Aun así, cuando yo tenía al becerro en el piso, todo me funcionaba muy bien, pensaba y razonaba, Comadre. No me sentí mal mientras estaba en el suelo, lo cuerdo muy bien; Razonaba, pensaba e incluso actuaba adecuadamente y he de reconocer que, todo comenzó después de cerrar mis ojos, abrirlos y pronunciar aquella frase. "Mi Hombre". ¿No sé qué tenga que ver esa frase con mi vida? Comadre, pero, de algo si estoy segura, fue la frase la que me puso así. Quiero repaginar todos los hechos de aquel día y memorizarlos, pero, por más que le pienso no logro ir más allá. No he podido avanzar con lo que respecta a mi vida. Siempre me lleva ahí, "El jinete y el Autobús" y después me pierdo sin saber nada más de mí. ¿Por qué? Ahora sé que fue la frase la que me puso mal y no fue por un golpe ni por nerviosismo. Fue la frase. Como quiera que fuera, Comadre. Aquel día Don Luis me condujo hacia la banca y no una de las chicas o de los chicos. Fue él, quien me condujo hasta la banca, me vio, me abrazo y me reviso los ojos, como si se tratara de una de sus hijas… y si, Comadre. Una de sus hijas, la mayor, se puso Celosa. – Ya ni a mí, me abrazas así -. Dijo. – Porque no quieres -. Respondió el. – Ni tu ni tus hermanas tienen tiempo para estar hablando conmigo, porque piensan que soy un viejo tonto e ignorante. Ustedes, tienen tiempo para sus pinturitas y sus peinados ridículos y sus uñas a las cuales se la pasan mordiendo, pegando, tallando y pintando, mientras planean un chisme tonto, el cual les va a traer muchos problemas como el que acaban de ocasionar. No creo que haya sido Carlos el autor intelectual de esta maravillosa idea de ordeñar a la Vaca, sabiendo que es muy brava. Lo más seguro es que fue una de ustedes la que le pidió, dijo o le sugirió como una obra valiente o castigo, ¿Niéguenlo? Yo sé que él es, demasiado tonto como para pensar en realizar una cosa así, ¿Me equivoco? -. Pregunto dirigiéndose a Carlos el cual se volvió a encoger de hombros y se encamino hacia sus demás hermanos. Creo que quiso protestar, pero, no lo hizo porque Don Luis tenía razón. En ese instante todos se fueron y solamente se quedaron dos, Lucero auxiliándome y su hermana Cristal que más que ayudar, planeaba que otra travesura hacer para divertirse. Si, ella era buena para ocasionar desastres. Yo me fui recuperando poco a poco, y todos juntos, los que nos quedamos ahí, miramos el desastre que había quedado; la leche derramada, la canoa del agua y el poste que aun traía la Vaca colgando. Creo que todos coincidimos en el mismo pensamiento, Comadre. "Ni modo, vamos a tener que tomar café". Sonreímos al ver a las chicas que estaban preparando algo en el Quiosco. Sabíamos que era el desayuno el cual solamente teníamos que calentar porque ya lo trían preparado y de pronto, sin decir absolutamente nada. Todos los chicos y las chicas se fueron casi corriendo rumbo al Rio. Lucero también se miró sus ropas y con una sonrisa se puso de pie mientras me decía algo que no entendí o no escuche. Quizá era por el problema que traía en el cerebro dándome demasiadas vueltas y lo cierto es que, no tenía por qué. ¿Por qué me sentía tan rara, Comadre? ¿usted sabe cómo es esa rara enfermedad del cerebro que de pronto te tira al piso? Yo recuerdo que en una ocasión asistí a un alumno que padeció de un ataque de Epilepsia. El pobre de pronto cayó al suelo sacudiéndose con los ojos en blanco y teniendo contracciones musculares. Recuerdo que siempre estuvo en un temblor. Yo nunca había visto ni vivido algo así, Comadre. Había escuchado algo de esa enfermedad e incluso recuerdo haber leído un poco de ello, pero, nunca había presenciado algo así de esa manera. No, Comadre, nunca. Recordé que había que poner algo en su boca y lo único que tenía a la mano, era una libreta y esa le metí. Supongo que debió haber sido asqueroso para él, pero, al verlo recuperarse, él ni siquiera se había dado cuenta de lo que había pasado. No recordaba absolutamente nada. Y solo dijo que sentía un poco de dolor. A mí en lo personal, Comadre, me sorprendió de no haber sufrido ninguna fractura craneal por el tremendo golpazo que se dio, al irse totalmente de espaldas y caer en el piso de cemento sólido. No sé porque yo recuerdo todo esto como real, no creo estar segura de ello, tal vez lo invento, Comadre, pero, mis recuerdos son claros. Yo lo acompañe a la clínica para que le tomaran una placa de Rayos X y recuerdo que me la mostraron para que estuviera segura de ello. De que el chico estaba bien y fuera de peligro. Recuerdo que di Gracias a Dios por ello y me fui con él. Feliz por saber que estaba bien. Todo esto que le cuento me ha sorprendido demasiado porque esto quiere decir que yo soy Maestra, Comadre. ¿De lo contrario porque estaba en ese salón de clases y con tantos niños? Recuerdo haber asistido a su casa y hablar con sus padres de este acontecimiento. Ellos estaban apenados y dijeron que era la segunda vez que le sucedía eso en una semana. Ellos estaban sorprendidos porque todo había comenzado en una Iglesia, según me contaron. No tenía por qué suceder nada, si lo que ahí vio es solo religión y sanación. Dijo la madre. Y su papa continuo con la narrativa. Mire Maestra, mi hijo, mi esposa y yo, fuimos invitados a la Iglesia a una misa de sanación y el Sacerdote hablo de posesiones demoniacas y creo que él se sugestiono. ¿Por qué tienen que hablar los Sacerdotes de esas cosas si bien saben que la gente ignorante y de mente débil se sugestiona? ¿Acaso lo hacen para atraer más feligreses a su Iglesia? Creo, Comadre que, ese es un buen caso de estudio. Toda persona que escucha cosas así, de una o de otra forma se sugestiona. Creer es poder y esa idea tarda mucho tiempo en borrarse de la memoria. ¿Entonces, por qué utilizar esas palabras en la Iglesia si saben que la gente se enferma con ello? Bueno, Comadre, el caso es que yo, ya había vivido algo así, no en mi persona sino en el chico aquel que asistí. Si Comadre, ahora recuerdo que le tuve que pedir, a sus padres me permitieran llevarlo a mi casa para poder estar junto a él y así saber más de ese caso. Con el consentimiento de los padres el chico estuvo conmigo como veinte días. En ese tiempo, jugamos y hablamos de arte. Principalmente de alebrijes, los cuales dibujamos y luego los realizamos con madera y después viajamos a lugares como Oaxaca para saber más de ello. Después de tanto hablar y de tanto conocernos llegue a la conclusión de que su enfermedad radicaba en la soledad. El pasaba demasiado tiempo solo sin nadie con quien jugar y era tanto el tiempo que pasaba solo en casa sin que nadie estuviera con él, su mente le comenzó a jugar una mala pasada y más al saber que esas cosas si existían y que eran expulsadas en la Iglesia donde él pensaba que algo malo se le había metido. ¿Sabe, Comadre? Él se recuperó poco a poco con el ejercicio y juegos a los cuales comenzó a asistir acompañado de su padre. Fue así como comenzó a asimilar todo adecuadamente y con ello se recuperó. Su alivio fue rápido y total y, durante mucho tiempo nos frecuentamos, sino me buscaba el yo iba a buscarlo para comer o para salir a platicar con su familia y con él. Fue una época bonita y creo que ya nunca volvió a tener convulsiones, Comadre. ¿Acaso fue una posesión, dejo al chico y se metió en mí? ¡Va! Esas cosas son tonterías. Esas cosas no existen, Comadre. Todo está en la mente, solo en la mente. No creo en nada de eso y sin embargo yo me siento rara. Así, como me sentí ese día o, mejor dicho, así como me he sentido todos estos días desde que me perdí en mi Locura, de la cual no me he podido recuperar desde aquel día del Autobús. ¿Acaso ya me había perdido antes? El problema es, que todo es posible, Comadre. Porque no recuerdo ni un solo segundo de lo que sucedió antes del viaje en el Autobús, donde solo recuerdo ver las líneas pasar y los fantasmitas de la carretera, pasando una y otra vez en mi mente. Solo puedo decir que es una autopista por donde iba el autobús, de ahí en fuera, no recuerdo nada más, ni gente ni lugares. El Hombre que supuestamente me acompañaba iba sentado en el sillón de enfrente. Solo él hablaba conmigo y nadie más. Creo que el me hacía preguntas, pero, no eran muy elaboradas ni muy metódicas, simplemente preguntaba mi nombre una y otra vez. Preguntaba si era casada, si tenía hijos, si tenía familia, tías, tíos, primos, Abuelos, hermanos... padres. Yo siempre respondía que no y quiero decirte, Comadre, siempre fue la misma respuesta. - No sé, no sé, no se -. Creo que me hablaba de su familia, pero, por temor a ser escuchado por el resto de la gente dejo de hablar porque, yo no me podía hacer hacia el frente, era incomodo y él tampoco podía permanecer con las piernas en el pasillo. Estorbaba a la gente que pasaba continuamente y de pronto él se calló, su voz se quebró como si alguien lo hubiera regañado. Tal vez fue el chofer o quizá pudo ser su ayudante, pero, creo que algo sucedió de eso, Comadre. Creo que le callaron porque la gente se estaba quedando dormida. Creo que hubo dos paradas porque la gente decía continuamente, estamos llegando a tres Marías. No sé qué signifique eso, Comadre, pero, mucha gente bajo a ver a las mujeres y creo que comieron con ellas. Han de ser muy populares, Comadre, porque todos en el Autobús las conocían. Todos, no hubo nadie que no las conociera. Es posible que las Tres Marías sean unas artistas, que canten, bailen o actúen muy bien, porque de que eran conocidas eran conocidas. ¡Oh!, tal vez, solo tal vez, sean muy buenas en la cocina, porque todos comían y bebían y luego subían al autobús con comidas y bebidas, Si Comadre. Tal vez eso sea, aun que le soy sincera, Comadre, no las escuche cantar. Había música sí, pero, nada con voz de mujer y mucho menos con dueto o con trio. ¿si las tres Marías eran un trio?, no cantaron. Creo que yo esperaba eso, que cantaran, pero, no lo hicieron. Yo le pregunte al hombre que me hacía preguntas, ¿Qué es aquí? El respondió medio serio, mientras me ofrecía unas quesadillas; - Un lugar -. ¡Vaya! Un lugar, pensé. Yo esperaba más información, pero, no fue así. Solo dijo, un lugar y la gente que iba y venía por el pasillo apresurada, no permitió mucha conversación porque estorbábamos, tanto el como yo. Guardamos silencio y volvió el ruido de la máquina del autobús, fuerte, claro y continuo. No hubo más palabrería, el volteaba y movía los labios en señal de que hablaba conmigo, pero, yo no podía escucharle. ¿Usted sabe cómo es ese sonido continuo que se apodera de nuestro cerebro cuando se va en autobús? ¿No Comadre? Es un maldito sonidito que te produce sordera. Es desesperante y solo se quita un poco cuando pasas saliva, pero, yo, intentaba hacerla, pero no podía. Eso es realmente desesperante y así me la pase durante un buen tiempo. Hasta que comenzó la granizada. Me perturbe demasiado porque era fuerte y continua y aquel arremolinar de las hojas de los árboles y el sacudimiento del autobús fue… ¡horripilante! Fue entonces en que la gente despertó y hubo gritos. El autobús rechinaba como si fuera golpeado con algo fuerte y lo quisiera partir. En un principio me pareció que lo empujaban hacia la orilla unas manos invisibles y demasiado poderosas. El autobús se sacudía ante aquel ser demasiado fuerte. Rechinaba y se sacudía ante aquellas manos fuertes e invisibles. Yo no podía ver esas manos, pero, si sé que eran, fuertes y poderosas. Los gritos y las frases no tardaron en aparecer. – Fíjate pendejo! -. Gritaron algunos sin saber lo que pasaba. – No llevas puercos, Idiota -. Gritaron otros más, al sentir como el autobús saltaba como si fuera a fuera de la autopista, pero no. Los brincos ni siquiera eran por los baches, yo había venido despierta mirando las rayitas y los fantasmas y tratando de pensar hacia donde me dirigía, pero no tenía ninguna respuesta en mi cerebro descompuesto. El problema para mi es que, ni siquiera estaba segura de ir despierta, dormida o desmayada que, a estas alturas lo mismo daba. Ya no era capaz de pensar adecuadamente y mi peor preocupación era, Saber quién era yo. Quizá me había fugado del hogar de un matrimonio que no había funcionado, pero, nada apareció en mi cabeza más que aquellos gritos horripilantes de la Gente. - ¡es el fin del mundo, hija! -. Grito una Anciana al ver como cambiaba de colores el cielo al centellear la luz de los relámpagos en la lejanía y la otra mujer que iba de acompañante con ella, se le escucho decir: - Padre mío, Dios todo poderoso, ¡Ayúdanos! -. Los truenos retumbaron, y los relámpagos centellearon nuevamente en la lejanía de unos cerros que parecían renacer de la nada. La confusión y la consternación se apodero de todos los pasajeros que, en su mayoría lo que más deseaban era salir corriendo o volando si es que tuvieran alas. El cielo estaba realmente enojado con todos nosotros que, creo, no somos capaces de ayudarnos en los días difíciles. Por la ventana se podía ver como las aguas se iban juntando para así, ya amontonadas, se precipitarán sobre nosotros. Con las voces de las mujeres los gritos se hicieron mucho más notorios, aquello se volvió un verdadero caos y el Agua se seguía amontonando para luego lanzarse con todo sobre el autobús. No estoy segura si sucedió o no, pero, me imagino que no sucedió porque de ser así, el autobús se habría volcado hacia la pared rocosa. Yo podía ver claramente todo aquel desastre a fuera del autobús, de viento, agua y granizo juntándose amenazadoramente y queriendo precipitarse sobre todos nosotros. Era como, si el cielo y el mar se juntaran y con ello trajeran de invitado al monte más nevado del mundo. Está bien, Comadre. Se que no es precisamente eso, pero, entiéndame. Estaba horrorizada. Imagínese a un coro de diez mujeres en un escenario cantando, ¿ya se pudo imaginar el griterío? Ahora hágalo con sesenta personas gritando al unisonó en un cuarto encerrado. Eso fue lo que me descompuso mi cerebro, Comadre. El maldito griterío de toda esa gente enferma de los nervios. – Fíjate pendejo -. Volví a escucharse muy cerca de mí a un hombre que intentaba por todos los medios en llegar con el chofer. Eso significaba que, se iba a poner mucho más feo de lo que ya estaba. Pude ver que el hombre estaba armado y caminaba muy apresurado hacia el frente. Mas de una ocasión se vio la culata de una pistola con cachas blancas como si fueran de hueso. Tenía algunos grabados. Unos rostros o algo así. Yo pude fácilmente quitársela porque se zangoloteo frente a mí por unos breves instantes y pensé, que, si podía desarmarlo, pero, si iba con el chofer, este no tenía la culpa de nada y creo que lo entendió al verlo mucho más cerca. Las manos me temblaron al pensar en arrebatarle el arma, creo que fácilmente podía hacerlo. El autobús se sacudía y él estaba tomado de los asientos a dos manos y no podría ni siquiera voltear hacia mí. Aun así, a mi salieron unas ganas tremendas de desarmarlo, quise intentarlo y me arrepentí en ese mismo instante. El Diablo es puerco, sonó en mi cerebro y retire de mi mente toda mala idea y me concentre en lo único que veía. Los truenos y ese relampagueo siniestro con una ligera granizada y, ¡ay! Comadre. Creo que ahí comenzó todo para mí. Es ahí donde comienza mi vida, no antes ni después. Es allí, en el autobús donde comienza todo y la verdad, no logro recordar nada más. Creo que algo hizo que perdiera la memoria y no fue precisamente un demonio maligno que se metió en mí, como muchos pensaban de aquel chico, que, por ir a la Iglesia, donde, supuestamente el padre había sacado un demonio de una mujer en un acto desesperado, se vio casi obligado a realizarlo dentro de la Iglesia donde todos los presentes se asustaron, porque la mujer se retorcía tan desesperadamente que el chico se asustó tanto, que, el miedo le ocasionó un corto circuito en el cerebro. Pero, fue por miedo a lo que vio y no por posesión Diabólica, Satánica, o algo así. Yo creo Comadre que, Cualquier hombre al ver esto se asustaría. Cualquiera y, ¿Qué es lo que haría después? Claro, Comadre, platicarlo con la gente y esta, al escuchar tantas historias de posesiones satánicas y de espíritus malvados, irían a la Iglesia para sacarse sus Demonios por creencia y no porque en verdad existan. Todo es mental. Psicología, Comadre, Psicología. Ambas sabemos que en la Psicología se mete una idea para que ocasione lo que se requiere; Audiencia. Así es como funciona, pero, y ¿En mi caso, que es exactamente lo que sucedió, Comadre? ¿Por qué perder la memoria sí sé que soy mucho más de lo que la gente ve en mí? Los chicos hasta ese momento no sabían lo que yo era capaz de hacer, pero, después de taclear al Becerro, todos ellos comenzaron a hablar de mí. Yo recuerdo muy bien del cómo había sucedido todo aquello. Si, Comadre, porque todo comenzó con un: - ¿Viste, como se lanzó sobre el Becerro para quitármelo de encima? Fue, simplemente fenomenal. Fantástico. Intrépido, diría yo -. Dijo como un comentario al cual se veía que estaba muy emocionado, Victor.

- Tampoco creas que fue para tanto -. Respondió Antonio

- ¿Qué no? Yo nunca en mi vida había visto a una mujer lanzarse de esa forma sobre alguien y mucho menos por salvar a un idiota -. Respondió Alberto el cual se había puesto demasiado colorado por la forma en como lo había dicho y al parecer, Victor se ofendió.

- Respeta hermano. Te recuerdo que fuiste tú y Carlos los que llevaron la Vaca para que yo la ordeñara, poniéndome a mí como un reto. ¿Y después de todo lo que pase por su culpa aun me ofendes?

- Perdón hermano. No fue mi intención de decirlo de esa manera, pero, la verdad, se me fue la boca por la emoción. Reconozco que fue demasiado intrépida, La Loca, con ese acto.

- Y dale -.

- Perdón, pues. Es que, no sé cómo decirlo, y es que, en verdad me encanto esa forma que tuvo para defenderte. La verdad. Nunca en mi vida había visto a alguien arriesgar el pellejo de esa manera -. Dijo muy emocionado.

- Todo lo que vimos hoy es verdad. A mí en lo personal me resulta muy emocionante -, Dijo Francisco. -...Y es que, la verdad, hay que reconocer que fue simplemente espectacular. Corrió de una forma muy estudiada. Profesional diría yo, y su lanzamiento... ¡guey! Simplemente impresionante. Corrió y se lanzó y, al mismo tiempo tiro al Becerro y se manió en él y con él. La verdad es que, se enrosco en el pobre Becerro como si fuera una serpiente... Pobre, pobre Becerrito, estaba maniatado e inmovilizado por ella que se enroscaba igual que una serpiente. Pobre animalito. No le quedo de otra más que llamar a su madre, a la cual, pedía auxilio con tremendos Berridos y no voy a negar que la Vaca estaba también asustada. Si, estaba asustada y por eso corrió hacia el otro lado. No hizo lo de siempre. Correr al rescate de su crio, no, no esta vez. Esta vez, también ella tenía miedo.

- A mí en lo personal me pareció como una Leona en cacería -. Agrego Carlos demasiado entusiasmado.

– Sus movimientos fueron casi Gatubelos: velocidad felina, movimientos felinos, fuerza felina. Era simplemente toda una Gata, que digo Gata. Una Leona en cacería. A mí en lo personal me ha fascinado. Fue espectacular su forma de atrapar al Becerro y lo cierto es que... y miren que lo digo en serio. Porque tengo que reconocer, de esas mujeres aquí, no las hay. Si algún día soy Padre de Familia me gustaría que ella cuidara de mis hijos -. Dijo Alberto muy risueño sin saber que los veía y los escuchaba. Mi peinado está totalmente descompuesto como si se tratara de una peluca, Comadre. ¿Acaso uso peluca y en mi locura no me doy cuenta de que la tengo, Comadre? Puede ser. Y si, quizá eso sea posible, pero, la verdad, no me interesa, Comadre. Con eso de que siempre ando del tingo al tango, estudiando aquí, leyendo allá, hojeando y escribiendo todo lo que me pasa, la verdad, no sé ni dónde traigo la cabeza. Aun que, a veces, por rascarme un poco me la quito, me rasco un poco y luego sin saber, me la vuelvo a poner y no me doy cuenta de que la traigo chueca, torcida, mal acomodada, limpia o sucia. Y creo que, es por ella que me llaman Loca. Lo cierto es que, no me importa y tampoco no me interesa mirarme en un espejo. No sé cómo soy. No sé si soy bonita, fea o regular, pero, en una ocasión, una chiquilla, una de mis alumnas en la secundaria, tuvo la gentileza de peinarme y de pintarme y todos dijeron que... sin esa zacatera risada yo me veía divina. Un maestro me vio sin ella y durante un buen tiempo ya no podía quitármelo de encima. Eso lo recuerdo muy bien. El maestro se había vuelto loco por mí, Comadre. ¿va usted a creer eso? Creo que fue por ello por lo que volví a mi disfraz, por amor a mi hombre. Por respeto a mi hombre. ¿Cuál hombre, Comadre? ¿En verdad soy casada? No sé, no estoy segura, pero, creo que sí. Es por ello por lo que volví a mi peluca. Creo que preferí ser fea por amor a mi marido del cual no tengo ningún recuerdo. ¿Sera posible que el me haya abandonado por otra y que este sea el motivo por el cual perdí la memoria? Si, Comadre. ¿Eso puede ser posible? Creo a ciencia cierta que eso si puede llegar a ser posible, puede suceder. Perder la memoria como un acto defensa del cerebro para no sufrir. Si, Comadre, eso es posible. La mente se defiende de esa manera. Olvidando todo lo que le hace mal o le hace daño. Que increíble es la mente. Definitivamente creo que eso si es posible, Comadre. Perder la memoria como un acto defensa para no sufrir, pero ¿De qué me sirve si estoy aquí en medio de la nada sufriendo lo inimaginable? Jamás pensé llegar a padecer todo esto. Estar en medio de la nada con unas familias que aparecen y desaparecen ocasionándome más locura. Me siento como un chiste mal contado. Me siento más bien, como un conejillo de indias en un experimento, donde la prueba consta en el sufrimiento, pero ¿Qué es el sufrimiento, Comadre? Yo pienso que es algo que nos hacemos creer que existe, pero, no es real. Creo y estoy consciente de ello que, solo es un pensamiento que nos hacemos creer y así, sentimos que estamos sufriendo, sin estarlo. También creo que el miedo es… algo similar. El miedo es un pensamiento, que si quieres sentir miedo lo sientes, y sino deseas sentirlo, solamente te metes la idea en el cerebro que nada es como lo imaginas y sí aparece frente a ti el Hombre lobo, lo puedes acariciar pensado en que, si él es feo, no es su culpa, y que está sufriendo por su fealdad. ¿o no, Comadre? ¿No es así? Yo creo que sí. ¿Sabe, Comadre? Ahora que he vivido tantos horrores, totalmente sola, he descubierto eso: Que el miedo solo es un acto de conciencia. Tú lo vives y lo creas tu misma si quieres vivirlo… y lo sufres y lo padeces si tú lo quieres, pero, también puedes controlarlo si tú lo quieres así. Ese día lo sufrí porque yo creo que así lo quise o lo permití. Lo sufrí y lo viví porque yo quise y lo permití. El miedo es una sensación desagradable provocada por la percepción de peligro, ya sea real o imaginario. Qué curioso, y lo puedes controlar si tú quieres. Solamente si tú lo quieres, Comadre. Aquel día, cuando todos planeaban abandonarme a mi suerte en aquella Serranía tan solitaria. Bueno, esto es un decir. Porque en realidad seria acompañada por los animales, solamente animales, pero, ... ¡ah! No me quiero adelantar a los hechos ocurridos de aquel día, Comadre. Porque creo que este día ha sido uno de los más largos de mi vida. Porque en él, por primera vez los dirigí, los regañe, los hice productivos, los mantuve unidos, les conté historias, los enamore y aun así..., me dejaron sola. Yo sabía que eso iba a suceder, y sabía perfectamente que solo era cuestión de tiempo. Todo había sucedido como el cuento de los Hermanos Green, Si Comadre. Solamente, que yo, nunca, nunca marque el camino. Creo que pude hacerlo, Comadre. Tirando cascaras de naranja como primera opción. Rasgando la tierra con una vara o pintando el camino con un gis. Yo, tenía gises blancos que me había regalado José Luis. El hijo mayor de los Abuelos. Te lo repito para que no se te olvide Comadre. Me los dio cuando me decía que, el sentía un poco de vergüenza cada vez que escuchaba a uno de sus vecinos expresarse mal de su Mama, porque la apodaban la Coneja. Él decía que sentía demasiado coraje, impotencia y dolor, y que por ello rezaba y leía todos los días la Biblia Católica, aunque, también sabía que todas las Biblias de otras religiones eran iguales. Ese era su problema, Leia la Biblia para así poder pedir perdón a Dios por las burlas que hacían a su Madre. Y todo porque había tenido hijos de tres en tres. Él fue el primero, pero, que después los tuvo de tres en tres y ahora al verlos ahí, creo que es verdad lo que decía José Luis. Que era por ello por lo que todos sus hermanos eran un poco locos. - Siempre han sido un poco locos. Cuando eran pequeños, hacían demasiadas maldades con la gente a las cuales les hacían pasar bromas pesadas haciéndose pasar unos por otros y la gente les tenía un poco de miedo, pero, al paso del tiempo ese miedo se convirtió en odio. La gente los odiaba por sus continuas travesuras y, ni mama ni papa los pudo controlar. Así ha sido todo el tiempo, desde que nacieron a la fecha-. Dijo, mientras que pensé, que él también les tenía un poco de coraje, porque posiblemente él había sido el centro de atención de papa y mama, y el blanco perfecto de todos los males y de todas las travesuras todos los chicos. Ignoro que tantas travesuras hayan hecho, Comadre, pero, para que la gente les haya tomado rencor, eso quería decir que habían sido muchas. No los culpo, son cosas de niños, esa es la forma de aprender de un niño cuando no existe un buen guía. Si la mama es un poco dejada y todo lo quiere arreglar a golpes... es por ello por lo que algunos se desquitan haciendo maldades. Es porque se sienten despreciados, por los propios padres y esto ocasiona que a la primera oportunidad se desquiten y le hagan maldades a los más pequeños. Como lo que sucedió con el Becerro. Por otro lado, la Madre, tiende a sentir más amor por los que creen son los más indefensos y ocasionan problemas entre ellos. Es por ello por lo que el Maestro educador no debe pertenecer ni tener demasiada amistad con la Familia. El Maestro debe de ser totalmente neutral, pero, con la capacidad necesaria para educar. Y, para mí, es la persona que más experiencia debe de tener tanto en la medicina corporal, Científicamente hablando, como en lo mental, Psicólogo. El Maestro debe de ser un psicólogo para el chico porque de él depende el futuro de este. Una persona sin la experiencia en estos ramos no sirve absolutamente para nada. No va a poder guiarlo y tampoco podrá enseñarle lo que el chico debe aprender; real y necesariamente. El problema para estos casos es que, también debe saber a la perfección todas las ramas de la Religión y para qué sirven, sin ello tampoco se puede guiar porque todos, absolutamente todos, tienen una idea absolutamente equivoca de lo que es Religión y ocasionan más peleas y muertes, que cualquier enfermedad. Explícitamente hablando, Comadre. Para mí, un Maestro lo es todo y debe de saberlo, sino todo, casi todo. Si él es, Maestro de Matemáticas, debe saber casi a la perfección, todo lo influyente a las matemáticas y en que tantas ramas se puede utilizar la matemática. Astrología, Ciencia, física, química, etc. No porque este sea un maestrucho de matemáticas que apenas sepa sumar y restar, se crea o se sienta el amo del universo. No, Maestro de matemáticas es maestro de todo, incluyendo medicina, arte, ciencia y psicología, amen, de la Religión. Porque si este hombre no sabe el valor de lo humano, lo verdaderamente humano, va a hacer, que los chicos salgan a cazar humanos, simplemente por defender su ideal, su color o su raza. ¿pero, si raza es ser humano, porque salir a cazarlos? ¿Por qué? Yo me pregunto ¿Por qué? Si Religión es amar a Dios ¿Por qué tienes que salir a matar lo humano por culpa de tu Religión? Acaso, ¿Amor es matar? Si amor es matar y destruir todo lo bonito que se siente por estar con una persona, Entonces sí que estoy "Loca", porque yo sé que haría todo lo imposible por estar con la persona que amo, y lo que más amo en esta vida, son los niños. Pero, no hay niños a mi lado, Comadre, ¿Por qué? ¿Acaso en verdad que estoy loca? ¿Qué es exactamente lo que me pasa a mí, Comadre? Bueno, Quizá sea una decisión de Dios, de que yo esté aquí sola, aquí y ahora. No lo juzgo. Solo entiendo su motivo del haberme apartado de la humanidad y sé que para mí tiene un propósito y una buena elección. Tal vez me haga ser mejor como Maestra, porque eso creo y segura estoy de que eso soy, y no sé porque se, que así será. Maestra. Maestra ¿de qué, Comadre? Se que me pongo nostálgica al pensar, y siento que me pierdo un poco más en mi locura cada vez que pienso. A veces llegan a mis sueños un panorama de un debate, donde yo expongo un tema del cual casi nadie está conforme y me gritan... que soy una loca. Si Comadre, todos gritan que estoy Loca, porque un Maestro no puede saber tantas cosas y me gritan que eso es imposible. Yo al defenderme detrás de un micrófono, les pedí calma y les dije: Si en verdad piensan que todo esto es imposible, entonces solamente son, unos maestruchos que solo vienen aquí, por un sueldo. Si ustedes piensan, que solo pueden ser unos médicos de medicina, entonces solo están ahí, por un valor monetario y no porque en realidad quieran ser Médicos. Ustedes no aman la medicina, solo quieren obtener dinero y se les olvido el verdadero valor por el cual Dios les dio ese Don de ser. Si dios les dio un don y les permitió realizarlo y llevarlo a cabo, no era por dinero y que ustedes llenaran sus alforjas para que partieran alegres por la vida, sino porque ustedes cuidarían de la humanidad. Todo eso se les olvido. Hoy, todo el mundo es Maestro. Ahora hay más, muchos más maestros que están dispuestos a dar clases de artes marciales con pocos conocimientos haciéndose pasar por grandes expertos. Hoy todos parecen saberlo todo, incluso algunos se desafían, quedando y demostrando lo que saben de una pelea real a la cual nunca participaron. ¿Cuántos Maestros reales y cuantos Maestros farsantes hay, por todo el mundo? ¿Ustedes, son reales o farsantes? Pregunte en mi sueño y me sacaron. Todos gritaron que me fuera. ¿A caso, este sueño es real, Comadre? Para mí solamente es un sueño porque no estoy segura de ser realmente lo que soné, pero, es tan real que, casi me lo creo. Yo prometí, creo, demostrarles que algún día tendría la oportunidad de demostrarles que lo que les decía era verdad. ¿Cuál Verdad, Comadre? Si ni siquiera sé quién soy. Posiblemente en mi preocupación por saber quién soy me he inventado todo este circo. Tal vez lo sea, pero, antes quiero saber quién soy. Me carcome el alma el no saber quién soy y el sentirme perdida aquí, entre la nada. Lejos de todo y de todos, y pensando que soy una gran Maestra. ¿En verdad lo soy, Comadre? Es inquietante mi forma de pensar. Si fui Maestra me corrieron. Si estoy casada, me abandonaron por falsa y por usar peluca. Si soy jugadora de Futbol me golpee la cabezota y se me borro el disco, Comadre. Pero, también descubrí que puedo montar muy bien a caballo. He descubierto que soy muy buena memorizando las cosas, bueno, siempre y cuando no esté mi pensamiento en el pasado, porque, cada vez que quiero saber de él, me vuelvo a perder y se me olvida todo, para volver a comenzar. ¡ja! Si que es interesante mi vida, Comadre. Si que es interesante mi vida. Ahora me pregunto, ¿Qué más se hacer? ¿En realidad algún día podre regresar a las Ciudades y demostrarles que un Maestro debe saberlo todo? Ahora si como dice la chaviza, Comadre. "No chingues Comadre, eso sería lo máximo", pero que va, yo solo soy, "La Loca que llego con la Tormenta". Si Comadre. No recuerdo nada de lo que sucedió antes de subirme al Autobús. Nada. Lo malo es que, me la he pasado escribiendo y escribiendo mis sueños, todos los que me llegan de un momento para otro y me pongo a escribirlos como una Verdadera Loca y después, los olvido y no se ni dónde deje mis escritos. ¿Verdad que estoy loca, Comadre? Si, ya lo sé. Estoy loca, muy loca, demasiado loca. Por algo me llaman los chicos, "La Loca que llego con la Tormenta". Creo que me he ganado a pulso ese apodo y la verdad es que, "me queda". Ellos tienen razón. Mucha razón. Pero, me preocupa demasiado lo que ellos padecen. Creo que ellos siempre tuvieron que ser educados con un Maestro que fuera imparcial y no de la familia. Creo que, si hubiera sido así, el Maestro se mantendría totalmente imparcial y sería más observador y objetivo a lo que les desea enseñar. Algo que la Madre y el Padre no lograron hacer nunca, porque el tiempo les faltaba para todo. Creo que esa es la razón por la cual José Luis se siente desplazado por su propia familia y busca consuelo en la Biblia. No quiero decir que no esté bien. Es una forma de aprender cosas diferentes y de mantener la mente ocupada en algo que puede ser servicial y productivo, pero, que al mismo tiempo es víctima de burlas de sus propios hermanos por que le apodan; "El Aleluyo". A el en cierta forma le molesta, pero no del todo, porque prefiere que se burlen de el por saber muchos episodios históricos a no saber nada. En cambio, el resto de los hermanos se la pasa jugando y haciéndose bromas que la mayoría de ellas eran inventadas por las propias chicas que al parecer deseaban mantenerlos separados y peleando a que todo el tiempo estuvieran juntos y que fueran mucho más productivos. "Hasta para pintar el cielo se necesita que alguien te detenga la escalera". ¿Sabe, Comadre? Creo que a José Luis le gusta sentir amor por lo desconocido. Es muy curioso, ¿sabe?, he descubierto que él se aparta de la familia y de los demás de sus hermanos porque no les llena. He notado que él quiere ser algo más, pero, no sabe cómo solucionar su vida y tampoco puede estar con sus hermanos. Esta conversación creo que la tuve el primer día en que desperté en su casa. Recuerdo que yo me le quedé viendo e hice una señal con mis manos y mi rostro como preguntándole ¿Qué paso, porque te vas? Yo había visto como le habían estado molestando con indirectas como; - ¿Hoy no vas a rezar por el descanso de mi alma, Hermano? -. Pregunto uno de ellos. – Yo lo hice, Hermano. Puedes estar en paz por el resto del día mi querido y realizar tu buena cantidad de pecados para que más tarde vengas a mí, te confieses y te ponga… Perdón mi querido hermano, me ponga a rezar por ti. No hay problema, usted puede pecar todo lo que quiera, que yo lo absuelvo de toda culpa-. Dijo y se atacaron de risa. Y él respondió al verme hacerle la señal: - Prefiero alejarme de ellos, de todos ellos porque, simplemente no los soporto. No quiero terminar golpeándoles. Yo quisiera ser un buen ejemplo para ellos, ¿sabe? Pero, más que ser un buen ejemplo… soy su burla. Se burlan de mi porque me gusta leer la Biblia. Se burlan de mi porque dicen que soy un santurrón. Se burlan de mi porque dicen que la maldad no la conozco y solo por ello los juzgo. Siempre se están burlando de mí y me hacen maldades a espaldas de mis padres -. Ya lo vi, le respondí. Unos cuidan a tus padres para que no vean lo que te hacen y cuando los ven venir se hacen los inocentes y el regañado eres tú. – Exacto. Siempre hacen lo mismo. ¿Cómo te diste cuenta?

-No se realmente, digamos que es un instinto el que traigo desde pequeña y aun no logro entender el motivo por el cual me doy cuenta de esto -. Le dije. Ahora lo sé, Comadre. Si he estado conviviendo con demasiados alumnos eso quiere decir que por ello me daba cuenta de lo que le había pasado a José Luis. La mayoría de los alumnos se asocia para hacer maldades. Solo para hacer maldades, porque nunca los vi que se asociaran para aprender. Hoy sé que para aprender nadie está dispuesto, pero, cuando se trata de hacer maldades, unos aconsejan a otros y siempre hay una víctima, esta suele ser siempre o casi siempre, el más noble, más bueno e inocente de todos. Ese era José Luis y los padres nunca se daban cuenta o preferían que todo fuera siempre así. Creo que preferían que José Luis fuera siempre el Conejillo de indias de todos porque lo sentían siempre el más fuerte, pero no era así. Creo que desde hacía ya un buen tiempo en que lo habían perdido o tal vez me estaba equivocando. Apenas lo estaban perdiendo, pero eso era inminente, el los abandonaría tarde que temprano porque ya no estaba dispuesto a seguirles aguantando sus groserías, majaderías, calumnias, bromas y demás. Estaba decepcionado de todos sus hermanos y muy triste por la actitud de sus padres para con él. Yo le vi tan decidido a abandonarlos que solo era cuestión de tiempo. Él se iría de la casa tan pronto como la palabra, "Ya". Cuando hablo conmigo lo sentí tan triste que, me di cuenta de que, no le importaría que excusa inventar para irse de la casa. Solamente se, que ya no estaba dispuesto a seguirles aguantando tantas cosas y quizá, las mismas chicas estaban ocasionando todo esto. El problema era ¿Por qué? ¿Qué veneficio podían obtener ellas si él se iba? Creo que nunca pensé en este problema, Comadre. Supongo que por ser el mayor de la familia a él le tocaría mayor cantidad de bienes si al Abuelo le pasaba algo. Por otro lado, era el único que trabaja muy bien y que siempre estaba con el Abuelo. ¿Habría algún significado para esto, Comadre? Tal vez existía un complot de las hermanas mayores e hijas de Priscila, para quedarse con todo. Eso era de suponerse. Ellas eran las mayores de todas las chicas y se veía que no se apartaban de los hijos mayores del Abuelo Arturo, Carlos y Alberto. Pero si fuera así, ¿Qué pasaría con Lucero? ¿A ella la desplazarían totalmente y la dejaría sin nada? A mi parecer, Lucero era la más centrada de todas ellas. Era la que tenía mejor conocimiento, razonamiento y capacitación. Era simplemente la de mejor corazón y creo que la única que chocaba con casi todas por ser la mejor persona. Ella era la más tierna, dulce, comprensiva y humanamente la mejor. Se que no era muy intuitiva para sus cosas y para prevenir los desastres que ocasionaban las demás, pero, de algo si estoy segura, se molestaba cada vez que había algo malo entre todos ellos como lo que había resultado del problema con el Becerro y la Vaca. Creo que, de todas ellas, fue la única que se molestó con Carlos y con Alberto por que estuvo a punto de perder a Victor. ¿A caso fue porque Victor salió lastimado y tanto ella como el estuvieron en el ruedo y a punto de ser lastimados seriamente? No Comadre, yo creo que hay algo más y mucho más serio por lo que estas chicas están disputando todo esto y quieren eliminar a José Luis. ¿Sera? La charla que había tenido con él había sido por la mañana y al medio día, después de que había desaparecido por unas cuantas horas a lo que entendí se había ido con el Abuelo a Trabajar al Campo, al cual supongo que es, el Potrero. Yo había visto como partían porque pasaron justamente frente a la casa y frente al calmil por donde comienza el caminito que los trae hasta aquí, Comadre. Yo ese día estaba sentada en la barda de la casa platicando con Lucero cuando se fueron y más tarde, también los vi llegar. Yo me había ido con las chicas a cortar flores y a darme un baño. Lucero me había cambiado mis ropas para que las lavara y después de lavarlas y dejarlas secar, nos volvimos a casa de la Abuela Rosaura. Casi no había nadie porque a lo que, según supe, se habían ido a la plaza a moler maíz todas las chicas o al menos la mayoría. Fue ahí donde conocí por primera vez a Doña Isabel, Comadre. Ahora recuerdo bien. Todos se habían reunido ahí para que sus padres se fueran a revisar los desastres que había ocasionado la Tormenta. Todos los chicos también se habían ido al Potrero, pero lo habían hecho un poco más tarde, pero luego regresaron. Parecía que se divertían porque traían buen cotorreo, más tarde me enteré de que a Victor lo habían lanzado a una poza dejándolo totalmente bañado y empapado. Él estaba muy furioso y con ello encendió la chimenea del amor de Lucero. Creo que a partir de ese instante me di cuenta del gran amor que sentía ella por él. Si, ella estaba enamorada y no podía negar que el también. Pero, también hay que mencionar, Comadre, que para un chico de mente enferma el amor es una burla en cabeza de otros y todos los hermanos mayores, lejos de felicitarlo, se reían de él y lo aventaban hacia la pared. – Muévete gallina culeca-. Le decían y lucero estaba más que molesta. Cierto que era el más pequeño con unos cuantos minutos de Ángel y Adrián. Pero, como la madre no sabía realmente quien era el más pequeño, todos atribuían ese cargo a Victor por ser el más humilde y serio de todos ellos. Aunque aquí cabe decir que Antonio era el más serio y callado, pero, al que más abusaban aparte de José Luis era en este caso, Victor. Adrián era un roble. De todos ellos era el más fuerte, así que nada que ver ni que decirle porque sabían que los podía golpear. Ángel, podía cambiarles la jugada fácilmente con las mujeres que todos querían porque simplemente era Guapo. Así que, bastaba una mirada de el para hacer que una mujer le tomara en cuenta y se olvidara de ellos por completo. Muy probablemente de pequeños también lo hacían, pero este supo utilizar todos sus atributos y era muy posible que todos los hermanos dejaran de molestarlo por ello. Aquí, cabe preguntar, ¿Cuántas mujeres les quito o tuvo que quitarles para que lo dejaran de molestar? Supongo, Comadre que varias, para que dejaran de molestarlo tan drásticamente, tuvieron que ser varias y aprendieron la lección de que, si vas a jugar conmigo, atente a las consecuencias. "El respeto al derecho ajeno es la paz o la conservación de lo que más amas". Ese fue un remedio infalible para todos ellos y quizá tuvieron que llorar un poco para aprender que con alguien que tiene una seguridad en sí mismo es mejor no jugar. Antonio es muy alto y por su seriedad era mejor no meterse con él. Nadie sabía cuándo estaba contento o cuando estaba enojado. Simplemente con la mirada controlaba todo y si te veía con una mirada fría y de pocos amigos, era mejor que no le hicieras nada. Con Francisco sucedía algo que nadie creía que podía suceder. Si ellos buscaban hacerlo enojar, no les funcionaba, porque para el todo era verso y poesía, así que no podían bromear con él o para hacerlo sacar de sus casillas porque, este era un poeta y amaba la música y era tan apegado a sus principios que se apartaba de todos para estar escribiendo sus versos. Si lo arrojaban al agua, él tenía la Idea y el motivo perfectos para escribir. Se apartaba de todos y ni siquiera se daba cuenta de que se habían burlado de él porque el, ya tenía su mente ocupada en su poema:

  – Agua clara que, del cielo bajas,
llenando de alegría mi vivir.
Revitalizando con tus gotas mi alma,
dándome fuerzas para seguir.
Sin ti este cuerpo no se mueve,
sin ti la vida podría perder.
Y en verdad te digo agua clara,
contigo me siento renacer.
No permitas que mis manos sucias,
por esta vida vayan y vengan.
Si deseo tenerlas siempre limpias,
eres ángel que las cuidas y las sanas.
  ¡Oh! Pequeña gota de agua clara,
de la cual tomo y me bañas,
no se en verdad que será de mí,
si mañana en este cuerpo me faltaras.
Eres vital y en los ríos nunca faltes,
Llena los mares, los lagos y las fuentes,

Porque bien sabes pequeña gota de agua clara,

Que faltaras para las futuras generaciones… -.

Y todos lo veíamos partir para verlo más tarde sentado en las raíces de un árbol donde solamente lo podían apartar los gritos de las Abuelas llamándole a comer. Creo que es por eso por lo que solamente la tomaban con el más grande o con el más pequeño. Pero, faltan dos de ellos, Comadre, uno exageradamente agresivo y el otro… no voy a decir que es una perita en dulce, no, para nada. Pero, con estos dos, nadie se metía, ni siquiera la Abuela. Eran tan especiales que, si les hacías algo, eran capaces de tomar cualquier cosa para darte con ello. Así que, hay personas que se prestan para que la gente se burle de ellos y luego dicen que, es porque les queda. Así que la víctima principal seguía siendo José Luis. - ¿Sabes? No se -. Me dijo aquel día. – Ellos, siempre se burlan de mí y me hacen enojar, diciendo que soy maricon porque no me gusta molestar a las mujeres. La única mujer que me encanta ya tiene novio y el día que me entere, aunque no fue ella la que me lo dijo. Yo sentí morir por la gran desilusión. Desde entonces tome más la Biblia para no pensar y creo que desde ese día los problemas parece que me persiguen como si todo lo hiciera mal o me saliera mal. Es como una maldición la cual me persigue a donde quiera que voy. Tome la Biblia para ser una mejor persona para con ella, porque sé que a ella le gusta leerla y así tendría algo en común con ella y todo me salió mal. Me enteré de que ella tenía novio y… ni modo, "No sé". Habemos personas que no nacimos para el amor. Tenía yo, nueve años cuando me enamore de ella y desde entonces la amo con locura. También puedo decirte que desde entonces me comenzó a gustar leer la Biblia, y se, hoy se, que todo ha sido por ella. Solo por ella, "No sé". A veces sentía que era emocionante verla de lejos y otras tantas a escondidas. Me gustaba, me emocionaba el solo hecho de volverla a ver todos los días en la escuela, hasta que me enteré de que ella tenía novio y después, mi mundo se desmorono y ya no quise volverla a ver. Me aparte, aunque ella a veces venía a casa con mi madre para que le enseñara a cocinar, yo me salía y me iba al campo y ya no regresaba hasta que ella se iba. Mama decía que ella iba por mí y no por que quisiera aprender. Yo le mencione que ella tenía novio y, Mama me respondió, - lo dudo. Ella nunca ha mencionado que tenga novio, tal vez alguien lo invento para apartarte de ella-, dijo mama, pero, lo cierto es que no estoy seguro y no tengo la intención de verla. Me siento lastimado, porque ella sabía cuánto la amaba y el día en que se lo dije, ella callo. No dijo absolutamente nada -. ¿Sabes? José Luis, tal vez ella no te dijo nada para que tú no te aprovecharas de ella. Hay mujeres que tienen esa costumbre y lo usan como autodefensa para que los hombres no se lleguen a pasar con ellas y lo hacen para llegar al matrimonio, limpias y fieles, le dije, Comadre. Pero él no lo creyó así. Así que, es cuestión de tiempo para que él se marche. Así que, yo sé que, si le gustan las mujeres, Comadre. Es muy respetuoso con todas ellas, no lo voy a negar. Él es, todo un caballero y eso, lo hace ser muy diferente ante todos los demás y ellos, que son unos verdaderos sínicos, le dicen maricon. Que rara es esta juventud, Comadre. Demasiado rara. Y aquel día, ahí estaba el sentado y recargado en un pilar con su Biblia en mano. No le dije nada, simplemente lo acaricie del pelo y le deje que siguiera con su lectura. No se realmente que tiempo había transcurrido desde que la Vaca había derramado la leche, solo sé que estaba ahí con su crio amarrada y Don Luis ya le había aflojado un poco la cuerda para que no se le entumeciera la cabeza. Era triste verla ahí castigada, atada aquel árbol como si ella y su crio hubieran tenido la culpa de aquel desorden. Yo creo que los que tenían que estar atados en aquel árbol eran Carlos y Alberto por realizar una travesura que nos trastorno a todos. No voy a negar que yo había sido la principal, la que había llevado la peor parte y estaba: Sucia, despeinada, desmoralizada, adolorida y loca. Para colmo, aún no había podido reponerme de ese pequeño subidón de adrenalina que se había apoderado de mí, llevándome entre el miedo, el dolor, el olvido y la locura. Aun así, estaba de pie. Don Luis se preocupaba por mí y en su preocupación fue por pan, piloncillo y café. Me los ofreció muy amablemente mientras que trataba de armar una conversación conmigo. Lo mire y se sonrió tímidamente. - Tienes ojos educados y muy bellos -. Dijo mientras se ruborizaba como si hubiera ofendido mi corazón con ello. – No lo creo, Don Luis, no sé quién soy y la verdad creo, que llevo siglos sin mirarme al espejo. Se que mi tono de piel es, trigueña y… -No, tú no eres morena ni trigueña como dices, tú eres un poco blanca o media blanca, pero usas crema para broncear tu piel y no entendemos el motivo por el cual usas esa crema. Yo soy testigo fiel, de que te pones mal sino la usas. ¿Por qué? -. Me dijo, abiertamente y la verdad, me ofendí, Comadre. – Voy a hacer de cuenta que usted no ha mencionado nada -. Le respondí. ¿Por qué le respondí eso, Comadre? Si sé que es verdad. Ahora sé que es el, el que me compra la crema para broncear mi piel. Y ahora que recuerdo un poco, cuando llegue aquí, es lo único que yo traía en la mano. Una crema bronceadora, ¿Por qué? Él lo que había dicho era verdad, y sin embargo me ofendí. Fue, como si me hubiera bofeteado, ¿Por qué? Porque si todo era verdad, yo siempre había buscado con afán la crema bronceadora y es quien me surte esa crema porque sabe que me pongo mal. ¿Por qué me pongo mal? ¿Qué relación hay en mi vida con todo eso? Supongo que me ha comprado cajas y más cajas de esa crema porque sabe que me pongo mal. Tal vez llega y revisa mi crema y al ver que tengo poca, manda a comprar más o tal vez el mismo la compra para que no haya error y la pone en mi pomo. Lo cierto es que es un frasco de a kilo, Comadre. ¿Por qué, Comadre? ¿Qué misterio se oculta detrás de esa crema? Desde que él lo menciono no hago más que pensar en ello y no logro dar, ¿Cuál es el motivo de usar crema bronceadora? Y, por otro lado, Comadre, creo que él es el único que lo sabe y es, el que me surte la crema. Lo he pensado una y mil veces. ¿Cuál es el motivo por el cual uso la crema? Al principio solo era un tubo, yo lo recuerdo bien. Solo un tubo grande, ¿Por qué lo traía conmigo? También recuerdo que traía un bolso pequeño. ¡Ah! Como soy Idiota, Comadre. Deje el bolso en el autobús. Tal vez ahí traía mis papeles. Alguna identificación, dinero, pasaporte. Tal vez vengo de otro País. ¿Si Comadre, vengo de otro País? ¿No hablo otro idioma? Siempre he hablado este idioma, ¿verdad? Si, Comadre, ¿Verdad que sí? ¿Este es el idioma que he hablado siempre? Yo creo que sí, porque, lo cierto es que no me acuerdo de nada. Así que, trigueña y color de bronce no soy. Tal vez si soy medio morena y muy requemada por andar vagando entre las calles donde me recogió aquel hombre que tal vez quiso abusar de mí y se vio obligado a dejarme porque la mayoría de la gente ya comenzaba a gritar y a desesperarse en el autobús, porque habíamos estado a punto de matarnos después del rayo. ¿Qué es exactamente lo que paso conmigo, Comadre? ¿Por qué llegue a este pueblo disfrazada? Ahora sé que uso peluca, que me pinto la piel y que olvido todo fácilmente. Que estoy más loca que un psiquiatra en manicomio. Que me siento ser muy inteligente, pero, no sé quién soy. Se que puedo resolver cualquier cosa e incluso inventar cualquier tontería. También sé que puedo resolver problemas matemáticos muy grandes y difíciles, pero, como siempre, Comadre, "No sé quién soy". Tal vez sea como un detective o algo así, pero, pienso, Comadre, ¿Cómo puedo ser yo un detective bien chingon, sino se quién soy? De una cosa si estoy segura, puedo hacerlo todo, pero no sé quién soy. Así comencé aquel día, trabajando con el tronco porque Don Luis ya no supo cómo reanudar nuestra conversación. Creo que no fui tan inteligente como presumo ser con su conversación por mi enojo a la cual atribuyo fue a propósito. ¿Pero yo que ganaba con ello? ¿Qué ganaba comadre si me iban a abandonar en esa noche ahí? Dicen que las mujeres somos difíciles, pero yo, creo que soy mucho más. Que necedad la mía de no ponerme a platicar con Don Luis y tratar de saber quién soy. Eso me habría servido mucho más que ponerme de sangrona por una crema a la cual yo sabía que era verdad. ¡Tal vez, mi enojo era porque no sabía para que la necesitaba o porque la usa? ¿Por qué el afán de verme siempre morena? ¿Qué problema tenía en la piel que quería ocultar con una capa de Crema para Broncear? Eso quería decir una sola cosa, que inteligente no lo era del todo, también tenía mis pequeños problemitas de estupidez. Problemitas que estaban creciendo a medida que iba olvidando todo lo que yo era. El problema era, ¿Por qué? Pero, ahora tenía una preocupación más, mi enojo con Don Luis. ¿Por qué me enoje con él? Acaso mi enojo con Don Luis era, ¿Por qué me chuleo? Si, ¿por eso me enoje, Comadre? A que comadrita tan delicadita resulte ser, Comadre. Enojarme porque me chulearon mis ojos, no, no lo creo, tampoco creo que mi enojo se haya debido a que me dijo que, yo tal vez, solo tal vez, sea blanca y que no me guste el color de mi piel y, que es por ello por lo que yo me bronceo. ¡umm! Es curioso todo esto y la verdad me hace pensar en algo que… va más allá… de mi pensar, Comadre… ¿Qué es lo que oculto? ¿Por qué me siento como una vagabunda ocultándome entre la gente? Y ahora viene lo peor, Comadre, ¿Qué tiempo llevo así? Supongo que mucho, demasiado tiempo diría yo. El problema es, ¿Por qué? Todo ocurre en mi como un gran misterio que debo de resolver, pero, sin la memoria que se supone yo tengo o más bien, de la memoria que yo creo tener, Comadre. ¡A ver! Llegue a un pueblo que es muy humilde. No tiene empleos y nadie sabe cómo realizar un empleo para que fluya el dinero. Aquí no hay industria, no hay hotelería, no hay juegos de diversión en los que entre dinero o elaboren artículos que puedan vender para que entre dinero. No existe un instrumento relativo que genere empleos. El problema es que aquellos que pueden generar empleos, parece que desean seguir siendo los únicos en tener, pero no dar a los demás. Sin saber que esto a largo plazo le va a traer problemas y va a perderlo todo porque no hay crecimiento más allá, que produzca y genere empleos. Ella solo cuenta con una economía informal. Es como tener una sirvienta que no recibe sueldo y que a la vez no paga ningún impuesto y esto no genera, absolutamente nada. Esa, es la tacañería y rebeldía de Priscila. Que más que ayudar para seguir creciendo, prefiere crear problemas para que ella sea la única y poderosa de este pueblo que al parecer no desea el crecimiento social por falta de Ideas y piensan que el Gobierno les puede dar todo sin que ellos muevan un solo pie o una mano. ¿No sé quién les ha hecho creer eso? El problema es que ellos piensan que todo pueden obtenerlo de sus tierritas y se conforman con lo que ella les da: Maíz, calabazas, frijol, jitomate, etc. Por otro lado, he descubierto que nadie de ellos sigue yendo a la Escuela. Todos los jóvenes abandonan la escuela a la edad de trece o quince años o lo máximo a lo que pueden asistir es la preparatoria, hasta que cumplen dieciocho años. Después se independizan, dejando a la familia y comienza su tortura porque todo lo tienen que pagar y se endeudan cuando llegan a salir a las Ciudades. Así que solo obtienen a lo largo de sus vidas; Todo lo que ellos pueden cultivar y, he ahí el problema, ¿Qué pasaría sino lloviera? Creo que todos se quedarían sin alimentación anual. Gran problema para todos. ¿Entonces por qué el destino me envió aquí? Yo sé que no puedo solucionarlo porque, todos se irían sobre mí. Tal vez, podrían lincharme, Comadre. La experiencia dice; "No corrijas a un ignorante porque lo haces tu enemigo". ¿Entonces que hacer? ¿Qué puedo hacer? Si para esto tengo, a la peor, enemigo que se puede tener y que para colmo es la dueña de casi todo esto y siempre está rodeada de hombres que parecen más, sacados del lejano Oeste con sus caballos y sus armas. Solamente en algo han superado al lejano Oeste, Comadre, "Sus armas", estas ahora son de largo alcance. ¡Vaya dilema el mío! Quizá por un lado se entienda que al ser la única más poderosa tenga enemigos suficientes para quitarla del trono y creo que ella se siente amenazada por los Abuelos a los cuales hasta hoy no conozco. Si hoy no los conozco bien, imagínese en aquellos días que hasta las Vacas y los Becerros deseaban pelear conmigo. ¡Vaya vida! …Loca y con demasiados problemas y enemigos, Comadre. Creo que cada aspecto de mi vida aquí tenía que ser estudiado muy minuciosamente si no quería terminar hospitalizada en un hospital psiquiátrico por Locura o por una tremenda golpiza dada por tanto hombre más loco que yo. Creo que si fuera enviada al Hospital por perforaciones de arma no sería gran problema, Comadre. Te operan, te mueres y listo, te entierran. Pero si voy a para a un Psiquiátrico me van a mantener drogada por el resto de mi vida, aun sabiendo que no estoy Loca, solamente que, no sé quién soy. Eso es todo, pero, para alguien que se cree con demasiado estudio, si se aferra a sus principios necios de que él es el mejor, ya me jodi, Comadre. Me va a tomar de conejillo de indias y mientras pueda obtener dinero para mantenerme ahí, lo va a hacer solo por ello. Así es mi sueño, y creo que, si me sacaron de aquel salón grandísimo, donde se daba una conferencia. Eso quiere decir que hay algo más en mí que me preocupa y que hace que yo misma me esté autodestruyendo, Comadre. ¿Acaso es por miedo a volver a mi realidad por lo que estoy sin mis recuerdos? ¿Sabe cómo me siento, Comadre? Me siento como un cangrejo metido en una olla de presión y cocinándome a fuego lento. Si abro mis ojos a la realidad, sé que voy a descubrir demasiados problemas a mi alrededor, pero, creo que el más importante para mí es ¿Saber quién soy? Creo que no debo de interesarme por ningún motivo en los problemas de los demás. Se que todo eso no me incumbe y, además, ellos no se interesaron por mí, porque desde el primer instante en que llegue, me iban a abandonar en aquel sitio al cual le llamaban Potrero, pero que, en realidad era un Rancho. ¿Me iban o me Abandonaron, Comadre, que es realmente lo que paso? ¡Oh, Padre mío, mi señor, mi Dios! Todo ocurre en mi como un misterio demasiado grande para resolver, pero, sigo pensado que, sin memoria no se resuelve y no se obtiene absolutamente nada más que más problemas que se ira haciendo cada vez más y más grandes. Es como alimentar a un monstruo que tarde o temprano terminara por devorarme porque ya no habrá alimentación que darle y que le satisfaga su apetito. Así me siento yo, mi señor. Así me siento yo, Comadre y única compañera de esta gran travesía que me va carcomiendo el alma con forme van pasando las horas. La incertidumbre y la desesperación se van apoderando de mi conforme van pasando los minutos, los cuales no veo, pero, sé que están ahí, esperando a que dé, mí último grito de terror. Los minutos están pasando ahí, siempre con esa velocidad de ver como pasa el tiempo y yo... yo sin poder resolver absolutamente nada de mi vida. Que tristeza tan grande, Comadre y que soledad tan larga, la que sufrimos usted y yo. Yo en mi angustia por recordar y usted... ¡qué va! A usted nada la conmueve y permanece ahí, sentada y meciéndose sin preocupación alguna.

Para usted el tiempo no es Nada, porque no espera nada de la vida, pero yo, yo soy otra cosa. Yo, Comadre. Yo soy productividad, soy razonamiento, soy aprendizaje y enseñanza porque eso quiero ser hoy y siempre. Yo, lo único que quiero es, ¡Servir! Yo no quiero ser como usted que se la pasa el tiempo ahí, sentada sin producir nada y sin servir en nada. Yo soy, progreso. Yo soy Ideas que van y vienen y que se trasforman en maravillas. No Comadre, yo no soy como usted. Yo soy la Idea de un Dios que transformo en esto que soy, y que muy segura estoy que la hizo pensando en algo, y que podría servir para algo. ¿Para qué? Aun no lo sé, pero, puede estar usted segura que lo voy a adivinar. ¿Sabe, Comadre? Yo sé que, Dios me trajo aquí con un propósito al cual creo no debo renunciar, el problema es, ¿Qué es? Todo es tan misterioso. A veces siento que ha pasado demasiado tiempo desde que llegue aquí, pero, otras veces pienso que apenas llegue ayer, pero, también sé que eso es imposible porque tengo demasiados recuerdos que no logro entender y demasiados problemas que desde que llegue aquí no he logrado resolver. Digamos que, ¿La peluca? ¿Por qué la uso? ¿El bronceado, por qué? A veces pienso que ese es un problema que yo misma realizo sin darme cuenta como si se tratara de un tic nervioso al cual nunca le puse demasiada atención porque simplemente, no sabía que existía hasta que alguien más me lo dijo. ¿Qué otros problemas más tengo aparte de estar deschavetada, usar peluca y broncearme el cuerpo? El hecho de pensar que soy muy inteligente y que tengo demasiado estudio, ¿También es motivo para dudar, Comadre? ¿Si tengo estudio y soy muy inteligente o yo solamente me lo creo, Comadre? ¿Qué es exactamente lo que sucede ahí, soy o no soy? El problema es que, si se resolver demasiadas cosas que a todos ellos les agrada la forma en como las resuelvo. Creo que entre menos pienso más probabilidades tengo de resolver con exactitud lo que yo quiero. ¿O tal vez si tengo esa experiencia? Porque a fin de cuentas solo es eso, Experiencia. Tengo el conocimiento científico y empírico de saber realizar lo que yo quiero y que antes, de llevarlo a cabo lo escribo para poder llevarlo con éxito. Tal es el caso por el cual Lucero me llevo el Juego Geométrico del cual ella misma decía no entender. Ese era un problema que yo estaba resolviendo y que no tuve la oportunidad de solucionarlo porque me llevaron al Potrero para abandonarme ahí y me llevaron sin las libretas que yo necesitaba. Las libretas que yo había escrito se habían quedado en las manos de la Abuela Rosaura y solamente ella podía saber ¿Dónde las había dejado? Por lo tanto, yo me disponía a escribir ante la mirada de Don Luis. José Luis se había sentado por la parte de arriba para leer su Biblia y yo me había sentado por la parte de abajo para seguir escribiendo mis traumas y preocupaciones. ¿Qué tiempo ha pasado sin que yo me haya dado cuenta de ello? ¿Qué tiempo pasara para que yo descubra mi verdad, de saber lo que en verdad soy? ¿Qué pasara si llego a descubrir que no soy lo que en realidad creo que soy y que solo es, un sueño en mi mente descompuesta? ¿Sera verdad que, yo misma le pongo trabas a mi vida para descubrirme quién soy? ¿Quién soy? ¿En verdad soy una mujer interesante o estúpida, Comadre? Que ilógico es todo. A veces pienso que yo quiero descubrirme quien soy y, a veces creo que, yo misma me escondo de mí misma. ¿Puedo hacerlo y no quiero, o simplemente no quiero porque sé qué puedo hacerlo? En verdad que es una controversia mi vida. Es una controversia mi forma de pesar y lo que es peor aún, es más que una controversia tratar de encontrarme conmigo misma. Pero, en fin, aquel día, Don Luis camino hacia el tronco y lo toco como pensando ¿Para qué les podría servir? Y siguió caminando y tocándole ligeramente. Ya estaba visto que lo querían para mesa, pero era demasiado grande. Yo, deje totalmente mi escritura y recordé como había ido a recoger mis plumas y después, como me había ido a sentar a aquel lugar y dije: - Hace unos minutos yo también pensaba en cómo partirlo en dos partes iguales para que sirviera como una mesa -. En ese instante me sentí rejuvenecida y llena de vida. Me sentía alegre, optimista y sin preocupaciones, pero, sobre todo, volvía a recuperarme y a sentirme bien. Yo le sonreía cuando me pregunto: - ¿Hace unos minutos? -. Él había respondido como si estuviera asustado. – Dirás, hace unas horas. Ya ha pasado del medio día y tú, te has pasado horas y horas escribiendo sobre aquella barda -. El señaló y yo mire hacia donde el señalaba. Me pareció que él decía la verdad, pero, aun así, dudaba de lo que él decía. Porque simplemente no podía ser posible. Para mi apenas habían pasado unos minutos y no tanto tiempo como él decía. Entonces traté de recordarlo todo y no pude. Como única evidencia de que él decía la verdad era mi libreta la cual tenía en las manos y descubrí que había escrito en ella casi media libreta. La había utilizado en ese tiempo y había escrito entre 40 o 50 páginas. ¿Cómo puede ser? Me pregunte, Comadre. Entonces pensé, que eso solamente se lograba con una muy buena concentración y específicamente, con una muy buena idea de la cual no puedas liberarte.

Normalmente la gente tiende a abandonar su idea por falta de fluidez en la escritura, pero, yo soy todo lo contrario. Para mi existe fluidez en toda idea. Ese es mi problema y creo que, es por ello por lo que no me gusta despertar de mi mundo imaginario donde todo sigue y sigue sin detenerse. Don Luis estaba asustado y pensativo. Yo me encontraba entre la incredulidad y lo que era capaz de hacer. El solo hecho de hacer y de llegar hacer todo lo que yo quería me llenaba y al mismo tiempo me daba alegría el saber que no era precisamente una inútil. Podrían llamarme Loca, pero, de una cosa si estaba segura, tonta no lo era. Eso para nada. En ese instante aparecieron los chicos. Yo caminaba pegada al tronco queriéndome acercar a Don Luis para así poder seguir platicando, con mi libreta en mano. Él estaba, creo, asustado Comadre. Ambos nos dedicamos a observar a los chicos por el escándalo que venían haciendo mientras que intentaban correr, pero, todo era de subida y les costaba demasiado trabajo subir por aquellos caminos delgados y llenos de piedra y matorrales. Primero aparecieran ligeramente por un costado del camino y después desaparecieron por un ligero montículo que les tapo. Después volvieron a aparecer nuevamente mientras discutían unos con otros. Lo único que podíamos escuchar muy bien era el, - ¡ya, ya cálmate! -. – No, no me pidas eso porque ese panzón me las va a pagar todas. No te metas, ¡Déjame! -. Seguían gritando hasta que aparecieron cerca de nosotros. Una sola parte porque el resto venia, si bien apresurados no tenían muchas ganas de correr, el problema es que, si no lo hacían se iban a perder de una muy buena pelea. Mas que nada era la curiosidad lo que los hacia correr. Venían totalmente malhumorados y todos corrían detrás de uno, principalmente del que venía gritando y del cual al parecer trataban de detener para que no alcanzara al que venía justamente encabezando a todo el grupo. Creo que por primera vez veía a José Luis Sonreír muy alegremente porque alguno de sus hermanos por primera vez estaba decidido en golpear a Carlos y este estaba mucho más que espantado. Era de suponerse. Tarde o temprano llegaría el momento en que alguien le cobraría todo lo que hacía y que lo más seguro, era, por alguna travesura o broma que le hicieron al que venía exageradamente enojado. Nada lo calmaba y por varias ocasiones casi se les escapa a todos. Eso hacía que Carlos siguiera aun corriendo y a salvo. Creo que dos de ellos habían caído al agua fangosa. Por lo que se podía ver cuando ellos estaban ya más cerca. - ¡Eres un idiota! -. Dijo uno de ellos, mientras que todos los demás reían. – Supongo que te hace una gracia tremenda. Te pasaste y me las vas a pagar -. Seguía gritando mientras que todos los demás hacían su último esfuerzo por detenerlo. – Esto no se va a quedar así. Te prometo darte tu merecido -. Le grito mientras que todos seguían deteniendo al más violento de todos. Todos sabían que había sido una broma, pero, no todos la aguantan y ese era el punto. Ahora todos realizaban hasta su último esfuerzo para evitar que Carlos fuera a ser golpeado. El problema para él es que, si el chico podía arrastrar a cinco y en ocasiones hasta seis de sus hermanos para poderlo alcanzar, eso quería decir que si lo alcanzaba le iba a ir muy mal. Carlos ya no podía seguir corriendo, claramente se veía que estaba exageradamente agotado. Apenas si podía seguir subiendo por aquel camino y se notaba que sus piernas ya no daban para más. Miré a José Luis y le encontré risueño. Nada más faltaba que se frotara las manos y se pusiera a celebrar lo que se veía venir. Estaba contento más de pronto, su rostro se transformó, su cara denotaba vergüenza. Creo que se avergonzaba de sus hermanos. Tal vez a él le hubiera gustado tener una familia bonita, llena de detalles y de buenas actitudes. Creo que a él le hubiera gustado tener unos hermanos bien educados y muy estudiosos, pero, no sucedía así, para el eran, desgraciadamente todo lo contrario. Eran problemáticos, pendencieros, bromistas y exageradamente flojos. Él había visto que solo cuatro de ellos habían trabajado y habían cumplido con su tarea, el resto de ellos se la habían pasado flojeando y planeando bromas muy peligrosas como la que le habían aplicado a Victor. Le seguí viendo y noté que estaba a punto de llorar y creí saber la razón. A él le habían encargado que cuidará de ellos y que se cerciorará de que cumplían sus labores y no sabía que es lo que iba a suceder con él. Lo más seguro es que le regañarían como siempre, porque ellos no sabían obedecer a nadie. Era ridículo decirlo, pero, no obedecían ni a sus propios padres, pero, eso no quería decir que él se salvaría de un regaño. No, él sabía que no sucedería así, porque el hermano mayor se encarga de todos los pequeños y ellos deben de obedecer a su hermano mayor. No había de otra. Así que se encogió de hombros a tal desastre y solo hizo lo mismo que hacía yo, ver todo de una manera estudiosa. – No voy a negar que fue divertido verlos caer al fango cuando yo corte la cuerda de un machetazo. Jejeje -. Reía enloquecidamente. – Idiota. La idea era pasar de lado a lado sobre la riata y tu arruinaste todo, como siempre. Tu arruinaste todo igual que siempre. Un día de estos te voy a romper la cara condenado cachetón -. Dijo Adrián y de un movimiento casi felino y casi cargando a los dos únicos que lo detenían se soltó para irse sobre. Carlos sonrió, pero fue más de nervios que por desear sonreír de verdad y lo único que se le ocurrió hacer fue correr. En menos de dos segundos ya había dejado muy lejos a sus hermanos y nadie podría detenerlo porque, simplemente era rápido y muy fuerte a diferencia de los demás. Eso quería decir una sola cosa. Él era el único que cumplía siempre con todas las labores que le daban y siempre terminaba ayudando a sus demás hermanos y los resultados estaban a la vista. Cuando lo vi venir corriendo pensé que no llegaría ni al tronco cuando Adrián ya lo habría alcanzado, atrapado y golpeado. Me equivoque. Carlos paso el tronco y pensé que el miedo lo hacía correr más aprisa. Hizo la finta de ir por la izquierda y se fue por la derecha de la punta y se dirigió hacia mí. Por voltear no se percató de mí y estuvo a punto de arrollarme, Comadre, pero, yo lo esquive fácilmente. No supe cómo, pero, lo hice e inesperadamente lo atrape del cinturón, le di un puntapié a su pie izquierdo y lo jale. Cayo justo donde yo lo quería. Adrián venia corriendo y la verdad es que, iba a patearlo, pero la sorpresa de verlo caído lo llevo a mirarme y no supo ni como sucedió. Lo cierto es que ni yo tampoco lo supe, pero, le golpeé la pierna y después un hombro. Se quejo de dolor y me miro cuando ya iba en aire. Tenía una cara de espanto. …y lo cierto es que no supe ni como sucedió y creo que ellos tampoco porque todo sucedió tan rápido. Fue un… golpe, golpe, jalón, voló por el aire… y cayó sobre Carlos y yo encima de los dos. Carlos estaba desarmado, adolorido y espantado. Mientras que Adrián me miraba con miedo y sorpresa y yo, Comadre, yo sentía vergüenza. Sentí vergüenza al darles una cachetadita a los dos; zas, zas, zas. Demasiado rápido y antes de que pensaran ya los estaba ragañando. Un hombre jamás juega con armas y menos de esta manera. La vida es demasiado corta y ustedes la desperdician como unos tontos, creándose bromas unos a otros como si eso fuera, realmente divertido. Dime; le dije a Carlos, Comadre; ¿Qué de divertido tiene ver caer a tu hermano en el fango? Pudo caer sobre una piedra y hasta ahí termino su vida y todo por un hermano tonto que encuentra la diversión a costa de los demás. A ti ya te vieron caer ahora, y míralos, nadie se ríe de ti. Mas que reírse están espantados porque te pudiste lastimar. ¡piensa lo que haces! Y zas, le solté otra cachetada. ¿Qué de divertido tiene ver caer a tu hermano? Ya lo pensaste. Pudo caer sobre una piedra, ¿ya lo pensaste? Pudiste haber acabado con su vida, ¿Ya lo pensaste? Y todo por culpa tuya. Ese sí que es un verdadero problema, pero, no todo termina ahí, porque el verdadero problema es que serían dos, dos de tus hermanos y ¿acaso pensaste en el dolor que les ocasionarías a tus padres? A caso pensaste ¿en el dolor y trauma que te ocasionarías a ti mismo al ver morir a dos de tus hermanos? No, no lo pensaste, porque lo único que a ti te importa es divertirte a costa del sufrimiento de los demás. Y por culpa tuya, sino más recuerdo, se quedaron sin leche para su desayuno, porque por culpa tuya se ocasionó todo un desastre. Por favor, no más, eso no va conmigo. ¡Zas, zas, plas! Sonó otra cachetada que le di a ambos, pero, a Carlos le tocaron dos, Comadre. Nada más le hubiera visto, Comadre, estaba divino con sus cachetitos bien coloraditos. Los miré y pude ver que estaban más que asustados. Me puse de pie y los ayudé a levantar, mientras les decía: "Bien, ahora les voy a mostrar lo que verdaderamente preocupa y que necesita de toda su atención. En lugar de estar perdiendo el tiempo con bromitas tontas. A todos los quiero aquí. Aquí y ahora. Todos se iban reuniendo alrededor mío. Sin decir absolutamente nada. Creo que se dieron cuenta que estaba malhumorada o algo así. O tal vez se sentían culpables por lo que había sucedido con la Vaca y el Becerro, pero nadie dijo nada. Nada. Solo se reunieron y ya". Incluyendo a Don Luis que estaba más que sorprendido o tal vez solo obedecía a mis palabras para que todos los chicos hicieran lo que yo les pedía. Tal vez él lo hacía porque de alguna manera se sentía seguro conmigo o tal vez lo hacía, porque nunca había visto a una mujer tirar a dos jovencitos, totalmente sanos y fuertes y cachetearlos de la forma en como lo había hecho yo. Tal vez era eso. Lo que no sabía era que yo los había agarrado cansados y totalmente desprevenidos y desprotegidos. Esa es una ventaja muy grande. Por otro lado, había que reconocer que, a pesar de ser desobligados y juguetones, aun tenían algo del padre o de todos los Abuelos, Su caballerosidad. A una mujer no se le golpea. Se le escucha y se busca la manera de llevarse bien con ella y si se altera, dejarla a que se le baje el coraje. Eso es lo que yo sabía que todos los hombres que eran unos Caballeros hacían, así que no me costó mucho trabajo entender a Don Luis a la hora de hacerme caso en todo lo que yo les pedía. Bien, dije. Necesitamos una mesa para todos, así que, haremos una mesa. Como no contamos con un serrucho grande, lo haremos con barretas. Tenemos que partir este tronco en dos. Dije y la verdad, nadie protesto. Solamente me miraban.

Ustedes cuatro, traigan las barretas que hay allá; Antonio, Francisco, Victor y Adrián. Ángel, Leonardo, Sergio y José Luis, traigan todos los cinceles que vi por allá. Carlos, Alberto y Roberto, ustedes traigan los marros y macetas. Ahí mismo las vi. Lucero y todas las chicas que no están haciendo nada, por favor, ayuden a los chicos a traer los mazos. Allá mismo pude ver que hay varios cinceles. Se que todo lo que tenga punta nos servirá. Don Luis, por favor me podría ayudar con este lazo. Ordene y la verdad no me la podía creer, Comadre. Tenía bajo mi mando a todo un batallón. Era increíble verlos, estábamos trabajando en equipo. Y si yo me había sorprendido, imagínese la cara que tenía Don Luis y más aún al verme ponerle gis al lazo y atravesarlo de lado a lado al tronco. Se que me basto darle un solo tirón y la línea había quedado marcada sobre el tronco. Era exacta. Creo que de todos José Luis era el más obediente y participativo y no tenía que estar dándole tantas indicaciones y no voy a negar que llego muy rápido con su equipo. Carlos se tardó un poco más, y eso por las famosas frases que le alcance a escuchar a una de las chicas. - ¿Cómo puede ser posible que permitas que una mujer te mande? -. Le dijo, Esmeralda y espere a que llegaran y depositaran todo en el piso. Todos llegaron muy rápido menos Carlos y su grupo. Cuando ellos llegaron, ya le había dado indicaciones y explicaciones a la mayoría de los chicos, ya todos sabían lo que tenían que hacer y como lo tenía que hacer.

En ese instante recordé algunas fracciones de los minutos pasados cuando se tiraba la leche. Si Comadre, podía recordarlo muy bien. Ahora mientras que los veía a ellos trabajar, en ese instante recordé como la vaca coleaba a Victor, con su cola una y otra vez. Creo que sentí que me estaba descomponiendo nuevamente, pero, no podía dejar de pensar en cómo la cola de la Vaca golpeaba una y otra vez a Victor. Una y otra vez, hasta que derramo la leche y a él lo tiro sobre la paja. Recordé todo aquel acontecimiento mientras que, sentada sobre aquella barda escribía y me decía, ahora todos tendremos que tomar café. Si, ahora todos tomaremos café de olla y me asuste un poco porque me pondría más nerviosa o quizá más ansiosa de lo que estaba por dirigir. Los mire a todos y me acorde de las palabras que había utilizado Esmeralda; - ¿Cómo puede ser posible que permitas que una mujer te mande? -. Quise desquitarme diciéndole que tenía que mandarles porque solamente eran una bola o amontonamiento de gente inútil. Trate al máximo de no decir absolutamente nada, me sentía realmente molesta con ella, aunque, la verdad, no sabía que tanto podía soportar. Sentí que me había tragado una bomba y lo único que pude hacer fue, seguirla observando. Yo sabía que tanto ella como todos los demás no tenían conocimientos de nada y sus intentos solo habían quedado ahí, pero, como era de esperarse no habían obtenido resultados y solo les servía para pasar el rato y luego ser regañados por la desconocida que también no sabía hacer nada y lo que es peor no sabía lo que ella quería y ni idea tenia de lo que pensaba hacer y me dije. Por dios niña, decídete, de lo que quieres hacer y deja de traer a los chicos dando vueltas y vueltas y paseando ese Tronco. Si de por si el tronco es pesado, y tú no te decides. Pero tu chica, mira y calladita. Calladita te vez mejor, me dije, Comadre. Y seguí observando. En cierta ocasión se reunieron todos en la cabaña de la cual contaban horrores para hacer planes, pero la dirigente salió burlada por sus propias compañeras y como era de suponerse se deprimió y el resto del grupo se quedó tan decepcionado que decidieron marcharse a un lugar más tétrico para contarse cuentos, pero, ni eso sabían hacer. Victor estaba triste porque Lucero la más pequeña había sido burlada y dejo ver su gran amor por ella. Yo lo observé y quise dirigirme a él, pero, con dudas con muchas dudas de su reacción hacia mí porque, al fin y al cabo, yo solo era una extraña. Todo esto había sucedido, Comadre, en aquel gran transe que había tenido mientras escribía. También recuerdo a todos los Abuelos Ablando de mí. Don Luis se había tomado la molestia de contar todo a todos ellos y, he de reconocer que se había emocionado demasiado al contar mi Azaña con el Becerro que ahora que lo podía ver junto a su madre pastando, lo descubría muy grande más fuerte y atrevido que cuando lo tenía en el suelo. – Debes de considerar de lo que piensas hacer mujer -. Dijo Don Luis a Doña Rosaura, mejor conocida como la Abuela Rosa que solamente respondió con un, - Lo pensado, pensado esta-. En ese momento empecé a temblar al recordar de que estábamos ahí porque me iban a abandonar en aquella Serranía a mi suerte. He de reconocer que tengo ataques repentinos de ansiedad y de temor abrumador que duran en ocasiones solo unos segundos, pero, en ocasiones se van alargando a minutos y a veces se convierten en horas en las cuales me pierdo totalmente. Una de las claves que tengo para detectar ese estado, es cuando mi corazón comienza a latir demasiado rápido. A veces lo siento galopar en medio de la nada y mi mente se comienza a transformar en algo que me hace perder. Lo siento latir como si hubiera corrido largas horas y comienzo a sudar copiosamente. Después, siento como si no pudiera respirar y me doblo como si estuviera demasiado fatigada. La respiración me falla y aunque jale demasiado oxigeno siento como me voy perdiendo poco a poco. Las manos me tiemblan y las piernas me parecen no responder más a ese cansancio repentino que me da y que me hace sentir que no puedo respirar, ni pensar. Se que mis ataques son impredecibles. Se que son generados por el miedo, a veces. Solo a veces. Por qué, la mayoría de ellas son generadas cuando logro recordar algo trascendente de mi vida, factor que posiblemente me haga recordar algo de mí. Obviamente, pienso, que, si logre recordar algo muy atrasado, que me ocasione demasiada inquietud, me pierdo. Me pierdo en mi mundo imaginario y no vuelvo a saber de mi por horas, días, semanas y meses. No sé. Solo sé que me sucede y no sé nada mas de mí, hasta que vuelvo a recuperar la cordura y me pongo a meditar el motivo que lo ocasiono como en este momento en que, me perdí por completo al saber que me iban a abandonar y que por ello estábamos ahí. Si, ellos me iban a abandonar allí, en ese sitio al cual le llamaban Potrero y sé que me quedaría sola, completamente sola y a mi propia suerte y no quise seguir pensando. Me obligue a mí misma a no seguir pensando y me dedique a la tarea de partir el tronco. Al principio fue un poco incómodo para los chicos golpear sobre las barretas y los cinceles largos, pero, poco a poco fueron agarrando paso. En un principio, cuando yo estaba estúpidamente meditabunda ellos comenzaron a trabajar y lo quería hacer de dos en dos, pero obvio, se sintieron incomodos e inseguros porque no confiaban en su puntería y mucho menos en su propio hermano. Esa era la razón de llevarse pesado, porque generaba dudas y desconfianzas entre familia. Al que le tocaba sujetar la barreta o cincel era siempre el que renegaba, así que, lo tuvieron que hacer individualmente. Yo misma me di a la tarea de meter unos tres o cuatro dedos de profundidad de barreta o cincel sobre el tronco y después seguían ellos. No voy a negar que, al verme golpear el cincel con la maceta y después con el marro se quedaban pensativos por mi destreza. Nunca en su vida habían visto a una mujer golpear a un cincel con un marro y menos con esa exactitud y fuerza. Si, los hombres estaban muy contrariados, emocionados y al mismo tiempo muy motivados por mí. Creo que las mujeres que estaban presentes estaban asustadas y me di cuenta de que, no estaban acostumbradas a ver a una mujer hacer los trabajos de un hombre y he ahí su incertidumbre. Mientras que, para mí, era recordar. Me sentía como si alguna vez hubiera trabajado en algún Circo y me tocara poner los inmensos clavos que sujetaban la carpa. En el momento en que me dedicaba a mostrarles cómo hacerlo, al mismo tiempo tenía grandes destellos de mi trabajo en el Circo y al mismo tiempo tenía recuerdos de mi preparación en boxeo, yoga, tae cuan do, y correr como una loca sobre las calles empedradas y en algunas ocasiones tenía que correr sobre el pavimento donde me podía dar cuenta que existían personas sumamente irresponsables y... después de pitarme, me gritaban; - ¡Lárgate a la cocina, que es donde debes de estar! -. Y si no me subía apresurada a la banqueta me aventaban el coche encima y se iban atacados de la risa. A veces son los rufianes los que no te dejan progresar, pensé. Sin dejar de trabajar y creo que, en cada marrazo que le daba al cincel sobre aquel gran tronco me venía un recuerdo muy diferente. Me descubrí golpeando llantas con un marro y subiendo un cerro corriendo. Recordé que estaba llena de vida y de vitalidad, era fuerte y muy decidida y entendí el motivo por el cual usaba la crema para broncearme la piel. Yo practicaba demasiado deporte al aire libre y por eso usaba la crema bronceadora, Comadre. ¿o no? ¿Si no es así, entonces, quién soy? ¿Quién soy, padre mío? ¿Quién? No permitas Comadre, que el llanto me bañe el alma. No permitas que en esta soledad tan grande e infinita me pierda por culpa del pánico que siento. ¿no sé porque siento miedo de todo y por todo? A veces pienso que debo de ser tratada por algún especialista, pero, aquí, en esta soledad tan interminable donde, sola estoy con mi Comadre que se niega a hablarme porque, creo que ya la tengo fastidiada por tanta preguntadera tan... insignificante, quizá, para ella. Es por eso por lo que no me responde jamás y solo se mese y se mese en un vaivén cadencioso e interminable como mi locura. Me enferma verla ahí todo el tiempo y la verdad no la entiendo, así como quizá, ella también no me entiende a mí. Tengo tantas soluciones para tantos problemas, pero el único que a mí me interesa, es ¿saber quién soy? Siento que este trastorno de pánico es el que disminuye mi calidad de vida y el que me tiene como una estúpida pensando y pensando sin llegar a nada. Siento que, este miedo, temor o pánico que siento me puede llevar a otros niveles más feos de trastornos mentales que, me pueden afectar en mi trabajo y con ello voy a tener impedimento para poder alimentarme adecuadamente. Aunque también se sabe que, este trastorno de pánico te puede llevar al aislamiento. ¿Cuál aislamiento, Comadre? Aislada ya estoy desde que llegue a este lugar. Sola y loca. ¿A caso todos los locos están siempre aislados, Comadre? ¡Diablos! Creo que si comadre. Pero, bueno. Aquel día estaba más que entusiasmada con los resultados que estaba logrando con todos los chicos, aunque la mayoría de las mujeres solo veían la forma tan agresiva que tenía para golpear los cinceles y las barretas. Era para mí, algo nuevo, pero, no me podía creer que en realidad fuera tan nuevo si tenía la exactitud y fuerza de un buen golpeador de cincel. Creo que ni siquiera un albañil bien experimentado tenía esa fuerza y exactitud de golpeo. No, yo creo que si me ponían a competir con cualquiera de ellos seguramente le vencería muy cómodamente. ¿Por qué? ¿Porque tenía esa habilidad de golpear con el marro los cinceles? Explícame, Comadre el motivo por el cual tenía esa exactitud. No sé porque, pero, creo que a los chicos esto les gustaba. Por primera vez alguien en toda su vida les superaba en todo y no era precisamente un hombre, sino todo lo contrario. Se trataba de una mujer a la cual todos le llamaban loca. "La loca que llego con la Tormenta". Yo podía escucharlos cuchichear y burlarse del que creían era el más fuerte y no, resulta que no era tan fuerte, ni tan habilidoso y menos con la fuerza física y la condición que todos creían que tenía. Por primera vez alguien le ganaba y era simplemente incansable. Todos me veían ir y venir metiendo un cincel más aquí, y una barreta más allá. Una y otra conforme iban apareciendo al otro lado del tronco. Era curioso, pero, por no cederle todos los créditos a una mujer y por ello no dijeron no, y tampoco se doblaban, aunque claramente se veía que estaban simplemente agotados. Carlos era el que más se escuchaba quejarse, pero, no pidió ayuda, porque simple y sencillamente se burlarían de él. Bueno, creo que esta es solo una hipótesis, la otra era que, simplemente les gustaba hacerlo y dejaron de quejarse. Aunque, voy a repetirlo porque creo que eso es lo más cierto en todo esto. No les gustaba la idea de que una mujer los superara en todo. Aun que he de decirle, Comadre que… hubo algo que me agradó mucho y que nuevamente lo volvía a mencionar, Carlos. – Me gustaría tener una esposa como ella, Hermano. Es fuerte, astuta, inteligente y, sobre todo, muy experta -. Dijo sonriendo y no busco ocultarse de nadie. Lo había dicho así, directamente sin preocuparse a que yo lo escuchara o que otra de las chicas lo estuviera escuchando. Yo volví mi vista hacia Esmeralda porque era ella la que lo quería y que en todo momento quería estar con él. Yo no me había equivocado al verla. Estaba seriamente Celosa, y me dio la peor mirada que tenía. – No te preocupes, creo que no lo dijo en serio. No creo que a un hombre le guste que una mujer lo mande y que le doble la edad, pero, sobre todo, que este realmente Loca -. Respondí jugueteando. – No, lo digo en serio. Me encantaría tener una mujer así, como tú, aunque...-. No termino la frase porque Ángel lo interrumpió. - ¡Ya cállate! Que Mama esta atrás de ti. -. Dijo sin dejar de golpear para amortiguar un poco la charla que en cierta forma no me incomodaba porque no era la primera vez que me lo decían. En mi mente había sonado muchas veces esa frase, pero, creo que entendí demasiado tarde la delicadeza de ella. Por más que golpearon todos los chicos con sus marros las barretas y los cinceles se alcanzó a escuchar fuerte y claro. Esmeralda patio la tierra y me dio una mirada de furia, mientras que volvía mi vista para mirar a Doña Rosaura a la cual descubrí a punto de estallar. – Eres un verdadero idiota -. Le dijo Alberto a Carlos, al darse cuenta del enojo de su madre. La cual no dijo nada y se fue con Priscila, la cual en ese instante daba signos de vida en la lejanía. Iba acompañada de varios hombres y estos se dispersaron por todos lados. Todos los Abuelos se reunieron y se fueron alejando poco a poco junto con Don Luis para platicar y escuchar todo lo que tenía que decir el. Ellos hablaban y se palmeaban la espalda. Yo no podía escucharlos porque los chicos no paraban de dar marrazos a los Cinceles que seguían entrando ahora con mayor facilidad y de pronto se sintió como si se detuviera el Tiempo. – Ella es todo un gran líder, Rosa, piénsatelo. Mira a tus hijos, están contentos con ella. Durante toda mi cabrona vida nunca los había visto trabajar con tantas fuerzas. Con ella son incansables porque... porque ella sabe cómo dirigirlos. Las mujeres aprenderían de ella. Creo que es mucho mejor como amiga... -. Le alcance a escuchar y ella se comenzó a alejar más, sin dejarlo terminar y de pronto todo comenzó a la normalidad. Los golpes de los marros se intensificaron y los vi, ellos habían agarrado ya un ritmo y el golpeteo era casi al mismo tiempo, se lucían más y más al saber que su madre estaba ahí cerca de ellos mirándolos quizá, pero ella nunca volvió su rostro. En ese instante yo agarre el cincel de la orilla. Le di algunos golpes y volví mi vista hacia la distancia. Ellas seguían caminando y platicando mientras que yo me quedaba un poco pensativa por su forma de amar, pero, pensé que eso no tenía por qué importarme y seguí con mi trabajo el cual sabía que no le faltaba mucho. Yo había intercalado a los chicos para que pudieran trabajar más cómodamente y no estorbarse uno con otro y de esa forma también había conseguido que no se fueran a accidentar. Me gustaba lo que había conseguido y de la misma forma, Comadre, tengo que aclarar que a la madre de todos estos chicos también le gustaba lo que veía, pero no podía dar su brazo a torcer, como comúnmente decimos y se hacia la fuerte y la mujer de corazón duro para no dejar a sus hijos en las manos de una desconocida. Creo que hasta ahí yo también la entendía, pero sus hijos ya eran bastantito grandecitos y creo que sabían cuidarse solos, aunque no tuvieran grandes experiencias amorosas y eso hablaba bien de ellos porque no eran los típicos chicos que salían a destruir vidas, eran apegados a sus padres y con eso bastaba. En ese instante los mire, estaban separados unos con otros a una distancia de dos metros y cinco por cada lado. Intercalados para no estorbarse. Los vi agotados y creo que extrañaban mis conocidas frases en sus oídos, las mismas que los habían acompañado cuando comenzamos y la verdad, Comadre. No sé porque de momento me puse a gritar nuevamente sin pena alguna y aun sabiendo que ya la mayoría de las barretas y de los cinceles estaban hasta el fondo y otros ya habían pasado de lado a lado, pero, aun así, yo seguí gritando, ¡duro, duro, duro! Y ellos ejecutaban al mismo tiempo el golpe. Creo que les agradaba mi forma de dirigirlos que, a pesar de la dificultad, el dolor y el cansancio, daban su último esfuerzo y no paraban de golpear. Era como una competencia. Nadie quería perder y la verdad, creo que tampoco nadie quería ser el último en meter su barreta o su cincel. A veces pienso que, tal vez no era la forma en como los dirigía sino la forma en que tenía para golpear y ellos querían superarme. Aunque tal vez también fueran mis palabras. Creo que en cada una de mis palabras les resaltaba el coraje y las ansias de hacer las cosas bien. No lo voy a negar, porque incluso el mismo Don Luis estaba lleno de vigor y de energía. – ¿Saben chicos? Cuando deseamos algo no existe cansancio alguno para realizarlo y decimos: yo lo quiero, es mío. Yo lo quiero, es mío y le damos, ¡duro, duro, duro! Vamos, una vez más, duro, duro, duro. Repetimos todos, ¡yo lo quiero, es mío! ¡Yo lo quiero, es mío! Duro, duro, duro. El trabajo más productivo es el que sale de un hombre contento, chicos. ¿Son Felices? Vamos, demuéstrenlo, duro, duro, duro. No escucho su felicidad, ¡vamos, quiero oírlos! Duro, duro, duro. ¿Saben chicos? En esta vida no basta trabajar y trabajar, es preciso agotarse todos los días en el trabajo. ¡No los oigo! Duro, duro, duro. No los oigo. No los oigo. Muestren su felicidad; muro, duro, duro. ¿Son unos Guerreros? ¡Si señor! ¿Son unos Guerreros? ¡Si señor! ¿Saben Chicos? Tenemos que aprender a trabajar en algo, para darle alegría a nuestro vivir y la felicidad renace del saber que somos productivos y ¿Cómo lo hacemos? Trabajando, Duro, duro, duro. ¿Ya se cansaron? ¡No señor! ¿Ya se cansaron? ¡No señor! ¿Ya se cansaron? ¡No señor! -. Si Comadre, así es como lo hacían y creo que nadie se dio cuenta de cómo transcurrió el tiempo y con ello ni cuenta se dieron de que las barretas ya habían pasado de lado a lado. Solamente se dieron cuenta, cuando la mayoría de las chicas comenzaron a gritar, - ¡ya, ya, ya! Solamente un poco más a esta. ¡Ya! -. Los mire y todos estaban sonrientes por el trabajo realizado, pero aun así no se partió el gran tronco porque aún estaba verde. Me asomé debajo del tronco y comprobé que casi todas las barretas estaban casi alineadas. Eso era bueno porque el tronco se partiría justamente por la mitad y para lograrlo, íbamos a tener que darle una pequeña ayudadita. Llamé a Don Luis y le pedí trajera unos toros. Yo recordaba claramente que había visto algunos en los corrales cerca de donde me había sentado a escribir. Yo sabía que los utilizaban para yunta, porque incluso, estaba ahí todo lo que ellos utilizaban para que les uncieran. No supe el porque me les había acercado en aquel momento de mi estupidez e incluso los había tocado bajo la vigilancia de Don Luis que quizá se había dado cuenta de que no estaba muy bien. Tal vez él era el único que lo había notado y nadie más. Solamente veían en mi a la mujer que le gustaba estar escribiendo y escribiendo cualquier tontería sin nada en concreto. Tal vez me veían hacer todo lo que un niño pequeño hace, rayonear hojas y hojas y realizar algunos dibujitos, pero, poco entendibles para ellos. Si en cada rayón había medidas matemáticas y era lo que menos les gustaba hacer y que, desconocían en su totalidad, todo tipo de fórmulas, podían decir que yo estaba, "Totalmente Loca", pero, Don Luis había descubierto algo más en mí. Algo que, ninguna de las mujeres del pueblo y de los poblados más cercanos tenía. Inteligencia y sabiduría y la había comprobado totalmente al verme manejar a los chicos sin que ellos se quejaran y sin que tuvieran tiempo a pensar para no sentir cansancio. Y creo, Comadre, que fue ahí donde el comenzó a preguntarse también, ¿Quién era yo? Antes de hablarle le había visto totalmente distraído y pensativo después de verme y eso me dio a entender que estaba pensando en mí. – Don Luis -, le aborde sacándole de sus pensamientos. - No se realmente si usted está de acuerdo conmigo, pero, he llegado a la conclusión de que, como el tronco aun esta verde, tendremos que darle una pequeña ayudadita con un par de Bueyes, ¿estaría bien? ¿Podríamos hacerlo con un par de ellos? -. Me tape un poco los rayos solares con la palma de mi mano y el con su sombrero no necesitaba nada de eso y solamente me miro antes de contestar. -por supuesto que podemos hacerlo, hija -. Me respondió y se dirigió hacia donde estaban Don Arturo, Genaro y Cipriano. Los vi retirarse hacia los corrales. No voy a negar que se tardaron un poco y al verlos venir, entendí el motivo por el cual se habían tardado. Cada uno de ellos traía una yunta con todo y arado. Rei un poco y ellos entendieron el motivo. -Está bien. No hay problema, es por falta de entendimiento y creo que también yo no me exprese muy bien. Es nada más para jalar un poco las barretas y eso fue lo que se hizo. Voy a reconocer que el tronco se partió con mucha facilidad y casi exactamente a la mitad y en segundos ya estaban celebrando y sin decir agua va, Tanto Cipriano como Genaro le cayeron a machetazos, Comadre, pero, yo les detuve porque lo iban a deteriorar. Así que solamente les permití descascararle mientras que los chicos reían y jugueteaban mientras que tomaban agua y saciaban su sed. Después de todo les había gustado realizar un trabajo bien y sin demasiado tiempo y esfuerzo. Por otro lado, mientras ellos se refrescaban un poco los Abuelos y yo nos poníamos de acuerdo para seguir realizando cosas que podían gustarles a todos. Les indiqué lo que se podía realizar con las cuatro yuntas juntas, ya que se tenían ahí, con arado y todo, creí que era más fácil y sencillo utilizarlas y después dejarlas descansar. Todos ellos estaban de acuerdo y así lo hicieron. Todos estaban contentos por lo que habían hecho y por lo que veían que se seguía realizando en cosa de unos cuantos minutos. Esta vez no habían andado dando vueltas y vueltas sin saber que hacer, esta vez habían ido al grano y eso les agradaba de muy buena manera y creo que todo estaba bien, hasta que apareció "La Gran Patrona". Era un poco raro ver como sus rostros habían cambiado de una cara de alegría a una cara de tristeza. Era muy curioso para mi ver aquella acción. Su alegría se terminó en cuanto ella apareció. En ese tiempo yo no sabía su nombre, solamente le conocía como, "La Gran Patrona", y es de suponerse, Comadre. Ella daba miedo. El problema es, que nunca estabas bien con ella y ese día creo que nadie la vio llegar. Cuando apareció en la punta del cerro ya tenía un buen rato mirando y observando todo. Muy probablemente se había cruzado con Doña Isabel y Rosaura. Eso era seguro o tal vez ella misma las había esquivado para no perder el tiempo, el caso es que, yo le había visto observando desde la distancia mientras que todos sus hombres se iban desplegando poco a poco, ocultándose entre los matorrales como si fueran de cacería o quisieran sorprender a alguien. En un principio mi primera intuición era, que todas estaban juntas. Ella había salido primero del pueblo que todos nosotros, lo recordaba muy buen, e incluso, la había visto partir mucho antes que comenzara la neblina a caer sobre el pueblo y era por ello por lo que podía jurar de que estaba con todas ellas en el sitio a donde habían partido durante toda la mañana en la cual habían pasado todo el tiempo. ¿Qué era ese lugar donde habían estado? ¿A caso ese era el Potrero y este era el Rancho? ¿Qué era exactamente lo que habían ido hacer a aquel sitio desconocido para mí? Bueno, el Tiempo soluciona todo, Comadre y tarde o temprano nos enseña las cosas que deseamos ver y conocer. No falla y siempre llega muy oportuno a nuestra vida y mira que lo digo yo, Comadre. Este llega en el momento exacto a apagarme la luz cuando más necesito ver las cosas. Para mí, el tiempo ya no se si es bueno o malo. Cuando pienso que es demasiado malo, me responde con cosas muy buenas y favorables, y cuando pienso que es muy bueno, se me borra la memoria y no vuelve a aparecer hasta que ya no recuerdo absolutamente nada. ¿Qué afortunada soy, verdad Comadre? Bueno, como sea, a veces pienso que me da igual. A veces pienso que no me importa donde este, porque donde quiera que me encuentre voy a causar admiración y tal vez demasiados enemigos. Los grandes somos así. Aun encerrados a cuatro paredes el mundo ha de escucharnos y sabrán, que somos grandes, aun que nos tengan presos y nos tapen la boca. Todos los grandes somos así. ¿Sabe Comadre? Hoy no me importa la soledad porque siento que siempre estuve sola y cada vez que salgo a la luz, el mundo brilla porque yo soy luz. ¡Va! Como sea o como quiera que sea, siempre seré igual. Es por eso por lo que, la Gran Patrona no me asustaba del todo, tenía sus desplantes de mujer posesiva, adinerada y estúpida. De esas damas que ocultan su estupidez en el dinero y salen de compras rodeadas de guardaespaldas para sentirse importantes. No sé, Comadre. No me agrada y la verdad, hasta siento pena por ella, porque todo lo que tiene al parecer lo roba. Quizá me equivoque, pero malo por ella, porque el que vendrá, les cambiara la vida a todos los seres humanos. Llegado ese tiempo no habrá ni ricos ni pobres e incluso, los más estudiados les dará igual que al hombre más humilde. En mi sueño, eso solamente sucede en mi sueño. No está en mis recuerdos sino en mi sueño; los científicos recogerán basura y los médicos partirán piedra, por inútiles. Los dentistas no tendrán más remedio que hacer limpieza y los licenciados y abogados, esos que inventan tantas leyes para robar, serán enviados al universo a una nueva galaxia donde buscaran que comer y plantaran sus propias verduras. El que vendrá es implacable porque lo controla todo y su ejército, es de creación no de destrucción. Es por ello quizá que no le tengo miedo, comadre, porque aún muerta se levantara para que vea y sufra su propia agonía. ¿Qué raro sueño, verdad Comadre? Si, que raro sueño, pero al fin y al cabo es solo un sueño. Bueno, como quiera que sea, aquel día nadie la vio llegar, quizá estuvo espiando a la distancia para ver lo que hacíamos y ya terminado el trabajo esta apareció. Se acerco y miro a todos desde su caballo y después desmonto con la ayuda de Alberto, al cual le vi y le descubrí, demasiado lambiscón. Casi estuve a punto de decirle, necesito un barbero que sea bueno como tú, pero no dije nada para no darme a conocer ni demostrarle a la doña que yo conocía a la perfección la lambisconería y que este chico, por algo se estaba convirtiendo en un buen lambiscón. Tan mal me cayó todo eso, que hasta me estaba convirtiendo en Español de Andalucía, y comencé a pensar como Español; Mirad que no me hace ninguna gracia tu lambisconería, chico. Mantente caballeroso, pero, nunca lambiscón, coño de mierda. Creo que tu familia está sufriendo por culpa de ella si no me equivoco y tú le ayudas en todo e incluso le informas, ¿Quién eres, un traidor de tu propia familia? Piensa muchacho del demonio, ¡piensa!, Pensé, Comadre. Solo lo pensé. Como va usted a creer que le voy a soltar todo eso a ellos dos, no Comadre, ni que estuviera Loca. Bueno, sí estoy Loca, pero, solo un poquito. Jajaja. Después de desmontar paso junto a mí y me lanzo una mirada de pocos amigos. En sus ojos se veía la insatisfacción. Me pareció su mirada una gran reprenda. Si Comadre, casi me devoraba con la mirada y creo que eso se debía a todo lo que habíamos realizado los chicos y yo. Yo le seguí mirando para que viera ella que yo, miedo ni al Diablo, pero, en sus ojos se veía que deseaba abofetearme el rostro y colgarme del árbol más alto. Por suerte, este que habíamos partido en dos, era el más alto y solo quedaban unos mangales no muy grandes ni muy altos. Quizá podría colgarme si, pero mis pies arrastrarían al suelo con mucha facilidad. Al verla así, me preguntaba por la razón de su enojo y caí en la cuenta de que a ella no le gustaba que la gente tuviera Ideas, y que realizara cosas buenas y maravillosas para los demás. Porque todo lo bueno lo quería para ella. Así que, ni idea del tiempo que estuvo viendo ahí, espiando y cuidando a la distancia. – No sabía que te gustara que te mandara una mujer -. Le dijo a Carlos al pasar y este se incomodó. - Ahora sé de dónde viene esa frase -. Respondí. - ¿De dónde? Según tú, estúpida mediocre y entrometida -. Me dijo malhumorada y pensando quisa que le respondería con una grosería. - De la maternidad, señora mía. Toda mujer falta de amor y llena de avaricia se la pasa ordenado a sus hijos todo el tiempo, e incluso, hay algunas que nunca están satisfechas y arremeten contra sus maridos por que los ve como si fueran unos pequeños. Por el contrario, aquella que es sabia e inteligente, aprende y se acomoda al nido porque sabe que, sin él, no se puede realizar nada. Esa es la que sabe valorar al marido, al hijo y al prójimo, ¿Me equivoco? -. Le pregunte, mientras pensaba si había entendido la indirecta y al mismo tiempo, educativa frese que si le pone atención y conocimiento es más que un regalo de vida. La mire muy entusiasmada y espere su respuesta con mi sonrisa habitual y mi carita de un, pilluelo geniecito. – jajaja -, sonrió sarcásticamente, mientras decía muy despacio, Idiota. – Lo soy -. Respondí y ella volvió su rostro con cara de susto, sorprendida y al mismo tiempo, molesta. - Disculpe usted, es que, tengo los oídos de tísico. Escucho todo a la perfección y a veces, a una gran distancia. Es como si trajera conmigo un radar de onda larga y alta frecuencia. No es que sea de esas personas que les guste husmear y meterme en lo que no me importa, pero, la verdad, así es como sucede conmigo. Perdón que se lo diga, pero es verdad. Se lo digo porque hay ocasiones en que la gente se pone a hablar de otras y para mí es incómodo poder escuchar todo lo que se dice, pensando en que nadie los escucha -. Le dije y Tanto Carlos como Alberto me miraron con sospecha de saber mucho más de lo que ellos podían ocultar de ellos mismos. Quizá pensaron que yo era de esas mujeres que a la primera se da por vencida, pero no. Ellos no sabían absolutamente nada de mí y yo no era de esas personas que sucumbían fácilmente a tales tormentos de palabrería que triste se sienta a llorar porque ellas atormentan mi vida. En ese instante supe que existía algo entre ellos por que intentaron ocultarse después de que me juzgaron con tan discreto mirar. Ahora sé que me hirieron y no dejaron en mi nada para investigar. Ellos dos estaban involucrados con ella. Y lo que más triste me parecía es que, estaban yendo en contra de su propia familia. En sus ojos veía que se habían incomodado y después de verme, se alejaron con el resto de sus hermanos para luego quedarse pensativos y abrumados, sabiendo, quizá, que yo lo sabía todo. Cipriano, el saludo de mala gana y continuo con sus labores, pero, ahora lo hacía con coraje, como si quisiera desaparecer toda la cascara de un machetazo. – Despacio Don, despacio, de lo contario nos va a costar más trabajo emparejar todo. Se que no tenemos pulidora, pero, si he visto que tenemos algunos botes metálicos y creo que esos nos pueden servir. Si, creo que servirán -. Le dije, mientras veía que era Adrián el que le había suplido con la yunta. Le vi cuando se detuvo frente a un gran matorral y se vio obligado a sacar su machete y le corto casi desde la altura de la raíz para luego continuar con la yunta. El arado hacia unas zanjas impresionantes y sacaba de allí toda piedra que estorbara la cual el mismo apartaba de su camino y la iba lanzando hacia las partes más altas. El resto de los Abuelos hacia exactamente lo mismo que hacía Adrián y deje de mirar para seguir platicando con Don Cipriano. -…así que, aremos orificios a los botes para que nos sirvan para pulir un poco -. El me miro con cierta incertidumbre y solamente me siguió junto con todos los chicos a los cuales con la mano les pedía que me siguieran. Todos los hacían y creo que ya no necesitaba hablarles, con solo girar mi mano ellos se comenzaron a reunir detrás de mí y nos siguieron. Ya reunidos frente a la gran cantidad de botes metálicos les di indicaciones de lo que se tenía que realizar y todos ellos tomando clavos de los más grandes se dieron a la tarea de perforar los botes a los cuales íbamos dejando como cedazos, pero, con las puntitas hacia afuera. Eso les impresiono. Cada uno realizo el suyo y se dieron a la tarea de irse sobre el tronco. Todos estaban contentos y listos para servir. Y solamente se escuchaba; "derecha, izquierda derecha, izquierda". Era un ir y venir de manos con un bote haciendo un ruido estremecedor porque, ya no solo estaban los chicos sin que había también varias de las chicas que no querían estar paradas y mirando. Tal vez habían transcurrido unos veinte minutos cuando se comenzó a ver la gran diferencia. Una de las partes del gran tronco estaba quedando casi lizo. Esto a todos los reanimo de una forma extraordinaria. Yo, podía ver en sus caritas la alegría de saber que estaban haciendo muy bien las cosas y las chicas se regocijaban con miradas de amor hacia los chicos, los cuales eso los reanimaba. Estaban risueños y sudorosos, síntoma a veces de una incómoda situación, pero, cuando se transpira demasiado por realizar un buen trabajo se hace entendible porque, lo que haces es por amor y para el bienestar familiar. Ahora todos ellos eran una sola familia y entendían a la perfección por qué sudaban así. No paso mucho tiempo en que se emparejaron los dos troncos y aun que no habían quedado perfectamente pulidos se podía ver en ellos lo parejo. Solamente se tenía que utilizar algunas navajas muy filosas y lo indique con los Abuelos los cuales ya sabían más o menos a lo que me refería. Ellos sabían que sería una ardua lucha para poder dejar bien parejo el tronco y al mismo tiempo poder dejarlo pegado a la perfección, pero, la primera parte ya estaba terminada. Los chicos dejaron los botes los cuales utilizaríamos después para cernir arena y, creo que ellos entendían lo que yo quería realizar con todo aquello. La vista ya era espectacular a simple vista y todos corrieron nuevamente hacia el rio y Lucero me llevo de la mano más a fuerza que por voluntad propia. -Tenemos que darnos un baño-. Para venir a comer. El sol era fuerte, muy fuerte y sí que lo necesitábamos, pero, pensé que de nada me serviría bañarme si no tenía más ropa que ponerme. Pero, Lucero ya había pensado en mi desde mucho antes de salir de la casa de los Abuelos y en su maleta llevaba ropa para mí. No era gran cosa, pantalón y playera un poco derruida y maltratada, pero nada especial. Estaba muy bien. Me dieron unos guaraches de correa a los cuales me quedaron muy bien. Lucero era mi talla en todo y sonrió al verme, para después volver al trabajo. Los chicos estaban dándose un baño más abajo y para que ninguno de ellos por error fuera asomarse hacia arriba, se había quedado una chica de guardia y cuando todas terminaron y se comenzaban a vestir, ella se dio a la tarea de bañarse, mientras que todas le cuidábamos a ella. En ese instante había visto que no se trataba de un Rio sino de un arroyuelo con un delgado hilo de agua, pero servicial al fin y al cabo y ellos habían agrandado las pozas para que se acumulara más agua. Eso era bueno, al menos les servía para nadar un poco o solamente darse un baño como en esta ocasión que lo había realizado de una forma apresurada, mientras que las Abuelas se dedicaban a recoger algunos frutos y los Abuelos continuaban dando vueltas y vueltas con sus yuntas. Después de todo era agradable estar aquí. Llevábamos un poco más de medio día al cual descubrí serían más o menos las dos o tres de la tarde. Los chicos comenzaron a aparecer sobre el camino y he de decir que ninguno tuvo la valentía de ver hacia arriba, aunque creo que, aun así, no verían nada. A mi parecer ellos mismos habían tomado la decisión de poner una especie de corral para así poder evitar la tentación. Esa forma de respetarse uno a otro me gusto y les valore de gran manera. Bueno, al menos son respetuosos me dije, para luego seguirles camino arriba. Al llegar nuevamente al tronco algunos de los chicos a manera de juego continuaron puliendo la parte superior y dos más se habían subido para ir cortando un poco con un machete la parte que uniría a los dos troncos y jugueteaban y reían, mientras que otros de ellos iban poniendo los botes en el suelo debajo del tronco para luego utilizarlos, sabíamos que los volveríamos a utilizar hasta que el tronco quedara finamente lizo tal cual lo queríamos, pero, sabíamos también que eso sería hasta que este estuviera bien seco. Por lo tanto, ya le habíamos sacado un buen provecho a los botes. Algunos de los chicos se dieron a la tarea de ir a guardar las barretas y cinceles, marros y mazos, pero, esta vez para no cargarlos los habían colocado al arado el cual se hundió de sobremanera en aquel surco muy profundo. Los bueyes realizaban un esfuerzo demasiado grande porque el peso había hundido mucho el arado. Lo bueno para ellos era, que no era muy grande el camino y los chicos entendieron que tenían que ayudar a quitar todo aquel metal y hacerlo ellos mismos porque de lo contrario alguno de sus animales se lastimaría por el gran esfuerzo. Todos ayudaron y correttearon al que había tenido la gran idea de poner todo ahí. Mientras que ellos jugueteaban yo me di a la terea de observar a la Gran Patrona. Algunas de las chicas se unieron a mi para ver lo que yo veía y una de ellas dijo, tras su observación: - Pobre, siempre es igual para ella, siempre buscando con quien platicar cómodamente, pero, al parecer nadie le hace mucho caso. Solamente Doña Rosaura es quien la soporta, pero, ahora ella está molesta con todo el mundo. Nadie sabe el motivo de su enojo, solo sabemos que cuando se pone así, siempre termina arruinando todo, ella lo sabe, pero es demasiado necia en reconocer que su enojo pone mal a todo mundo. Solo que esta vez hay algo diferente, creo que también nadie le hace caso, ni siquiera el Abuelo que está más que entusiasta con lo que está haciendo. ¿Qué es lo que les enseñaste de tu libreta? -. Me pregunto intrigada y quiso que yo le enseñara lo que ellos habían visto y así lo hice. Creo, que ella también al ver se había emocionado y dijo; - ¡oh!

Dios, ¡qué bonito! ¿Todo eso es lo que van a realizar? -. Si, eso y esto. Yo le estaba mostrando algunos dibujos de algunos jardines. Ella había sabido interpretar todo lo que en los dibujos había y me arrebato la libreta para luego salir corriendo con ella y enseñarsela a todas las chicas que no hacían más que sorprenderse por lo trazado en ella. Si bien no había medidas métricas, si había un cálculo exageradamente exacto a todo lo que había frente a ellas. Yo había escrito mi idea y no solamente eso, sino que también la había dibujado y era todo lo que ellos estaban emparejando para luego poner algunas piezas elaboradas de barro. Algunos cercos con adobe y ladrillo y otros tantos corralones de jardineras que después formarían un gran y hermoso jardín, con caminos empedrados, y corrales. Caminos de arena y gravilla para el traslado de caballos, toros y vacas hacia los corrales. Y ahora sabían entender a la perfección la elaboración de los botes, los cuales servirían de cernidores para la arena. Ellas estaban más que risueñas y emocionadas. – Mira, ella dibuja muy bien -. Dijo una. – No seas boba, hermana, es todo esto. Es todo el Rancho con jardines, jardineras y caminos -. Le señaló la otra muy emocionada sin dejar de señalar todo lo que había en la libreta y ahora entendían a los Abuelos su emoción y el motivo por el cual no dejaban de ir y venir. Ahora tenían un motivo por el cual su trabajo se tenía que terminar lo más pronto posible y sabían que tenía que ser exacto a lo que les había marcado con los gises que me había regalado José Luis. Porque esos puntos indicaban el croquis, todo lo que ya estaba construido estaba rayoneado y todo lo que había que construir solo eran algunas rayas que terminaban en cuadros, rectángulos y círculos, pero, en las hojas siguientes estas se convertían en cubos, prismas y cilindros y en las hojas siguientes ya estaban con todo lo que serian. Eso les emociono de sobremanera. Eran unos dibujos extraordinarios que no sabían más que elogiar. Aunque no estuvieran completos ante sus ojos porque si lo coloreaban sabrían a la perfección de que se trataba todo, porque incluso había tratado de pintar algunos papayos, platanales y los mangales que ya estaban. Entre todos los árboles también había naranjos, limones, mandarinas, limón real, lima y otros que ellas mismas decían que no se darían por que necesitaban de agua. Eso ya lo verían después. Estaba en proceso mi dibujo y ellas aun no sabían interpretar absolutamente nada de ingeniería. Eso lo verían después. De ello estaba más que segura. Por lo tanto, mientras ellas se emocionaban con mi libreta, yo seguía observando a la Doña, a la Gran Patrona. Que esta vez, ya caminaba al lado de Doña Rosaura y se veía que platican muy cómodamente y supongo que, hablaban de mí, eso era lo más probable, Comadre. Todo parecía indicar que, yo era el centro de atención y de todo lo que sucedía ese día, porque ambas caminaban hablaban y me veían. Y cada vez que lo hacían La Gran Patrona sonreía cada vez que lo hacía. Mientras que Doña Rosa, parecía mucho más furiosa e intranquila. Se metieron al corredor de una construcción con Arcos de medio punto y en algunas partes tenía unos Arcos Apuntados. Casi eran del mismo parecido, pero para alguien que tenía experiencia en ello sabía que no sucedía así. Los arcos estaban hacia afuera y por todo el corredor se podía notar que también los había como un estilo Formero hasta tocar pared. Toda la pared era casi liza, excepto donde estaban los arcos. La construcción era bonita pero no había ninguna habitación sobre ninguna de las paredes. Simplemente eran paredes con tejado, pero, lo que lo hacía más bonito eran las enredaderas que había a su espalda. Grandes tiras de buganvilias de diferentes colores. Si, Comadre, eso es lo que hacía que aquella construcción luciera bonito. Quizá la habían puesto así, porque en la parte de atrás estaban los pastizales donde estaban los toros y en un corral más abajo estaban las vacas con sus críos. Desde donde estábamos no se les podía ver por la construcción en forma de escalones y que iba bajando hasta terminar en escuadra, dándole la espalda al arroyuelo que se encontraba más abajo. Por la parte de enfrente estaban las caballerizas que era lo que más les gustaba y como los caballos no suelen ser tan agresivos ni tan peligrosos como los Toros de Libia, preferían estar de este lado. Sobre aquellas paredes solo se podían ver tres puertas y supuse, Comadre que era para que pasaran a las Vacas para ordenarlas y después por la otra puerta regresarlas al mismo sitio y solo se quedaban con una, esa que no podía estar en ningún lado junto a otra por agresiva y por ello la tenían de este lado y atada siempre. Yo había recorrido toda aquella construcción con mi mirada y cuando llegué nuevamente hasta abajo me volví a encontrar con aquellas dos personalidades que no podían estar juntar, pero, cuando se trata de un complot se asociaban muy bien. Caminaron juntas atravesando aquellos arcos y siguieron más abajo, fueron y vinieron y se volvieron a ir por toda la orilla de aquellos arcos rumbo al arroyuelo, y se siguieron por aquella construcción medio derruida y de tejado demasiado chueco, torcido, disparejo y con tejas desquebrajadas.

Desde donde nos encontrábamos las chicas y yo, se podía ver claramente todo aquello y pensé que, para arreglarlo, se tenía que quitar todo. Bajar una a una las tejas y después volverlas a acomodar de la misma manera, de una en una. Pero antes se tendría que acomodar la vara y prácticamente se tendría que reconstruir todo aquello. De eso estaba más que segura. Mientras tanto las volvía a ver venir nuevamente hacia mí. La accion era la misma, La Gran Patrona Sonriendo y Doña Rosa demasiado furiosa y no solamente se veía, sino que, se notaba a distancia. Cuando me di cuenta ya no existía la distancia, las tenia, frente a mí. Doña Rosa no me miro, pero, La Gran Patrona si y eso me bastaba para saber que yo había sido, su desayuno del día; - La Pava es hermosa, muy hermosa -. Dijo al pasar, mientras me sonreía coquetamente. Ella hablaba de mí, de eso estoy segura, Comadre y me di cuenta de que, con esos comentarios le estaba poniendo leña al fuego y no solo eso, le estaba atizando para que Doña Rosa siguiera mucho más molesta, no solo conmigo sino con toda su familia, pero, principalmente con su esposo, Don Arturo que a pesar de estar trabajando en un ir y venir con su yunta se podía ver la preocupación. Lo digo, Comadre, porque permanecía triste y pensativo. ¿Qué es lo que habían hecho durante toda la mañana para que Doña Rosaura a pesar del trabajo realizado siguiera así de molesta con todo el mundo? Creo que pronto lo averiguaría, pero, mientras tanto, seguiría una rutina que hacía que todos trabajaran obedeciendo mis órdenes. Primero había sido el tronco del árbol al partirlo, y solo habían participado los jóvenes, pero, después con los botes ya habían participado todas las chicas también, excepto dos, que permanecían en la cocina. Para colmo de sus males habían llegado los Abuelos y ellos también participaban y obedecían mis órdenes y para colmo de sus males. Una chica, la mayor de la Familia adinerada a la cual le llamaban Cristal, tomo mi libreta y salió corriendo para decirle a gritando a todo pulmón: - Mira Ma, la señora es muy buena dibujando, ve lo que hizo, dibujo el rancho, pero, con demasiados detalles que ahora no tiene. ¡Mira! -. Yo volví mi vista y solamente descubrió que medio vio sin ver, Comadre. Ella tomo la libreta y más que ver su contenido la abrió y me vio, para luego lanzarla de regreso a su hija la cual pensó, quizá, que había sido una mala idea al llevarla para que esta la viera. Y tubo que recogerla del piso donde mi libreta había caído entre los surcos. La Patrona se vio muy molesta y la Abuela al parecer le dio un poco más de importancia, pero la libreta no llego a sus manos. Cristal se devolvió con una cara de preocupación y sentimiento. Al llegar conmigo me la devolvió y ya no volví a soltarla para nada. Supuse que estaba triste y le tomé de la mano para sonreírle. Creo que eso basto para que viera que no existía en mi ningún rencor con nadie, y fuimos presentados con la Mujer de Genaro la cual nunca se separó de mí. Algo había en ella que me caía muy bien y creo que yo a ella. No sé, no sé cómo podría describirlo, Comadre. Digamos que fue un amor a primera vista y después de la presentación en todo momento estaba cerca de mí, mirándome y sonriéndome aun que lo hiciera sin hablar. Las chicas se dedicaron a seguir tallando el tronco junto con ella y Doña Isabel que se agregó al grupo con las chicas las cuales estaban más que contentas. Durante un buen rato permanecimos así, tallando y tallando sin descansar. Claro que no lo hacíamos con la misma energía con que lo hacían los chicos, Comadre, pero, estábamos ahí, que era lo importante. Doña Rosaura y la Gran Patrona nunca se unieron a nosotros, ellas siempre permanecieron apartadas del Grupo hablando de sus problemas y sus traumas. Problemas que no entiendo y que nunca llegare a entender porque era bien sabido que entre ellas dos nunca había existido ningún cariño y así me lo hizo saber la mujer de Genaro. – Todos sabemos que la odiamos con toda el alma, por su alma tan negra. Es tan odiosa e hipócrita que… quien lo iba a imaginar, ¡mira! Esta ahí, pegada a Doña Rosa como si se amaran de verdad. No cabe duda de que el odio y la estupidez hace amigos de mal corazón -. Comento en un rato de descanso donde todas las chicas se habían ido a refrescar. - ¿Sabes? Ella y su hermano hicieron… nos hicieron… algo imperdonable -. Creo que quiso seguir hablando, pero, Don Luis se acercó a ella y con una mirada le calló. Quizá lo hizo para que yo no me enterara de sus problemas, porque, al fin y al cabo, yo solamente era una extraña para todos ellos, Comadre. Apenas si tenía dos o tres dias de estar con ellos y ya conocía una gran parte de sus vidas y de sus problemas los cuales eran una especie de amor y odio, el cual se sentía entre Genaro y La Gran Patrona y la Esposa de Genaro. Era como si entre ellas existiera una disputa por él. Eso se veía a kilómetros. Y Genero solamente trataba de evitarlo, no viendo. Si no veo no hay problema, y eso es precisamente lo que él hacía, mientras que su esposa lo espiaba o eso me pareció ver porque lo hizo una gran cantidad de veces, mientras que, La Gran Patrona, parecía buscarle la cara para provocar a su mujer. Jajaja, reí,

Comadre para mis adentros. Si en verdad yo estaba loca, con esas acciones me iban a volver mucho más. Que extraña forma de hacer amigos o enemigos que a estas alturas lo mismo da. Mientras tanto yo seguía ahí, trabajando y dirigiendo y todos obedecían con una sonrisa y creo que eso hacía que Doña Rosaura se enfureciera más. En aquel día no lo pensé así, pero, ahora que recuerdo todo aquello, que lo medito y que… lo escribo con tiempo y meditación. Descubro que todo fue así. El odio las hacía amigas o al menos las acercaba para recordarse la una a la otra lo que un día fue. Tal vez en su infancia fueron grandes amigas y al llegar la adolescencia el amor por alguien las había separado. Tal vez con Genaro y su esposa, pero, había algo que no encajaba, al menos para mí. Si eso era así, Genaro era mucho mas pequeño que ella de edad, al igual que su esposa. Por otro lado, lo podía ver con la edad de las chicas, ellas tenían entre los dieciocho, diecisiete y dieciséis. Mientras que Genaro y su mujer los había visto con un niño de unos seis años. En eso se podía comparar claramente una gran diferencia, aparte de que La Gran Patrona se veía mucho más grande y con mucho a la esposa de Genaro. Entonces, si todo era así, La Gran Patrona, ¿Le jugaba a ser infiel o solo era un capricho o quizá, tramaba algo más, Comadre? Yo me inclino a que tramaba algo más, pero habría que averiguarlo. Todo era tan raro, pero, por ahora me conformaba con observarla. Si Comadre, sé que no tenía que preguntarle a nadie más por lo que pasaba si la esposa de Genaro me había dicho que era una hipócrita, que los había robado, entonces este era el motivo por el cual se odiaban y ella buscaba la forma de hacer las paces con él, pero, ella no lo aceptaba porque posiblemente le había afectado en forma incomparable, quizá dejándoles en la ruina total y por eso era su gran enojo de imperdonable acción. Pero, sabe que, Comadre. Para mí que existe algo más, algo que nadie alcanza a comprender en los planes de La Gran Patrona y me gustaría averiguar. Por otro lado, hay algo que no encaja, ¿Por qué si siendo grandes amigos, porque ahora estaban separados y veían a la Gran Patrona como si les hubiera pateado? Podía ver en ella que se esforzaba por agradarles como si clamara su perdón y todos le seguían la corriente, pero, al mismo tiempo se alejaban de ella al recordar quizá, el mal que les había ocasionado su traición y la mujer de Genaro lo había dicho, Comadre; - Todos la odiamos con toda el alma por su alma tan negra, ella y su hermano nos hicieron algo imperdonable -. Eso dijo, Comadre y la verdad no sé qué fue. ¿Qué es lo que les hicieron que todos le odian? Tal vez algún día lo sepa o nunca, pero en aquel instante Don Luis se nos comenzó a acercar y segura estoy que lo hizo para que ella no hablara. Tal vez pensó en que si lo hacía se metería en problemas y trato en que no hablara. En Fin, yo ya tenía metido en mi cerebro aquel problema y los mire mientras trataba de adivinar la plática que llevaban La Gran Patrona con Doña Rosaura que seguía extremadamente molesta. Yo las seguía con la mirada y al mismo tiempo veía el gran desorden del tejado. Con respecto al tronco, todo iba viento en popa, todo bien. Si bien no eran lija los botes al menos todas las puntitas metálicas servían para emparejar, lo cual era la idea y donde había gran problema de bordes, ellos usaban sus machetes para recortar y acomodar, y como era verdoso, eso facilitaba todo. Aunque para los chicos que no estaban habituados a realizar trabajos en equipo, pude notar que se distanciaban unos de otros con facilidad. Si todos ellos no fueran familia y no se hubieran molestado unos con otros durante mucho tiempo, tal vez funcionaria todo de diferente manera, pero no sucedía así y pude notar que los dos abusadores eran en este caso; Alberto y Carlos, por ser los dos mayores y estos molestaban a sus anchas a todo aquel que ellos querían, aunque aquí, el mayor era José Luis. Al cual molestaban todos por ser el más humilde y el que nunca pensaba en maldad, sino amor al prójimo. Lo malo es que, pude notar que esa era su peor condena; el tratar de apaciguarlos con frases de amor y con sus frases muy compuestas y repetitivas las cuales utilizaban para molestarlo. – Por el amor de Dios, no hagas eso. Por el amor de Dios, no hagas aquello. Por el amor de Dios, no te burles. Por el amor de Dios, no abuses. Por el amor de Dios, compórtate. Por el amor de Dios hermano se, un buen ejemplo -. Siempre era igual y todos sabían con exactitud lo que iba a decir y a veces, antes de que lo dijera ya lo estaban arremedando porque lo hacía o lo decía como si fuera un Sacerdote de la Iglesia, y él se alejaba de todos ellos sintiendo vergüenza por su propia familia dejándome muy en claro que el deseaba el Sacerdocio más por alejarse de la Familia que por amor a la Biblia. Bueno, eso para mí ya era una ganancia porque si se alejaba de su familia algún día regresaría. Creo, sin temor a equivocarme que él deseaba irse mas por vergüenza que por amor a lo que decía sentir y eso hacía que su padre sintiera tristeza por la decisión de su hijo amado. El mejor comportado de todos ellos y por otro lado tal vez sentía que para él no había una mujer a la cual pudiera dedicarle todo su tiempo y su amor. Él lo veía en sus hermanos y en sus compañías, ellas estaban con todos ellos menos con él. Así que pensé que tenía que hacer algo, al menos unirlos. Yo sabía que unirles iba a ser muy difícil por su rebeldía a la cual participa la Mamá, que lejos de darles un buen ejemplo con amor al prójimo, les mostraba que el amor al prójimo no contaba y que había que someterlo, juzgarlo y condenarlo antes de conocerlo. Eso es lo que ella hacia conmigo. Me estaba juzgando y me estaba condenado sin antes conocerme. Yo, muy bien podía ser un Ángel, pero, ella no me permitía conocerme. Ella sentía que era el poder y que tenía que hundirme, pisotearme y acabar conmigo antes de que yo comenzara a utilizar mis armas contra ella. Creo que me consideraba hermosa e inteligente y de muy buen ver. Algo que haría que, tanto sus hijos como su esposo se pelearían por mí. Eso era de pensarse y por ello trataba de acabar conmigo. Ella quería hacerme sufrir. Ella quería hacerme padecer el peor de los miedos y el peor de los maltratos para que me regresara por donde yo había llegado. Pero si me había traído la Tormenta hasta aquí, ¿Cómo podía regresar a la Tormenta y volver hasta el sitio de donde yo pertenecía, Comadre? ¿Cómo? Así que tenía que aguantar vara, como dice la juventud y algunos de los Abuelos. Aguante vara, no sea chillón, había dicho Don Luis a Cipriano que se quejaba un poco de cansancio y así estaba yo. Tenía que soportar los malos tratos y las feas caras y responder con una sonrisa, al menos hasta que supiera quien era yo. Se que no sería fácil soportar sus desplantes tan tontos y sus berrinches de niña en una mujer adulta que por cierto no le quedaban nada bien y solo hacia el ridículo con las personas que, si le querían, la admiraban y la respetaban por lo que, toda una vida fue y que ahora la hacía convertirse en una mujer que no sabía que existía y que todos sus amigos de toda una vida no conocían en ella. Porque simplemente no había habido una persona que se le igualara a ella por su intachable comportamiento. Aparte de ser muy hermosa. Pero los Celos son algo para cambiar a toda buena persona y la transforman a tal grado de no dejarte dormir y no hacer más que pensar en el intruso o enemigo que tienes frente a ti, aunque este allá llegado a ti para solucionarte la vida y no para quitarte lo que tienes y lo que Dios te ha dado. Pero los Celos no son algo que se pueda controlar, ¿O si Comadre? ¿Los Celos se pueden controlar? ¿Cómo hacer si este amenaza con quitarte todo lo que has construido durante toda una vida? Creo que eso es lo que pensaba Doña Rosa y La Gran Patrona le daba ideas de destrucción. Un Demonio provocando a un Ángel y eso no solo lo pensaba yo sino todos los presentes. Es por ello por lo que Don Luis Dijo; - Donde el demonio esta, no puede haber nada bueno -. Tal vez era verdad. Todos podíamos ver la sonrisa malévola de la Gran Patrona, Comadre. Todos, todos podíamos ver su sonrisa y su maldad. Su mirada perversa e incluso podíamos adivinar sus pensamientos y escuchar a esa gran distancia sus palabras que creo, sin temor a equivocarme estaban dedicas a mí. Ella quería que Doña Rosaura me torturara y que me hiciera padecer. Que me atormentara para que yo me fuera de ahí, Comadre. ¿Por qué? ¿Por qué, Comadre? ¿Cuál era el veneficio para ella? ¿Ella que ganaba con todo eso? Quizá ella buscaba la división de la propia Familia, pero ¿Cuál era su veneficio? Creo que a ella no le gustaba que la Familia fuera tan unida. Ella deseaba verla separada y el motivo era, ¿Por qué? Y pensé que, si la familia estaba separada no habría crecimiento. De eso estaba yo segura. Si yo me iba ni Don Arturo, ni Luis, ni Cipriano ni nadie podría dirigir a ese pequeño grupo de jóvenes maleducados e inexpertos. Eso ya lo veía venir y tal vez ella eso es lo que quería. Que todos se separaran. Doña Rosa era un hecho que no podía dirigirlos. Es más, Comadre, ella los protegía y les aplaudía el hecho de no hacer nada, porque no quería que sus niños se maltrataran sus manos, pero… a lo que yo descubrí, eran unos chicos llenos de vida, de vitalidad y de energía y con ganas de hacer, pero, al no hacer nada, los hacia hacer maldades. Ellos no tenían una rutina marcada, porque simplemente no estaban preparados para nada y eso era un gran problema para todos ellos. No saber hacer nada no sirve de nada. Eso vi. Eso observe y eso estudie en todos ellos. Ellos no saben hacer nada y la Mamá, como no sabe hacer nada, los premia protegiéndoles y cuidándoles a que no hagan nada. Eso era un hecho, pero yo, no estaba dispuesta a dejarlos así. Yo era otra cosa. Yo era esa mujer activa, fuerte, dinámica y, sobre todo, con grandes experiencias que fácilmente podía logra mover y dirigir, grandes masas, Comadre. Me refiero a grandes grupos de gente. No sé porque ni donde lo aprendí, pero, tenía en mi mente esa fuerza que dice todo el tiempo, ¡vamos, tú puedes hacerlo! Y lo hacía, Comadre. Y sé que lo hacía muy bien. Ya había dado un pequeño ejemplo con el tronco, pero ahora planeaba algo más. Ya había visto la teja y la palizada y los toros, y pensé, eso es lo que va a mover todo y a arreglar todo el tejado de un solo golpe. Y eso es lo que hice, Comadre. - ¡Traigan los toros! -. Dije mientras manoteaba un taco y me encaminaba hacia donde yo quería que ellos fueran. Por mi afán por hacer, no me di cuenta ni que era exactamente lo que hacía, pero, al volver mi vista, vi que había tomado un taco de Don Luis el cual sonrió y creo que se apeno porque, recientemente los había calentado en una piedra. Ellos encendían una fogata cerca de unas piedras y en una piedra medio alargada ponían sus tacos a calentar. Creo que la apenada tenía que ser yo, porque le estaba quitando el alimento a Don Luis, él no había desayunado quizá, por estarme cuidando a mí, en mi letargo estúpido de perder la memoria cuando más me necesitan y ahora, no solo perdía la razón o mis recuerdos, sino que también estaba quitándole el alimento al único hombre que se acercaba a mí y que me cuidaba como un fiel amigo. Quise devolverme y abrazarlo, pero, por alguna razón me detuve, pensando quizá que, por algo así, es que estaba en aquel lugar donde más tarde me abrían de abandonar. Yo sabía mi destino como el mismo Jesucristo antes de llevarlo a la cruz. Yo sabía lo que se me esperaba, pero, se también que no podía dejar de hacer lo que por algún extraño presentimiento sabía que me encantaba hacer. ¿Por qué? No lo sé, Comadre, solo sé que me encanta hacer y hacer, crear y escribir tantas tonterías como las que van naciendo en mi en un día a día, aunque no las tenga planeadas. Solo sé que me nacen de un momento a otro y si no las realizo en ese instante se van perdiendo en un montón de escritos, así como mi memoria se va perdiendo en la nada. En ese instante mire a Don Luis, poniendo una buena cantidad de tacos sobre aquella piedra donde los calentaba. No voy a decir que eran unos tacos llenos de pollo, carne de res, birria o barbacoa con unos chiles en vinagre, no Comadre. Los tacos eran una especie de quesadilla sin queso y sin nada adentro. Bueno eso es un decir. Lo único que tenía era una especie de salsa roja realizada con chile guajillo o pasilla. Eso era todo. Un taco era de salsa roja y el otro era de salsa con huevo. Lo digo porque él se levantó de su piedra donde estaba sentado y me dijo; - Es su complemento -. Y se volvió a sentar. Yo le sonreí a tal descripción, pero, no voy a negar de que estaban riquísimos. La verdad no sé cuántos me comí, comadre. Solo sé que me encantaron y si tengo que adivinar creo que fueron unos diez o doce. Don Luis solamente me veía y creo que trataba de ocultar el suyo para que no se lo fuera a arrebatar. Que glotona me vi Comadre. Me sentí mal con Don Luis, y creo que fue por eso por lo que me puse de pie y comencé a caminar hacia donde el trabajo me esperaba y me llamaba. Se perfectamente que cuando se trata de un solo hombre no se hace nada y solamente picotea como las gallinas el maíz y no avanza, pero, donde hay un buen grupo y este es bien dirigido por alguien con ideas y que sabe coordinar el trabajo a realizar, este es nada. Y comencé; Adrián, tú que eres muy fuerte y habilidoso, atributo que te aplaudo sinceramente, quiero que te subas a ese tronco y lo amarres con una riata. Quiero mover todo eso para acomodar todo el tejado. Yo hacía cosas curiosas para ellos, algo que no habían visto nunca en su vida, movía la mano en lo alto para llamarles a reunión, y gritando; ¡Vengan acá! Todos, todas, vengan a acá. Los Abuelos jalaban las grandes ramas con los toros, mientras que Adrián y José Luis subían y bajaban de ellos agarrándose de las ramas. Los grandes troncos y la palizada poco a poco se fueron desapareciendo y esta era removida hacia una zanja más abajo. Las mujeres acarreaban teja o, mejor dicho, la acumulaban sobre una tarima y esta era jalada por una yunta. Hubo incluso algunas que la fueron colocando sobre una canoa que servía para ponerle agua a las vacas, pero decían que ya no servía y que estaba en construcción otra. Todas se habían sorprendido de sobremanera porque en la primer vuelta solo habían podido llevar de a dos cada una. En cambio, con la tarima y la canoa les había bastado colocarla sobre ella y en una sola jalada con la yunta se había ido toda la necesaria para cambiar las tejas rotas. Sabe Comadre, no voy a negar que hubo muchos gritos por las arañas y las alacranes que en la teja apilada salían, pero, nada más. No hubo protestas de ningún tipo porque todos estaban participando, algunos estaban trepados sobre el tejado y otros dando teja nueva o recibiendo teja quebrada. Todo fue rápido, demasiado rápido e incluso tuvieron tiempo suficiente para cortar algunos matorrales, los cuales fueron arroyados por las yuntas y arrancados desde raíz. Les parecía increíble la forma en como lo habían realizado, todo se veía muy limpio y casi parejo. El secreto estaba en las cuatro yuntas. Dos escarbaban removiendo la tierra y dos más iban aplanando la tierra, las cuales, en lugar de ponerle el metal para abrir la tierra, le habíamos colocado un tronco triangular el cual iba aplanando y acomodando la tierra en unos caminos derechos. Creo que todos estuvieron de acuerdo conmigo, se veía muy bien. Ya no existían esas bajadas rápidas donde si te caías podías rodar. Eso eran pasado. Ahora se veían escalones y más escalones de tres y cuatro metros de ancho donde podías caminar fácilmente, aunque ahora existía un nuevo problema, tenías que subir brincando un metro aproximado, pero, ya tenía la solución. En cada jardinera habría escalones. Los tenía marcados en mi libreta y serian en cada cinco o siete metros aproximadamente habría tres o cuatro escaloncitos y se verían de una forma fantástica. Todo fue rápido, demasiado rápido y todo el sitio quedo limpio y de buen ver. Yo sé que les había gustado todo aquello, porque se veía en sus caras. Creo que, les gustó mucho porque nunca habían realizado tanto trabajo en tan poco tiempo y menos trabajando todos juntos. Don Luis Fue el primero que camino apresurado hacia mí. No voy a negar que casi corrió para abrazarme y decirme que estaba muy contento y satisfecho por lo realizado, pero no lo dijo así, él dijo: - No cabe dudas de que eres una mujer muy chingona. ¡Me cuadras, me cuadras de a madre! -. Me abrazo y me estrujo, casi me alzo por el aire, pero, la figura femenina de una mujer autoritaria y que siempre le había gustado mandar, lo hizo retroceder después de soltarme. – La verdad, Ella no hizo gran cosa. Todo lo hicieron los muchachos, así que déjese de tonterías y de andar regalando abrazos a mujeres desconocidas. Yo lo único que vi en ella es pasarse el día estirando la mano al aire y aventando a los chicos y a las chicas. Eso es todo lo que vi, aparte de dejarlo sin comer -. Y pensé en ese instante que tenía razón, yo había dejado a Don Luis sin comer y probablemente tenía razón también en decir que solamente me la había pasado empujando a los chicos. Yo recordaba que los palmeaba felicitándoles, pero, no sabía si les empujaba. Quizá tenía razón, pero la sonrisa de los chicos me decía que era falso lo que ella decía. Ellos me daban a entender que yo les había dirigido, pero, por otro lado, surgió en mi cerebro la vez que había tirado a Carlos y Adrián. Recordaba que los había golpeado y comenzó en mí una serie de pensamientos que me estaban poniendo mal. Estaba temblando desde los pies a la cabeza y sentía un raro escalofrió que me estaba atormentando. Creí que me iba a dar un ataque epiléptico. Di unos pasos hacia atrás para salir huyendo de aquel sitio, pero no pude, algo me sostuvo y no sé qué fue. Solo recuerdo que me quede inmóvil, paralizada y sin poder moverme. Creo que estaba sufriendo nuevamente ese típico y desesperante pánico que se apoderaba de mi cada vez que me sentía nerviosa y sonó muchas veces en mi cerebro aquella frase que había dicho ella muy bien. – No sea ridículo, lo único que hizo ella fue, retorcerse y manotear el aire. Retorcerse y manotear el aire. El trabajo lo hicieron los chicos, ellos si merecen un aplauso, un abrazo y... -. Guardo silencio porque iba a decir un beso y creo que se lo iba a decir a Genaro. Él le dio la espalda inmediatamente y camino hacia su mujer para ponerle agua en sus manos. Su hijo Genarito, como todos le llamaban, caminaba junto a Don Arturo para regresar a los bueyes a sus corrales. La mayoría se comenzaron a retirar y he de decir, Comadre, que muchos de los chicos ni siquiera se percataron de este suceso y los que vi que venían a mí, para felicitarme, se tuvieron que regresar y se dirigieron al Quiosco, al cual yo me dirigía después de tomar algunas tejas. La mayoría de los chicos me imitaron e incluso hubo algunos que ya estando allá se regresaron e hicieron lo mismo que todos y caminaron detrás de mí. Todos sabían hacia donde me dirigía y lejos de imaginarlo También Doña Rosaura y Doña Isabel me siguieron con unas tejas mientras escuchaba a Doña Isabel decir: - Creo que ella si sabe lo que hace Rosaura. Creo que padece de una condición de memoria, pero, no voy a negar que tiene muchas y mejores... Es una verdadera lástima el que a ti te caiga tan mal. Yo no le veo nada malo como tú lo has hecho. Esa mujer es... es realmente inteligente y creo que, solo tienes que mirar atrás -. Ambas lo hicieron para descubrir su propiedad limpia y ordenada, pero, todo lo que ellas veían no le hacían borrar de su mente los Celos que sentía por mí. Creo comadre, que lejos de sentir amor y compasión por mí, por lo que estaba realizando por ella y para ella, vi tristemente que siempre me iba a odiar y que entre más cosas realizara sería más grande su odio hacía mí. aunque muy sabido era, que todo pertenecía al grupo de los Abuelos: Don Arturo, Luis, Cipriano, Genaro y Oscar. Y ahora estaba segura de que la patrona no tenía nada que ver con ellos. Ellos estaban comenzando de cero y lo hacían juntos, pero, no tenían grandes ideas. Quizá se habían dedicado más a la siembra de maíz, frijol, calabaza y algunas legumbres que no veía ahí por ningún lado. Pero eso es lo que veía en todos ellos. Eran amigos y socios. Si le iba mal a uno, les iba mal a todos y eso era preocupante, porque posiblemente eso era lo que quería La Gran Patrona. Cayendo uno se hunden todos y creo que, era por ello por lo que le tiraba a Don Arturo, era por sus hijos. Si el con sus hijos no podía realizar nada, el grupo estaba perdido y ella sería la única Dueña de todo. Interesante Comadre. Muy interesante. Ahora lo entendía todo, la Gran Patrona no tenía nada que ver con todos ellos, ella para todos ellos solo era un estorbo porque a leguas se veía el gran descontento que sentían por ella.

No voy a negar que, si alguna vez existió alguna amistad con ella, al parecer ella misma se había encargado de terminarla y ahora no lo existía para ninguna de ellas y yo podía notarlo claramente porque su sonrisa sínica y siniestra, nos hacía adivinar sus malos pensamientos. Lo malo es que, al parecer, era buena para la psicología. Te daba una idea para que tu hicieras exactamente lo contrario y varias veces la escuche decir la misma frase: - Por favor mujer no vayas a hacer eso, nadie lo soportaría -. Decía y me veía, para después, sínicamente y con su sonrisa Diabólica, parecía decir. – ¡Si, hazlo, hazlo! Ambas sabemos que va a sufrir y se va a largar por donde vino. Eres una Diablilla. Eso va a hacer que esa mujer llamada "No Se", se largue -.

- Si, es mejor que se vaya -. Respondía Doña Rosaura. – Es mejor que se vaya y todo estará en paz. Así poder dormir en paz -. Dijo fuerte y claro. No voy a negar que todos escucharon porque de pronto todo se había quedado en silencio, en un profundo silencio. Ya no hobo ruido de aves ni cantos ni aleteos. Ni los grillos cantaron. De pronto todo había quedad en silencio y no precisamente por lo que había dicho ellas. No, el peligro era otro, porque incluso las mismas vacas habían dejado de pastar. Los toros que normalmente por su valentía se ponían furiosos, esta vez callaron junto con los puercos. Hasta ellos dejaron de hacer su peculiar chillido y sus berridos. También las Gallinas parecían esconderse y los pollos buscaron refugio. Era increíble, pero hasta los gallos estaban alertas. En los gallos se puede ver claramente su enojo porque las plumas del cuello se comienzan a erizar en señal de pelea. Estaban alertas y no sabíamos el porqué. No precisamente se habían enojado por los comentarios de las Dos Patronas, Comadre. No el peligro era otro y todos lo notaron. Se hizo un silencio tenebroso, como de ultratumba. Nunca había notado ese silencio que te hace poner la piel de gallina. No Comadre. Nunca lo había sentido, tan fuerte, y tan claro, como ese día. Aun no voy a negar que, después de esa sensación vinieron muchas más. Muchas más fuertes y claras. Esa sensación de miedo se apodero de mi muchas veces más y quiero decirte, Comadre que es terrible. Primero se siente la piel de gallina y después una corriente de frio te recorre todo el cuerpo, subiendo y bajando de los pies a la cabeza. Tuve que recargarme a un pequeño árbol, Comadre. Tuve que hacerlo porque me sentí fatal. No eran precisamente las palabras de Doña Rosa, y tampoco las que había mencionado la Gran Patrona. No, no lo creo, aunque todo podía ser posible. Por un buen rato pensé que era por eso. No era el silencio sino algo más. En ese instante pensé en el terror que sentiría al encontrarme sola, totalmente sola en aquella serranía sin que existiera nadie más que me ayudara si lo necesitaba. Mire a mi alrededor y no había nada más que aquella finca vacía y alargada que parecían escalones gigantescos cayendo hacia el arroyuelo triste y callado. Parecían escalones disparejos de 4, 5 o 6 metros de largo frente a mí. Algunos con pasillos con arcos de medio punto, realizado con adobe y ladrillo rojo. Se veían muy bien, principalmente porque estos tenían techo de teja roja. Y en algunas partes estaba bardeado por un gran corral de piedra y del otro lado unos pastizales cortos, ralos y semisecos en algunas partes. Eso me hizo sentir miedo. La Yegua estaba quieta, casi inmovilizada o tal vez paralizada al igual que yo. Yo me había recargado a un árbol y ella se había ido a buscar a su crio el cual se metió bajo su cuerpo y apenas si asomaba bajo sus muslos y su cola. La alcance a ver como doblaba su rodilla para empujarlo más hacia ella y poderlo tapar lo mejor que podía. Los pastizales semisecos se movían ligeramente y eso me hizo sentir más miedo del que ya tenía. La sombra de una nube tapo ligeramente los rayos del Sol y todo se volvió brumoso. El aire movía los pastizales más largos como si se tratara de olas de agua, iban y venían en un vaivén lento y tenebroso. El ruido que hacían las plantas y los pastizales se asemejaban a pequeños quejidos, el viento no dejaba de soplar. De pronto se escuchó la cascada. Una pequeña cascada también comenzó a darnos su sonido el cual parecía más aleteos de un murciélago que agua cayendo y chocando en las piedras. Todos estaban quietos y mudos. Nade se movió de su lugar y muy ligeramente se alzaba el ruido de alguien que mascaba caña, Era un mascar fuerte de caña y al mismo tiempo parecía que la chupaban. Se escuchaba fuerte, más fuerte que el sonido que hacían los pastizales e incluso mucho más fuerte que la cascada. Eso aumento mi miedo y comencé a temblar mucho más fuerte. Mi tembladera era tan fuerte que ya comenzaban a castañetear mis dientes. Una vez más el aire movía los pastizales y pensé que quizá, eso se debía a una sola cosa, una gran serpiente estaba entre los pastizales. Era una gran serpiente la que estaba rondando y los animales la habían detectado o como dicen aquí en el pueblo, "los animales la ventearon". Si, tal vez los animales habían olfateado el aire y se habían percatado de ella. Pero el problema para mi es que, estaba corriendo el tiempo y ese estaba haciendo estragos en mi memoria que vagaba ya entre las sombras que llegarían a mi lo más pronto posible y ellas me harían perderme. Ya lo veía venia. La serpiente nunca apareció y la nubosidad no terminaba de alejarse de nosotros haciéndome poner mucho más nerviosa. La sensación de miedo no me abandono, por el contrario, poco a poco se iba apoderando más y más de mí, ocasionándome un tronido en la cabeza y un zumbido apareció en ella. Estaba aterrada. Tal vez le parezca raro o extraño, Comadre, lo que le voy a decir, pero, creo que en ese instante mi cerebro dejo de funcionarme bien. Se que me perdí. Ahora sé que me perdí totalmente y me sentí totalmente abandonada en aquellos parajes. Tal vez estaba sintiendo un "deja vu", o como se llame o tal vez si estaba en un trance. Si Comadre, se lo digo porque es verdad. Creo que nada de lo mental me funcionaba normalmente y hasta me parecía que yo era dos personas al mismo tiempo. Una queriendo luchar por no perderme y la otra exageradamente nerviosa y perdida. Me sentía luchando entre el pasado, el presente y el futuro, pero, en esos tiempos no había gente que me acompañará y mi mente me comenzó a jugar un mal momento. No sé porque se comenzó a apoderar de mí una especie de locura. Tal vez fue por sentirme sola. Miré de un lado a otro, rápido, muy rápido y no descubrí a nadie. Todos se habían ido y me habían abandonado. ¿Por qué? Pensé. Quería tener lucidez y fuerza, y al mismo tiempo quería pensar adecuadamente pero no podía y volví a pensar que eso se debía a que no había nadie. Miré y volví a mirar de un lado a otro. Todos se habían ido y me habían abandonado en aquella soledad. Me habían abandonado en medio de aquellos parajes tan lejanos, tan tristes, tan sombríos. ¿Tenebrosos? Si, tan tenebrosos y callados que apenas si pude percibir la caída del agua de alguna cascada lejana del arroyuelo al cual ellos, todos ellos le llamaban Rio. Qué curioso era mi pensamiento de pánico y miedo, por algo que, ni siquiera sabía que era real, pero, estaba ahí, apoderándose de mi como algo único, como algo cierto, como algo vivido o como algo por vivir. Esa sensación de terror se apodero de mi ocasionándome espasmos de locura y esa locura me comenzó a ocasionar contracciones en mis manos. De pronto comencé a sentir tremendas corrientes de electricidad en mi cuerpo y mis dedos se comenzaron a retorcerse conforme se contraían. Sentí mal mi espina dorsal, mis hombros, mis piernas y mis dedos y me miré. Eso que veía me asusto más. Pensé que me estaba convirtiendo en hombre lobo, bueno, una mujer loba, Comadre, y quise gritar por ayuda y de pronto, alguien me toco la espalda, mientras pensaba que, alguien había experimentado en mí. Yo era un experimento científico de alguna persona inhumana. Me volvieron a tocar y quise gritar y, cuando estaba a punto de hacerlo escuché: - ¿Estas bien? No temas, es solo un Águila que se encuentra en cacería -. Me dijo con voz tierna y muy hermosa. Me jalo y me abrazo mientras que yo empezaba a abrir mis ojos. -No temas, todo está bien. Todo está bien -. Si, ahora todo estaba bien. No demasiado bien. No, solo bien y eso era bastante, pero, ese pequeño instante que viví me dejo pensando y preguntándome, ¿Cuántas veces he vivido este momento tan difícil de mi vida donde siento perderme? ¿Cuántas repeticiones he tenido de este instante donde siento que voy a voltear a ver algo para así, descubrir mi verdad y me encuentro con la sorpresa de que estoy con los ojo cerrados? ¿eso es pánico? ¿Acaso tengo miedo de mí misma o invento mis propios miedos? ¿Qué es lo que sucede conmigo, Comadre? ¿Por qué me invento esos momentos tan terroríficos? ¿Acaso son o fueron verdad? ¿Qué es exactamente lo que me sucedió? Todos esos episodios que siento de mi vida son como si volviera a vivirlos una vez más. ¿Acaso, estoy reinventando mi propia historia, Comadre? ¿Viaje a mi pasado o mi pasado es el que está viajando a mi futuro? Si es así, ¿Por qué? No Comadre, creo que ni lo uno ni lo otro, solamente estoy recordando todo lo que me sucedió en el pasado y, por alguna extraña razón ya había olvidado. Eso es lo que me sucede, o mejor dicho me sucedió y ahora tengo el tiempo suficiente para recordarlo y volverlo a vivir para así, poder escribirlo en el Diario de mi vida, el cual me vuelve a lastimar conforme lo recuerdo. Pero, es verdad, Comadre. Ese instante que viví me dejo pensando y preguntándome, ¿Cuántas veces o repeticiones había vivido de aquel instante? Lo cierto es que, no lo sabía Comadre, no lo sabía a ciencia cierta, pero, me había dejado una sensación de "Deja vu", y me comencé a preguntar ¿Quién soy? ¿Por qué tengo esas sensaciones tan raras y al mismo tiempo tan vividas? ¿De dónde vengo? ¿A qué sitio en el tiempo pertenezco? ¿Por qué tengo esta sensación tan fea, tan rara, tan sufrida y al mismo tiempo tan tenebrosa, Comadre? ¿Por qué? ¿Cuántos años llevo aquí? ¿Cuántos años llevo atrapada en el tiempo, en este tiempo, en este espacio tan corto donde apenas si logro moverme y puedo ir y venir en instantes, instantes tan cortos de miedo y locura y al mismo tiempo de olvido? ¿Por qué, Comadre? ¿Cuál ha sido mi problema con Dios que me ha castigado de tan mala forma? ¿Qué mal hice en el pasado para obtener como premio este terrible olvido? ¿Por qué siento que vivo una vida que no me pertenece? ¿Por qué llegue a ese Autobús? ¿Cómo llegue al autobús? ¿Acaso fui teletransportada de otro tiempo? ¿Si fui teletransportada de otro tiempo es posible que tenga una misión que he olvidado? Si Comadre, algo salió mal y olvide la misión que me encomendaron. Si es así, ¿Que era? Quizá sea solo un pequeño lapso temporal de pérdida de memoria por el cual estoy pasado y en cualquier instante lo voy a recordar. Si Comadre. Lo voy a recordar, pero ¿y si no fuera eso, que hago? ¿Continuar viviendo mi vida como si nada? Estoy segura de que, este sitio no es al que pertenezco. Yo llegue de algún lugar, el problema es, ¿De dónde? ¿Cuál es mi tiempo? ¿Cuál es el tiempo al cual pertenezco? ¿Por qué tuve que llegar aquí? ¿Por qué tuve que llegar precisamente aquí, con esta gente que no me entiende, que no tiene ideas, que no tiene vivencias, y que al mismo tiempo se intentan destruir unos con otros? Yo solo veo aquí, Comadre, a chicos desobligados, desobedientes y al mismo tiempo, ignorantes. Yo solo encuentro a chicas y chicos viviendo una vida que tal vez no merecen, porque no hacen nada para ellos, para su presente y mucho menos para su futuro… y viven el presente sin preocupaciones. Así nomás. No aprenden, no estudian, no leen… ¡Que vida! Para colmo de males el único que se preocupa quiere huir como si eso le resolviera la vida. Quizá piensa que estando solo, lejos de su familia la vida le va a sonreír. Jajaja, que ridículo. La vida no se resuelve dejando a la familia, la vida se resuelve con la familia y siendo responsable, pero, sobre todo, la vida se resuelve aprendiendo y dando ideal para poderse llevar acabo. La vida se resuelve con aprendizajes y cambios y más cambios… ideas y más ideas para que puedan estar todos juntos y que a nadie le falte nada. Pero estos creen que por tener un peso ya pueden resolver y comprar todo lo que ellos quieren como es el caso de la Gran Patrona que, a pesar de tener dinero, mucho dinero, cree que la vida ya le floreció, "Ilusa mediocre". Y sin embargo estoy aquí, pero siento que ella no me va a dejar hacer nada. Nada de lo que yo sé hacer y que a largo plazo les resolverá toda su vida. Para colmo mío… y, por otro lado, Comadre. Tengo ese problema de fallo de sistema. Tengo un cerebro quebrado en… ¿Sabe Dios cuantas partes? Ni idea tengo de donde estoy hoy en mi vida, ¿Pasado, presente o futuro? ¿Dónde estoy? "Deja vu", o fallo de sistema. Mas bien pienso que, mi problema es cerebral. Creo que he pasado por una serie de problemas que, ahora no se ni resolver, el maldito sitio donde estoy. ¡ay! Comadre. Tiempo y espacio. Solo tengo recuerdos breves, demasiado pequeños de todo lo que aquí he vivido y por más que intento no he logrado recordar gran cosa y creo que lo que he recordado es casi, nada, Comadre. Nada. Es casi nada de lo que antes viví aquí. Cada vez que intento trasladarme al inicio de mi vida voy siempre a dar al autobús, donde al parecer fui depositada desde un lugar muy diferente a este. Siento que el avance tecnológico y científico es mucho más avanzado que aquí. Todo lo que ellos hacen aquí es retrogrado. Ahora que los he conocido un poquito creo que nada tienen de ciencia. Creo que hay ciertas formas de entender la vida que no encajan bien con el tiempo presente. De esta forma, cuando alguien tiene unos planteamientos o ideas propias lo apartan y le llaman loca, como ha sucedido conmigo. Son todos ellos los que me llaman loca o solamente es la Gran Patrona la que invento esto para que yo no les enseñara nada. Que extraño es todo. ¡oh, Dios!, yo que creo saber tantísimas cosas no puedo ayudarles porque me consideran loca. Que extraño es todo esto, Comadre. Ellos pensando que estoy Loca, por querer enseñarles todo lo que yo sé y yo pensando en su futuro y tratando de aliviar su ignorancia. Qué raro es todo esto y sin embargo ahí estaba viviendo junto a ellos mi más estúpido miedo. El problema era porque sentir miedo si todos estaban ahí y nadie se había ido como yo pensaba. ¿Por qué había vivido esa extraña sensación de sentirme sola en aquella Serranía? Ahora podía abrir muy bien los ojos y sabía que iba acompañada por Lucero la cual no me soltaba para nada. Me llevaba prendida a mi brazo y no podía zafarme. Es más, ella no tenía la intención de soltarme ni un solo instante, y si era así, ¿Por qué sentir miedo? Y volví a escuchar sus palabras: - ¿Estas bien? No temas, es solo un Águila que se encuentra en cacería -. Me miro y se sonrió. Y entonces volví a escuchar su voz tierna y muy hermosa. Me abrazo tiernamente mientras que yo empezaba a abrir mucho más grandes mis ojos y no supe si era por la hermosa sensación de sentirme amada o por el miedo y la angustia vividos unos segundos antes. -No temas, todo está bien. Todo está bien -. Si, ahora todo estaba bien, pensé y parpadee varias veces para comprobar que todo estaba bien y en ese instante una sombra enorme cruzo a unos pasos de nosotros. Era una enorme Águila tratando de atrapar su alimento y en ese instante fue que corrió el asustado animalito que sería cazado. Intento huir y esconderse entre los pastizales, pero, era ya demasiado tarde. Nosotras estábamos debajo de un mangal cerca al quiosco y tratamos de caminar, pero, Lucero tenía mucho más experiencia que yo en esos casos de cacería en la Serranía y me jalo. Nuevamente cruzo aquella sombra relampagueante en picada. Primero pareció que se convertía en una bola y cruzo frente a mí y Lucero. Después le vimos descender a una gran velocidad, y ya casi a ras del suelo zigzagueo un poco y se escucharon sus aletazos antes de levantar el vuelo, al cual se unión un chillido de dolor por un conejo y otro más dado por la gigantesca Águila la cual voló muy bajo y se fue a meter bajo las ramas de un árbol no muy frondoso, cerca de aquel arroyuelo. Ambas, aun le podíamos mirar, pero, no fue por mucho tiempo porque, al parecer, el águila no quería ser vista ni interrumpida por nadie y volvió a volar hacia unas ramas más frondosas. Lucero me volvió a mirar y se sonrió un poco mientras levantaba el cejo sin dejar de abrazarme. Yo, podía sentir su calidez mientras pensaba en una posible posesión queriendo entrar en mi cuerpo. ¿Acaso era posible eso? ¿Acaso es posible que un ente maligno entre en tu cuerpo para hacer de las suyas? No, no lo creo así, Comadre. Todo es producto de la mente. Si tú quieres que tu cuerpo se contraiga, se contrae por miedo o cosas así, pero, que algo más entre en ti, no es posible. Alma y espíritu es algo que está en ti y no permite que nada más entre, pero si eres débil de mente y te la crees, puede llegar a suceder. Claro que puede suceder si tú te la crees y eso es fe. Es la mente quien domina el cuerpo y por miedo pueden llegar a suceder cosas inimaginables. Pero ¿qué pasa si yo sé que tengo fe? Entonces, ¿Qué sucedió conmigo? ¿Por qué mi mente no se compone? ¿Por qué no recuerdo nada? Yo creo comadre que… que siempre he pertenecido a este lugar, pero, quiero suponer que… que es verdad lo que todos ellos dicen. Que estoy Loca. Si eso fuera verdad ¿Entonces porque soy mucho más lista que todos ellos? ¿Por qué tengo mucha más experiencia que todos ellos juntos? ¿Sabe, Comadre? Me siento que soy como, una maquina robótica que todo lo sabe. Menos programarme a mí misma para recordar quien soy. ¿Sabes? Comadre. A veces me siento como una enciclopedia exageradamente avanzada. Si Comadre. Se que soy, pero no recuerdo mi nombre. Qué raro. Lo sé todo, pero no sé quién soy. ¿Qué es exactamente lo que está sucediendo conmigo, Comadre? ¿Acaso soy de esas personas exageradamente necia que cree saberlo todo y en realidad no sabe nada? Pero, si fuera así, ¿Por qué soy capaz de poder realizarlo todo? Por decir algo, creo que nadie ha podido ser capaz de dirigir a esos chicos tan bien como yo, incluyendo a sus propios padres. Creo que nadie los ha podido dirigir de esa forma tan magistral como lo pude hacer yo. Creo que nadie, y veo que es, tan así, que ellos mismos se han sorprendido de lo que realizaron en tan poco tiempo. Creo que solo les vasto un par de horas. No pudo haber pasado más tiempo. Lo que se, es que, no es tan importante dirigir, sino, saber dirigir. Tener la idea de dirigir es lo correcto y se ve, en tan solo segundos lo que se puede hacer sin cansancio. Porque en realidad esa es la idea, realizar demasiadas cosas sin cansar mucho el cuerpo. Se que ellos estaban felices por lo que habían realizado, pero, La Gran Patrona, no mostraba alegría alguna. Por el contrario, se veía totalmente molesta por los logros de los chicos y no perdía oportunidad para decirlo. – No pensé que te gustara que te mandara una mujer... y extraña, además. Hasta te vez contento. Como si te hubiera encantado que te dijeran; haz aquí, haz allá. Golpea con esto, con aquello y ahora acá -. Alberto sonrío un poco por la forma en como se lo dijo y ella se enfureció más. - Yo si fuera tú, enserio que, al menos quitaba de mi cara esa sonrisa de estúpido. ¿Crees que a todos los hombres les gusta que una mujer los mande? A ninguno. Espérate a que te cases y ya verás que ha ningún hombre le gusta que su mujer lo mande. Menos una extraña. ¿Alguna vez viste que ha Don Luis le mando su mujer? No verdad. Es que así son los hombres. Hombres. Ni ha Cipriano, ni a Luis, ni a Oscar ni a ninguno de estos hombres les gusta que su mujer les mande. Escúchenlo bien jovencitos, a ninguno -. Dijo casi deletreando cada una de las palabras. Nadie dijo nada y solo se quedaron mirando a la lejanía, la mayoría de los hombres, mientras que las chicas sabiendo quizá de lo que era capaz de hacer con tal de callarlas, todas callaron. Alberto se veía molesto, pero, miro hacia el Quiosco y luego se puso serio. Lucero me tomo del brazo y me invito a caminar como para disimular lo que su propia madre hacia y decía. Creo que Lucero sentía una gran gratitud por mí. Quizá ella misma no entendía el motivo por el cual sentía ese cariño hacia mí, casi no tenía roce conmigo. No me conocía. De eso estaba más que segura, pero, aun así, no se apartaba de mí, para nada. Ella sentía, creo yo, una extraña obligación de cuidar de mí y creo que ella misma no entendía el motivo. Apenas llevaba tres o cuatro días allí en el pueblo y ya sentía la necesidad de nunca apartarse de mi lado. A lo que recordaba nunca nos habían presentado. Solo recordaba que ella se había ido a sentar junto a mí en aquella barda donde me la pasaba abrazaba a mis piernas y recargada a mis rodillas, meciéndome sin dejar de mirar aquel calmil y viendo algunas otras veces más allá del corral y el camino. Preguntándome quizá, ¿Qué sería de mi en aquel sitio? Y, allí llego ella sentándose a mi lado para platicar. Creo que sentía curiosidad por mí, comadre. Recuerdo bien ese día. Yo estaba en la barda sentada y mirando a la lejanía tratando de recordar algo de mi sin lograr absolutamente nada. Recuerdo que ella había llegado y me había llenado de preguntas: - ¿Como te llamas? -. Fue su primer pregunta y arqueo una ceja mientras sonreía pensando quizá lo mismo que pensaban todos ellos al acercarse a mí. Se ve inteligente, pero ¡oh! Decepción al recibir la respuesta.

- No sé -. Respondía y todos ponían su cara de, ¡no bromees conmigo! Estas jugando, ¿verdad? Que mujer tan bromista, parecían decir y sonreían un poco para disimular su sorpresa.

- ¿De dónde vienes? -. Volvían a preguntar con un poco más de tacto como si me dijeran, - responde bien, no juegues conmigo -.

- No sé -. Volvía a responder y eso como que ya no les agradaba mucho, porque no podía ser posible que una mujer de mi estilo, porte y figura no supiera, como se llama ni de donde viene y seguían sus preguntas una tras otra.

- ¿Eres casada?

- No sé.

- ¿Recuerdas donde vives?

- No sé.

- ¿Tienes hijos?

- No sé.

- ¿Trabajas en algo, algún lugar, un sitio…?

- No sé.

- ¿Recuerdas a algún familiar?

- No sé.

- ¿A qué te dedicas, tienes tierras, casa, algún negocio? -. Siguió preguntando y yo contestando siempre igual. Solo le faltó agregar lo que había dicho su madre al entrevistarme. – ¿Eres idiota o qué? -. Y yo siempre respondía igual. - No sé, no sé, no sé -. Me molestaba de sobre manera aquellas preguntas aun sabiendo que no recordaba absolutamente nada. El

Abuelo Arturo, creo que fue el más tranquilo y sereno para preguntar, y saber que no sabía decir otra cosa más que, "No sé" "no se" "no sé". Y así me bautizo él, después de tanta pregunta y tanta respuesta de, "no sé". En cambio, con Lucero, después de su entrevista a la cual creo ya estaba cansada de tanto pensar y de tanto responder siempre lo mismo, me solté a llorar. Me solté a llorar por qué no recordaba absolutamente nada. La primera que me pregunto fue la Abuela Rosaura y le siguió Isabel. Después fueron algunas de las chicas a las cuales recordé como Priscila, y esta salió corriendo de la casa a la cual me imagine iría a contar todo a todo el pueblo y así fue, porque después comenzaron a llegar más y más a tal grado que ya no cabían en la casa. Algunos fueron muy pacientes, así como; Don Luis, Cipriano y Oscar que solo dijo, - Eres un caso bastante grave pequeña -. Y en cierta forma tenía razón. El problema para mi creo, radicaba en que todos habían hecho quizá el mismo tipo de pregunta, ninguno de ellos cambio el método. No había coordinación en sus preguntas y creo que por tal motivo siempre la respuesta fue la misma. Después, hubo algunas burlas de parte de algunos chicos a los cuales, se sorprendieron cuando a todos les comencé a llamar por su nombre sin error alguno, esto los sorprendió porque incluso algunos decían que, si su misma madre se equivocaba de nombre y de persona, yo ¿porque no lo hacía? Yo respondí: - No sé. Y todos comenzaron a reír cuando el chico más atrevido de todos ellos llamado, Carlos dijo: - Ya quedo muy clara de cómo se llama. Ella se llama "No sé"-. Y todos soltaron tremenda carcajada y así me quedo, "No sé". Aunque he de reconocer que cuando todos rieron por el pequeño chistecillo de Carlos, ninguno de los Abuelos se rio. Para todos ellos si era algo de que preocuparse. Mientras que, para Lucero, mi forma de sentir fue diferente a la hora de preguntarme. Mis ojos se llenaron de agua y comencé a llorar quizá porque ya estaba agobiada y cansada de todo. Ella me abrazo y acaricio mi pelo totalmente avergonzada, conmovida o quizá, asustada. Voy a reconocer que ella fue la única que se sintió exageradamente mal a la hora de preguntar e incluso se incomodó por hacerme llorar y se disculpó. – Perdóname -. Dijo y me observo en silencio. Ya no hablo y se limitó a observar la lejanía de la misma forma en como lo hacía yo. Yo pensaba en mí, en todas sus preguntas y en lo que sería de mi en aquel lugar donde no conocía a nadie. No conocía absolutamente a nadie, y no tenía ni la más mínima idea del cómo había llegado hasta ese lugar y ella, quizá, tratando de adivinar el motivo que me había llevado allí. La vi queriéndome tocar, pero no se atrevía. La vi con intenciones de seguir preguntando, pero no sabía que preguntar y de pronto se acercó alguien que la empujo. - ¿Cómo ves? Esta más deschavetada que el más loco del pueblo, ¿Verdad? -. Dijo su hermana mayor a la cual había escuchado que le llamaban Cristal. – Pobrecita. A de ser verdaderamente horrible no saber nada de ti, ni siquiera como te llamas. Yo pienso que está sufriendo mucho por ese motivo, ¿No te conmueve? -. Pregunto mientras que le veía con ganas de pelear. – No tienes por qué pelear con nosotras -. Le dijo la que se acercaba a las dos. – Y menos por una desconocida de la cual no sabemos absolutamente nada. – Es verdad lo que dicen tus hermanas Lucero. Es muy cierto. Tanto Cristal como Esmeralda tienen razón. Nunca pelees con la familia por ningún desconocido. Creo que yo no lo haría, pero, tampoco abandonaría a una persona desconocida ni le negaría mi ayuda. Creo que todos estamos para servir y brindarle apoyo a todo ser humano. Si estuviera en mis manos ayudarlas en todo lo posible, no dudaría ni un solo minuto en darles la mano. - ¿Cómo es que sabes nuestro nombre? ¿Y cómo podrías ayudarnos tu a nosotras? ¿Acaso no sabes quiénes somos? -. -A decir verdad, no lo sé, solo sé que son hijas de la Señora Priscila a la cual escuche que le llamaban "La Gran Patrona" y nada más. -Es inaudito, nadie en este pueblo se ha atrevido a llamar a mama por su nombre-. Yo me llene de asombro al escuchar eso y no me quedo más que decir: - ¿Es pecado llamar a la gente por su nombre? Si el llamar a tu mama por su nombre entonces dile que se lo quite. Pero, por favor, no pelees con tu hermana por algo tan insignificante. A toda la gente se le pone nombre para que no le confundan con nadie y lo cierto es, que, yo estaba confundiendo a tu mama con su ahijada Priscila. - ¿Te sabes el nombre de todos? -. pregunto totalmente asombrada. -Si, creo que sí, puedo llamar por su nombre a todos los que veas aquí y todos los que están allá afuera sin cambiarle el nombre a nadie. -jajaja. Ya lo estoy viendo -. Se burlo, pero conforme iba mencionando sus nombres de todos los que estaban ahí se fue quedando sin palabras y sin risa alguna. Se el nombre de todos ustedes, de todos, menos el mío. No sé qué me paso, pero, solo sé que de un momento para otro olvide quien soy y todo lo que respecta a mí. Les dije y se quedaron callas, para más tarde salirse de la casa y sentirse apenadas por lo que acababan de hacer, porque incluso, ellas mismas se equivocaban de nombre por el gran parecido de todos los chicos, Comadre. Creo que, a partir de ese día, Comadre... Lucero no se separó de mí. Dato curioso y perturbador. También fue así como fui conociéndolas a todas ellas y de esa misma forma me iba dando cuenta que tonta no soy, Comadre. La Gran Patrona se llama Priscila y su ahijada lleva el nombre de ella, Priscila. Ella es la chica más alocada, agresiva y problemática que yo haya conocido en toda mi vida, Comadre. Creo que ese atributo se lo debemos a la Madrina. Si la madrina es la que le respalda todas sus groserías, eso quiere decir que existe una gran conexión. Creo que todas sus groserías eran pagadas por la Madrina. Ahijada obediente necesita premio, y sí que le pagaba muy bien. De ello pude darme cuenta porque, incluso frente a mi recibió dinero por un trabajo que le había realizado y creo, sin temor a equivocarme, Comadre, que fue precisamente ella, la que le había avisado de mi llegada al pueblo y con la Abuela Rosaura y el Abuelo Arturo. Ahora recuerdo que incluso ellos mismos se sorprendieron de verla ahí de visita. Si Comadre, ella le había puesto al tanto de mi llegada. Ella utiliza a una paloma mensajera. Ahora caigo, Comadre. Lo recuerdo muy bien. Yo estaba sentada en la barda de la casa del Abuelo Arturo, lloriqueando por no poder recordar quien soy, se perfectamente que ese tipo de aves se puede entrenar y ella tenía una paloma en el hombro. La vi cuando estaba escribiendo en un trozo muy pequeño de papel. No vi de donde lo saco, pero, sé que ese papel es el que se utiliza para prepararse un cigarrillo, y ella lo utiliza para dar mensajes a ella. ¿Cómo es que lo olvide, Comadre? Bueno. Nunca es tarde para recordar. El caso es que ella escribió en el papel: -Mujer inteligente y muy extraña ha llegado con los Abuelos para ayudarlos, "venga a conocerla"-. Eso decía el papel, comadre. Lo sé porque ella dejo el delgado block de papel sobre la barda, junto con el pequeño lápiz que había utilizado. Ella se fue caminando hacia el granado para colocarle el papel en una patita a la paloma y después la soltó. El ave se fue con su dueña. Mientras yo le veía que muy descuidadamente había dejado el block de papel, lo raye rápidamente y saque la hojita de encima con el cuidado necesario que no me viera. Ella seguía mirando la paloma a que tomara la dirección correcta. En ese instante leí su contenido y lo puse en la bolsa de mi pantalón. Mas tarde volví a dar con él y volví a leer. Eso decía y horas más tarde ella aparecía. Ella llego antes que todas sus hijas y me lleno de preguntas. Ella es la que más me hostigo y se indignó al no tener respuestas mías. ¿Por qué lo recuerdo ahora y no en aquellos días, Comadre? Bueno, está bien, Comadre. Creo que es porque estoy tratando de descifrar mi vida. Ahora sé que es Priscila la que la pone al tanto de todo lo que pasa aquí. Es por ello por lo que no se separó de la Abuela Doña Rosaura ese día. ¿Qué es exactamente lo que ella quiere de mí? ¿Qué es, lo que la atrae de mí? Creo que para todo ha estado al pendiente de mí. Priscila Ahijada siempre trae la paloma en el hombro y siempre hace la misma acción. Ese día se había metido al Quiosco y traía la paloma. Eso quiere decir que fueron ellas las que aconsejaron a Carlos con lo de la Vaca y no Esmeralda como había pensado. Todas ellas conocen la peligrosidad de la Vaca y los aconsejaron para ver que hacía Victor o quiere eliminar a Victor porque no es el candidato para su hija. Al ver que no había sucedido lo que ella quería al recibir el recado de que no le había pasado nada, vino a ver todo personalmente. Después, cuando llego la paloma se fueron al arroyuelo e intentaron deshacerse del más pequeño, que son ellos tres. Victor, Ángel y Adrián. En este caso no callo Victor porque no se subió el, sino su hermano Adrián, este por poco y golpea a Carlos. Hasta ahí, todo bien, Comadre. Lo que no pensaban era lo que iba a suceder después. Que todos trabajarían muy bien bajo mis órdenes y esto no le gusto y vino personalmente. ¡oh! Dios mío, ¡Comadre! Creo que para todo ha estado al pendiente de mí. Que tonta he sido Comadre. Creo que ella fue la de la idea para que yo me fuera de aquí. Aquel día no le di mucha importancia porque estaba entretenida con lo que los chicos podían hacer juntos. Tenía que lograr unirlos a pesar de los comentarios de Priscila. La Gran Patrona la cual iba y venía con la Abuela Rosaura sembrando su odio y regando su ponzoña. Pero, mi verdadera preocupación radicaba en que me iban a abandonar, en realidad ese era mi verdadero problema. Yo deseaba demostrarle a la Abuela que podía servirle mucho más teniéndome cerca de ella porque así podría controlar a todos sus hijos y, al mismo tiempo enseñarles. Esa era mi meta y así ganaba más tiempo mientras que recordaba quien era yo. Nada me salió bien, he de reconocerlo. Bueno, como sea. Creo Comadre que ese día logré superar mi conflicto con el miedo y pude caminar muy bien con dirección al Quiosco acompañada de Lucero. Es increíble como una buena persona te puede sanar la mente y el alma, cuando es necesario y todo se hace, con una sonrisa sincera y una caricia de amigo. Ella me condujo poco a poco, sonriéndome y sin dejar de mirarme. Nunca se soltó de mi brazo a pesar de que su madre la había visto de mala manera. Ella no cambio ni su sonrisa ni su paso ni separo su cuerpo del mío. Creo que a ella no le importo el pensamiento insano de su madre y fue, por primera vez, libre. Eso me dijo. Me hizo saber que conmigo se sentía bien, muy bien. -No hagas caso a mi madre, ella siempre ha sido así. Es dominante y posesiva. Ya me tiene cansada y muy fastidiada con su forma de ser. Siempre ha querido que todos hagamos su santa voluntad, equivocada. Hoy sé que existen personas buenas y muy inteligentes como tú. No sé de dónde aprendiste a realizar todo eso. Nunca había visto a nadie dirigir a tanta gente de la forma en como lo hiciste. El trabajo que se realizó hoy bien pudo ser como para una semana o más, pero tú lo lograste en tan solo un par de horas, donde ninguno de los chicos le dio tiempo a estarse quejando o de ir de un lado a otro. Todo lo que vi en ti hoy, es simplemente mecanizado. Es o sucedió, como si todo ya lo tuvieras muy practicado durante demasiado tiempo. Yo sé que te vasto, solamente en dirigir, pero, no solo dirigías, hablabas y pedias, sino que, también estabas ahí, trabajando y poniendo el ejemplo de cómo se debe hacer, de cómo se debe golpear con el marro, del cómo se debe tomar el arado y como se podía extender la tierra sin necesidad de una maquina o una pala. Tu eres ese tipo de persona ideosa. Tu mente está llena de ideas y eso hace que todo surja rápidamente y fluya para que todo sea creación. No voy a preguntarte nada, de donde lo aprendiste o como lo aprendiste. Porque ya se tu respuesta, siempre me vas a decir "No sé". Yo sé que eso tiene que ser con mucha practica y demasiada experiencia, pero, sobre todo, saber manejar a la gente. Ellos no tuvieron tiempo ni de pensar. Todos ellos están contentos por lo que hicieron, a pesar de las majaderías de mi madre. Por esas estupideces de mi madre, te pido perdón sinceramente -, dijo y me miro para saber que en verdad le respondería, "Está bien, no pasa nada", lo cierto Comadre es que, yo no respondí, no dije absolutamente nada porque creo que no había nada que perdonar y en cierta forma a las únicas que les perjudicaba era, a esas familias que me habían brindado su apoyo incondicionalmente y que ahora se preparaban para abandonarme a mi propia suerte. Eso era lo que más me preocupaba. Eso me preocupaba mucho más, que estar pensando en las palabras de una mujer que solo estaba buscando su propia caída, porque, si de alguna manera creas pobreza, tarde o temprano un hambriento por amor a su familia te va a robar y te puede ocasionar demasiado daño. Eso es lo que en verdad preocupaba. Yo le deje que siguiera hablando de todo lo que había visto, pero, quiero aclarar, Comadre, que a mí me preocupaba mucho más, aquello que vendría al ocultarse el Sol. Y que es lo que yo haría al verme totalmente sola ahí, en esa Serranía sin farolas y que, quizá, sin estrellas y sin luna. Esa era toda mi preocupación, pero ella quería seguir hablando del pasado y seguir contando la emoción que había sentido al ver todo aquello terminado. Claro, explico, que le hacían falta algunos detalles, pero ya terminado se vería espectacular. Dijo, sin que le pusiera demasiada atención. Pero de pronto como en un despertar de sueños y de ideas le comencé a poner atención de nuevo. - ¿Sabes? Los abuelos y todos los chicos están sorprendidos por la forma en como dirigiste todo. Creo que a nadie se le habría ocurrido nunca colocar una barreta o un cincel en la unión de las ramas para que, con la ayuda de las yuntas arrancaras las ramas gruesas. Y mira que si son gruesas. A ti, todo se te hizo tan fácil, pero, sabes, los abuelos pensaban que les llevaría demasiado tiempo el cortarlas con hacha y machete y llegaste tú y las desgajaste con las yuntas y desapareciste todo en un santiamén. Por otro lado. En la teja. Todos pedirían una escalera o ayuda para poder subir al tejado y tú los obligaste a utilizar unos sancos elaborados con tan solo unos otates. Quisieron protestar, pero, al ver que les servía dejaron de poner escusas. Quien se iba a imaginar que esa palabrita en modo pregunta, le iba a hacer tanto efecto a Antonio, ¿Cómo era? ¡Qué! ¿Tienes Miedo? Antonio respondió como un León, - ¡A huevo que no! -. Y trepo a los zancos ayudado por Adrián y en menos tiempo de pensar en realizar una escalera, ellos ya estaban subiendo y quitando las tejas. Solamente necesitaban agacharse un poco para poder salir de los hoyos que hay entre las varas y listo, seguían trabajando, quitando y poniendo. Jajaja, se veían como si fueran unos Gigantes al pasar caminando al lado de todos nosotros y dirigirse al Quiosco para cambiarle las tejas rotas y ponerle otras nuevas. Hasta las Abuelas estaban espantadas, sorprendidas y admiradas por lo que estaban haciendo los chicos que están más que contentos con todo esto. Ahora todos quieren poner su propio sembradío de flores en las jardineras que van a comenzar a elaborar. Míralos, están felices, "No sé". Esa es tu obra. Ellos ríen y sueñan por ti. Nunca los había visto tan entusiasmados. Ahora ellos tienen sueños, ¿Sabes qué es eso? Ellos van a progresar y van a salir adelante juntos. Yo nunca los había visto juntos, platicando y jugueteando. Eso solo lo puede lograr una persona como tú. Es verdad, ellos solo peleaban o bromeaban cada vez que llegaban a juntarse y siempre terminaban peleando por algo que, hacia uno al otro, como lo que paso hoy en la mañana. La vaca, y los tontos en el rio y, no tienes idea de todo lo que se hacen uno al otro, pero, creo que eso quedo atrás. Después de lo que vieron e hicieron, creo que se juntaran más seguido para hacer, antes que, deshacer. Ahora dime, ¿Qué más sabes hacer? -. Me pregunto, Comadre. – No se -. Respondí. – No tengo idea alguna de todo lo que puedo lograr hacer. Tal vez con el tiempo me vaya descubriendo a mí misma. No tengo ni la menor idea -. Le dije, mientras que seguíamos caminando despacio, sin prisa. Ella no quería llegar donde estaba su madre y yo la verdad Comadre, no tenía ni idea de lo que pensaban hacer, en todo ese instante donde escuchaban ya con fastidio a Priscila, La Gran Patrona. Por lo tanto, seguíamos despacio caminando hacia abajo, brincando aquellos bloques de barda que habían quedado y le dimos hacia el quiosco. Yo, en ese instante me pregunte como era posible de haber ido a parar al sitio donde ella me había ido a rescatar. El lugar estaba un poco retirado y pensé si había tomado. No, lo cierto era que no. No había probado alcohol y no sentía ninguna resaca, pero, ahora la pregunta era inminente, ¿Cómo había caminado hasta allá sin darme cuenta? ¿Qué es lo que me había sucedido? Caminar unos ciento cincuenta metros hacia arriba e irme a refugiar bajo un mangal para taparme del Sol o del miedo que había sentido por aquel silencio era, algo, que tenía que estudiar mucho. Tenía que encontrar una solución a mi problema, pero, creo que siempre surgirá esa pregunta, ¿Como llegue? Y preguntándome el motivo de la levitación o de la transportación me quedé pensando por varios minutos, hasta que fui interrumpida por Cristal. Aun así, pensaba en, ¿Qué era exactamente lo que había sucedido y como había llegado tan lejos sin darme cuenta? Giré la cabeza para darme cuenta de la distancia y la descubrí, simplemente, muy lejana. Era lejana, eso era muy cierto, pero aquí el problema era, ¿Cómo había llegado tan lejos, sin acordarme de nada? Pensé, que tenía unos instantes muy breves de olvido y que tenía que aprender a solucionarlos. Seguimos caminando rumbo al Quiosco y se me hizo simplemente larguísimo el tramo o tal vez el cansancio me estaba pasando factura. No respondí a mi mente enferma. Yo, no soy de esas personas que les afecta el cansancio. Eso es algo más y mucho más serio de lo que se puede pensar. Se que debe de existir una solución o una respuesta a esto que me paso ¿Como fue que llegue hasta allá, sin que me diera cuenta? Quise preguntarle a Lucero, pero, la verdad Comadre, me dio miedo y vergüenza a la vez. No quise que ella se preocupara demasiado por mí y, por otro lado, Cristal ya caminaba muy pegada a nosotras y se podría burlar de ese instante de estupidez que había tenido. Aunque creo que no tenía que preguntarlo, si es que todos se habían dado cuenta del cómo me dirigía hacia los mangales. - ¿Sabes? Sabemos que eres estúpida, ¿a ver, niégalo? -. Me dijo Priscila en el momento en que nos íbamos acercando a todos ellos. Por un lado, escuche varias ricitas y, por otro lado, se dejó escuchar una vocecita que decía: - ¡Mama! sí que eres antipática -. Dijo Lucero. - ¡uy! Perdón, ya llego la defensora de los extraños y de los pordioseros -. Dijo y guardo silencio, aunque ya no era necesario decir nada más porque ella ya lo había dicho todo. Cristal nuevamente nos alcanzó y no sabía cómo había ocurrido todo eso, si bien sabía que caminaba ya delante de nosotros, ¿En qué momento se rezago? Esos pequeños cortes de hechos, que tenía y que sabía que habían ocurrido, pero, que no aparecían en mi pensamiento me estaban poniendo muy nerviosa y demasiado preocupada. Y recapitulaba, ¿Paso o no paso? Esa es la cuestión. Pero ahora el problema es que volvía a pasar, lleva consigo un canasto con tortillas, mientras que tres de los chicos trataban de encender una fogata en el centro del Quiosco al cual pude verlo completo. Era un círculo hundido. Creo que lo utilizaban como centro de reunión. El piso estaba ligeramente encasquillado con cortes triangulares y cuadrados realizados de mala gana. Era como si los hubieran realizado a mano y no con molde. De igual forma no estaban pegados con materiales fuertes como el cemento, sino que lo habían realizado con lodo. Quien fuera que lo hubiera realizado lo había realizado mal y a la ligera. Todas las piezas estaban disparejas, sin pegar y con demasiados bordes. Aunque estos podían servir para evitar resbalones. Como quiera que fuera se veía bien el piso. Los chicos ya habían terminado de colocar las tejas faltantes, mientras que los otros tres no podían terminar de abanicar el fuego. Fue Lucero la que después de soltarme se dirigió con ellos para ayudarles y entendí que lo hacía solo por Victor. Creo que, si Victor no hubiera estado ahí, segura estoy de que, no se habría acomedido a ayudar. Ya puesta la lumbre colocaron encima un gran comal y las demás chicas comenzaron a ayudar. El comal de barro era grande, muy grande. Voy a reconocer que nunca había visto algo así. También he de reconocer que lo habían quitado por temor a que este se fuera a quebrar a la hora de quitar las tejas rotas y colocar las tejas nuevas. Ahora todo está bien techado y los polines que servían para sentarse estaban limpios, volvían a colocar el gran comal. Las llamas del fuego salían amenazantes por tres orificios no muy grandes. Parecía que habían utilizado magia para encenderla, pero, no había sucedido así, Lucero simplemente la había atizado un poco y surgió esa flama amarilla convencional y todo lo había realizado muy fácilmente. -Es madera de Tepehuaje -. Me dijo al verme y se sonrió. En ese instante pude ver claramente la cama de brazas rojas. Los leños no eran muy gruesos, pero, al removerlos un poco levantaron una llama de un nivel considerado. Podría decir que tenía una altura de treinta o cuarenta centímetros, quizá más, pero la protección de sus paredes no permitía que esta fuera mucho más grande. Tal vez podía levantar un poco más si estuviera destapado, pero, tanto las paredes como el gran comal no lo permitían y al mismo tiempo no producían humareda sino fuego, fuego controlado entre amarillo rojizo y nada más. Lucero sonrió nuevamente al verme como veía salir las llamas amenazantes por los tres orificios, mientras que justamente en las paredes alargadas se encontraban las tres hermanas calentando tortillas y al otro lado de este círculo, justamente a la mitad del quiosco había otras dos fogatas. El guisado; Arroz y mole. El aroma del mole me saco el apetito y mis tripas pidieron comida. Mi estomago era un concierto. Doña Isabel y la esposa de Genaro, la cual era la única que no conocía su nombre porque mi presentación con ella solo había sido una especie de sonrisa, y es que el Abuelo así nos presentó: - Hola, "No sé", ella es la esposa de Genaro y ella es…, ¡ah! "No sé"-. Ambas sonreímos a la gran presentación del Abuelo y respondimos de la misma manera como es habitual, - Mucho gusto-. -Encantada-. Nos dimos la mano y ella se fue para ayudar a la Abuela Rosaura que ya andaba de mal genio y regañando a medio mundo. Era curioso ver aquellas familias. Todos estaban en parejas: Don Luis y Cipriano. Don Arturo y Genaro. Doña Rosaura y Priscila. Doña Isabel y la esposa de Genaro. Y los chicos estaban de tres en tres al igual que las chicas, y José Luis y yo. - La felicidad se construye poco a poco, José Luis, todos y cada uno van poniendo su granito de arena para que esta surja y se de tal cual debe ser. A mí en lo personal me agrada que la gente sea siempre feliz y participativa. Lo mejor que podemos experimentar es amar a alguien, cuidarlo y respetarlo sin pedir nada a cambio. Así como lo hacen ahora tus hermanos con las chicas-. Le dije mientras le veía que quería salir corriendo de ahí. – No, no creas que siempre ha sido así, no te engañes. Creo que hoy es la primera vez que lo hacen desde hace ya bastante tiempo. Las veces que hemos venido. Las pocas veces que hemos venido, todo es un caos. Creo también que lo están haciendo más por vergüenza a ti que por querer hacerlo. Normalmente todo lo hacen las Abuelas. Las chicas siempre se van hacia los mangales, decepcionadas porque ellos, todos ellos se van hacia el rio. Es allá ha donde se van a jugar y a nadar todo el día, hasta que los Abuelos les comienzan a gritar de que es hora de irnos a casa. Ellas, todo ese tiempo lo pierden pintándose, maquillándose, peinándose y al final del día todas terminan igual, porque si venían para estar con ellos, ellos no lo vieron ni lo pensaron así. Ellos por pena se van y ellas no saben cómo retenerlos. A pesar de que los Abuelos les permiten estar aquí cerca de ellos para que no tengan que batallar con un desconocido, prefieren que se queden con los hijos de su mejor y gran amigo de toda la vida, aunque este sea un verdadero flojonazo. Es mejor para ellos un malo por conocido que un bueno por conocer. Hasta la leona esa lo permite. Llegaste tu a dirigirlos y mira, estoy consciente y muy seguro de todo ello, que la clave de todo ello, de todo lo que ves, eres tú. Carlos dijo que le gustaría tener una esposa chingona como tú y ellas lo escucharon. Esmeralda, que es muy sabido por todo el pueblo que se muere por Carlos, ahora ella quiere ser como tú y así, agradarle a él. Es por eso por lo que se están esforzando en quemarse las uñas. Míralas, ni una tortilla saben voltear para que esta se caliente parejo, pero, ahora se esfuerzan. Creo que tú puedes hacerlo mucho mejor que todas ellas juntas. Demuéstralo, vamos "No sé". Demuéstrales que tú no eres esa mujer que se ha pasado la vida pintándose las uñas y maquillándose. Tu eres un líder hecho de trabajo, fuerza y resistencia. Tu eres un líder inteligente. ¿Sabes que es lo mejor de ti? Tú no te engentas porque sabes hacer el trabajo a la perfección. Tu eres una perfeccionista. Ya lo vi. Ya descubrí que tú eres toda decisión, fuerza y destreza. Tu eres un líder de los que en estos pueblos no hay. ¿Sabes cuantas mujeres agarran un marro y lo manejan mejor que un hombre? Míralas, ninguna. Yo te vi, "No sé". Yo te vi y descubrí que tue eres fuerza y decisión. Te vi, te observé en todo y descubrí que no hay alguien como tú. Hiciste del tronco todo lo que tu quisiste hacer, y ¿Sabes? Sin herramientas adecuadas, ya me imagino todo lo que hubieras hecho si tuvieras todas las herramientas necesarias. Después te observe como seguiste trabajando. Desde el momento en que tomaste el paquete de tacos, vi como tu fuerza y decisión se reflejaron en ti, y me dije; esta mujer es toda decisión y no es para nada la típica mujer que espera que le laven los trastes, le mapeen la casa y le laven la ropa. No, tú no eres esa mujer. Tu eres la mujer que le gusta servir, y te gusta hacerlo de una manera relampagueante. Y así sucedió porque tú, no te dirigiste a calentarte los tacos como todos lo hacen. Tú te los comiste fríos sin fijarte o preocuparte de la comida fría o tus manos sucias. No, eso a ti no te importo, porque tu mente en un principio estaba metida en el gran tronco y pensando en, y para que te servía. Te vi golpear, gritar y reanimar a todos y nada te importo el trabajo. Después, te dirigiste a terminar de trabajar en todo lo que tu querías hacer. Tu mente estaba en la construcción deteriorada y la teja rota. Tus pensamientos estaban concentrados en el patio sucio, lleno de llevas y zacate largo cubierto de hojas secas y ribeteado de piedras mal acomodadas, tiradas a la desidia. Tu mente estaba concentrada en su totalidad en lo que tu querías y como lo querías ver. Tu posees la concentración exacta en dirigir y sabes cómo dirigir, manteniendo los estándares del cuidado a la humanidad. Hasta en eso estabas pendiente, yo lo sé porque te vi. Tu pensabas en cómo hacer, lo que se iba a hacer y cuidabas en todo momento al que lo iba a hacer. No te gustan los accidentes y los evitas. Por otro lado. Yo sé que nunca los dejaste pensar en lo que iban hacer y el esfuerzo que tendrían que hacer. Tu sabias que si los dejabas pensar les daría flojera y protestarían inmediatamente como siempre lo hacen cuando les llaman los Abuelos. Contigo no sucedió así porque tu fuiste directa sin dejarlos pensar. Tu fuiste el ejemplo del cómo se hace y ellos solamente te intentaron imitar de una manera torpe. Como serás de buena que hasta los mismos abuelos están espantados por tu fuerza, vitalidad, destreza e inteligencia. Ellos saben de qué están frente a alguien muy por encima de lo que todos ellos saben hacer. Garrocha en mano dirigiste a la yunta y los Abuelos solo veían la agilidad que tienes para el arado al cual les mostraste por donde lo querías y como lo querías, arrojando piedras a los costados donde antes habías pintado unas líneas con una cuerda a la cual le colocaste gis. Y si no era muy visible le plantaste estacas a las orillas para que se guiaran. Tu eres inteligente. ¿A quién demonios se le ocurriría hacer bajadas escalonadas en las orillas? Aquí nadie piensa antes de hacer, solo hacen sin tener un plan específico. Nadie es como tú. Todas ellas lo primero que hicieron fue regar el chisme de que lo que habías hecho en tu libreta era bonito y ellos por curiosidad lo hicieron sin protestar. Lo realizaron por puro morbo. Solo eso, por morbo. Hoy lo ven y les gusta todo lo que hicieron. Están felices por lo que hicieron. Qué curioso, tu fuiste el ejemplo y ellos no se detuvieron a pensar, solamente lo realizaron porque, una mujer no te va a ganar. Eso es lo que tu hiciste. Lo hiciste mordiendo un taco y con la mano en el aire llamando a reunión. Chiflando y llamándole a cada uno por su nombre, no les diste tiempo ni de pensar. Tu solamente ordenabas; trae barretas, cinceles, marros, martillos. No, no los dejaste pensar y aún siguen en el trance de demostrar que no son unos inútiles. Mi padre lo sabe, mientras que mi madre discute tu fortaleza, fuerza e inteligencia. Vamos "No sé", demuéstrales que eres mucho más de lo que ellas piensan. Ellas creen que eres un marimacho en cuerpo de mujer. Eso es lo que dijo la estúpida esa, que se auto nombra La Gran Patrona. Esa mujer lo único que sabe es… ¡Joder! Y mira que jode bien y bonito. Creo que te quiere desacreditar y hacerte quedar mal ante sus examigas. Esa mujer, jode y jode todo el tiempo. Para ella ocasionar problemas es su jobi. Le gusta entretenerse y perder el tiempo jodiendo. Ella posee el don de joder. Si, "No sé", ella tiene la estúpida manía de no dejar que los demás se superen y pierde su valioso tiempo sin progresar, sin esforzarse y sin superarse a ella misma. Ella no se supera por si sola y no deja que los demás se superen. Así que ya sabrás, así que le encanta que la gente no progrese y respalda su poder en los guaruras, vigilantes o caporales como ella les llama. Ella respalda su poder en ellos y hasta dicen que… hasta dicen que tiene comprados a los alcaldes, abogados y gente de poder para robar. No me creas, pero… eso dicen, así que, le encanta crear problemas con todo el mundo y luego esconde la mano y se contradice diciendo, yo no fui la de la idea, yo solamente les interprete lo que otras dijeron y así lo entendí, por eso fue por lo que se los dije. Yo no quería que todo les saliera mal, se excusa. Pero, ahora está ante alguien que si sabe lo que hace y lo que dice y no sabe cómo deshacer de ti. ¿lo savias? Ella quiere deshacerse de ti. Quiere eliminarte. Ella quiere que tú te vayas porque tú eres progreso y pone en peligro sus macabros planes de eliminar a toda esta gente para que ella se quede con todo. Con todo. Y eso incluye también a mis padres a los cuales, no sé qué será de ellos. Eres tú quien está poniendo en riesgo todos sus planes por eso es por lo que ella ha venido aquí. ¿Qué más sabes hacer, "No se"? Vamos. Demuestra lo que eres capaz de hacer. Llevamos aquí ya un buen tiempo platicando y tú me dejaste hablar y hablar para estudiarme y saber quién realmente soy yo. Yo no soy nadie "No sé, nadie". Pero tú eres totalmente diferente. Míralos ahí, no saben qué hacer con diez tortillas y son exactamente las que ellas han podido calentar desde que comenzamos a platicar. Vamos, demuestra lo que sabes hacer y todo lo que eres capaz de hacer. Te ves ansiosa ante el trabajo, porque eso es lo tuyo, ¡progreso! A ti te lleva a hacer las cosas bien y rápido. Si, eso es lo que a ti te satisface, y ellas, todas ellas no saben ni siquiera como se empieza-. Eso dijo y la verdad, Comadre, ya no lo escuche. Solo recuerdo que metí las manos en una cubeta con agua y las sacudí, mientras me dirigía hacia el gran comal para ayudar a las chicas que calentaban tortillas. Creo que ellas se asustaron al verme ahí. Creo que... a todas ellas les impacto verme allí y arrojar muchas tortillas al gran comal. Fue tal la sorpresa para ellas que incluso para algunas hubo enojo, principalmente para la mayor de todas ellas. Cristal, esta quiso manotearme e incluso creo que trato de empujarme, pero, Lucero le jalo del brazo diciéndole: - Déjala -. Yo continúe con mi magistral forma de poner tortillas a calentar. El paquete era grande. Tal vez era un kilo de tortillas o quizá dos, pero, todas fueron esparcidas en todo lo largo y ancho del comal. Me sentí como un taquero ante cincuenta personas a las cuales había que atender. Aquí arrojé y extendí tortillas en el comal, y allá serví diez platos de pollo, mole y arroz. En ese orden y volví antes, mucho antes de que ellas pensaran en lo que sucedía. De un solo jalón, como si fueran cartas de baraja las volteé en tiras y me di la vuelta nuevamente para terminar de llenar los platos, quizá doce o catorce más. Pero, yo ya tenía en la mente a todos los que estábamos presentes y conforme llenaba mencionaba sus nombres, y al final no me falto ninguno, excepto los guaruras de La Gran Patrona, pero de ellos no sabía que iba a suceder con ellos porque creo que la que había colocado los platos no los había tomado en cuenta. Los Abuelos no supieron que fue lo que sucedió, pero, antes de que ellos parpadearan ya estaba todo servido. Todos los platos que había para todos ellos, menos el mío. Las tortillas las recogía por paquetes. Como si mis manos fueran una espátula, Comadre. Las recogía y las volvía extender ante la mirada de todos los presentes los cuales estaban más que sorprendidos. En menos del tiempo en que pensaron en saber lo que había sucedido yo ya había terminado de calentar 6 tiras de tortillas con 8 tortillas en cada tira. Así que, calculando el total, eran dos kilos de tortillas las cuales fueron lanzadas en paquetes de a kilo a dos chiquihuites. Quizá la distancia era de metro y medio, pero, no falle. Tal vez la distancia era un poco menor, pero, igualmente no falle. Ambos paquetes fueron asestados con gran precisión como si se tratara de un básquet bolista profesional. Cuando comencé a repartir platos por todo el derredor fui auxiliada por Lucero y una de las chicas que no me quiso dar la cara. Priscila estaba callada. Demasiado callada y creo que muy impresionada por lo que había visto. En el momento en que termine de repartir todos los platos, José Luis comenzó a aplaudir mientras decía: -Segura, inteligente, exageradamente rápida, aunque más bien diría yo, relampagueante y autosuficiente. Definitivamente no existe mujer que se te compare. ¿Lo sabias? Bravo. Vamos todos, bravo -. Dijo mientras trataba de hacer que todos aplaudieran, pero, nadie lo hizo, solo él y siguió con su plan de hacerme quedar bien ante todos ellos y siguió diciendo, Comadre: -Si, acabamos de ver como se rompen las propias marcas de servicio al cliente. Servir y servir bien. Esta es una forma magistral de sorprender a propios y extraños. Y ahora cabe preguntar ¿Dónde aprendió usted a hacer eso? ¿Quién le enseñó? Por la forma en como acaba de realizar todo eso, quiero suponer que usted es una especie de chef de un restaurant muy concurrido. No cualquier persona sabe hacer todo lo que usted hace. ¡"No se"! Usted nos sorprendió hoy por la mañana defendiendo con una forma muy segura de una envestida de una Vaca, salvando a mi hermano Victor. Motivo por lo cual le estoy muy agradecido y creo que todos aquí se lo agradecemos de todo corazón. Personalmente yo, que tuve la oportunidad de verla actuar con esa forma tan valiente y segura de salvarle la vida. Gracias. Gracias por lo que hizo -. Dijo, pero nadie aplaudió. – También, quiero agradecerle personalmente lo que hizo con el tronco, al cual, según usted, es una gran mesa para todos nosotros, para que ahí, podamos comer como una gran familia que somos. Anteriormente esos troncos estaban siendo destinados a quemarse. Ayer los apilaron para quemarlos y hoy, usted les encontró un servicio al cual le sirve a la familia. Usted nunca pensó en destruir como lo hacemos todos nosotros, porque para usted todo sirve en veneficio de la humanidad. Eso le escuche decir y tiene toda la razón. Y, si eso fuera poco, usted en un abrir y cerrar de ojos nos hizo trabajar, colaborar y no solo eso, ¿sabe cuánto tiempo nos pasamos discutiendo por quitar las tejas rotas y colocar las tejas nuevas por falta de escalera? Seis horas. Seis horas gritándonos lo estúpido que somos y lo pendejo que nos vemos cuando nos ponemos necios. Fueron seis horas en las cuales no llegamos a ningún acuerdo y pensamos que sería hasta la semana siguiente donde alguno de nosotros podría ir al municipio para comprar clavos y serrucho para hacer una escalera y así poder arreglar el tejado. ¿Sabe? y llego usted y se puso zancos y les puso zancos y nos quedamos como unos verdaderos estúpidos, viéndonos unos a otros como usted sin tanto grito y sin tanto ademan de... de lo que ayer se vio aquí, lo soluciono así -. Chasqueo los dedos. -Se puso esos palos y nos demostró que usando el cerebro se pueden hacer muchas cosas. ¿Quién se iba a imaginar que usted se pondría esos palos atados a los pies para andar a esa altura? Es más, yo mismo le juzgué mal y en mi pensamiento le dije loca, cuando se comenzó a atar esos palos en las piernas y tomándose del pilar se puso de pie y comenzó a caminar como un maldito gigante y me dije, si, lo reconozco, y se lo digo, ¿Sabe? ¡usted no está loca! Pero, yo si soy un pendejo. Pero eso no es todo, usted fue y vino, montada en esos palos. ¿No sé cómo puede tener esa habilidad? Pero lo hizo. Nos rompió el hocico a todos nosotros que no hicimos más que estarnos peleando en todo momento. Para colmo de males. Cuando yo vi sus dibujos lo primero que pensé. ¡Si, si lo dije! Yo dije, que usted estaba totalmente loca. Y todas ellas. ¡Todas! Todas se estaban burlando de, ¿Como iba usted a hacerle para recortar la tierra para realizar sus jardineras cuadradas? Nadie pensó. ¡Nadie! Nadie pensó en lo que usted tenía en mente. Solamente nos burlamos y nos reímos de lo que usted había dibujado en su libreta. Algunas dijeron que tiraran esa libreta a la basura porque simplemente era imposible de realizar lo que usted había dibujado. Otras pensaron en quitársela y tirar a la basura. Otras más pensaban en arrebatarla y quemarla, porque para hacer, lo que usted quería, sería necesario traer una máquina excavadora. Otra máquina para acomodar la tierra y extenderla, y Otra maquina más para aplanar. Ninguno de nosotros pensó en los toros. Ninguno de nosotros pensó en traer las yuntas y mire lo que logro. Dos yuntas con arado, una con un polín extendiendo la tierra y la otra aplanando la tierra con un maldito tronco rodando sujeto con solo una maldita riata. ¿Sabe qué? Es usted una verdadera chingona. Por eso le aplaudo, porque nos supo, tapar la boca de una manera, que jamás pensé que llegaría a suceder. Usted supo hacer lo que nunca, ninguno de nosotros pudo haber hecho. Lo único que sabemos hacer bien es, estar peleando. Solo peleamos y nos burlamos de los demás. Eso lo sabemos hacer muy bien, ¿Verdad Carlos? ¿Verdad que sí, Alberto? -. Pregunto y nadie contesto. Todos estaban callados, preocupados a que siguiera ablando y que a todos los dejara en evidencia y que los hiciera mucho más conocidos ante mí. La Gran Patrona, prefirió no hablar y ninguna de las chicas. Creo que José Luis al fin había explotado y estaba sacando todo lo que el sentía, pero, ya no siguió atacando a todos ellos, ni los siguió poniendo en evidencia. En verdad, señora. No cualquier persona hace todo eso que usted hace, "No sé". Siempre responde usted, no sé, no sé. Pero ya vimos que usted lo sabe todo y no lo quiere decir ni quiere demostrarnos lo que en realidad es. ¿O es muy modesta y la presunción no es lo suyo o en verdad no lo sabe? ¿Quién es usted, "No se"? -. Me pregunto justamente cuando estaba parada en una de las salidas del Quiosco, mirando a la lejanía. -No se-, Respondí, Comadre. – No se-. Y me encogí de hombros. Todos ellos estaban totalmente impresionados y me dejaron caminar hacia una de las dos bajadas del Quiosco. Volví mi vista para ver todo aquello. Aquellos tablones con cuadros de barro que servían de mesa, estaba llena de platos servidos. Los chiquihuites desbordaban de tortillas y entonces descubrí que no había solo dos, los dos que yo había llenado sino 6. Ellas habían llenado 4 antes que yo llegara e hice un poco de memoria del tiempo, José Luis había estado hablando mucho y creo que yo se lo había permitido porque deseaba saber más de él, pero, lejos de saber más de él, supe más de mí. Yo sabía que existían algunos detalles que habían sucedido y que yo no sabía. Ahora lo sabía todo. Todo, incluyendo sus burlas de mí y estaban apenadas, porque José Luis no se había guardado nada. Él había dicho absolutamente todo, incluyendo lo que habían ido hacer un día anterior donde más que trabajar se la habían pasado peleando y entre esas peleas era muy probable que hayan sido provocadas por alguna de las chicas, y entonces recorrí todo con la mirada y los miré estudiosamente. Entonces encontré que, Priscila Ahijada no me daba la cara para nada y era ahí donde radicaba el problema. Había sido ella la que había comenzado el cuento de mis desvelos, tirada en el piso mientras escribía. Yo recordaba que alguien había entrado a la habitación y que preguntaba, que es lo que hacía tirada en el piso. Alguien había respondido de los chicos. -Ni idea, todas las noches se la pasa escribiendo ahí, tirada en el piso-. Si, ahora caía, era su voz, ella se había enterado de que me había pasado la noche escribiendo y comenzó el chismorreo, hasta llegar a los oídos de Alberto y Carlos, los cuales comenzaron todo y ahí estaba por culpa de ellos. Como quiera que fuera ya estaba ahí, no había forma de regresar el tiempo porque la Abuela hiciera lo que hiciera, seguiría totalmente molesta conmigo. Así que preferí dejar que el tiempo pasara y solamente me podía salvar de aquella soledad un milagro, pero, viendo todo lo que me pasaba veía tristemente que los milagros no existen. No para personas como yo. ¿o sí? Estaba por verse. Por unos segundos me quede con la mirada clavada a los chiquihuites los cuales algunos estaban rebosantes de tortillas, mientras que otros solamente estaban a la mitad, pero, aun así, estaban vaporizantes, mientras veía a algunas de las chicas que aún seguían en shock por lo que habían visto y por todo lo que habían escuchado. Nadie se movía de su lugar ni volvían sus rostros para mirar a alguien más. José Luis las había avergonzado, pero, aun así, a mí no me había importado. A todas las que me volteaban a ver en ese instante yo les sonreía diciéndoles con la mirada, está bien y ellas sonreían también y parecía que se libraban de tanta presión acumulado por la vergüenza pasada. Después, todo parecía seguir su rumbo. Nadie se movía ni hablaban ni volvían sus rostros hacia otro sitio, solamente me miraban a mí y quizá, preguntándose lo mismo que yo. Bueno, Comadre. Creo que en este punto debo de mencionar lo que dijo Lucero que todas pensaron de mí. ¿Quién es esta mujer que nos ha dejado en total ridículo? ¿De dónde vino esta mujer? ¿Quién será esta mujer que no le interesa su arreglo personal sino superar sus propias marcas de velocidad y destreza? Bueno, Comadre, yo he de decirte que no pensaba precisamente eso, pero, era algo parecido. ¿Sabe Comadre? A mi realmente no me gustaba que estuvieran tan idiotizadas ante tal demostración porque, eran jovencitas y algún día con practica me superarían, siempre y cuando quisieran hacerlo, sin queja. Digo que sin quejase. Porque en realidad fue así, no se quejaron nunca conmigo, aunque me había enterado de que era más para burlarse de mí que por querer hacerlo. José Luis me dio a entender que ellas se quejan siempre y aun que nunca hacen nada, también se quejan, nunca están contentas y se la pasan solas haya. Que extraño. Ahora creo que están haciendo todo lo contrario, hacen sin quejarse porque quieren estar con ellos. ¡Umm! Interesante. Como quiera que sea y haya sido, todo estaba bien y, sobre todo, todo servido de una forma demasiado rápida y lo peor, Comadre. Es que, ni yo misma se cómo lo hice. Lo único que recuerdo es que, fue rápido, muy rápido y fue sin pensar. Todo fue de una forma mecanizada, robótica, como si fuera una maquina automatizada. Y en mi pensamiento comenzó a sonar algo que nunca había pensado: tú eres un robot que puede aumentar la productividad y fuiste creado en los centros de mecanizado. El único motivo por el cual fuiste creado es para aumentar la productividad y minimizar los tiempos muertos y eres de procesos rápidos y semiautomático. Tu eres lo mejor de una maquina en los turnos sin personal operador. Tu eres la integración directa de un robot… No. No, Comadre, yo no soy un robot. Yo soy una mujer la cual fue… ¡Oh, Dios todo poderoso! No, no, no, Comadre. Yo no soy un robot. Yo, yo…, ¡maldita sea! ¿Por qué no me acuerdo de dónde vengo? ¿Por qué no me acuerdo quién soy? ¿Por qué no me acuerdo como me llamo? Ese día me sentí como un robot, pero, no soy un robot, Comadre. Una cosa es sentirse como un robot porque fuiste rápida y exacta, y otra muy diferente a que tu seas un robot. El problema es, que todo lo hago sin pensar en otra cosa más que lo que deseo hacer. ¿Qué hay de malo en eso? ¿Eso no me convierte en robot o sí? No Comadre, eso no me convierte en robot. Creo que se realizó el trabajo rápido y sin pensar o… ¿Cree usted, Comadre que yo ya sabía a la perfección de cómo hacerlo? Eso puede ser muy posible, Comadre, porque, mire usted, estoy tratando de descifrar lo que sucedió en la comida: Si yo pongo el mole primero, la pieza del pollo quedaría en blanco y sin mole. En cambio, al poner la pieza de pollo primero y después ponerle el mole, este cubrió la pieza del pollo y todo quedo bien porque incluso el arroz no se veía sucio o lleno de mole. Eso solo quiere decir una sola cosa, que yo sabía a la perfección de lo que estaba haciendo incluso con las tortillas. Es verdad, Comadre. Eso es verdad. Ahora viene la pregunta clave de este asunto, ¿Dónde lo aprendí? ¿Quién me enseñó? ¿Quién fue quien me dijo que las cosas se hacen así, rápidas y mecanizadas? ¿En que trabajé y porque tuve que aprender a hacer eso? Creo que debe de existir una razón, ¿O no Comadre? Lo único que me llega a la mente es… que veo a una niña casi corriendo, aseando su casa a toda prisa porque lo único que desea es… ¡Oh! Padre mío, ¡mi Dios! Lo único que desea esa niña es terminar todo rápido para sentarse a leer. ¿Acaso esa niña soy yo, Comadre? ¿Acaso eso es verdad? Creo que ya tengo la respuesta que me ha martirizado por tanto tiempo, Comadre. Esa niña soy yo. Todo lo hago de una forma extremadamente rápida porque me gusta aprender. Realizo todos mis quehaceres rápidamente porque quiero aprender cada día más y más. El problema ahora es, ¿para que deseaba aprender todo rápidamente? ¿Qué es lo que me movía a hacer todo de esa forma? ¿Qué? ¿Qué Comadre? No todo mundo hace cosas tan aprisa, de una forma apresurada, rápida y mecanizada. ¿Para qué? ¿Para tener tiempo suficiente para leer y aprender? No, Creo que eso está fuera de contexto, Comadre. ¿A quién demonios se le ocurre hacer todos sus quehaceres rápidamente o busca la forma de realizar todo mecanizadamente o buscar formas y métodos para que se realicen solos y tan solo para obtener más tiempo para leer, estudiar, escribir y aprender? ¿A mí, Comadre? Si a mí. Ahora ya lo sé, Comadre, yo quería aprender de todo para tener hijos, muchos hijos, pero ¿A quién de las mujeres se le ocurre tener muchos hijos, muchos, demasiados? Ahora sé porque hacia todo de esa forma. Todo lo hago así, porque me gusta tener tiempo para mí. Me gusta leer, aprender y escribir. Para eso hacia todo de esa forma. Regresando a todo lo que sucedió aquel día, deje y le cuento Comadre que, José Luis se sentía orgulloso por haberme descubierto y porque logro hacer que hiciera lo que él quería que hiciera. Mire que estupidez más grande acabo de decir. Creo que es más grande que esa de tener demasiados hijos. Es simplemente estúpido eso, comadre. Muy estúpido. Pero, aquel día, José Luis se paro a la mitad del Quiosco y con los brazos extendidos y con las palmas de sus manos hacia arriba y girando y riendo… parecía implorar a Dios y al mismo tiempo dar gracias por el milagro. Es ridículo decirlo así, Comadre, pero, eso parecía hacer. Pedir un milagro con los ojos cerrados y después abrirlos y descubrir todo aquello sobre la mesa, dar gracias a Dios y mostrarlo a todos. Me imaginé que iba a comenzar nuevamente con sus discursos y me dirigí a la salida. Camine unos pasos y comencé a bajar los escalones para dirigirme al Rio o ¿Sabe Dios a donde iría? Ya no quería estar ahí, me sentía rara, enferma y, ¿Sabe Dios que más? Aparte de eso ya no quería seguirlo escuchando porque terminaría por ponernos en evidencia todos y creo que eso terminaría muy mal. Por eso comencé a caminar, pero, escuché de pronto: - ¿Saben una cosa? Eso es servir y servir bien-. Yo había volteado para verle y le descubrí que en el momento que hablaba mostraba sus platos. — Eso es tener experiencia y capacidad de servicio sin quejas ni lamentaciones. Esa mujer es oro…, oro puro, y si en verdad quieren hacer algo en sus vidas, deben de aprender de ella. Ella es… el ejemplo perfecto de lo que debe de ser una mujer; no se engenta (creo que quiso decir que no me ponía nerviosa entre la gente ni me daba aturdimiento a la hora de servir), no se queja, actúa rápido y con estilo, sirve a la velocidad de un rayo, es fuerte, valiente y sabe Dios que otras tantas actitudes extremadamente… tiene. Lo digo así, porque he visto que ella lleva las cosas al extremo, en lo que, en velocidad se trata. Se que es fuerza y coraje. Solamente un defecto tiene y creo que, de saberlo, se iría en este mismo instante. Si, "No sé", de eso estoy completamente seguro. Se que te irías inmediatamente y creo que muchos de nosotros hemos sido y somos, terriblemente injustos contigo. Te pido perdón por ello. Si te ofendí, perdóname. Si dije algo que te molestara, perdóname. Perdóname porque se, que si no fuera por ese defecto que tienes de… No saber quién eres…, te irías. ¿Saben que significa eso? -. Pregunto casi en un susurro, pero, como todo estaba callado alcance a escuchar. -Aprovéchenla. Aprendan de ella mientras no sepa quién. Aprovéchenla y no sean unos mediocres toda su vida. ¿Ya vieron niñas como se sirve en la cocina, en la casa y en el campo? Aprendan y no se pasen su vida quejándose y ocasionando problemas. Hasta ahora es lo único que han sabido hacer, ocasionar problemas. En cambio, ella es solución. Desde que ella llego aquí, lo único que realizo y miren que lo ha hecho muy bien, es solucionar-. Dijo, yo a pesar de encontrarme un poco retirada del Quiosco podía escucharlo hablar claramente. Todos estaban dentro del quiosco incluyendo a Doña Rosaura y Priscila, que no se le despegaba ni un solo instante. Creo que en cuanto yo bajaba ellas subían al quiosco por el otro lado. Si comadre, creo que eso sucedió, no sé, no estoy segura. Aunque a veces pienso que el discurso que dio José Luis fue mucho más largo y mucho más elaborado, pero, no lo recuerdo bien. Me imagino que pase muchos minutos ahí parada, viendo a la lejanía y totalmente deschavetada y todo lo que supongo que dijo José Luis, nunca sucedió y que todo es producto de mi imaginación, Comadre. ¿Cómo saber si realmente sucedió o lo imagine? Creo que la única forma de saberlo es, preguntándoles, pero no, ninguna de ellas es tan sincera conmigo y más bien, parecen odiarme por algo que sucedió y que hasta hoy no logro entender el motivo de su enojo. ¿Por qué me odian, Comadre? ¿Qué fue lo que realmente las ha hecho odiarme que no desean tenerme cerca de ellas?

¿Qué sucedió, Comadre? ¿Por qué me odian si yo a ellas, a todas ellas, siento amarlas tanto? Todas ellas son como mis hijas, pero, algo sucedió que se volvieron contra mí. ¿Qué fue, Comadre? Bueno, como quiera que haya sido o como haya ocurrido después, ya lo sabremos, Comadre. Ya sabremos el porque me odian tanto. Ya lo sabremos de la misma manera en cómo voy recordando todo poco a poco. Hoy solo sé que aquel día, Don Arturo deseaba salir corriendo y llevarme con todos ellos. Yo lo sentía totalmente orgulloso de mi. Yo los sentía y no solamente a él sino a todos los Abuelos sentirse totalmente orgullosos de mí, porque nunca habían visto a una mujer con tantas soluciones, pero, lo único que a todos ellos les detenía era, el qué dirán. Ya sabe cómo es eso, Comadre. ¿Qué va a pensar mi mujer de mi? Eso es lo que nos detiene a todos y creo que él no era la excepción. El sentía miedo por los celos de su mujer y era de suponerlo. Creo Comadre, que todos lo sabían y todos pensaban en lo mismo, salir del quiosco e ir por mí. Todos querían saber más de mí, incluyendo a todas las abuelas y, a la absurda de La Gran Patrona. Creo que ella era la más interesada por saberlo todo, sino es que ya lo sabía todo y que por ello deseaba que yo me fuera de ahí. Todos, absolutamente todos querían saber más de mí, de eso estoy más que segura. Hasta que Cipriano se animó a ir por mí, diciendo: -Vamos, tienes que comer-. Dijo y me tomo del brazo. Yo quise soltarme inmediatamente porque no quería que el fuera a tener problemas con alguien que lo amara, aunque no había mujeres cerca, estaban sus hijas y eso crea problemas. Yo lo sabía porque se había presentado como viudo, pero, a veces, crea más problemas un hijo celoso que una mujer intentando conquistar a alguien. Lucero me había dicho que su esposa había muerto porque le habían aplicado una inyección de penicilina, sin hacerle prueba alguna, a lo que resulto que ella era alérgica a la penicilina y falleció casi inmediatamente. Me dijo que durante un buen tiempo anduvo vagabundeando sin comer bien, sin dormir y lo único que deseaba era morirse junto a su mujer. ¿sabe, Comadre? Pienso que ha de ver sido demasiado triste verlo ahí, noches y días durmiendo en el panteón. A medio mundo le da miedo ir a visitar un panteón de noche, imagínese el gran amor que sentía por ella que, se olvidó por completo de donde estaba durmiendo y dice que incluso tenían que embriagarlo entre todos para podérselo llevar a su casa. Sus hijas sin nadie más, también se estaban enfermando porque no sabían qué hacer con él y aun que ellas también sentían un gran amor por su madre, a pesar de su rebeldía, se resignaron a la perdida, por tratar de sacar adelante a su padre, y que desde ese tiempo ella trataba de estar más con ellas y se soportaban un poco más por sentirlas solas. Creo que todo eso es muy triste y al mismo tiempo muy humano de parte de Cipriano que les demostró el valor de un amor. Se que tiene dos hijos, dos, a los que se, se fueron a otro país buscando oportunidades. Al norte, recuerdo que dijo y se les cree perdidos porque no han vuelto a saber de ellos desde que se fueron. Posiblemente algo les paso y solo se ha quedado con ellas tres. Porque de sus hijos no saben absolutamente nada. En esos días él se había quedado prácticamente solo, sin nadie que lo cuidara. Vendió sus tierras a mi madre y con el dinero acumulado fueron a un municipio para comprar algún ganado vacuno y a lo que se, les robaron el dinero. Se dice que todo estuvo muy raro porque incluso uno de los ladrones lo conocía y sabía lo que llevaban en total de dinero. Nadie sabía el total de dinero que se había pagado por las tierras, con excepción del Abuelo y mi madre. Creo que todos ellos culpan a mi madre, porque el ladrón menciono la cantidad exacta y si Don Arturo y Cipriano habían estado juntos todo ese tiempo sin que nadie más supiera el total del monto pagado, ¿Quién más pudo enterarse? ¿Alguno en el banco? Yo tampoco lo creo así, así que la única culpable de todo es mama, ella adquirió las tierras pagando por ellas y al mismo tiempo recibiendo la misma cantidad de dinero la cual se volvió a depositar en la misma cuenta. Yo lo sé porque vi el libro. Hubo un retiro y un depósito por la misma cantidad cuatro días después. Me dijo Lucero. Es por ello por lo que no confió en mi madre, "No sé", cuídate. Por otro lado, Cipriano se puso muy enfermo por todo lo que había pasado y Don Arturo, lo volvió a cobijar como si se tratara de su propio hijo, padre o mejor amigo de infancia, aun en contra de lo que pensaran los demás, incluyendo su propia esposa. Imagina, "No sé", él se había quedado totalmente solo y ya sin nada, se dio a tomar para morirse más rápidamente. Creo que el entendía a la perfección el amor de hermano que le daba Don Arturo, pero, no quería ser un estorbo en su vida y en su familia. Así que, entre más rápido muriera sería mejor para él y para todos los demás. -Pero, Dios no cumple caprichos, ¿Sabes? -. Dijo Cristal con su humor negro y su risa burlona. -No hagas caso-. Dijo Lucero al momento en que la vimos partir rumbo a la salida. -Así es "No sé", El Abuelo Arturo lo cobijo como si se tratara de su propio hijo, aunque ¿Sabes? Ellos se conocen desde la infancia. Desde que nacieron. Ellos siempre fueron los mejores amigos. Ellos eran varios: Mi padre, mi Tío el Gato, al cual déjame decirte aquí entre nos, todos ellos lo odian porque dicen que les robo y se fue. Cipriano, Don Arturo, Don Luis, Don Genaro y Oscar. De las mujeres, todas están casadas con ellos y también se conocieron en su infancia: Doña Isabel, esposa de Oscar. Doña Rosaura, esposa del Abuelo Arturo. María esposa de Cipriano. Ana, esposa de Don Luis y mi madre Priscila. Ana tuvo un accidente también un poco raro con su caballo. No se sabe a ciencia cierta qué sucedió. Don Luis dice que le pusieron un bolita metálica a la montura debajo de la silla y cuando ella monto, el caballo no dejo de reparar, tirándola de cabeza sobre el empedrado y así murió. Don Luis descubrió eso. Él dijo que le parecía muy extraño que su caballo siendo uno de los más mansitos de todos los pueblos por todo el derredor no dejara de reparar. Así que lo lazaron y lo manearon para poderlo revisar y descubrió que había una bolita metálica ensartada bajo la silla. Lo desensillo y le encontró eso. Él dijo inmediatamente que alguien lo había hecho a propósito y lo primero que pensaron es que, era muy probable que ella allá descubierto algo de lo que hacía el Gato y al descubrirla la mando matar de una forma que pareciera un accidente. Creo que todos se pusieron en contra del Gato y este desapareció. Nadie más supo de él, desde ese día. Tal vez porque todos lo culpaban de un robo y si a esto le agregas la muerte de Ana, él se fue para no volver porque Don Luis lo quería matar, sin importarle que este fuera su gran amigo. Aun que más bien se hablaba demasiado de un robo de plata. De muchos lingotes de plata y de una gran cantidad de dinero que habían depositado todos a una cuenta bancaria. Todos piensa que Ana escucho al Gato hablar de ese fraude y que no saben con quién lo hacía y que por eso le pusieron esa bolita metálica a la silla de montar. Para desgracia de mis padres, fue saliendo de mi casa. Todos la vieron ir apresurada y con ese mismo ritmo que llevaba de ir casi corriendo y sin antes revisar su silla, ella monto y el caballo que era muy mansito al sentir la presión de todo su peso sobre la bolita metálica que estaba llena de piquitos se le incrusto sobre el lomo del caballo y este comenzó a reparar. Estuvo reparando demasiado tiempo y eso levanto sospechas de Don Luis que aun teniendo a su mujer en brazos la tuvo que dejar para ir por el caballo, lazarlo y maniatarlo para descubrir que le habían colocado la bolita metálica al caballo a propósito. A causa de esa bolita el caballo reparaba enloquecido por el dolor que le ocasionaba. Se piensa que gracias a Dios Don Luis también se encontraba en la Hacienda con Don Fermín, el caporal de mamá, hablando de asuntos de cosecha por abono y otras cosas, nos dimos cuenta de cómo había salido Ana de la casa. La descubrimos asustada como si hubiera visto algo muy malo y Don Luis también la vio así, porque yo estaba cerca de ellos dos. Ella iba casi corriendo. Escuchamos un silbido y suponemos que había sido de mi Tío, el Gato dando órdenes a uno de sus hombres. Ellos casi siempre se quedaban en las caballerizas o cerca de ellas, así que forzosamente uno de ellos pudo haber sido, o alguien más lo hizo culpando a ellos. El caso es que, uno de ellos utilizaba ese tipo de bolitas en sus guanteletes tipo vaquero. Aun que más bien parecía de motociclista. Pero para esto, se acuerdan de que aquel hombre días anteriores había perdido la bolita. Una de las cocineras de la casa lo recordaba muy bien e incluso se lo dijo a Don Luis. Eso significa que, muy posiblemente alguien la encontró y pensó en y como la utilizaría, para ella. Quizá ya sabían que es lo que iban hacer. La mandaron llamar con engaños diciendo que mi madre es la que la había mandado llamar, pero, mi madre no estaba ese día, ella se había ido con mis hermanas de compras muy lejos de ahí y sabían que no volverían hasta en la tarde. Para mí, pienso, que todo fue planeado, alguien más lo hizo, y creo que, y creo que mi tío es inocente. Muy posiblemente ella llego y al ver que no estaba salió corriendo al descubrir que mi madre no estaba y que ella había sido engañada. Salió corriendo. Y ya le habían colocado la bolita en la silla. Don Luis piensa que ella sabía algo porque estaba muy distraída un día anterior, pero, ella nunca hablo, solamente le pidió que le acompañara hasta la hacienda, porque tenía que llevarle unas cosas a mamá porque se las estaba pidiendo, pero mama negó por completo esa versión. Diciendo que incluso tenía testigos a menos que este haya mentido, y que era verdad por su extrañeza al verlos llegar. Y que era verdad, porque incluso el mismo Don Luis recordaba las palabras de Fermín al verlo llegar. ¿Qué hace tu mujer aquí, si la patrona no está? Recordaba que le había dicho. Y no tardo demasiado tiempo en que ella saliera corriendo, pensando en que su esposo la esperaría en las caballerizas, pero, no había sido así, él se había ido caminando con Fermín con dirección a la casa por atrás de los jardines cuando la vieron pasar corriendo, pero fue demasiado tarde. Ella monto y el caballo comenzó a reparar. Volviendo al pasado. Casi todos los hombres se quedaban en las caballerizas o cerca de ellas, así que forzosamente uno de ellos tuvo que haber sido o alguien más lo hizo culpando a ellos. El caso es que, uno de ellos utilizaba ese tipo de bolitas en sus guanteletes. Se sentía feliz con ellos puestos. Yo lo recuerdo muy bien. Era el único que utilizaba ese tipo de guanteletes que tenían ese tipo de bolitas metálicas colgándole con delgaditas cadenitas y estoperoles. Todos sabíamos que eran de él, pero el problema no todo termino ahí, "No sé", no, para nada. Resulta que, a este hombre alguien más le disparo con un salón 22 desde sabe Dios de dónde. El caso es que lo mataron. Si él fue quien puso la bolita, al caballo, lo callaron para que no hablara. Así cumplieron con el dicho, muerto el perro, se acabó la rabia. Aunque sabemos que cabe la posibilidad de que alguien más pudo ponerla por él y ya muerto, no sabrían quien había sido. A partir de ese día todos ellos se distanciaron por ese motivo. Don Arturo también se distancio porque todos sospechaban de todos. Don Luis grito a los cuatro vientos de que mataría a mi tío, el cual ya hacía varios días se había desaparecido con todo el dinero que ellos habían depositado en una sola cuenta. Aunque muchos dicen que él estaba ahí el día del doble asesinato. No lo sabemos realmente. Yo estaba en casa y no lo vi. Es un poco raro, complicado y muy confuso. El problema es, ¿Quién mando matar a Ana y al hombre de seguridad del Gato? El que lo hizo forzosamente tuvo que ser un tirador profesional. Dicen que cuando el sonido llego él ya se retorcía en el suelo. Así que, le dispararon de unos 800 metros y le dieron dos balazos, uno en la cabeza y el otro justo al corazón. Todos saben que solo un profesional pudo haberlo hecho. Por otro lado, creo que esto es muy serio. Tanto María como Ana, ¿Qué descubrieron del Gato para que las mandara matar? Todos saben que solamente él pudo haberlo hecho por ser tan ambicioso. Si no fue el, ¿Por qué se fue? ¿Por qué desapareció la cuenta bancaria y porque desaparecieron todos los lingotes de plata que tenían por vender? ¿Sabes, "No se"? No solamente desapareció el Gato, sino que, también el hermano menor de Genaro y sus dos perros. A este último dicen que se lo llevo el Rio con todo y sus perros. Eran dos perros sensacionales, muy inteligentes y extremadamente cazadores; "Gilabras y Rompecadenas". Estos dos perros parece que fueron sacados de Un Cuento de Fantasías -. Dijo Lucero totalmente emocionada. Se veía que le encantaban los perros. ¿Sabes "No se"? estos dos perros son como un mito para el pueblo. ¿Sabes? Pero, murieron junto a su dueño. Eso es lo que se dice. Murieron y los convirtieron en una leyenda. La leyenda de los perros cazadores de los cuales a veces se dice, aparecen como unos fantasmas ayudando a la gente. Aunque nadie está seguro a ciencia cierta de lo que dice. Piensan que los perros aparecen para ayudarlos, pero, la gente tiene prohibido hablar de ello, porque luego llega mamá a investigar haciendo miles de preguntas y tienen miedo, porque dicen que se enfurece a tal grado que, incluso los golpea con su fuete, el cual parece que está pegado a su mano, porque jamás lo suelta. Es como si este hubiera nacido pegado a su mano, porque no lo deja, ni para bañarse, comer o dormir. Jajaja. En un tiempo la llamaban, "La María Morales", Tú sabes, por la película de Pedro Infante. Lo cierto es que se ve ridícula-. Dijo y sonrió nuevamente. -Es así como murió o mejor dicho va muriendo el mito de los perros cazadores y el apodo de Mamá-. Termino diciendo Lucero, Comadre. ¡Ah! ¿Sabes Comadre? Se que desde hace tiempo no soy muy buena para recordar todo los detalles, pero, todo es muy confuso. Se que no soy buena para recordar las cosas que me preocupan, porque al hacerlo olvido más. Pero, aquel día Cipriano me llevo con ellos después de que me quede totalmente trabada en mis pensamientos. Creo que, entre más veía a Priscila, más pensaba en su forma sospechosa de actuar. - ¿A ti que te pasa muchachita, acaso piensas que te vamos a estar esperando por el resto del día a que vengas a comer? No jovencita, todos ya terminaron y solamente faltas tu-. Dijo con su voz mandona como si quisiera imitar a Raquel Olmedo. Su voz era idéntica a la de ella o tal vez me la imaginaba. Permití que Don Cipriano se sentara junto a mí y descubrí que era verdad. Que todos ya habían comido. Todos lo habían hecho mientras yo me había quedado trabada mirando a la serranía. No sé cuánto tiempo me había quedado ahí inmóvil, sin fuerzas y pensando en, ¿Sabe Dios que, Comadre? El caso es que me había quedado ahí, mirando hacia el arroyuelo sin poder ver sus aguas, porque desde ahí, es imposible poder ver el agua correr. Se podía escuchar ligeramente, pero nada más. Solamente me podía llegar un ligero rumor del agua al correr y chocar con las piedras y al mismo tiempo podía escuchar tenuemente el sonido del agua de una pequeña cascada que se encontraba en algún punto más abajo, al frente o más arriba, pero, de algo si estaba segura, había una cascada que llenaba mis oídos con su rumor. Era curioso, pero nadie hablaba y cuando eso sucede es totalmente desesperante porque todo está callado y alcanzas a escuchar todos los sonidos que existen a tu alrededor. Podías escuchar la vacas pastar al otro lado de la construcción e incluso oías a los toros de libia pelear más allá del cerco. Se podían escuchar pastar e incluso, rumiar la hierba a las vacas que ya se encontraban echadas tranquilamente sobre el pastizal. Yo, no voy a negar que comí como desesperada, Comadre. Lo hice sin pensar, así, rápido y continuo como si llevara demasiada prisa por terminar. La verdad, nunca volteé a ver a nadie, solamente devoré todo lo que tenía frente a mí. Era una mordida a la pieza de pollo y otra a un taco enrollado, para después echar casi a paladas arroz, mole y pollo. Así, rápido y sin pensar. De la misma manera apresurada me dispuse a recoger los platos, como si fuera una gran mesera. Nadie protesto a lo que hice y creo que ni cuenta se dieron de que lo estaba haciendo, porque todos estaban mirando a la lejanía como si los hubieran regañado. Quizá eso había sucedido en el tiempo en que me había pasado pensado como una idiota en… nada. Eso es lo único que había pensado en nada. El problema es que, por pensar en nada el tiempo se va y no vuelve, es por ello por lo que prefería utilizarlo en algo y tenía que hacerlo ya, antes de que se terminara la tarde. Seguí, recogiendo todo, porque creí que era mi obligación y aunque no lo fuera, todo tenía que quedar recogido y limpio, para así, dedicarnos a realizar otra cosa que nos dejara enseñanza. Se que no era mi obligación así, como muchos piensan, pero, en la vida hay que ser acomedidos. Ayudarnos unos a otros para que las cosas funcionen bien en pro de la humanidad y no desperdiciar el tiempo, así como lo desperdiciaban ellos, mirándose unos a otros como tontos. Creo que yo podía hacerlo porque no pensaba adecuadamente, pero ellos si pensaban muy bien. Aquí, en este rol de la vida, la loca era yo, no ellos. Yo era la perdida, la loca, la que no sabía quién era, de donde venia y como me llamaba, no ellos. Ese regalito de olvidar todo me pertenecía a mí y a nadie más. Así que, yo tenía que reclamarlo como mío aun que se molestaran. Pero vi a la gente, a toda esa gente que me rodeaba, incluyendo a La Gran Patrona y los vi, pensativos. Fue entonces que recordé las palabras de José Luis en su discurso y pensé que estaban avergonzados conmigo. Eso es verdad, Comadre. Y pensar que estuve a punto de decirle a la Gran Patrona, que, ella era la causante de todos los traumas de los chicos. Y creo que iba a comenzar así; ¿Sabe? Usted es la causante de los trastornos de ansiedad social de todos estos chicos. Todos tienen temor de ser juzgados por los demás por culpa suya. A todos ellos se les dificulta hacer sus tareas cotidianas por culpa suya. Gracias a usted a ellos se les complica todo, hacer sus tareas, hablar, su aprendizaje y usted es la causante de su trastorno de ansiedad o fobia sociales. ¿me entiende? ¡Ay! Comadre. Que metida de pata iba a dar. Qué bueno que me acorde del discurso de José Luis, eso me hizo pensar de que estaban avergonzadas incluyendo a la Priscila que ya me tenía todas las arterias envenenadas con su forma de actuar. Creo que la perdonaba un poco porque quizá, buscaba tener un estilo propio, equivocado, pero estilo al fin, porque no se veía ganarse el respeto de nadie. Creo que le podía tener más respeto a Doña Rosaura a pesar de lo que tenía pensado hacerme que a Priscila con sus aires de Gran Señora. En fin, como le decia Comadre, recogí los platos, como si fuera una mesera. Nadie protesto a lo que hice, pero, creo que se sorprendieron por la forma en como lo hice, es como si yo los estuviera atendiendo en un restaurant. Mi mente perturbada, inquieta y sin saber que hacer, me hacía realizar las cosas sin pensar y sin dar mucha importancia a la que hacía. El caso es que, todos se quedaron sorprendidos y más aún, cuando me disponía a lavarlos. Creo que cuando terminé de lavar los platos fue cuando descubrí que tenían una sola mesa mal recortada. El quiosco era un Hexadecágono o polígono de 16 lados y 16 vértices. Creo que todos me miraron en cómo lo mire. En realidad, no había notado ello en la primera vez. Cada una de sus partes era para tres personas o dos si esta era gordita. Pero descubrí que entre todos ellos no había gordos, con excepción de Carlos, pero, no era mucho, era robusto y un poco dejado para ejercitarse, pero nada más. Así que pensé que era para todos ellos, porque todos ellos eran como una sola familia y pensé, que, si no fuera por los problemas que ya traían por culpa de la Plata y el robo bancario, seguirían todos bien, felices y contentos. ¡umm! Interesante. Vi al centro la chimenea con dos cazuelas muy grandes y lo que sería el gran comal semi alargado, pero a la vez redondeado y colocado sobre unas gruesas barillas de tres cuartos finamente tejidas o soldadas. No podía saberlo porque apenas si se apreciaba que las tenía. Las grandes cazuelas estaban muy bien empotradas en algo que de igual forma formaba una cuneta y al fondo había algo que las sostenía para que no se fueran a romper por el peso. Había un fogón más sin utilizar y este parecía ser que era para una gran olla la cual no la tenía colocada, pero se veía claramente que para eso era. El espacio que ocupaban era como de metro y medio. Aunque más bien era de un metro y quince. Digamos que era de 2,30 de diámetro, si calculara todo era como de 8 a 9 metros de diámetro el quiosco en su totalidad. Estaba muy bien marcado. 16 líneas, -36 personas-. Dije, hablando para conmigo misma. Dos entradas o salidas y las otras dos partes imagino, eran utilizadas como para una barra. Don Luis, su esposa Ana y sus tres hijas. Don Cipriano, su esposa María y sus tres hijas. Don Arturo, Doña Rosaura y sus diez hijos. Doña Priscila, su esposo, hermano y sus tres hijas. Don Oscar, su esposa Doña Isabel y su hijo Oscar. Genaro, esposa y su hijo Genarito y su Hermano, así son 35, ¿Quién falta si son 36? -. pregunte esperando quisa en haberme equivocado al contar mentalmente pero no había sido así. -Falta mi hijo, Cipriano. Él se fue para los Estados Unidos con un hijo de la Familia del Valle-. Respondió y se puso muy triste. - ¿Sabes? Eres muy inteligente, ¿A qué te dedicas? -. Pregunto Priscila, La Gran Patrona. -Si lo supiera, podría jurarle que ya no estaría aquí. No recuerdo absolutamente nada de mí. Nada-. Respondí y comencé a temblar de miedo, Comadre. No sé porque me ocasionaba ese temor, ese pánico al tratar de recordar quien era yo, Comadre. – Esta bien, está bien. No tienes por qué darnos tantas explicaciones -. Se precipitó en decir, Don Arturo al ver que me ponía mal. – Ya ves Arturo, ya te lo había dicho, está un poco loca -. Dijo Priscila a Doña Rosaura en un susurro casi al oído, pero por alguna razón todos lo escuchamos fuerte y claro. Yo entendí que sucedía así por la forma cónica que tenía el quiosco o tal vez era por la profundidad que tenía al centro, donde se levantaban las pequeñas flamas de aquella fogata centralizada al quiosco, a la cual tenías que bajar tres escalones para llegar a ella. Esta pequeña acción ocasionaba que, aunque hiciera aire no ocasionaría que la humareda se extendiera porque no llegaría de lleno. El pasillo era como de un metro y medio, donde se levantaba una parte, era una especie de plataforma que parecía una mesa. Después de que le quitaban las dos patas, las cuales eran unas piezas muy curiosas porque cuando le quitaban las dos patas a la plataforma, esta se doblaba hacia adentro por la acción de bisagras y se convertía en pared y que hacía que todo aquello permaneciera calientito y al mismo tiempo encerraba el sonido y provocaba que todos escucharan muy bien. Eso me había gustado. Me había gustado mucho ver cómo le daban una media vuelta a la pata que se doblaba por la acción de las bisagras y las incrustaban en la pared en dos ranuras. Solamente eran cuatro mesas y están eran las que dividían las entras escalonadas al círculo de fuego donde permanecían las flamas encendidas. Las largas mesas solo se podían mover por dos personas y tenían que realizarlo al mismo tiempo. Vi como Don Cipriano y Luis la movían y las hacían desaparecer en la pared donde quedaban incrustadas hasta su nuevo uso. Entonces el pasillo era un poco más espacioso. Me quede admirada porque antes ellos, todos ellos pensaban en todo, y ahora por la desconfianza que sentían unos con otros ya no pensaban, porque simplemente pensaban que todo lo que harían seria en vano. Para que trabajar si todo tarde o temprano se va a ir al carajo. Si, tal vez ahora este era su peor defecto y su realidad. La desconfianza que aquel hombre que les había robado les había dejado. Se decía les había robado todo y era verdad, porque no solamente les había robado el dinero y la plata, sino, también les había robado su confianza. Aquella confianza que una vez habían depositado uno al otro y que, ahora ya no podían confiar en los demás. Lo cierto es que, se podía sentir ese ambiente frio e inseguro. Yo también me entristecí un poco porque sabía perfectamente que para que una persona llegue a conseguir el éxito, primero debe de sentirse seguro en los espacios que pisa en la familia y en la gente que le rodea, porque de no ser así, todo lo llevara al fracaso. Mi preocupación se estaba enfocando seriamente en los jovencitos y pensaba en, ¿Cómo sacarlos adelante y hacer que se superen de una manera fácil y rápida? La solución para todos ellos era el estudio, pero, tampoco podía obligarlos a estudiar sino querían o no se prestaban para eso. En todos los Abuelos no veía un modelo a seguir y mucho menos se podía pensar en que Priscila fuera un modelo para seguir. Válgame, Dios. No, eso no, creo que sería imperdonable para mi dejar que todos ellos cayeran en las manos de ella, Comadre. Pero, el problema estaba en, ¿Cómo hacerle para alejar a todos ellos de ella? Un problema más grande era hacer que sus propias hijas se superaran, pero haciendo que se alejaran de la madre. ¿Cómo lograr eso? Eso es imposible, Comadre. Así que me dije en ese instante, para que pierdes el tiempo en pensar cómo solucionarles su vida si te van a abandonar al terminar el día. Escucha mi pequeña amiga de nombre, "No sé", Al lugar que fueres haz lo que vieres, y después cierra los ojos. Así te darás cuenta de que ojos que no ven, corazón que no siente. No pretendas ayudar a nadie más. Solamente observa todo lo que pasa y mantente calladita, porque aquí, todo está de cabeza. Para colmo del mal realizado, La Gran Patrona se ha quedado con ellos para continuar separándoles con sus intrigas y sus rumores. ¿Acaso todo esto es verdad, Comadre? ¿Qué gana con separarlos si ella también esta con ellos? Todo esto, también de alguna forma la perjudica y debería de saberlo. Aun siendo la Hacendada más grande y productiva de toda la región, tarde o temprano esta acción la va a perjudicar. Muchos están con ello por un salario, pero, aun así, creo que hay más gente que la cuida que la que produce. Yo creo que lo que más debe de interesarle es la producción y no andar con gente inútil que la lleva arrastrándola por donde quiera que ella va. Ahora cuento a ocho personas postradas como centinelas. Cuidándole desde la lejanía. Cuatro grupos de dos. He notado que todos los abuelos se sienten incomodos con estos hombres cuidándolos desde la lejanía. Sentados sobre los corrales. Algunos otros aun montados en sus caballos y otros más metidos en zanjas y matorrales. - ¿Qué es lo que cuidan esos hombres inútiles? -. Le pregunté directamente a ella y vi que la Abuela Rosaura sonrió un poco al ver que alguien les llamaba, "inútiles". Pero Priscila, con muy poca intuición de lo que acababa de escuchar, no tomo en cuenta lo que acababa de escuchar y contesto como si nadie lo supiera: -Me cuidan a mí y a mis hijas -. Respondió como si con ello se sintiera muy segura y al mismo tiempo parecía sentirse muy orgullosa. - ¿Por qué aquí, si solamente hay familia y amigos de la infancia a los cuales se les considera mucho más que una familia? -. le volví a soltar otra bomba. -Nunca se debe de ser tan confiado-. Respondió inmediatamente sin pensar realmente a lo que me refería. - ¿Eso significa que yo debo de desconfiar de usted y considerarla un peligro para mí y para todos ellos? ¿Por qué tengo que pensar así? Yo considero que todas ustedes son muy buenas personas. Llegue aquí sin saber quién soy y aunque mi pensamiento me diga que, no pertenezco aquí, que no debo de confiarme de usted principalmente, algo me dice de igual forma que usted es…-, guarde silencio y ella casi se hecha a correr por lo que pensaba que le iba a decir. -una muy buena persona a la cual, por falta de orientación y capacitación se desplaza de esa forma por la vida. ¿Qué pasaría si uno de esos hombres o alguno de esos hombres se pone en contacto con alguien sumamente poderoso, está bien, digamos no tan poderoso, pero, si ambicioso y que le guste obtener dinero fácil y la secuestra? -. Pregunte nada más para ver su reacción y saber un poco más de ella. Normalmente la mayoría de la gente lo hace por presumir, pero, a lo que descubrí de ella, era que le gustaba sentirse protegida porque le encantaba ocasionar problemas. Y sentía miedo de alguna represalia de alguna persona vengativa. – No es tan fácil, muchacha. Para eso tengo a Fermín, que es más fiel que un perro, y es el, el que se encarga principal y personalmente de averiguar todo. Él se encarga de averiguar quiénes son, de donde son y como viven. Aparte de sus familias las cuales viven conmigo; esposas e hijos. Ellos saben que conmigo tienen futuro, sin mí no son nada, muchacha. Nada. Así que ahórrate tus preguntas y enfócate en ti. Solamente en ti. Averigua quién eres, como te llamas y de dónde vienes. Piensa en ti. Piensa en… si tienes familia o no o simplemente eres… Una viajera borracha, alcohólica, drogadicta o ladrona, que ha llegado aquí para espiar y así poder robar. ¿Qué dices? -. pregunto tajantemente y se le noto una sonrisa de triunfo, Comadre. Yo no supe que decir y mi reacción fue el nerviosismo al recordar como aquel autobús se iba y me dejaba allí, en medio de una gran tormenta. La granizada comenzó a llenar la carretera convirtiéndola en una capa blanca conforme se alejaba el autobús, con sus luces rojizas y mortecinas. Entre más se alejaba más llovía y más fuerte se escuchaba aquella granizada golpeando el suelo casi incesantemente. Yo me hice bola hacia el paredón, Comadre. Para protegerme un poco del grueso granizo y de la lluvia que comenzaba a balancearse de un lado a otro. Nunca supe si la lluvia iba o venia de norte a sur o de este a oeste o viceversa, pero, de algo si estaba segura. Estaba sola. Estaba atrapada en aquella zanja que poco a poco se iba convirtiendo en un arroyuelo. Eso podía verlo en cada relámpago que aparecía a diestra y siniestra, y, haciéndome temblar, gritar y al mismo tiempo, enmudecer, Comadre. El pánico se apodero de mi aquel día de sol, en aquella tarde en que La Gran Hacendada me hacía recordar todo, todo lo sucedido y al mismo tiempo me estaba acusando de impostora. Yo no sabía ni que decir ni que pensar, Comadre. Solo sé que, me comencé a estremecer llena de miedo. Un escalofrió me cubrió el cuerpo y ya no me pude mover ni pude pensar. -Calma, calma, calma-. Escuche a aquella voz decirme. Era el Abuelo Arturo, quien corría hacia mí. -Yo sé cómo te encontré y sé que, no eres una persona mala. Te prometo que voy a saber todo de ti. Voy a encontrar a tu familia y voy a averiguar de dónde vienes. Solamente te pido tengas paciencia-. Dijo el Abuelo Arturo, mientras que la Gran Patrona, Priscila, se reía a carcajadas mientras decía. – Esta mujer está loca. Esta completamente loca. Deberías de dejar que se largue, Arturo. ¡Yo soy la Gran Patrona! -. dijo dirigiéndose hacia mí, mientras que su mirada me mostraba lo que en realidad era; una mujer despiadada y sin escrúpulos. Su mirada mostraba un gran enojo sin motivo alguno. Quizá padecía de Esquizofrenia. De un momento a otro cambio totalmente y no encontraba el motivo ni mi mala conducta hacia ella, pero, lo cierto es que, si no hubiera estado Don Arturo cerca de mí, ella se habría lanzado sobre cualquier arma de todas las que había ahí. Ella pudo haber tomado cualquier arma de todas las que había allí, comadre. ¿Sabe? Cierto es que, había; cuchillos, machetes, hachas, dos pistolas y 3 salones. En ese instante entendí que estaba en pleno campo y que ellos cazaban. Tan era así, que lo que habíamos comido, no era pollo sino conejo. Tal vez el que los había cazado era Cipriano y Genaro, porque ellos habían llegado un poco tarde y a caballo. Eso lo entendía, Comadre. Pero, no lograba entender el enojo de la Gran Patrona, la cual arremetía con todo sobre mi. – ¿No sé, Arturo? ¿No sé cómo se puede ser capaz de ser tan buena persona y permitir que esta mujer se quede cerca de todos estos muchachos? Ustedes acaban de ver su rección, su comportamiento y su forma… ¡ah! tan despreciable para dirigirse a mí y llamarme… ¡Dios! Qué horror de mujer. Arturo, deja que esa mujer se vaya-, casi grito ante la sorpresa de todos, pero más mía. No podía creer lo que estaba escuchando y me sentí totalmente contrariada y deprimida. - ¡déjala! Llévala al Municipio y entrégala a las autoridades para que ellas se hagan cargo. Creo yo, que lo más razonable es eso. Que las autoridades se hagan responsables de ella. Aunque sabemos perfectamente lo que pasará y lo que será de ella -. Dijo, tratando de darnos a entender, de que ahí, no precisamente estaría bien, porque las autoridades no tomaban muy en serio el rol de comprometerse a cuidar y mucho menos a indagar sobre las personas desaparecidas. Me dio a entender a señas de que ahí abusarían de mí y muy posiblemente me prostituirían y que jamás volvería con mi familia, si es que en verdad la tenía. Sentí que mi corazón deseaba salirse y me tocaba la puerta de salida para que le abriera y así poder salir huyendo de ese lugar. Lugar que, tarde o temprano me jugaría una mala pasada porque simplemente ella estaba ahí, y no permitiría por ningún motivo quedarme cerca de sus hijas y de aquellos muchachos que mucho necesitaban de alguien que les pudiera enseñar algo más de lo que ellos Empíricamente sabían. Pero, por otro lado, ¿Quién era yo para pensar de esa manera? ¿Cuidar de alguien que ya era un adulto o que al menos les faltaba un par de años a ellos y otro tanto a ellas? No estaba en mi porque no solo no sabía quién era, sino que, ¿Qué podía hacer por ellos? Que se puede hacer por una persona que sabes que está en peligro y que, de seguir así, toda su vida vivirá en la ignorancia y sin poder superarse. Pero ¿Y si ella tenía razón, el peligro era yo? ¿Quién las salvaría de mi si era precisamente yo quien las arrancaría de los brazos de su madre? ¿Por qué tienen que suceder así las cosas? A veces juzgamos a la gente, a nuestros parientes y amigos pensando que somos la solución y la verdad es, que somos todo lo contrario. Nosotros somos el verdadero problema. Y pensé que ella tenía razón, yo era el verdadero problema porque no sabía quién era, pero, dentro de mí, más allá de lo inimaginable me decía que yo era mucho, mucho más de lo que todos ellos veían en mí. Pero el problema estaba ahí, ¿Quién era yo? Fue entonces que deje de pensar en ella y en mí y me enfoque, en lo que era una muy lejana solución para mí y hable. -Esa sería una muy buena elección, Priscila -. Dije, pero mi mente se siguió pensando en todo lo que deseaba decir. -Entregarme a las autoridades. Y creo también que se perfectamente el significado de la burocracia y la carencia de amor hacia la humanidad. Ellos son las personas indicadas para solucionar tanto problema, pero, lejos de solucionar, por el amor al dinero crean más problemas como tú, Priscila. Que lejos de dar amor y armonía a toda esta juventud, les estas creando problemas para que siempre estén con el Jesús en la boca y no puedan pensar adecuadamente. No sé porque, Priscila, me están dando unas ganas enormes de quedarme a cuidar todo lo que tú haces, y a que te dedicas. Me dije mentalmente. Ya serena y recuperada ante tanto insulto de ella hacia mí, haciéndome quedar como la peor de las mujeres. En ese instante recordé que me habían llevado hasta ese lugar para abandonarme. Mire el recorrido que había realizado el sol desde que habíamos llegado allí. Recordé que la idea era esa, abandonarme ahí y que de una forma o de otra tenía que prepararme y prevenir, porque muy posiblemente por encargo de ella, alguno de sus hombres se quedaría cerca para abusar de mi o para matarme. La Gran Patrona ya lo había dicho quizá ya se había puesto de acuerdo con alguno de sus hombres. Al verla y tenerla cerca entendí, que ella era la peor persona en la que alguien pudiera confiar, porque, en cuanto me había visto que me ponía mal se había lanzado sobre mi para darme el golpe final. Atacándome y creando más incertidumbre de mi persona. "Divide y vencerás". Esa era muy buena frase que a mi parecer ella sabía utilizar muy bien y eso es lo que estaba haciendo con Doña Rosaura. - ¿Cómo puedes permitir que tu esposo se acerque a proteger a una desconocida que muy probablemente, sea capaz de quitártelo, amiga? -. Casi grito nuevamente y todos, absolutamente todos habían volteado a vernos. Ella había visto que el Abuelo se había acercado a mi para hablar de, mi sentimientos, muy probablemente, pero, al escuchar eso y ver que todos volteaban a mirarnos yo intente apartarme. Demasiado tarde, pensé. Mi reacción fue demasiado tardía porque el veneno ya estaba servido y no solamente creo que Doña Rosaura lo había tomado, sino que lo había bebido todo, hasta el fondo y ahora se preparaba para atacar con todo. Su gran enojo se pudo ver en su mirada y ya arremetía sobre mí. Se puso de pie y se dirigió hacia nosotros para atacarme, cuando: – Bueno -. Dijo José Luis. – Creo que, lo importante en esta vida es madurar. Las buenas personas maduran, piensan y reaccionan positivamente ante cualquier conflicto. ¿Porque ustedes como damas y señoras de nuestro respetado pueblo, no se ponen en el lugar que les pertenece? Amar, respetar y entender al marido, aunque este se piense que está actuando mal. Recuerden que por algo así crucificaron a nuestro señor y no me gustaría que por un malentendido juzguen y crucifiquen a una buena persona. Para ella su único delito es, no saber quién es, y ustedes bellas damas, su obligación es cuidar de ella mientras no sepa quién es. Eso es lo que haría, una persona humana… por un humano. Eso es lo que una bella dama haría en estos casos… Creo. Una Dama, Con tal de agradar a su marido haría cosas buenas ante los ojos de los demás para que estos alaben a la mujer y le hagan entender al marido de la excelente mujer que tiene en casa. Una mujer, chismosa y conflictiva lo único que logra en su comunidad y en su hogar es que la gente la deteste por… ¡ya basta! -. Dijo y todo mundo enmudeció. En ese instante pensé y medite el problema que en verdad enfrentaba José Luis con su familia y vi que el problema no era tanto la familia, sino la persona que estaba siempre con ella. Él era el que estorbaba a los planes de Priscila o, ¿Acaso había alguien más atrás de ella que la manipulaba para que ella se portara así? - Una buena mujer y esposa, está sujeta a su esposo por el amor y el deber, este es especialmente esencial, el deber. El deber de amar, al esposo, al amigo y al prójimo -. Se que siguió hablando muchas cosas más, pero, ya no entendí nada por qué ya no puse atención, mi mundo se borró y se derrumbó buscando algún recuerdo atrasado, pero, no encontré nada y solamente intenté tratar de poder seguir escuchando a José Luis el cual vi que había tomado el sartén por el mango y les había dado una pequeña zarandeada a las dos. La Gran Patrona había dado unos pasos hacia atrás mientras que, Doña Rosaura, camino un poco avergonzada con sus propios hijos, principalmente el mayor que estaba ablando de amor y de amar y el valor que este tiene y lo vergonzoso que es cada vez que este le hace falta a la gente que no sabe amar. Creo que por primera vez estaba escuchando muy bien a su hijo, al que todos ellos lo desconocían porque no le permitían hablar y solo se burlaban de él. Esta vez había algo muy especial en él y tal vez, Priscila lo sabía y por ello incitaba a sus hijas a que se burlaran de él, de una manera malintencionada para, ponerlo en ridículo, aprovechándose de su buena fe, para que el dejar el pueblo y creo que ya estaba decidido a irse, y eso me mostraba que lo haría, solo era cuestión de un poco de tiempo. De lo contrario no le faltaría el respeto a nadie ni a ninguno de ellos. Esa era o estaba siendo su despedida. Mientras que todos los Abuelos no lograban de entender lo que había sucedido. Tal vez lo entendían, pero, de igual forma no querían seguirle el juego a la Patrona que lo estaba provocando a realizar lo que ellos, lo que todos ellos, era lo que menos deseaban realizar. Abandonarme o entregarme a las autoridades donde todos ellos sabían que la Gran Patrona los movía a placer con su dinero y creo, que ella misma en alguna ocasión lo había mencionado. – No existe Abogado que no se venda ni policía ni autoridad política que no le agrade el dinero. Todos tienen un precio o un conflicto familia que atender-. Con esto tal vez se refería que ella era capaz de ocasionar un gran problema al familiar que no atendiera a sus caprichos. Tal vez el encargado de todo ello era el capataz de confianza, "Fermín". Ella también lo había mencionado y, aunque al conocer a Fermín yo entendía que él no era capaz de atender todo lo que ella le pedía o quería, porque era buena persona. Se podía ver en sus ojos, aunque también podía fingir. Uno nunca sabe, Comadre. Yo misma le vi en varias ocasiones del cómo se transforma, del ángel bueno, tierno y dulce, al demonio que era capaz de ocasionar, dolor, terror y lágrimas, y después, ya realizado su programa o misión, volvía a ser el hombre bueno, el dulce, el tierno, el hombre que sabe reconocer la enfermedad que es ya realizada en su propósito. Encargo de la Gran Patrona. Él se disculpaba y ponía su carita de ternura y sabia pedir disculpas y perdón, abogando, diciendo y jurando a Dios, a dos manos. - Si no me crees con esta, aquí esta esta -. Dice mientras besa la cruz de sus dedos. El problema es que, es tan tierno y convincente, Comadre, que, uno se cree lo que él dice, y te hace pensar que, en verdad él no ha sido quien creo el problema. El día en que lo escuche, Comadre, quede convencida de que él no había sido, pero, de ser cierto había alguien más el que realizaba el trabajo sucio por él y solo pensé en el hombre que estaba en la silla de ruedas. ¿Qué pasaría si ese hombre si podía caminar y se podía mover a todas partes cuando nadie lo veía? Esa era una muy buena pregunta. Lucero me había mencionado que él era el primo de su papa y que alguien juraba y perjuraba que le había visto caminar y montar caballo el día que habían matado al hombre de los estoperoles y que también le habían visto guardar bajo un gaban un salón 22. Eso quería decir que ese hombre había realizado el trabajo sucio de matar a la mujer de Don Luis. Quizá ella había descubierto que él se movía y que podía caminar. Esta pudo haber sido una muy buena razón, para matarla, Comadre. Pero ¿Por qué? ¿Solo por darse cuenta de que él podía caminar? No Comadre, eso no lo creo y también no es un buen motivo. Forzosamente pudo haber algo más. De ello estoy segura. Tal vez ella escucho del cómo iban a robarles su cuenta bancaria y toda su plata. A la cual se dice que desde ese día desapareció, El Gato con todo el dinero de su cuenta bancaria, su plata y el Hermano de Genaro con todo y sus perros. Si no fue ese día estuvo casi seguido, incluyendo María, la Esposa de Cipriano al cual le pagaron y después le robaron tres días después. Si no fue Priscila, bien pudo ser él, el autor de todos los crímenes y se pasea tranquilamente en su silla de ruedas cuando está aquí. Pero ¿Qué pasaría si él viaja a otro sitio? Cuando nadie lo ve ¿También utilizara su silla de ruedas? ¿Cuál fue realmente el motivo por lo que las mataron? Digo las, porque también está muy raro que tanto una como la otra hayan muerto tan seguido. A verle visto caminar no es un buen motivo, forzosamente pudo a ver algo más, Comadre, de ello estoy segura. Tal vez alguien la vio llegar y no lo esperaba. Los escucho hablar y se deshicieron de ella y para no dejar testigos, el hombre de la silla de ruedas, rodeo la casa, y le disparo desde una esquina y no del cerro como se dijo, Comadre. Bueno. Quiero aclarar que esa es mi conclusión a lo que menciono Lucero aquel día. Se que mi teoría es solo especulación de los hechos que muy probablemente así ocurrieron. No escucharon el disparo porque, es muy probable que le haya colocado un bote de agua vació en el cañón. Fue por ello por lo que los disparos los escucharon lejanos y el hombre estaba cerca muy cerca. Es por ello por lo que se le vio aparecer por el otro lado de la casa en su silla de ruedas. Lucero, creo que también me había mencionado que él siempre tomaba agua envasada en botellas de plástico. Eso quiere decir, que fue el, el autor del asesinato de la señora Ana y trataron de culpar a alguien más. Quizá en ese tiempo ya se planeaba el robo a la gran familia de amigos y todos sospechaban de Fermín. Aunque, también cabe aclarar que Fermín muy posiblemente también participo en ello porque, se fue por un camino que nunca se utilizaba para platicar con Don Luis. ¿Por qué tomo ese camino? ¿Lo hizo con alevosía y ventaja para que no vieran pasar al hermano del Patrón realizar aquella fechoría? ¿o el que la puso la bolita bajo la silla, fue, el mismo Fermín y después camino con Don Luis porque sabía que iba pasar corriendo su esposa? Cabe mencionar que ambos estaban en las caballerizas. ¿Don Luis lo encontró inmediatamente o tuvo que buscarlo? Creo que ahí está la clave. Si lo encontró inmediatamente no fue Fermín y el que lo hizo fue el mismo hermano del Patrón y después se fue apresuradamente a caballo hasta donde dejo su silla de ruedas. Eso es muy probable. Salió corriendo, monto a caballo y fue hasta las caballerizas apresurado por la parte de atrás del jardín evitando que Don Luis no se diera cuenta. De una forma o de otra, Fermín participo. El hombre fue a caballo hasta las caballerizas, puso la bolita bajo la silla de montar, y solo esperaron a que ella hiciera todo. Él se regresó hasta el interior de la hacienda y entonces se presentó con ella y esta salió corriendo y solo esperaron a que cayera. Cayendo ella, mataron al dueño del guantelete. Para que no supieran quien había sido. Muy interesante, Comadre. Eso quería decir que Fermín solamente era un sospechoso y no tenía nada que ver. Lo único que lo delataba era esa extraña manía que le tenía de convertirse en malo para dar miedo y así no perder su trabajo, era hacerse pasar de malo, siendo una buena persona. Esa acción crea duda a cualquiera, comadre. Incluyéndome a mí, pero, bueno, como quiera que haya sido el pasado antes de mi llegada aquí. Lo que me interesa realmente es saber, ¿Quién soy, comadre? ¿Quién? Eso es lo que tiene que llenar toda mi mente y aquel día aun no terminaba, comadre. Lo cierto es que, me pareció que se fue estirando poco a poco hasta convertirse en un día casi interminable. No es que me urgiera quedarme sola, Comadre. No, por el contrario, no deseaba que me dejaran sola porque ¿Qué sería de mí, ahí, en aquella soledad, con el cerebro descompuesto en medio de la nada? Pero, así sucedió. El día se alargaba más y más con el paso de las horas haciéndome pasar por unos segundos de angustia cada vez que pensaba en ello. Quizá era por eso por lo que no quería pensar en nada. Me dolía la cabeza del solo imaginar lo que iba a sufrir durante la noche y por algunos breves instantes me imaginaba a los coyotes queriéndose meter a la habitación donde estaba yo. Eso me desesperaba, pero, después veía toda la construcción y podía darme cuenta de que, no había ninguna habitación ahí. solamente corralitos para puercos, cercos para ganado y caballerizas para una yegua. Eso era todo lo que había y veía frente a mí. Lo cierto es que, ya en un plan desesperado, me podía quedar con la yegua si ella me permitía dormir a su lado. Aunque igual me podía patear mientras estuviera dormida. Creo que era por eso por lo que las horas se alargaban y no quería terminar el día. Tal vez Dios no quería que sufriera y nos estaba dando tiempo para que ellas se arrepintieran de sus pecados y meditaran lo que iban a hacer. Qué curioso, el día se estiraba y estiraba hasta hacerse casi eterno. -Seamos inteligentes y ecuánimes-. Volvió a decir José Luis en repetidas ocasiones. -Les recuerdo, que todos los días antes del anochecer, nos veníamos a este lugar para contar historias de terror y de enseñanza, y creo también, que, ya estamos olvidando eso, eso que de antaño nos llamaba tanto la atención y que nos hacía marcharnos a casa contentos o con miedo. Eso es lo que nos llamaba mucho la atención de todos ustedes. En esos tiempo nos sabían alegrar y agradar con sus cuentos de terror y de ultratumba e incluso, hacía que nos fuéramos tarde de este lugar. Eso hacía que la familia estuviera unida. Eso es, lo que a todos nosotros nos unía y nos provocaba deseo de estar aquí con ustedes. Eso hacía que todos ustedes fueran familia y nos provocaba amor por todos ustedes. Eso hacía que todos nosotros sintiéramos respeto por todos ustedes y mírense hoy, no pueden estar juntos 5 minutos, sin que uno al otro se esté atacando o se vean de mala fe. ¿ya pensaron en que se están convirtiendo? Ayer, gracias a sus cuentos, historias y leyendas, se iban contentos y abrazados de aquí. En aquel tiempo tal vez no se hayan abrazado por amor y lo hayan hecho más por miedo. Por ese miedo que les ocasionaba el verse solos, y atravesar toda esa Serranía para llegar a casa con la luz de una lampara de mina o de cacería a la cual le rogábamos al cielo no se apagara o la apagaban a propósito para mantenernos despiertos y gritando. Eso es lo que hacía, mantenernos abrazados unos a otros y nos despertaba el amor familiar, paternal y de compañerismo. Eso es lo que importaba para todos nosotros ¿Niéguenlo? -. Pregunto a todos los chicos y nadie se atrevió a contradecir a José Luis. Han pasado muchos años desde aquellos días felices y todos nosotros éramos felices. No sé en qué instante se perdieron. Tal vez sigan en pie y ahora deseen volver a intentarlo, pero ¡no! Hoy sé que no es así, ustedes no volvieron hasta aquí, para estar juntos otra vez, para volverse a reunir como antaño. No, no es así. Si no es así, ¿Entonces a que vinieron? ¿Qué es lo que los mueve a volver a ser amigos? ¿La curiosidad a ella? -. Dijo de pronto y me asusté, y comencé a temblar por algo más. Tal vez mi tembladera era porque, me había tomado de sorpresa. Tal vez mi tembladera era porque ellos se habían reunido ahí por... porque me iba a abandonar a mi suerte. Ellos pensaban dejarme ahí en esa Serranía que muy probablemente se convertiría en la más profunda, desolación y miedo. Si así ya se veía completamente tenebrosa, ¿Cómo se vería cuando las sombras comenzaran a llenarla? ¿Cómo se vería cuando las estrellas comenzaran a dar su diminuta luz y las sombras se fueran formando una detrás de la otra para ir apareciendo y luego, más tarde, se fueran desapareciendo conforme se va yendo la luz y luego no pudiera ver nada más que...mi propia imaginación recordando lo que vi y viví durante el día? ¿Qué sería de mí, Comadre? ¿Que? Ese miedo me comenzó a invadir la mente me hizo vibrar y sudar por la terrible emoción del Miedo, Terror y Pánico que comenzaba a sentir. Mire la sombra solar de mi cuerpo al ser tocada y reflejada en el suelo. Pude ver que ya se alargaba. -Son como las 4,20 -. Dijo Don Luis. Como si me adivinara el pensamiento. José Luis seguía ablando. Daba un discurso bien redactado y profundo de cómo se sentía y del cómo se habían sentido antes, pero yo, ya no podía escucharlo muy bien. Me sentía seriamente afectada por algo que no lograba entender muy bien y comenzaba a sentirme seriamente temblorosa. Posiblemente estaba sintiendo algún síntoma de Pánico. Era un miedo excesivamente intenso y exageradamente manifiesto en mis manos y en mi cuerpo. Las contracciones musculares eran quizá ya muy notorias y sentía que me iba a desvanecer en cualquier instante. Sentí miedo y al mismo tiempo no quería sentir vergüenza de dar un terrible azotón en el piso o lo que es peor, caer y rodar escalones abajo. Lo cierto es que, deseaba huir de ahí. Quería salir corriendo y perderme entre aquella gran majestuosidad de cerro pelones, pedregosos y secos, quizá, igual que mi memoria. El temblor se siguió apoderando de mí y en cada paso que daba rogaba a Dios, no permitiera que me perdiera en mi mundo de sombras y laberintos sin salida. Repentinamente comencé a sentir que el aire me faltaba y di un diagnóstico rápido a mi memoria; estoy sufriendo un síntoma del Pánico. Mi cerebro era un desconcierto total y cada vez me temblaban más y más fuerte mis extremidades. Dedos y manos se me contraían en cada paso. Era como si me encontrara en medio de un sismo y me quisiera agarrar de cables eléctricos. La energía fluía a través de mí y me sentía seriamente radioactiva y no me podía controlar. Di un paso más y volví mi vista para ver quien me miraba. No deseaba que me fueran a ver así. Me sentía como un ser de otro mundo irradiando energía. Me sentía encendida y al mismo tiempo no podía concebir dar un solo paso más. Los mire a todos y cada uno de ellos, y no, no vi que me miraran, estaban demasiado distraídos en la plática de José Luis, y me gusto de muy buena manera que se desahogara. Pero, eso no me quitaba las ganas de salir corriendo. De escapar de allí, correr, tomar un caballo, montarlo y huir de ahí, antes, mucho antes de que el sol desapareciera de la cima del cerro de donde nos encontrábamos. Pero, recordé que tal vez me sería inútil porque durante la mañana nos había tomado unas dos horas de camino para poder llegar aquí. Y, lo cierto es que, no recordaba muy bien el camino de regreso. Si con luz se dificultaba llegar, a obscuras seria mucho peor. Así que solamente me quedaba una sola solución, esperar a que Dios les aflojara el corazón y sintieran piedad por mí. Eso era cierto, no recordaba muy bien el camino y podía extraviarme fácilmente. Si bien sentía mucho miedo quedarme aquí, también me daba miedo quedarme vagabundeando en aquella serranía montada en un caballo que era desconocido para mí, y lo que es peor, completamente sola. Por otro lado, no estaba segura de poder montar un caballo yo sola. Durante la mañana, la que me había ayudado era Lucero, ella guiaba al caballo, jalándolo en todo momento porque no me sentí capaz de guiarlo. Yo, lo único que hacía era, tomarme fuertemente de la cabeza de la silla y pidiendo a Dios no fuera a reparar el caballo. Así es como llegué aquí, pero, a mi cerebro llegaba otro recuerdo más del día anterior y pensé; no, este recuerdo no es de ayer sino de hace unos cuatro días atrás. Hace cuatro días atrás venimos aquí, y fue muy breve. Fue el día en que llegue al pueblo de madrugada con los Abuelos. Ese día me trajeron aquí y viaje con Lucero. Ella guiaba el caballo y yo iba en ancas del alazán. Yo, solamente me abrazaba a su cuerpo cálido. Ella de vez en cuando me acariciaba mis brazos y me pedía aflojara un poco para no asfixiarla. Debió haber sido muy incómodo para ella el sentirse oprimida a tal grado de no poder respirar bien. Eso lo entiendo ahora, Comadre. Si, en verdad lo entiendo ahora, pero aquel día que no tenía ni la más absoluta idea de lo que hacía, no me importaba apretarla, oprimirla y apachurrarla con mis brazos, porque lo único que deseaba era no caer del Caballo Alazán. Yo la apretaba hasta ya no sentir mis brazos entumecidos por falta de sangre e imagino lo que ha de ver pasado ella al sentir que le faltaba el aire y después me daba ligeros golpecitos para que aflojara un poco. Es por ello por lo que ya no quiso que yo viajara con ella en ancas de su caballo y me dejaron venir en uno a mi sola. No sé cómo pude permanecer montada al caballo con los ojos cerrados durante tanto tiempo y ellos haciéndome bromas. Que grosería tan grande me hicieron, pero, aprendí que nunca hay que andar por la vida con los ojos cerrados. ¡Está bien, "No se"! me grite a mí misma. Si tienes que sufrir, ¡sufre! Quédate y aprende. Porque la vida es eso, un constate aprender y aprender. Me grite en ese instante de locura y de deseos por salir huyendo de ese sitio. Aunque las ganas de salir corriendo y de desaparecer de ese lugar no se irían tan fácilmente de mi mente así por así. Pensé y lo pensé muy bien. No sea loca, "No sé", tranquilízate. No llegarías muy lejos. Volví mi rostro para verlos y descubrí que, todos ellos tenían su mirada clavada en mí. Estaban totalmente callados y mirándome, tratando de adivinar, quizá, mis intenciones de huir. Traté de serenarme lo más que pude mientras pensaba en que hacer, Comadre. Mire mis manos y después mire hacia la lejana Serranía que se extendía más allá de mi mirada. De pronto, el ladrido de dos perros correteando algo o, a alguien me hizo vibrar y retroceder un poco y al mismo tiempo puso en alerta a los vigilantes de la Patrona y al mismo tiempo todos se pusieron de pie de un brinco espectacular, porque incluso algunos de los chicos brincaron aquellos palos que servían de Baranda. Las mujeres no lo hicieron, pero si corrieron hacia la salida donde se amontonaron todas para salir, pero, Priscila tapo el paso con su cuerpo y nadie pudo salir rápidamente de ahí. Tanto ella como Doña Rosaura se habían apoderado de la salida y permanecían tapándose el paso una a la otra. Yo estaba en la salida de abajo, pero hacía ya nadie corrió, todas lo hicieron hacia una sola. De igual forma, todos los vigilante de la Patrona habían corrido hacia el otro lado del cerro y nadie había quedado custodiando a la que se suponía tenían que cuidar. Y ella, lejos de notar este desperfecto en su vigilancia, que bien podía ser una trampa para distraer a los vigilantes y matarla a ella, ella parecía estar totalmente entusiasmada. Vendita vigilancia pensé, pero ella nunca lo noto ni tampoco se preocupó por estar totalmente desprotegida. Eso significaba solamente una sola cosa; Ella era el verdadero peligro y nadie más. Cuando se tiene enemigos peligrosos y de cuidado, lo único que te interesa es protegerte de ellos a como dé lugar, pero, en este caso, se podía ver claramente que el dueño de los perros era solamente una víctima más del poder. Ella nunca busco la forma de protegerse, Comadre, tal cual debió haber sido. Por el contrario, permaneció parada esperando a que todos sus hombres le llevaran a los perros muertos y, a su dueño. Yo, Comadre. Preocupada totalmente vi, como todos corrieron hacia el otro lado del cerro e incluso, algunos de los hombres salieron corriendo hacia sus caballos y se dirigieron a la cima del cerro muy apresurados. Creo que los primeros en llegar fueron los de acaballo y fueron y vinieron de un lado a otro como si buscaran algo desesperadamente, sin hallar absolutamente nada. Aquel incidente como por arte de magia me hizo recuperar inmediatamente. Era increíble, pero, había recobrado toda mi cordura y sensatez. Y comencé a pensar que para que mi mente tuviera equilibrio le hacía falta un poco de adrenalina. Mi estado, psíquico mental se vuelve sano a la hora de ver o escuchar cosas interesantes. Eso significa que si estoy muy loca y que los chicos tienen razón. Ese incidente me había mejorado en todo: la mente, el pensamiento, mi cuerpo, mis manos y mi estúpida enfermedad mental. Increíblemente había recuperado mi equilibrio de pensar y de obrar con buen juicio, prudencia y reflexión e incluso me sentía bien, como para darme otro agarrón con la dizque Patrona a la cual vi, sin preocupación y más bien, con el coraje en su rostro de que sus hombres no llegaban con ella con el hombre o los perros que ella deseaba tener en las manos. Por otro lado. Genaro, estaba muy preocupado. Eso significaba una sola cosa, que su hermano estaba vivo y que se escondía en algún lugar junto a sus perros y pensé al ver a todos y cada uno de ellos, que todos ellos lo sabían menos los chicos, porque incluso, Oscar, Isabel, Rosaura, Arturo, Cipriano, Luis, Genaro y su esposa, estaban más ansiosos por que los hombres no encontraran nada a saber que lo traían muerto, con todo y perros. Hay impresiones en los ojos y en el rostro que nos muestran lo que quieres realmente y ellos estaban preocupados porque no le encontraran a que surgiera la aparición de un hombre que murió con lo que más amaba, sus perros. Y ahora regresaba en forma de Fantasma. Eso también sonaba absurdo para la dizque Patrona, Comadre. Perdón si la menciono así, pero es que, ya le tengo coraje, Comadre. Mucho coraje. Una vez más los volvía a mirar a todos y todos estaban preocupados como si en sus adentros pidieran que aquellos hombres no encontraran nada. Priscila también los miro y eso creo que la enfureció porque se estaba dando cuenta que ellos lo sabían. La esposa de Genaro la vio que ella los estaba mirando y fingió mucho miedo y se lanzó sobre su esposo. -Eso me da mucho miedo, Amor-. Dijo y él se dio cuenta de que ella los miraba, la abrazo y ambos me vieron a mí. Ellos también descubrieron que yo los había visto, pero, no trataron de disimular, siguieron en su rol de miedo y tristeza, a la cual la Dizque Patrona ya los había descubierto. Después de un ligero estudio ocular a todos los presentes, todos juntos volvimos nuestras miradas hacia la cima del cerro donde podíamos ver a los que iban y venían buscando y revisando todos los arbustos con pistola en mano, que era precisamente lo preocupante. De hallarlos les dispararían sin previo aviso. De hecho, todos ellos estaban armados y buscaban con arma en mano. Después de varios minutos de búsqueda masiva, al fin llego Fermín hasta la Gran Patrona y dijo; - Podría jurar de que se trató de los ladridos de "Gilabras y Rompecadenas", Patrona -. Ella soltó un chicotazo sobre la madera. – ya lo sé idiota. Hasta a aquí se escucharon los ladridos -. Dijo con mucho coraje y después su semblante se volvió de incertidumbre. Miro de un lado a otro y puso su mirada en Genaro que balbuceando respondió como si le hubieran preguntado: - Eso es imposible, mi hermano murió en la mina. Aquel derrumbe lo atrapo y jamás salió. Nunca pudimos llegar a él, porque el agua del rio lo impidió. Aquella caverna se llenó de agua. No sé quién pudo tener esa alma tan negra y fría, de hacer detonar aquella dinamita. Eso fue lo que ocasiono el derrumbe. Nunca pudimos llegar a él. Y hasta la fecha, el agua sigue ahí, estancada. Le pedimos a Dios que ojalá algún día podamos sacar su cuerpo, pero, ya han pasado los años y lo más seguro es que, ya ni sus huesos existan. Ya han pasado siete largos años. Siete -. Dijo con tristeza. - Es el fantasma de sus cuerpos los que vagan pidiendo ayuda, ¿Verdad papi? -. - Si hijo. Es el fantasma de tu Tío que vaga por el campo pidiendo ayuda junto a sus dos fieles perros, "Gilabras y Rompecadenas" -.

Termino diciendo Genaro moviéndose un poco para dejar ver totalmente al descubierto a su hijo, Genaro junior. Aunque nunca lo dijeron así, sino, Genarito. Cuando lo vi me pareció un buen chico, un poco tímido o tal vez un poco temeroso por la figura de aquella mujer que imponía respeto a base de fuerza, coraje y abusos. – Estoy harta de escuchar tantas estupideces. Porque eso son, estupideces. Los muertos no vuelven y esos ladridos no son de dos perros muertos y un estúpido fantasma. No, no lo creo -. Dijo y nadie respondió absolutamente nada. Fermín también lo recorría todo con la mirada como tratando de adivinar lo que ocurría. Don Arturo, Cipriano y Don Luis, tomaron cartas en el asunto, haciendo como si no les interesara el problema y se fueron a sentar a sus lugares. Don Cipriano me miro y me pidió que me sentara mientras seguíamos viendo a la distancia todo lo que hacían aquellos hombres. De los muchachos nadie se movió de su asiento y solamente platicaban muy desinteresadamente cosas que solamente a ellos les interesaba. Aunque más bien se podía decir de que no hablaban de nada. Creo que fue José Luis quien tomo nuevamente la palabra y casi los obligo a sentarse. Se veía molesto y Priscila puso una cara de hastió como si le molestara que el hablara, y creo que entendía el porqué. Recordé que, durante la mañana, mientras cabalgábamos en el trayecto al Potrero, Carlos había dicho: -Creo que a este pendejo no le pusieron bozal -. Eso había dicho así, al azar, y en aquel instante no había entendido por qué lo había mencionado de esa forma, pero ahora que veía a José Luis hablando en todo momento y diciendo todo lo que el sentía, entendía a la perfección su comentario. Estaba siendo demasiado imprudente con sus comentarios y con ello haciendo enfadar a Priscila que deseaba azotarlo en cada segundo que pasaba y es que, tengo que mencionar, Comadre, que el en todo momento le atacaba de frente y creo que ahora entendía el motivo por el cual ella planeaba eliminarlo, haciendo que él se fuera. Era por ello por lo que enviaba a sus hijas, principalmente a la mayor, para hacer que sus propios hermanos lo molestaran a tal grado que deseaba irse, lo más pronto posible. Pero, ese día, después de que casi los obligo a sentarse dijo: - No entiendo el por qué se empeña tanto en sacar a relucir todo el tiempo el problema de… el hermano de Genaro, ¿Por qué? -. Le pregunto directamente y todos, quizá, pensaron de la misma forma en como pensaba yo, que no hablaría y se quedaría ahí observándole nada más. -Porque es el único que podría decirnos que es lo que paso con la plata. Toda la plata desapareció ¿Entiendes? Y claro está que yo no la tengo. No soy tan sínica como para robarlos y después venir aquí con ustedes. Tus padres y todos ellos son mis amigos de la infancia, ¿Sabes? Y no voy a perder un amigo nada más por… - Creo que es mejor dejar el pasado en el pasado, porque solo de pensarlo, me están dando ganas de salir a buscar a tu hermano y de matarlo de la forma más fea que existe. ¿De acuerdo? Ya estoy hasta el gorro de que todo el tiempo sea así. Fue el, el causante de todo fue el, el que nos robó y traslado todo el dinero que era de todos nosotros a otra cuenta donde muy posiblemente monto una empresa para que nosotros no supiéramos más de él. ¡De acuerdo! Ya basta de que vengas aquí, y que utilices a uno de tus hombres para que ladre como perro y se hagan los idiotas en buscar lo que sabemos que no vas a encontrar, Priscila. Antonio murió y nunca pudimos sacarlos. El ladrido que imito ese estúpido de tus vigilantes fue para ver que pensábamos. Te vi cómo nos mirabas. No sé por qué piensas que te lo estamos ocultando si tus mismos hombres fueron los que detonaron la dinamita. -Arturo no, yo, sería incapaz…-. Dijo asustada. – No, yo pienso todo lo contrario. Tu si eres capaz de hacer muchas cosas más. Así que, pídele de favor a tus hombres que no anden haciendo ese tipo de imitaciones aquí-. Fermín agacho la cabeza y se quiso ocultar, pero, también pensaba quizá, lo mismo que todos. Que la patrona había hablado con alguien para que imitara a un perro y montar ese espectáculo que al parecer les había molestado a todos. Don Arturo estaba que no cabía en sí mismo, estaba totalmente enojado y la Gran Patrona se estremeció. En ese instante entendí que Don Arturo si era de un carácter muy fuerte y explosivo. Dominante y capaz de hacer temblar a todo aquel que se interpusiera en su camino. Pero había algo en el que lo hacía respetar. Y en ese instante lo entendí. No era ese tipo de hombres que perdía totalmente el control de su mente como yo. Él se mantenía tranquilo, sereno, a pesar de que estaba seriamente enojado. Todo lo que había sucedido ahí, quería decir también una sola cosa, tenía mucho tiempo de no reunirse como lo hacían hoy y le daba crédito a José Luis porque él lo había mencionado, el motivo de su reunión era yo. Ella no deseaba el progreso de aquellos que decía eran sus amigos. Por el contrario, deseaba verlos hundidos hasta mas no poder, y el problema para mí era, ¿Por qué? Porque ese deseo mal sano de ver a sus amigos totalmente arruinados. Eso quería decir que ella sabía todo, absolutamente todo de todo lo que a ellos les había pasado, esa era mi hipótesis, (sospecha, idea o realidad), Comadre. Se que no puedo hablar con todos ellos, pero, are un escrito para poder contactarlos algún día y decirles mis sospechas. Se que podría hacerlo hoy, pero se han tomado tan apecho mi locura que no deseo que piensen mal. Por lo tanto, me seguía emocionando con todo lo que pasaba ahí en ese preciso momento donde Don Arturo estaba queriendo demostrar que él también se sabía enojar y demasiado. Su coraje lo hizo ponerse de pie y vi como la Gran Patrona se estremeció y entendí que él era fuerte de carácter, no era explosivo, pero, si podía mantener el control de todos sus actos. Creo que él era así, aunque también el desarrollo de los hechos hacía que todos estuvieran en alerta por que nunca lo habían visto enejado. Yo le descubrí, furioso. Él era ese tipo de hombre inteligente y buena persona que muy pocas veces se le veía enojado y tal vez por ello, todos, me pareció ver, se hundían en sus asientos, como diciendo, ya se enojó el único y verdadero Patrón de todas estas tierras. Priscila retrocedió más en aquel asiento al cual le habían colocado un gaban y se le vio en su semblante que lo que más quería era ocultarse. Eso es lo que me pareció ver, mientras que el resto de los Abuelos fingieron no ver absolutamente nada, pero, de algo si estaban seguros, Don Arturo estaba muy molesto contra aquel hombre que se decía les había robado. Era por ello por lo que todos ellos no confiaban en ella a pesar de ver que le querían mucho, a excepción de la mujer de Genaro, a la cual parecía provocarle Celos a cada instante. Como quiera que fuera me parecía una obra teatral demasiado tonta, pero, ahí estaba, viendo y siendo protagonista de la obra en la que ya me tenían preparado mi propio papel en la Obra. Doña Rosaura se puso de pie de un salto y corrió hacia su marido al cual abrazo de una manera muy amorosa, le lleno de caricias y de besos para calmar su enojo. Hasta ese instante todo marchaba más o menos bien, todos se controlaron y más aún, al saber que no encontraron nada de lo que buscaban, Comadre. Como quiera que fuera o haya sido, a mí ya me habían dejado saber un poco más de ellos y para colmo ya me habían dejado otra preocupación más. El Fantasma de un Hombre llamado Antonio y sus dos perros fantasmales y mitológicos, a los cuales según entendí, no sabían si estaban muertos, pero los escuchaban ladrar como si estuvieran de cacería. Mito o leyenda, hacían aparición en aquella Serranía a la cual nada tenía que ver, porque del pueblo al Rancho era un gran trayecto. El recorrido era simplemente inmenso. Según la descripción que había hecho Lucero de aquella mina, estaba simplemente lejana. Demasiado lejana del Pueblo al Rancho, y para colmo estaba bajo la construcción de lo que ahora era el pueblo. Ella misma decía no estar segura de donde estaba la mina. Solo dijo que en la falda del cerro cerca al rio. Para mi había sido una descripción pésima, pero, no podía estarle preguntando todo tipo de acontecimientos que ella me narraba de una manera, sino muy buena, lo hacía de corazón porque para ella era algo que la inquietaba y que sabía que tenía que contárselo a alguien para no cargar con esa culpa y preocupación de lo que ella sentía era un deber. Contarle a alguien del pueblo simplemente le callarían, pero, contárselo a una persona que se le consideraba un poco loca, era bueno e ideal porque nadie más lo sabría más que ella y yo, ya que seguramente solo se lo contaba a la mujer que cayada y sin preguntas y respuesta le escuchaba. Sin saber que a la persona que se lo decía tenía una memoria extraordinaria para todos, menos para ella misma. Y ella explícitamente había dicho, está en la falda del cerro cerca del rio. Eso quería decir que estaba, mucho más debajo del lugar donde yo había llegado o mejor dicho a donde me habían trasladado a vivir Don Arturo y su esposa. Ahora que lo pienso bien, apenas llevaba 4 días de haber llegado al pueblo y si es así, ¿Cuándo me lo dijo, Comadre? Tal vez me lo dijo cuando estaba escribiendo. Si mas no recuerdo, al segundo día comencé a escribir a todas horas, sino es que, lo comencé a hacer desde el primer día. Si lo comencé a realizar el primer día todo coincidía y no me había perdido de nada, pero, sino era así, todo esto será para mí una gran incógnita, Comadre. Si porque no estoy bien… no estoy bien segura de ello. Se que llegue de madrugada al pueblo y sé que me quitaron mis ropas y mis calzados para que me pusiera algo más cómodo y seco. Se que me arroparon y me dieron de comer, y casi me obligaron a tomar liquido calientes y frutas secas, chocolate y pan de los que ellos aquí hornean. Se que el pantalón de mezclilla que me dieron me quedaba muy ajustado, pero al mismo tiempo era cómodo y mis zapatos o zapatillas que llevaba las había llevado a limpiar y a la vez las habían guardado para cuando yo las necesitara. De hecho, me habían mostrado donde estaban guardas y lo recordaba muy bien. Estaban sobre una cómoda y mis ropas también estaban plenamente limpias y dobladas. Yo recordaba llevar un bolso de mano, pero, también recordaba que, el bolso se había quedado en el autobús. Yo lo había olvidado por completo al bajarme apresuradamente por la gritería de algunas personas en especial, mujeres. Si Comadre. Eso es lo que había sucedido, había olvidado mi bolso de mano en el autobús. Recordaba la granizada, la lluvia, las ráfagas violentas del viento golpeándome, empujándome, arrastrándome al infinito más obscuro y desesperante que jamás haya vivido. Entre más resistencia ponía más fuerte me empujaba y con más furor tiraba de mí, como si me tomara de los tobillos y al mismo tiempo me tomara de los brazos y me lanzara con fuerza hacia la carretera en la cual no quería estar porque podían pasar vehículos veloces y desaparecer mi cuerpo de un solo golpe. Era una fuerza inesperada, repentina y con demasiada determinación a querer terminar conmigo. Jamás pensé que el viento fuera tan extravagante y feroz, me levanta y me azotaba contra el pavimento. Fuerte, duro, violento y no me dejaba pensar. En cuanto me quería poner de pie me volvía a dar otra zarandeada y me jalaba de un lado a otro como si una fuerza invisible quisiera deshacerse de mí. Eliminarme de un solo tajo. Creo que es por ello por lo que me llevaba arrastras, de nalgas y en otras ocasiones a cuatro pies, como si el viento jugara conmigo. Esperaba quizá mantenerme en el centro de la carretera hasta que un vehículo pasara y me eliminara, pero ¡Dios...!, Dios estaba siempre conmigo, Comadre, protegiéndome de la granizada, de la lluvia y de un solo jalón me llevo a protegerme de todo. Me dejo en aquel paredón donde ya no sentía nada, ni lluvia ni aire ni granizo ni nada. Incluso mi propio cuerpo ya no lo sentía. Quise ver mis manos las cuales pensé, las tendría seriamente lastimadas, pero en ese instante no pude hacerlo porque la luz se había ido por completo. Pensé en mis rodillas las cuales creí seriamente lastimadas mientras giraba en medio de la carretera. Se que nunca maromeé, por el contrario, todo el tiempo había estado patinando de espalda, de nalgas, de rodillas y en algunas ocasiones me sentí, como si estuviera bailando de cabeza como si fuera un trompo. Por breves instantes me sentí como esos chicos en sus bailes, pero no, yo no baile, me arrastro el viento a su más entero placer, eso es lo que sucedió, comadre. Me sentí como un bulto pesado sin poderme mover sobre una patineta diabólica que me hizo girar a su más entero gusto y después me volvía a dar otra zarandeada voladora y me llevaba a depositar a la mitad del pavimento. Y después de soltarme, yo me ponía de pie como podía y corría hacia la orilla y me pegaba al paredón para que ya no encontrara aquel monstruo extraño que se ocultaba entre las sombras más tenebrosas de la noche. Los relámpagos comenzaron a aparecer encendiendo la luz y vi mis manos. Nada. Ni un solo rasguño en ella y sin embargo me ardían como si me hubiera arrancado la piel. Yo gritaba de dolor y al siguiente relámpago vi mis rodillas adolorida y... nada. Pero podía jurar que me dolían demasiado y entonces levanté mi vista y vi, las luces rojas del autobús alejándose cada vez mas de mí y al mismo tiempo cada vez que relampagueaba miraba a la distancia y ya no vi al autobús, sino que ante mis ojos apareció algo peor. Una Serranía llena de sombras y de nubes extendiéndose a la distancia y desde allá, brillaban las luces saltarinas de unos truenos relampagueantes y cegadores. Si la tremenda sacudida que me había dado el viento no era suficiente, ahora venia la lluvia para hacerme tragar todo el polvo que me había hecho comer a fuerza y que aun sentía en los labios. En mi boca había agua y lodo, aunque cierto es de que, no tenía tan mal sabor. Era una especie de barro y arcilla que la lluvia había ido a depositar en mis labios, quizá, para que jamás me olvidara de este momento tan aterrador. Yo sabía que así sucedería. Me acordaría siempre, siempre de este hecho tan imborrable de mi memoria ya descompuesta por tanta sacudida que me había dado el aire, el viento y la lluvia. En cada relámpago miraba a la distancia la serranía, mientras sentía morirme de miedo. Y cada vez que yo miraba hacia abajo, me sorprendían mis pies porque, los descubría mojándose, Comadre. Mojándose. Sentía el agua fría, helada como el mismo viento que giraba a mi alrededor. El viento me hacía girar y en cada giro parecía sentir que me arrojaban una cubetada de agua con granizo. El agua parecía envolverme como si fuera un tamal de hoja y en cada vuelta me recubría a brochazos fuertes que sonaban como el agua en cascada y me bañaba con su liquido frio y lacerante. El agua me dolía, me lastimaba y sentí que me provocaba un daño inmenso, físico y moral. Mi mente vagaba entre las sombras saltarinas de la tormenta. Gritaba sin gritar o tal vez, pienso que me parecía así, porque no podía escucharme. En cada trueno se apagaba mi voz. Y en cada centelleo aparecía y desaparecía la Serranía para luego, volverse a perder en la lejanía. Pensé que me era velada una nueva Ciudad. Pensé que tal vez llegaría al paraíso, pero no. Los tremendo truenos que iluminaban mi camino me mostraban otra cosa peor; mis pies bañándose en el agua fría y lodosa. Después, volvía el relámpago y los volvía a iluminar para descubrirlos, hundiéndose en el agua. La carretera de pronto se convertía en un profundo y aterrador Rio, el cual me iba arrastrando poco a poco hacia lo más profundo, hacia la curva tenebrosa y empinada que hacia un ruido trepidante. El agua corría rápidamente en un sonido fuerte e intenso y yo, comencé a gritar como una loca al sentirme arrastrada por aquel acantilado que, a lo mejor, solamente se encontrara en mi memoria, pero, aun así, me sentía al borde de la locura, sino es que ya lo estaba. Sabía que era una carretera, pero, era tanta el agua que caía que pronto esta, se convirtió en rio y sus orillas, algunas de sus orillas se iban convirtiendo en grandes acantilados que sonaban como rio entre peñascos. Otra vez el trueno ilumino mi cuerpo siendo arrastrado por una orilla pegada a los peñascos. Grite. Te juro que grite, comadre, pero mis gritos fueron apagados por un tremendo buche de agua que me había aventado. Quise pararme y me sumergí entre manotazos atroces y aterradores. Quise salir a flote y al parecer más me sumergía aquella agua pesada y fría. No sé cuántos tragos de agua fría, me eche, Comadre. Me imagino que muchos porque hasta la fecha aún sigo con la cruda… con la cruda realidad de que estoy perdida y para colmo de mis males, olvide todo de mí. Reconozco que bueno hubiese sido echarme unos buenos tragos de alcohol y así, hasta la cruda me parecería excelente, pero no, forzosamente tenían que ser de agua. ¿Se habrá congelado mi cerebro con tanta agua que tome, comadre? No, no lo creo. Yo sé que no puede ser así. Si me hubiera estado ahogando era muy seguro y, es más, hasta muy probable que mi problema fuera por alguna parálisis por agua en el cerebro, pero no es así, Comadre. En el cerebro, tengo agua, aire y ¿sabe dios que más, comadre? Pero ¿sabe? Es verdad, la carretera de pronto se convirtió en un profundo y aterrador, Rio el cual me iba arrastrando poco a poco hacia una gran cascada. El agua chocaba con las piedras y las piedras eran arrancadas y arrastradas. Pueda ser que me equivoque y que piense que los troncos eran piedras, pero no. Lo que la corriente se llevaba con un poco de dificultad eran piedras. Estas eran llevadas con gran fuerza entre la pared del peñasco y la carretera. Yo las miré venir y me hice aun lado brincando hacia la carretera la cual se iba convirtiendo en un gran Rio negro y estrepitoso. Yo sentía un gran miedo. No sé si grite. Supongo que sí. Si, si, grite, comadre, pero, también escuche otro grito de una mujer que me heló las venas e hizo que mi sangre dejara de fluir. Me paralice. Estuve así durante un buen tiempo callada, para ver si no era producto de mi imaginación y todo parecía indicar que sí. Entonces supongo que grite muchas, muchas veces para que ellos regresaran por mí. Supongo que implore no me dejaran ahí. Supongo que rogué a Dios, a la madre naturaleza y a los que me habían abandonado ahí en medio de esa tormenta les pedía que volvieran por mí. Perdóname Comadre si a veces utilizo la palabra supongo, pero es que, no estoy segura. A veces rogaba a Dios me iluminara el camino que pisaba y cuando lo hacía, enviándome un relámpago, quedaba tan ciega y aturdida por el gran trueno que, por varios minutos me seguía sonando en el cerebro el estallido y entonces, me arrepentía de a ver pedido ayuda. La misma ayuda que quizá me dio aquel hombre que me abandono cuando más necesitaba de alguien y ahora estaba allí. En medio de aquella gran tormenta implorando que todo terminara. Si Comadre, eso lo recuerdo bien. Eso lo recuerdo muy bien. Primero elevaba mis oraciones al cielo implorando ayuda y después, todo parecía indicar que absolutamente todo me salía mal. Camine entre los charcos y me arrastro aquella corriente en la cual tuve que nadar para no ahogarme y sentí que algo se quebraba en mí. Horrorizada completamente grite nuevamente implorando ayuda, pero, nadie llego. No tenía ni la más mínima idea de donde estaba. De haberlo sabido puede estar usted segura que, jamás pediría ayuda a nadie. Pero estaba en pleno campo. No había casas, no había albergues ni nada por el estilo. Sentí un pánico estremecedor y las piernas me volvieron a temblar y no precisamente por el frio, el viento y la lluvia. No, Comadre. Mi tembladera era por el miedo. No podía pensar en nada mas que, el frio y en aquella serranía que iba y venía como mi recuerdo, en aquellos instantes donde me perdía viendo las rayitas de la carretera. El cansancio me estaba venciendo y me sentía desfallecer. Yo quería ir por la carretera hacia arriba, por donde el autobús se había perdido en la lejanía, pero, mis pierna ya no daban para más. No sé qué me paso. Un desmayo, quizá. Fue un, ¡zas! seco en el agua, que incluso chacualee sobre aquella zanja. Desperté con un repentino grito de alguien que se ahoga y me siguió ese estrepitar de manazos sobre el agua de aquella zanja. No deseaba ahogarme y sino lo deseaba, lo único que tenía que hacer y tenía que hacerlo bien, era nadar. El agua se seguía acumulando sobre aquella zanja que me iba arrastrando cada vez más y más hacia la cascada que sonaba inquietante, tenebrosa, mientras iba saltando de roca en roca y me iba arrastrando en sus aguas turbias y para hacer más grande mi problema, a ciegas. Eso era lo más inquietante. A ciegas. Cuando las cosas puedes verlas no hay ningún problema, pero, cuando no ves absolutamente nada, no sabes que es lo que te espera, si un tronco, una roca o un arbusto amenazando con sacarte los ojos cuando pases cerca de él. Ese es un problema extra, Comadre. La sorpresa. No sabía dónde estaba delgado el arroyuelo ni donde se hacía más ancho o profundo. No sabía que tan altos eran los peñascos y si podía trepar en ellos para no seguir siendo arrastrada por la corriente. No sé cuántos litros de agua tome, Comadre. No lo sé, y a estas alturas ya no importa. No sé si el agua iba acompañada de sanguijuelas, tepocates o planchadoras, no lo sé, solo sé que me caí y fue demasiado feo. Fue un tronido inmenso y en el momento en que caí sobre la corriente, me ilumino un relámpago que para colmo de mis males cayó cerca, y pensé que me electrocutaría, pero no. El maldito trueno me obligo a saltar del agua y caí de pie sobre la carretera. Reconozco que sentí demasiado miedo. Mucho miedo, Comadre. El agua seguía cayendo a modo de catarata y no solo era un ligero rocío, no para nada, eso era lo verdaderamente peligroso y para colmo de mis males sin saber dónde estaba. Me parece que me parecía al rey león buscando una subida por donde poder trepar al peñasco y por la maldita distracción de buscar solución donde no la había, perdí el paso y caí sobre la corriente la cual me arrastro varios metros. Gracias a Dios, comadre que tuve la suerte de encontrar una roca a flor del agua en la cual me aferré con todas mis fuerzas. A esa altura el agua daba vuelta hacia lo que parecía una cascada. Se podía escuchar cómo iba cayendo escalones abajo. Y luego el gran sonido que parecía arrastraba de todo. Era un crujir de tierra, piedra y madera. Y de pronto aquella claridad rebelde y cristalina donde las sombras comienzan a saltar por todas partes. Los relámpagos sonaban ala derecha, a la izquierda y por todas partes. Fue entonces donde supe dónde estaba. Este es, el maldito ojo del huracán. ¡Padre mío, ayúdame! Implore. Aunque más bien, pensé decir lo mismo que dijo Jesucristo en la cruz. ¡padre, en tus manos encomiendo mi espíritu! Y lo último que escuche fue un, ¡zas! Cayo mi rostro sobre la piedra y mis brazos chapotearon con el agua de la corriente. Una vez más me despertó la granizada y volvía comenzar todo de nuevo. No supe cuánto tiempo me quedé dormida y esta vez, comenzaba a tener ligeros periodos de olvido. Recordaba que había rogado pidiendo ayuda, pero, también sabía que nadie había venido a mi auxilio durante un gran tiempo el cual había luchado como una gran guerrera contra las aguas hasta que al fin me venció y, supongo que me había desmayado por el cansancio, porque eso de dormirme, la verdad lo dudaba demasiado, Comadre. Si, supongo que en este tiempo me desmaye y me había quedado atorada en el tronco de un árbol que al parecer le habían cortado muchas veces porque sus ramas iban a dar a la carretera. De no haber sido por ese tronco el agua me habría arrastrado carretera abajo o tal vez me habría arrastrado por aquellos peñascos quitándome la vida, Comadre. ¿No sé si hubiera sido mejor morir? A veces pienso que sí, que es mejor morir a permanecer con una familia que te tortura a cada instante y que no sabes si ellos también desean tu muerte, pero, hoy sé que, solo Dios te la puede dar o te la puede quitar cuando a él le plazca. Aunque, a veces pienso Comadre, que Dios lo que más desea es que nosotros mismos solucionemos nuestras vidas y que es por ello por lo que a todos nos hizo diferentes. A todos nos ha dado un problema diferente y desea que todos nosotros lo solucionemos en grupo y no de persona a persona. ¿Qué piensas comadre de eso? interesante, ¿verdad? Si, yo creo que es por eso, por lo que nos ha dicho, "Ámense los unos a los otros". Yo creo que es ahí donde está la solución a todos nuestros problemas porque de ser lo contrario, no existirían sus diez mandamientos los cuales son un conjunto de principios éticos y de adoración; amaras a Dios sobre todas las cosas. 2,- no tomaras el nombre de Dios en vano. 3,-santificaras las fiestas. 4,-honraras a tu padre y madre. 5,- no matarás. 6,- no cometerás actos impuros. 7,- no robaras. 8,- no darás falso testimonio ni mentiras. 9,- no consentirás pensamientos ni deseos impuros. 10,- no codiciaras los bines ajenos. Jesús, Comadre, lo que hizo fue resumir en la ley los dos grandes mandamientos que nos enseñan el deber de amar a Dios y al prójimo. En las dos demanda respeto hacia la figura y el nombre de Dios, incluyendo la vinculación del Padre e hijo, al igual nos prohíbe cierta clase de elementos oscuros, como el caso de la Mentira, el Hurto, el Adulterio, la Avaricia y el asesinato. Para Dios esa es toda la ley. Siendo así, nosotros en grupo somos la solución de todo, de nuestra muerte y nuestras enfermedades. De todos nosotros depende el progreso y hoy se, que aquella mujer avariciosa y endemoniadamente posesiva, agresiva y adinerada, hacia muy mal en todo lo que realizaba. Lo que no entiendo y que jamás podre, entender es, ¿por qué la había tomado conmigo y contra mí, si yo nada le había hecho? Pero, a lo que recuerdo siempre, desde mi llegada al pueblo la había tomado contra mí. Todas sus frases, todas sus palabras y todos sus comentarios estaban dirigidos a mí de muy mala fe. Es increíble, comadre y la verdad no lo entiendo es, ¿Por qué la gente odia sin conocer a la persona? Ese era el caso de ella, me odiaba sin conocerme y creo que me odio desde el primer instante en que me vio sentada sobre aquella barda, mientras que Lucero me hablaba de ella y de sus problemas con la vida. Lucero no me hablaba de su mamá sino de ella misma y de todo lo que a ella le rodeaba. Tal vez fue en aquel instante en que me hablo de la mina, pero ¿Sabe comadre? No lo recuerdo así, creo que fue en otro instante. Creo también comadre que, ya me habían traído aquí. Si no me equivoco fue el primer día en que llegamos. Llegamos, nos aseamos, y nos dirigimos hasta este lugar. Creo que solo hicimos observación de todo y los Abuelos cansados, tristes y aburridos por todas las pérdidas se regresaron para el pueblo. -Todos experimentamos muchas perdidas a lo largo de nuestras vidas, pero, la muerte es la única que no tiene solución, Abuelo. Eso se puede arreglar y creo que se puede hacer, incluso con los ojos cerrados -. Dije y todos se rieron. Ahora recordaba que el mismo Carlos era quien había dicho, - Esta sí que esta mensa de remate-. Dijo y algunos rieron un poco, los demás solo se limitaron a guardar silencio. Al llegar al pueblo fue cuando nos encontramos por primera vez ella y yo. Aunque no sé, no estoy segura. ¿Por qué comadre? ¿Por qué no estoy completamente segura de todo lo que he vivido aquí? ¿Por qué no logro recordar absolutamente nada de mi pasado, antes del autobús? ¿Cómo llegue ahí? ¿Sabe comadre? A veces pienso que fui teletransportada de otra galaxia, de otro tiempo mucho más avanzado que todo esto, pero, no logro recordar nada. Del autobús para acá casi lo recuerdo todo, pero no antes. Es como si me hubieran borrado la memoria a propósito. Si es así, ¿Por qué? ¿Con que fin? ¿Cuál es el lado obscuro de mi pasado que a veces pienso, que fui traída aquí con un propósito? Si es así, ¿Cuál? ¿Cuál es el propósito de traerme aquí y con esta Gente? ¿Sabes Comadre? A veces me siento como un agente especial encargado de una misión. Tal vez mi misión sea derrotar la tiranía de esta mujer llamada Priscila a la cual a veces siento odiar por su forma de ser, pero, luego lo pienso bien y me acuerdo de sus actos y su mala conducta y me arrepiento porque quizá no sea tan mala y solo sean apariencias y entonces deseo ser su amiga y ayudarla, pero, luego a verla me arrepiento de mi pensamiento y trato de alejarme de ella lo más que puedo porque creo ver en ella su maldad y la considero o mejor dicho, todas la consideramos, si comadre se le considera una mujer de sumo cuidado, pero, he descubierto que no es tan mala como se piensa porque he encontrado también un lado bueno. ¿Cuál es su lado bueno comadre? ¿He? ¿usted lo recuerda? ¡No! No comadre. Yo tampoco lo recuerdo porque, siempre que ha estado cerca de mí, solo encuentro maldad. Aunque, viéndole bien, no es maldad, sino, una mala interpretación de nosotros hacia ella por la forma tan seca y sincera de decir las cosas. Tal vez ese sea su peor problema y motivo por el cual se le juzgue. ¿Acaso la gente guzga por lo que ve y también malinterpreta por maldad su forma directa de hablar y de... expresarse sin un estudio en lo particular? Eso es interesante, Comadre. Creo que juzgamos mal a una persona por su mala educación e interpretamos mal sus palabras mal dichas. Quizá no era adecuado decir; -estoy harta de escuchar tantas sandeces. Esas son estupideces-. Eso dijo y creo que todos se enojaron por la forma en como lo dijo, ya que utilizo ademanes y fuete, golpeando la banca. Tal vez no era lo correcto porque incluso su mirada se volvió con furia hacia el pequeño haciendo que la madre se enfureciera también. Genaro se adelantó para proteger a su hijo y creo que yo misma me puse en alerta. No supe porque comadre, pero, creo que también me puse en alerta y hasta ahora solamente le doy vueltas y vueltas al asunto. No creas comadre, no creas que me acuerdo de todo a la perfección. No, estos recuerdos me llegan a pausas, y luego intento armar el rompecabezas de mi vida. Una vida que no estoy segura si viví o solo es un recuerdo que me inyectan mientras estoy tirada en la cama de un hospital, muriendo. Si comadre, me siento como un ser invalido postrado en una cama de hospital donde me inyectan cosas para que pueda tener recuerdos a base de alguna droga o tal vez me inducen recuerdos por medio de una computadora mientras estoy metida en un frasco. Si comadre, tal vez solo sea eso y cuando lo pienso me lleno de desesperación al saber que solo soy un experimento. ¿Si Comadre, soy eso? ¿un experimento científico? ¡Ayúdame comadre! ¡Habla! por favor no permitas que muera aquí y ahora en esta angustia tan grande de no saber quién soy. Habla, no te quedes callada. Habla y ya deja de mecerte en esa silla tan... inquietante. Déjame respirar comadre. Déjame. ¡um! ¡ah! déjame inhalar y exhalar. ¡ah! Deja que me tranquilice. Permite a esta loca mujer, tranquilizarse. Perdón comadre. Perdón por mi frustración, por mi coraje y por mi desesperación. Perdón, pero, también quiero que me entiendas y que me comprendas del cómo me siento, aquí, tan sola y olvidada y para colmo de mis males, deschavetada. Deschavetada y tirada aquí, en medio de la nada. Entiéndeme Comadre. Entiéndeme. No te reprocho tu silencio, no para nada. Lo único que te pido es… que me ayudes a recordar quien soy y de dónde vengo. Lo único que te pido es que me ayudes a saber más de mí. Quiero estar segura de que no soy un experimento y que no vengo del futuro o de otra galaxia o de alguna nave extraterrestre que me ha botado aquí. Eso es todo lo que te pido, ayuda. Pero, no… ¡zas! ¡zas!, tú lo único que quieres es callar. Callar y dejar que yo me desespere. Dejar que yo me haga daño con mis recuerdos que no me llevan a nada. Tú lo único que quieres es dejar que me destruya y que me envejezca aquí, contigo. Perdida entre la nada. Mírame ahora. Ve como estoy sufriendo. Como estoy llorando y como… como me pongo furiosa al saber que no soy nada, que no soy nadie, que no sé quién soy y que no sé de dónde vengo o, a donde voy. Lo único que se comadre. Lo único que sé es que, estoy aquí y ahora, contigo. Solamente contigo y que es igual a no estar con nadie. O hablas, no escuchas y no te mueves. Tu no vas a ningún lado como yo, que puedo moverme y puedo ir y venir y, ¡Mírame! No me sirve de nada estar así. No me sirve de nada, tener movimiento y pensar, sino puedo ir a ningún lado. Tú, te meses y te meses sin parar, pero, no te paras. Nunca te he visto ponerte de pie, no te he visto caminar por el corredor de la casa como yo lo hago, que ya parezco un león enjaulado. Está bien, yo te entiendo, de nada me sirve desesperarme y tú, parece que tienes los nervios de acero y los míos se hacen trizas a cada momento, ¿De qué me sirve? ¿De qué me sirve poderme mover sino puedo ir a ningún lado? ¿Sabes? Sin memoria no sirvo. ¿Lo sabias? No, no lo sabias, Comadre. Es por eso por lo que la gente me llama loca. Tú no sabes nada. Escuchas y escuchas, pero… por un oído te entra y por el otro te sale y, cuando ya estas cansada de escucharme, te tapas con ese zarape el rostro para dejar de verme y así, poderte reír de mí. Si. Te tapas el rostro para así, poderte reír de mi libremente. Aunque te soy sincera, Comadre, nunca he escuchado tus risitas, segura estoy, ¡mírame! Segura estoy de que te burlas de mí. Luego, cuando me enojo, te destapo y te veo…, ¡Dios! …y me ves. Es ahí donde me doy cuenta de que, en verdad estoy Loca. El brillo de tus ojos me lo dice todo y me asegura que, en verdad, que en verdad yo soy, "¡La Loca que llego con la Tormenta!". Todos los Abuelos me dicen "La Doña", "La Doña" y no son como los muchachitos tan irrespetuosos, que me apodan, "¡La Loca que llego con la Tormenta!". No, ellos me llaman "La Doña" y sienten mucho respeto por mí. ¿Por qué, comadre? ¿Por qué siente mucho respeto por mí? ¿Qué es lo que ellos saben de mí que yo no sé? Yo creo que nada, pero, les gusta ser respetuosos con todo mundo y creo que es por eso por lo que siempre están juntos. Les agrada estar así, no pelean, no discuten y siempre están tratando de hacer algo juntos y dándole armonía a su vivir. No cabe duda de que la mejor medicina para el alma es la dulzura y compañía de otro ser humano. La compañía amable y respetuosa así, como la que ellos se brindan y tratan a los demás como les gusta que los traten. Me gusta estar con ellos, porque le hacen caso a todo lo que digo, aunque solo sean locuras como dicen los chicos, pero, luego pierdo el sentido del tiempo y ellos gritan, -ya se deschaveto-. Y eso me molesta comadre, luego salgo corriendo como lo que soy, una loca, y me pierdo por completo en mi mundo de sombras donde vago, descarriada, hasta que Lucero viene y me ayuda a recordar, aunque no lo pueda hacer siempre. Solo ella puede ayudarme porque usted, comadre. Permítame decirle que usted jamás me ayuda. Se que puedo estar hablando horas y horas con usted, pero, la verdad es que jamás me ayuda y hay veces en que me molesto con usted y en lugar de ayudarme a serenarme y hacer que me tranquilice, no, usted se tapa el rostro para no mirarme. ¡y mire que soy tonta!, siempre hago lo mismo, voy a destaparle y al ver su rostro…, enmudezco. Enmudezco al ver su rostro porque descubro la terrible verdad. En ese instante sé que estoy loca. Me entran unas ganas inmensas de patearle comadre, pero, me contengo porque entonces sí que me declararían completamente loca y muy posiblemente me llevarían al manicomio y entonces me pregunto, ¿Qué será de usted sin mí? …Al descubrir mi verdad y su verdad, me tranquilizo porque se…, que ambas no existimos. Después, ya calmada la tapo y la arropo atal forma que solo veo tus sandalias negras con bolitas blancas. Tu no dices nada como siempre y permaneces calla y sin ningún reproche permites que te arrope para soportar el frio de la noche y de la ausencia de todo. ¿Recuerdas que una vez me enojé tanto que creí, que por primera vez discutiríamos demasiado? No lo hiciste. Recuerdo que te tape sumamente molesta y espere a que me riñeras a que manotearas porque es verdad, el sabanazo fue fuerte y sin ningún miramiento y después espere a que protestaras, y nada. No hubo ningún gemido ni un solo manoteo, nada. Recuerdas, ese día estaba muy enojada y ya no quise destaparte. No supe si volviste el rostro hacia mi o te volviste hacia la pared y te tapaste los oídos para ya no seguirme escuchando. Quiero que sepas que estoy arrepentida de ese día, no debí hacerlo. Tu seguías y seguías meciéndote en tu silla incansable y la verdad, quise detenerla y pararte para seguir hablando, pero, me arrepentí. Detuve mi pie a medio camino y te vi, como siempre, impávida sin un solo rasgo de temor a mi enojo y solo permaneciste así, mese y mese. Solamente en una sola ocasión me atreví a detener tu silla, pero, hasta la misma silla protesto por mi locura. Comenzó a producir un sonido tan fuerte y lastimoso que me hirió los oídos y entonces me lleno de frustración y me calmo. Parezco una psicótica y ese sonido de matraca vieja me vuelve a la realidad y... entonces suelto la silla para que la muevas a placer. Después ya con más calma vuelvo a mi frustración y te vuelvo a reclamar de ti de mí y de tu flojera y te pregunto nuevamente, ¿Por qué no almacenas nada? ¿Por qué no guardas ni un solo recuerdo, nada? Así como lo hago yo que cuando recuerdo algo, pierdo el contacto con la realidad y es entonces cuando vienen a mí los delirios y alucinaciones. Ahora entiendo por qué no guardas nada en tu cerebro, también te da miedo perderte como yo. Pero, mi problema es único, soy lo que sé que soy, aunque ni tu ni nadie me lo crea. Yo almaceno en mi cerebro lo que me sirve y hago de él lo que yo quiero hacer de la idea que guardo, pero ¿De qué me sirve sino puedo procesar nada? Lo que almaceno lo olvido y después, después todo queda igual como si no hubiera vivido nada en un ayer triste y vacío. Así me siento, Comadre. Pero ¿Sabe? A mí no me despiertan los grillos ni tengo un reloj cucú que venga a despertarme, porque siento que soy la que los despierta a todos. Siempre me he sentido despierta. Siempre he estado aquí, noche y día y siempre me descubro algo nuevo. ¿Eso es vivir? Dime, comadre. ¿Eso es vivir? ¿ir conociendo e ir descubriendo algo nuevo cada día, es vivir? ¿Si Comadre? ¡Ah! Cuanta tristeza hay en mí y, sin embargo, siento que sirvo para algo muy importante. Si comadre. Así lo siento, ¿Qué es? No lo sé. Pero te prometo que voy a descubrirlo. Tengo que saber que es. Por lo mientras me he dedicado a escribir todos mis recuerdos en estas libretas. Se que tengo que volver las hojas una y otra vez para acordarme un poco más de lo que me sucedió, pero, te prometo que voy a saber mi meta y mi propósito en la vida. Se que sirvo para algo muy importante, pero, no sé qué es. Lo voy a descubrir, si comadre, lo voy a descubrir. Aquel día todo volvió a la normalidad cuando llego Fermín diciendo: - nada patrona. Pero, lo que a mí en particular me había sorprendido era el enojo repentino del Abuelo Arturo y la forma tan directa de acusar a Priscila de armar todo un teatro con la imitación de un perro, supuestamente realizada por uno de los hombres de Priscila. Para mí que el Abuelo se sacó un As de la manga. Porque después de hacer pasar por un hombre exageradamente enojón le vi guiñar un ojo a Cipriano y a Luis. De la misma manera creo que lo tomo Oscar y el mismo Genaro que trataron de ocultar sus rostros para reírse. Eso quería decir que era verdad, él se había sacado el As de la manga y lo estaba utilizando. Aunque también, muy probablemente ya sabían lo que iba a ocurrir al tenerla ahí y el mismo preparo todo sin que ninguna de las mujeres se enterara porque de ser así, ellas le echarían a perder su plan con Priscila que estaba asustada. Le había acusado directamente para calmar un poco su grandeza de sentirse La Gran Patrona. En el semblante de Priscila se veía que deseaba ponerse de pie he irse, pero, al mismo tiempo deseaba seguir ahí, escuchando de todo lo que pensaban hacer. Eso era lo que más le interesaba y no pensaba abandonar su meta nada más porque el Abuelo la había acusado directamente de ser capaz de inventar cosas y de participar con su hermano. Aunque se suponía que ella era socia también de ellos porque, era una de las dueñas de la mina al igual que ellos. Me pareció que Lucero había mencionado que el Abuelo tenía la documentación de la mina donde estaban como socios todos ellos y sus mujeres. Nadie podía vender la mina porque se opondrían todos los demás donde se tomaría como un Intesto. El único en hacerlo era El abuelo Arturo y como era totalmente derecho con todos ellos, sabían que lo primero que haría era llamarlos a firmar a todos. Era por eso por lo que confiaban a ojos cerrados en él y algo más. Nunca, por nada del mundo salía solo a ningún sitio sino iban ellos con él. Eso quería decir solo una sola cosa. No podía ser infiel con ellos porque para todo los tenia a un costado de él. Eso es lo que me encanto de él, que nunca iba solo a ningún lado y creo que ni siquiera para ir al baño. Eso hacía que incluso su misma esposa no sintiera una razón por la que él le fuera infiel. Lo mismo sucedía con ella, todo el tiempo estaba con ellas, para todo. Isabel, Rosaura y la mujer de Genaro. Un buen trio y la que en estos casos les hacia el feo era la misma Priscila que por más que intentara decir no, el solo ir acompañada de tanto hombre ya era motivo de sospecha. Porque se podría poner en contacto con cualquiera de ellos para perjudicarlos. Esa era toda una realidad. Si durante mucho tiempo no me visitas y ahora que hay alguien más en mi vida me buscas es por algo. Y eso lo sabían todos ellos. Se decía que le habían visto reír muy contenta al enterarse de que les había ido mal con la tormenta y ella sonreía feliz. Pero, con la tormenta llego una loca que les está ayudando o los quiere ayudar porque, se le ha visto trabajando noche y día. Si es así, quiero conocerla y vino para investigar, enterarse por cuenta propia y allí la teníamos tratando de volver a la plática en la cual nadie la tomaba en cuenta y yo, lo último que recordaba de ella, eran unos gritos y unos golpes en las bancas con su fuete y diciendo que los fantasmas no existían. Fermín se fue y ella nos descubrió a todos nosotros mirándola como si no supiéramos que se enfurecía de fea forma. Ella hizo caso omiso de nuestras miradas y como si no hubiera sucedido nada en absoluto se encamino hacia Doña Rosaura y comenzó a platicar con ella. Don Arturo se quitó de ahí y se fue hacia la salida para preparase un cigarrillo de hoja en lo cual lo acompaño Cipriano. Ellos dos se había retirado un poco de todos nosotros para disfrutar de su cigarrillo y hablar con Cipriano de lo que se había realizado durante el día. Hablaban y me miraban. Se sonreían y volvían a lo suyo, mientras que todos nosotros nos estábamos comenzando a aburrirnos. Y creo que fue entonces cuando volvíamos a escuchar a la Gran Patrona a hablar más fuerte. - ¡Ah! Tremendo susto nos ha dado esos perros... perdón, esos ladridos que trajo el viento de unos perros... fantasmas. ¡Ba! Supuestos fantasmas, niños. Porque miren ustedes. No soy tonta y ni me chupo el dedo, ¿Saben? Esos fueron ladridos de dos perros muy vivos, y no de fantasmas ni nada de ultratumba como muchos de ustedes piensa. Como quiera que haya sido, se acabó. Dejen de pensar en idioteces. Los muertos, muertos son y para mí, los muertos, están en sus tumbas y no salen, ni han salido y ni saldrán de ella para venir a molestarnos. Eso lo tengo muy claro. Mi padre que era un hombre extraordinario, fuerte y muy conservador, y que se, todo lo manejaba con sabiduría, decía que, los cuerpos de las personas fallecidas quedaban en la tierra esperando a ser calcinados por las erosiones volcánicas y así formar parte de la tierra. Lo que es de la tierra a la tierra volverá. Lo que es de polvo al polvo volverá. Eso decía y la verdad yo le creía y la verdad, yo no creo en los Fantasmas. Jajaja. Termino diciendo mientras me veía. Muchos de los chicos ni siquiera le pusieron atención, ellos estaban muy entusiasmados mirando los ojos de las chicas y las chicas muy coquetonas y risueñas los esquivaban como diciendo; No te voy a poner todo en la mesa, solamente quiero que sepas que me gustas. Hasta ahí. Y volvían sus rostros mientras dejaban ver sus ojos brillantes y su sonrisa tierna y apasionada. De los Abuelos nadie decía nada. Hasta que Carlos se atrevió a hablar impulsado por la chica, Esmeralda, que le tomaba el brazo y le sonreía: - Miren todos ustedes -, dijo un poco inseguro y sin saber realmente como comenzar. -Se que no soy muy bueno para contar cuentos de terror, pero, creo que mi hermano José Luis tiene razón. Antaño nos reuníamos para contarnos cuentos después de comer y nos íbamos a casa muy contentos y, a veces muy nerviosos porque los cuentos eran muy buenos. Creo que la mejor narradora de los cuentos de las 300 tardes de terror era Ana y desde que ella falleció dejamos de hacerlo. Se que han pasado algunos años, pero, creo que nunca es tarde para volver a comenzar. Creo que podemos comenzar de cero y aprender nuevos cuentos para narrarlos aquí -. Y la verdad yo me emocione, Comadre y mi mente voló. Quizá este era un buen motivo para asesinarla. Tal vez eso puede ser, Comadre. Digo que tal vez, porque ella hacía que todos los chicos se volvieran buenos al menos por un par de horas en las cuales ella lograba llamar su atención y les despertaba la mente para que ellos estudiaran. Eso hacía que todos se volvieran buenos e inteligentes al hacerlos pensar y al mismo tiempo se volvían unos escuchas extraordinarios. Tal vez este sea el motivo por el cual la mataron, pero, lo verdaderamente intrigante es, el robo. Tal vez la mataron porque ella escucho que planeaban robarlos. Y ella escucho, comadre. Aunque también suena en mi mente el Tío de la silla de ruedas. ¿Quién es, y porque se dice que este camina? ¿Tal vez el, la mato, porque le descubrió que camina? ¿Sabe Comadre? ¿Qué pasaría si este también mato al Gato y lo hizo desaparecer para que pensaran que él los había robado? Recuerde que según se dice que desde ese día ya no se le volvió a ver por ningún lado. No hay ninguna prueba de que él esté vivo y ni cuenta bancaria que este a nombre de él, porque dijo el Abuelo que era muy probable que haya montado una empresa para que así no supieran de él. El problema es que, si montas una empresa, debes de demostrar ante las autoridades de donde salió el dinero. Eso solamente tiene una sola explicación. Si él viajaba a otro país, se cambió el nombre y abrió una cuenta bancaria para luego trasladar su dinero, el cual ya había realizado esa traslación Bancaria y muy probablemente, ya estaba realizando una empresa incluso aquí mismo, con dinero supuestamente del extranjero. ¡um! Interesante. Es por ello por lo que no saben que sucedió. Y tampoco se puede investigar en otro país sin que exista una orden, judicial. Si no existe acta de robo, no se puede hacer nada porque no hay investigación y si lo hicieron es muy probable que la misma Priscila haya estado de acuerdo y soborno a las autoridades del municipio. Con dinero baila el perro. ¡um! Interesante. Todo lo que les ha pasado a ellos ha sido previamente planeado. No hay ninguna duda. Bueno, como quiera que haya sido, ya la habían matado y no había forma de probar que había sido asesinada y no había sido un accidente. El problema es que, la habían asesinado y era un poco tarde ya para investigar. Eso solamente significaba una sola cosa, yo había llegado tarde, demasiado tarde para ayudarles a solucionar. Si Comadre, había llegado tarde y según escuchaba ya habían pasado algunos años y creo que ellos, todos ellos también habían dejado de estudiar por este motivo. Quizá por miedo a ser asesinados al salir del pueblo. Porque eso es lo que le escuche decir a Lucero. Tenían que ir a estudiar la preparatoria al municipio y no había transporte para ir y venir. ¡oh vaya, menudo problema! Y era verdad, no había carretera del pueblo a la carretera donde me habían abandonado. El ir y venir del pueblo al municipio hacia demasiado problema y consumía demasiado tiempo y sobre todo cansancio. Para que ellos pudieran estudiar tendrían que quedarse a vivir en el municipio, pero, corrían peligro. Y eso le preocupa a todo buen padre de familia. Por ello todos los socios estaban permitiendo ser consuegros. Esto era exageradamente interesante. Para que estudias si vamos a ser consuegros y socios del pedacito de tierra que nos quedó. Era por ello por lo que les permitían a sus hijas estar cerca de ellos, deseaban que se casaran con todos ellos y así, consuegros, socios y amigos. Todo en Familia. Los vi y pensé que, era por ello por lo que algunas de las chicas se alegraban al verlos trabajar, pero había otras que no se alegraban tanto, porque deseaban compartir el pastel con la mera, mera, La Gran Patrona, que muy seguramente los llevaría a la ruina para así poderse quedar con todo. Ese era otro cantar, y era muy bonito plan. Ya lo había descubierto todo. pero, ahora venia lo bueno, y no era precisamente para ellos, sino para mí. Me iban a abandonar y era solo cuestión de horas. Así que, preferí no pensar y me dediqué a escucharlos. El que narro un pequeño cuento fue, Antonio y entendí que él era el ahijado de Antonio el hermano de Genaro, y por lo que había visto aquí, el que apadrinaba tenía el derecho de ponerle su nombre al ahijado, así sucedía con Priscila, La Gran Patrona, que le había puesto su propio nombre. José Luis, también llevaba el nombre del padrino, Don Luis. Bueno hasta ahí lo entendía todo, y por ello se decían Comadre con Priscila y compadre con El Abuelo Arturo. Eso es lo que sucedía nada más con ellos dos y posiblemente dejaron de hacerlo porque ella ya mostraba sus malas intenciones de apoderarse de todo. ¡um! Interesante. Pero a mí lo que sinceramente me preocupa era su estudio, tenían que seguir estudiando. Un hombre sin estudio no vale nada, Comadre. Nada. Creo que Priscila estaba exagerando demasiado al querer apoderarse de todo, ¿Qué ganaba? Creo que si los muchachos se quedaban sin estudio también perjudicaría a sus hijas, ya que las tres estaban involucradas con tres hijos del Abuelo Arturo; Cristal la mayor con Alberto, Esmeralda la de en medio con Carlos y, Lucero la más pequeña, con Victor. Si era así ellos sufrirían las consecuencias porque, aun heredando no sabrían cómo manejar sus negocios. Ese sería su peor error y gran pecado. Dejarlos sin estudio, eso estaba raro, muy raro. A menos que, solamente los emocionara y los dejara vestidos y alborotados y a última hora se arrepintiera y se llevara a sus tres hijas y no volviera a dejar que los vieran. Entonces, si ella veía con buenos ojos esto, ¿para qué perjudicarlos? ¿Porque perjudicar al enemigo si tarde o temprano esa maldad te va a alcanzar a ti? Aunque creo que, ella prefiere que sus hijos no estudien, por el sistema de estudio. Al seguir estudiando creo que irían lejos y esa lejanía a ella le asusta por la irresponsabilidad de la Gente. Creo más bien que es este el problema y la gran razón. Pero, si ella misma como mujer poderosa pone el ejemplo, esto mismo hace que sienta miedo por sus hijas. Si ella misma es capaz de ocasionar tanto problema, tiene miedo de que sus hijas caigan en la maldad de otras personas como ella misma. ¡um! Interesante. Que cosas comadre, el mismo Demonio tiene miedo de sí mismo o que exista otro diablo peor que él. Cómo ve esta acción, Comadre, interesante, ¿Verdad? El mismo Demonio siente miedo de sí mismo. Creo que, si ella misma se pusiera a pensar en el miedo que ella ocasiona a los demás y después se reprime a ella misma, pienso seriamente que dejaría de hacerlo y se dedicaría más a prepararse y, a ayudar a los más, eso la gente se lo tomaría en cuenta y al dejar de sentir miedo por ella, le cuidarían. Creo que le cuidarían mucho más de lo que ella se imagina, en lugar de sentir miedo por ella. No voy a negar que ahora todos la odian y los que le tienen amor, por lo que un día fue, sienten que la están perdiendo en cada paso que da. Mañana, cuando ella de pasos agigantados ya nadie podrá alcanzar sus pasos y se perderá buscando el triunfo que, en la soledad, jamás encontrará. Quisiera decirle lo que le va a pasar, pero, creo que se encuentra en las nubes, casi inalcanzable por ahora. Creo que sería mejor esperar y así lo hare, Comadre. Así lo hare. ¿Sabe Comadre? ahora por donde quiera que volteaba, mi vida era interesante. No sabía mi nombre ni quien era, pero, de que era…, interesante, es interesante. Todo me parecía estimulante y en cierta forma me agradaba mucho porque me hacía permanecer activa mentalmente y sirviendo para algo, aunque por ahora solo fuera ver sin que pudiera participar en nada, pero, ya llegaría mi turno de demostrar que era buena en muchas cosas. ¿En verdad era buena en demasiadas cosas, comadre o solamente era mi forma de pensar la que me estimulaba a demostrar que era mucho más de lo que todos ellos veían en mí? ¡ah! Como quiera que sea, eso era excitante para mí y deseaba ver a los chicos actuar en sus cuentos y escuchar como los contaban y referente a que se dirigían. Yo, a todos ellos los descubría buenos, buenas personas influenciadas por algo o por alguien que solo deseaba hacer daño, y era ahí, donde estaba lo interesante porque yo podría ayudar a sacarlos adelante o ellos terminar de hundirme. ¿Qué es lo que pasaría, Comadre? ¿Quién saldría triunfante? Se que esto no es lo más apropiado para los adolescentes, porque un error muy grande se puede cometer a la hora de contar un cuento de terror y esto haría que todos ellos sufrieran pánico de miedo. Así que, tenía sus veneficios y sus contras. El veneficio radicaba en mantenerlos despiertos y pensando, y al mismo tiempo se iban preparando para la narrativa que a largo plazo les haría no sentir miedo a la gente, pero, la contra seria, crear una sicosis de miedo en la cual no podrían dormir bien y se despertarían siempre con demasiada ansiedad y con la realidad de que no pueden dormir bien. Así que, a largo plazo tendrían que utilizar medicación para poder dormir. A menos de que gastaran demasiado sus energías y esta sería la cura, pero no creo que ellos lo sepan. En fin, me dedique a escuchar y pensé que, quizá, en algún momento me tocaría también participar y alentar las historias. Antonio había terminado su historia de un par de chicos en la mina, sacados y salvados por un viejo al cual le llamaban Abuelo y, creo que a nadie le gusto porque estaba atacando directamente al Abuelo Arturo. El cuento en sí era bueno, la historia y la trama, interesante, pero, había tocado el nombre o sobrenombre y eso echo a perder la historia, la cual nadie aplaudió por amor al Abuelo Arturo que fue el único que aplaudió el gran atrevimiento de su propio hijo en lo cual, Priscila puso una cara de estar ofendida porque insinuaba que, el padrino Antonio estaba vivo. Después. Le siguió un gran silencio, nadie quería continuar por temor a que se burlaran. Carlos que había sido el de la idea de contar cuentos ya no estaba tan seguro de lo que había propuesto y se vio obligado a ser el siguiente. Pero esta vez se estaba asegurando de no a ver sido contado por nadie y que no ofendiera a nadie. Eso iba a ser interesante, se podía ver por su rostro que ponía Carlos al iniciar: -Creo que podemos comenzar de cero y aprender nuevos cuentos para narrarlos aquí -, había dicho y yo seguí escuchando. - Creo también, que todos estamos de acuerdo, y que no hace falta preguntarles nada al respecto, ¿Cierto? -, pregunto. La mayoría no respondieron en un sí rotundo, pero, con un solo movimiento de sus rostros y un ademan con sus labios y boca, entendí que todos estaban de acuerdo y así comenzó. -Hoy recuerdo que, en la cabaña de la Familia de la Rosa, había ocurrido algo que parecía ser un asesinato. Había muerto un niño y la mama había jurado vengarse. Los dos se habían preguntado, quien había sido el autor de ese crimen. Ninguno de los dos sabia absolutamente nada y no tenían ni la más mínima idea de lo que había ocurrido, solamente sabían que su hijo, su único hijo había muerto y no sabían quién lo había matado. Cuando esto sucedió la madre atendía la cocina, mientras que el padre había llevado a sus burritos a beber agua al único arroyuelo que tenían más cercano a su cabaña y al regresar lo había visto allí, tirado en un charco de sangre y con los ojos en blanco. Sabemos perfectamente que, el tomar las cosas a la ligera nos lleva a ocasionar un problema más grave. La desesperación y la falta de información de algunos de nosotros nos hacen hacer cosas como lo que hizo el Señor de Rosa. Tomo a su hijo y lo cargo apresurado sin darle una ligera revisión siquiera. El al levantarlo llego a la conclusión inmediata de que su hijo estaba muerto. Y, en su desesperación le cerró los ojos al niño sin darse cuenta de que aun tenían tierra en ellos y comenzó a gritar como un desesperado. No existía ningún árbol cerca del que tuviera la sospecha al menos de saber que había caído de él. No, no lo había. Solamente había visto dos palos delgados de carrizo. Ambos median un metro quince aproximadamente. Uno estaba partido a la mitad y el otro aún permanecía completo. Con un golpe de carrizo no pudieron haberlo matado, se dijo con sus ojos inundados en lágrimas y su voz en triste llanto. Comenzó a gritar como un condenado. ¡por favor, no! Grito totalmente desesperado y eso llamo la atención de su mujer que tal vez no había escuchado del golpe que le habían dado. Eso quería decir que le habían golpeado con una roca y miro al suelo buscando lo que pensaba que encontraría. Si, ahí estaba el cuerpo del delito. Le habían dado con una roca en la cabeza, pensó y lo toco, solamente para cerciorarse de que tenía razón. No se había equivocado. Uno de sus enemigos lo había matado con una roca en la cabeza. No existía otra explicación. Le habían dado con una roca en la cabeza y la prueba era contundente. La roca era grande y poniéndose en cuclillas la tomo y la peso. Kilo y medio, dijo. Apenas si le cabía en la mano. No existía duda alguna, esa era la única roca que tenía sangre y no podía dudar ni un solo instante de que con ella le habían dado. ¿Por qué? le pregunto a la nada. ¿Por qué a él? Si me tenían tanto odio me hubieran dado a mí y no a mi hijo que apenas comienza a vivir. Grito y la mujer llego a él, arrebatándole el niño de entre sus manos y salió corriendo hacia su cabaña. -Mi hijo no, mi niño no. ¿Por qué? -Comenzó a gritar como una loca. Apretándole contra su pecho y estrujándolo como si fuera un muñeco de trapo. Corrió al interior de la habitación y se encerró con él. Era un mar de lágrimas y un gran concierto de llanto, que, ni las ambulancias hacen tanto ruido. El esposo le llamaba desde afuera, le abriera. Deja que cargue a mi hijo. No te encierres con él. Déjame verlo. Déjame abrazarlo también contigo mujer. -no, de seguro tú me lo matates-. Como te lo vas a pensar, mujer. Alguien le ha pegado con una roca en su cabeza. -eso es mentira, mira que cuando te juites bien claro se lo dijites. Déjate de estar de guevon y ayuda. Mira que, si no lo haces, te voy a partir la cabezota. Así dijites-. Si eso dije, pero yo no hice nada. Cuando vine de vuelta ya estaba allí tirado en un charco de sangre. Alguien le pego con una roca. Déjame verlo. -Está bien, pasa-. Dijo ella, mientras le abría la puerta y al ver a su hijo se llenó de odio y enfureció. Quien quiera que haya hecho esto, me la va a pagar. Ella vio que su esposo estaba segado por el odio y el dolor y sabía perfectamente que él se vengaría. Era tanto el odio que el sentía que, no medito para nada en lo sucedido y solo busco en su interior a las personas que él creía le envidiaban. Él nunca pensó que para que alguien te envidie debe de existir un sinfín de factores, tener dinero, una buena casa, una esposa muy hermosa y, sobre todo, ejemplar. Esa sería una buen causa por la que alguien le envidiaría o incluso, un hijo que supere a todos los demás en inteligencia y buen comportamiento. Esa sería otra buena razón para que alguien te envidie, pero, si por el contrario no tienes realmente lo que crees tener y solo lo imaginas, eso, no solamente habla mal de ti, sino que, por el contrario, les darías lastima y sentirían todo lo contrario por ti de lo que tu imaginas. Ese era su problema. Demasiado engreído y además un hombre inculto y pendenciero. El señor de la Rosa no tenía absolutamente nada que presumir más que su mal carácter, pero nunca lo pensó así. Ella lo miro y no permitió que se acercara a su hijo, por el contrario, lo abrazo al verlo que estaba segado por el odio y que pensaba en vengarse. Era tal el odio que sentía que no medito en lo profundo y solo busco en su interior a las personas con las que él había tenido discusión. Pensó en las personas que él creía le envidiaban y busco entre todas ellas a la más indicada. -con los únicos que nos odiamos, son los Perea, vieja. ¿Te acuerdas de que ya casi nos agarramos a machetazos el otro día? Ahora estoy piensa y piensa. Entre más le pienso más convencido estoy de que fueron ellos. Yo sé que fueron ellos. Estoy seguro. ¿Qué porque pienso que fueron ellos? Pues nomas. Y entre más le pienso más los odio. Yo creo que ellos son los causantes de la muerte de mi niño. ¿Sabes? Ya no le pienso. Horita, en este preciso momento estoy más que seguro que ansina fue. Horita siento que la sangre me hierve y entre más se me calienta más ganas me dan de ir por ellos y matarlos dentro de sus casas-. – Yo también quiero hacer lo mismo. Yo también quiero matarlos -. Dijo ella poniéndole más furioso a él. -ellos no merecen vivir. Me quitaron a mi hijo y hora yo les voy a quitar la viva a todos sus hijos para que sientan lo que estamos sintiendo. Quiero que también lloren como estamos llorando. Quiero que sientan lo que estamos sintiendo. Quiero que sientan también el dolor que se siente en esta soledad. Quiero que sufran lo que estamos sufriendo y vean lo que es sentir dolor cuando te quitan lo que más quieres. Mi niño tan bueno. -Si vieja, tan bueno-. Dijo él. -solo de recordar siento que la vida se me va con él. ¿Qué voy a hacer sin mi chiquito? -. - Vengarnos. Vengarnos. Ya no tengo nada. Ya no tengo a nadie. Mi hijo lo era todo y mira, los Perea no lo mataron. Siento ganas de ir ahorita mismo y matarlos a todos. A todos. …pero, no. Mira. Tan luego lo enterramos. Dejamos que se meta el sol y vamos por ellos hasta su casa y le prendemos fuego a su jacal con todos adentro. Después nos sentamos a ver el fuego y a escuchar sus gritos. Quiero oírlos gritar. Quiero que se den cuenta. Quiero que se den cabal cuenta del error que cometieron al quitarle la vida a mi niño. Quiero oírlos sufrir y oír sus gritos y ver con mis propios ojos como salen corriendo de su casa envueltos en llamas. Y luego que salgan, terminarlos de matar con mis propias manos, con piedras o con palos. Lo mismo, lo mismo que hicieron con él. ¿Sabes? Lo voy a hacer. Lo vamos a hacer. De que se mueren se mueren. Míralo allí, tan tierno, tan bueno, tan bonito mi niño y ahora tan callado. Míralo allí, con sus ojos grandes tan bonitos y ahora los tiene tan cerrados por culpa de los Perea. Óyelo bien, nada odio tanto en este preciso momento que a los Pere. En este preciso momento no le tengo miedo a nada ni a nadie. ¡Ni al Diablo! Nomás entierro a mi niño y voy a ir por los Perea tan luego se meta el sol. Se que se duermen temprano y su jacal, que está hecho de vara y de paja, va a arder más que el mismo infierno. Si mi negra, va a arder más que el mismo infierno y yo, yo que soy bueno. Yo que siempre he sido bueno me voy a transformar peor que el mismo diablo. Ya no soy tan bueno. Y no soy tan bueno, jajaja. Soy el mismo diablo mi prieta y los voy a atormentar. Los voy a incendiar y, a luego salgan del jacal voy a rematarlos con piedras y con palos-. -Si yo también te ayudo -. Seguía diciendo la mujer que lejos de sentir piedad le incitaba a matar a los Perea. -Si, yo misma te voy a ayudar. Entre los dos los matamos. No quiero que quede nada de ellos. No quiero volver a escuchar ni su nombres, ni sus lamentos ni nada. No quiero que quede nada de ellos. Yo también voy a ser mala, muy mala, muy diabólica. Pero, te juro que no la van a pagar. Va a rodar sangre mientras se van quemando poco a poco. Lo vamos a hacer. Si lo vamos a hacer. Y comenzó a llorar mientras se abrazaba a su marido y lloraron juntos sin soltarse un solo instante. Se abrazaron fuerte y ella comenzó a llorar mucho más fuerte, tanto y tan fuerte que sus gritos, principalmente los de la mujer, ahogaron un pequeño lamento. ¡ah! Se escucho. Él pensó que era un ruido que provenía del pulmón de la mujer y ella por llorar a grito abierto no puso atención. De pronto se volvió a escuchar otro lamento y se escucharon ligeramente los otates de una cama. Fue entonces que ella escucho y se limpió las lágrimas mientras realizaba algunos intentos por callar sus lamentaciones, pero, no le ayudaban en mucho. Entonces pensó en lo que ellos habían dicho. -Me siento como el mismo Diablo-. Y pensaron, el viene por nosotros. De pronto se escuchó un nuevo ruido, era un sonar de dientes. Era un sonar de ramas o de hojas secas pisadas ligeramente. Era un ligero lamento como si la bisagra vieja de la pueta se estuviera quejando, pero, recordó que su puerta no tenía bisagra sino unos mecates mal amarrados con varios nudos y estos no hacían ningún ruido. -Padre nuestro que estas en el cielo…- De pronto cayo una cacerola a sus espaldas y tanto el como ella no abrieron los ojos. Entre más ruidos escuchaban más fuerte cerraban los ojos. El lamento se hizo mucho más intenso y sus rezos se detuvieron por que se les había olvidado el padre nuestro. No se pudieron acordar de ningún otro rezo y es que, ellos ya hacía tiempo que no asistían a la Iglesia, ¿para que ir a la iglesia si Dios estaba en todas partes? Se habían dicho, pero, ahora sabían que era importante ir porque, ante el Demonio tenían que saberse muy bien los rezos y para podérselos grabar muy bien y memorizarlos a la perfección, tenían que ir forzosamente a la Iglesia. Ahora sabían la importancia de la Iglesia pensaron, pero ya era demasiado tarde. El demonio viene por nosotros porque lo ofendimos comparándonos con él. -pensaron- por alguna extraña razón se les había olvidado absolutamente todo; su venganza, rezar y, solo pensaban en que iban hacer ahora. Él le apretó a ella y ella se afianzo con todas sus fuerzas a él, mientras escuchaba como se arrastraba algo sobre el piso. Lo podían escuchar claramente porque la mujer por fin había podido controlar sus alaridos. Las aves cantaban y revoloteaban en el árbol de su patio. Los pollos piaban y las gallinas cacareaban. Eso era más que evidente y volvieron a escuchar el sonido. Fue un ligero lamento y susurro ante aquel gran escándalo de las aves. Entonces, el hombre corrió hacia la esquina y dejo allí a la mujer sentada en aquella silla tejida con lazo. Al llegar tomo un machete, el más largo y filoso que tenía y en un temblor lo levanto. La mujer estaba casi hincada y no se movió. No podían creerlo, estaban siendo víctimas de sus propias palabras y el que, minutos antes había maldecido, jurado y se había comparado con el mismo satanás, ahora ya no estaba tan seguro de haberlo dicho ni de serlo. Estaba temblando de pies a cabeza. Sentía un terrible miedo por lo que había dicho. Si, sentía miedo, mucho miedo y de igual forma sentía que no podría sostener demasiado tiempo el machete en el aire porque sus manos le estaban sudando demasiado y si no aparecía aquello ante ellos el machete caería sin remedio alguno. La mujer volvió a temblar cuando volvía a escuchar ese sonido y ahora estaba más que segura de que algo se arrastraba. ¡zas, zas! Una y otra vez. El sonido estaba cerca muy cerca a la entrada y él se preparó con su machete con sus dedos adoloridos por el peso del arma, las manos sudando, las piernas temblando y con un rostro exageradamente desencajado. Se preparo con su machete para dar un solo golpe, y el sudor que le escurría por la frente le comenzó a caer dentro de los ojos y le estaban ocasionando un gran ardor muy grande. Quería limpiarse el sudor, pero no podía distraerse por que el sonido estaba cerca de la entrada. El sonido se seguía acercando. Reacomodo sus dedos en el machete mientras escuchaba como se pegaba aquello sobre la pared. El sudaba por el miedo, la intriga y por la desesperación. Volvió a escuchar un ¡zas, zas! Y pensó, - está aquí, cerca de la entrada, pero, ni el demonio ni nadie me va a quitar el gusto de matar a los Perea-. Se dijo así mismo, y volvió a acomodar sus dedos al machete. Miro ligeramente a su mujer y volvió su mirada a la puerta, abierta de par en par. Bueno, de hecho, no había puerta, solo un marco grande donde había dos cortinas recogidas y se preparó para dar un machetazo certero a cualquier cosa que apareciera bajo el marco de la puerta. Volvió a sentir el sudor correr por su rostro. Quiso limpiarlo, pero no se atrevió porque aquello podía lanzarse sobre ellos y quitarles la vida, pero, antes de que aquello les quitara la vida él se la quitaría y después cumpliría con su venganza. Apareció una ligera sombra y lo que apareció dijo… - ¿mamá? - Ella grito: - ¡No! -. En el preciso momento en que se lanzaba hacia la puerta y el… ¡zum! Abanico el aire con su machete. Les juro que por poco y le arranca la cabeza a su hijo. Gracias a Dios él pensó antes, "Hasta no ver de qué se trata no voy a soltar el machetazo". La acción mímica que había optado por utiliza con su pareja la cual le ayudo a definir todo claramente, emocionó a todos los chicos. Carlos los había hecho gritar con la ayuda de su pareja que estaba realizando el papel de esposa en la historia narrativa que había contado. Esmeralda se había lanzado hacia la supuesta puerta en la cual eran los escalones que había hacia la bajada del circulo donde estaban las cazuelas y el fuego aun encendido. Ella se lanzó sobre la puerta y el, garrote en mano como si fuera beisbolista con el bate en la mano hizo la finta de golpearla y todos gritaron, comadre. Hasta yo grite, Comadre. No voy a negar que me salió bien natural mi grito. La narrativa me había encantado en la cual nos había dicho y asegurado, que toda ella era verdadera. El niño se había caído por andar montando los carrizos ya que uno de ellos se había roto y su cabeza había ido a parar a la piedra que su padre había encontrado y que esto le había ocasionado un gran desmayo. Verdad o mentira, la historia era muy buena y le cuento a usted comadre lo único que me pude acordar. Por otro lado, sus padres habían aprendido la lección divina de no pensar mal de la gente y no cegarse por el odio y rencor. Se prometieron inspeccionar a su hijo antes de tomar las cosas a la ligera y, por otro lado, jamás, nombrar a las cosas satánicas, malignas y demoniacas en su vida y, sobre todo, asistir más seguido a la Iglesia para aprender a rezar bien y correctamente. La emoción que la historia nos había arrancado, también a ellos dos como pareja los estaba acentuando y creo que, por primera vez se besaron. Fue un beso leve y rápido por respeto a la madre que estaba presente, la cual solo dijo, - ¡Niños! Respeten -. Fue todo porque incluso, se veía que le encantaba la idea de que su hija estuviera con él al cual le habíamos encontrado un lado muy bueno, sabia narrar muy bien. Su voz llamaba la atención más hablando y narrando, que haciendo bromas a sus hermanos y creo, también, que eso le había gustado. Pasaron algunos minutos y todo había quedado en silencio, pensando quizá en la historia o tal vez alguien más deseaba narrar y yo, esperaba con gran desespero. Hasta que Priscila hablo. – Y tú, ¿Sabes contar cuentos? -. Me pregunto de pronto sin dejar de mirarme. - ¿Sabes algún cuento de ultratumba que haga gritar a estos chamacos? -. - ¡Umm! No se -. Respondí un poco turbada. Tratando de pensar. No sabía ninguno o tal vez sabia alguno, pero no estaba segura. - ¡Dios! Tu nunca sabes nada -. Protesto, a lo que comencé a tratar de intentarlo. En mi había una gran excitación y pensé que no, que no era tan fácil acordarse y menos cuando no lo habías intentado. Yo sabía que podía hacerlo, pero como comenzar a narrar algo que no habías preparado. Pensé que Carlos y Esmeralda ya tenían quizá un buen rato practicando su narrativa porque ella se había parado en el momento justo y realizaba todo totalmente a la hora en que él iba narrando. Eso era una gran ventaja, pero yo, no sabía que contar y ni como empezar, así que, me parece que comencé tartamudeando hasta que logré concentrarme en lo que deseaba, que era llamar su atención y comencé así: - ¿Saben? Da tristeza platicar de estas cosas y creo que, hasta el mismo escribano sintió, una gran nostalgia a la hora de escribirlas. Lo cierto es que dice, a mí no me consta y no tengo gana alguna por averiguar si es verdad o mentira, solo se, que dicen que es verdad. El escribano lo señaló como algo único y dice en su escrito que fue fatal. Y comenzó así; no quiero recordar tanto desastre de lo sucedido en aquellos días de noches tormentosas. No, no quiero recordar aquellos gritos de terror y de dolor de niños infantiles que imploraban perdón. No, yo tampoco quiero narrar tanta desesperación y tanta angustia de lo que veía y que sentía durante un largo tiempo, cada vez que él llegaba. Solo quiero aclarar que esto que aquí les narro no es sufrimiento de un día, sino de una cadena de acontecimientos que sucedieron por todo un gran tiempo. ¿Saben chicos? No sé si sea verdad o mentira, pero, creo que así continua. Detuve mi narrativa para verlos y los descubrí, ansiosos y así, continúe; aquella hermosa familia estaba compuesta por, una mujer, su esposo y sus 3 hijos, dos varoncitos y una mujercita. Era un matrimonio feliz, eso es lo que dice el escribano, tratando de contarlo todo a la perfección. Algunas de las narraciones a veces resultan ser estremecedoras. A mí en lo personal me gustan estas narraciones de historias sobre; espíritus, fantasmas, apariciones y supuestos encantamientos que en la mayoría de las veces son... aterradores. Si, la verdad, en lo personal me encantan, me emociona sentir la adrenalina que estos cuentos me genera, porque, simplemente es emocionante y al mismo tiempo indescriptible el sentir, como se van poniendo los pelos de punta y más, al saber, ya que siempre decimos que estas sucedieron en verdad y no somos capaces de reconocer de que somos totalmente competentes para inventar una historia que solo esta, en nuestra imaginación y que al contarla la estamos haciendo publica y alguien al escucharla le va a poner más cosas de su propia imaginación o le va a quitar otras tantas por olvido o porque no tiene la preparación adecuada. Cuando leemos estas historias siempre se dice que se ha cambiado parte de la historia por proteger a algunos derechos de autor o por la privacidad de los implicados. Bueno, creo que eso es muy común y creo estar totalmente de acuerdo porque de saberse el nombre de estas personas, pueden ser víctimas de burlas o cosas así. Así que, en eso estoy de acuerdo. A mí, en lo personal, quiero decir que soy fielmente admiradora de esos cuentos y leyendas, pero, no creo en sus fantasmas, fetiches, apariciones, espiritismo ni nada por el estilo. Creo en un todo, creado por el hombre con su ansia de poder y dominar a los demás sin pensar que todos somos útiles de una o de otra forma en este planeta, aunque solo sea por conservar el ADN que te hace ir mutando y aguantando los cambios futuros. Yo, digo honestamente No, a todo esto, que hace la gente que busca dominar por el simple hecho de tener un color diferente a otros. Dicho esto, quiero aclarar que soy cien por ciento creyente en la Ciencia. Todo es ciencia y sin preparación no se hace nada. Creo en física, química y en las matemáticas o en lo que llegaremos hacer algún día si sabemos que lo podemos lograr todos juntos, todas las naciones del planeta tierra, unidas en pro de Toda la Humanidad y se dejan de tantas estupideces de sus guerras y conflictos estúpidos a lo que, nada les deja, solo muertes innecesarias y campos llenos de tumbas donde van a sembrar sus cadáveres en lugar de vegetales para llevar a la mesa. Esa es mi opinión. Creo, en el cotidiano vivir de un día a día y para mí los fantasmas no existen. Son producto de nuestra imaginación y como dijo La Patrona Priscila, los muertos, muertos son y los vamos a tener que dejar descansar hasta que llegue la hora de levantarlos. En eso sí creo totalmente y sé que lo hará. En el nombre de Jesús de Nazareno, amen. Para todo esto se dice que solamente un hombre ha sido capaz de todo esto, pero, también tenemos que reconocer que antes de que el viniera ya se hablaba de historias de apariciones fantasmales y posesiones. Saben, quiero decirles que hablar mucho de posesiones demoniacas y diabólicas, mucha gente por incredulidad se enferma mentalmente y termina creyendo todas estas tonterías, todas estas historias y solamente puede ser ayudado por alguien que, realmente tenga fe o en el caso o supuesto caso, alguien con ciencia. Alguien que tenga la suficiente sabiduría de saber interpretar toda clase de enfermedades mentales y del cuerpo. Lo menciono porque, he llegado a ver algunos casos de desnutrición donde, tanto adultos como niños han sido o son víctimas de alucinaciones por falta de una buena alimentación donde su sistema cerebral por falta de una buena vitamina le hace alucinar e incluso decir que las paredes le hablan e incluso puede llegar a matar a personas por este problema. Se, que no soy la persona indicada para mencionarlo porque, por algunas razones que desconozco totalmente, perdí la memoria y no sé quién soy, pero, esto no impide a que pueda probarlo. En fin. En vista de que todos ustedes ya están enterados de que no creo en apariciones fantasmales, etcétera, y que solo creo en lo que yo misma puedo comprobar, esta es mi historia: como ya lo había mencionado antes, quiero narrarlo a ustedes, tal y como lo leí, ¿Saben? Da tristeza platicar de estas cosas y creo que, hasta el mismo escribano sintió miedo a la hora de escribirlas. Lo cierto es que dice, a mí no me consta y no tengo gana alguna por averiguar si es verdad o mentira, solo que dice que es verdad. El escribano lo señaló como algo único y que a menudo es repetitiva en la humanidad y así lo dice en su narrativa que fue, fatal, siniestra y sumamente terrorífica esta historia. Siento vergüenza a tal desastre. Siento lastima por los implicados, siento horror al saber que existe tanta maldad, pero, al mismo tiempo siento que debo de informar a todas las personas que les guste leer y que estas a su vez, les informe a todas las que no les gusta…leer, porque les aburre, les aflige o les da cansancio el solo hecho de permanecer sentadas hojeando un libro, para que, así, aprendan y sepan de que existen estas enfermedades. Se que todo comenzó así, y la verdad no quiero recordar tanto desastre de lo sucedido en aquellos días de noches tormentosas donde…, laceraban mi cuerpo, y alma, y destruían todo mi ser. No, no quiero recordar nada de esas noches de suplicio. De esas noches de súplica donde permanecía hincado, rezando, pidiendo y suplicando a Dios de que todo esto pasara y que, si tenía que ser golpeado, me desmayara al primer golpe. Yo, deseaba desmayarme al primer golpe para así ya no sentir ni saber cuántos golpes más recibía después. Lo digo así, porque… porque así sucedió y así sucedían aquellas noches interminables que parecían alinearse una a otra, y así era siempre desde que tengo conciencia y buena memoria. Todas las noches eran iguales. Durante el día no sucedía nada porque el monstruo se iba. Nunca supe a qué hora se iba porque permanecía desmayado, tirado en el suelo y muy pocas veces llegaba a quedarme sobre mi cama, como debió de haber sido. Pero no, casi nunca sucedía así, supongo que era obligación de mamá llevarme a la cama, pero no, ella no lo hacía porque creo que también le aterraba el monstruo y lo que menos deseaba era hacerle enojar. Si, tal vez eso puede ser verdad, pero no, no lo sé, solo sé que, siempre que me despertaba de mi desmayo él ya se había ido y yo, deseaba que nunca se hiciera de noche para que el no regresara. Hubo veces en que encendí velas, muchas velas para ver si así, al ver que había mucha luz no entrara. Fue inútil, el llego y me golpeo mientras decía; - "eres un estúpido, puedes ocasionar un incendio y morirte"-. Grito, sin saber que, yo tal vez eso es lo que más quería. Anhelaba morirme. No pensaba matarme, no, eso es de cobardes y yo, yo soy un valiente, me lo dijo mi madre y me lo confirmaba mi maestra todos los días, a la cual amo profundamente. Y sí, soy un valiente y un monstruo como el que me golpea todas las noches y sé que, no, que nunca me va a vencer. No, no me va a vencer porque creo en Dios. Se que no me va a vencer porque tengo fe. Se que no me va a vencer porque soy un guerrero. Soy un guerrero único y autentico y no pienso doblegarme y entre más callado estaba, más me golpeaba y en cada golpe se iba apagando mi luz hasta quedarme dormido o desmayado que al fin y al cabo lo mismo da. Y así volvía el despertar a un nuevo día y la frase que el monstruo me había dicho me taladraba el alma y soñe con ella. "Eres un estúpido, puedes ocasionar un incendio y morirte". Esa frase me sonó toda la noche y no se si no me dejo dormir o me hizo dormir mucho más. No sé, solo sé que me desperté tirado en el suelo con un gran dolor en el pecho, pierna, brazo y la espalda, para que mencionarla. Creí que esta vez sus golpes habían ido mucho más allá de la espalda y que tal vez me había pateado todo el cuerpo. Yo sabía que el monstruo era capaz de todo. Si era capaz de golpear a mi madre ¿Por qué no jugar futbol, tomando mi cuerpo de balón? Bien podía hacerlo porque nadie se lo impediría y por otro lado él decía que estaba en lo justo y que era su derecho corregirme. La verdad es que, no sé qué era lo que me corregía. Tal vez el intentaba quitarme el miedo que yo sentía por él. Ese miedo que me taladraba los huesos, la mente y todo mi ser. Tan grande era el miedo que yo sentía por el que, incluso llegaba a imaginarlo ir por mí a la escuela y yo, en mi locura al verlo venir me escondía entre los autos, los árboles o la maleza, y después echaba a correr a todo lo que daban mis piernas y al llegar a casa me ocultaba durante un buen rato hasta que llegaba mi madre y me comenzaba a buscar por toda la casa, gritando: ¿Dónde estás? Era ahí donde salía y platicaba un rato con ella y ella me confiaba avergonzada de que también le pasaba lo mismo. Fíjate que me pareció ver a tu padre al salir del trabajo y eche a correr como una loca, para tomar el autobús y en cuanto me baje, Sali corriendo sin parar hasta llegar aquí. Reímos un poco. Me agradaba reír y platicar con ella, pero, nuestro trauma casi siempre era de lo mismo. Pocas veces hablábamos de otras cosas. Me hubiera encantado en aquellos tiempos hablar de sueños y de aspiraciones a futuro o simplemente comentar algún viaje al cual asistiéramos juntos, aunque solo fuera a ir a ver una película en el cine, pero no, no era así. Nuestras platicas siempre eran de lo mismo; siempre eran de nuestros traumas y nuestros miedos por el monstruo que llegaba todas las noches. Mi madre decía que él era mi padre, pero no, la verdad era que no. Ella lo había conocido después de que había muerto mi padre, víctima de una borrachera. Yo lo recordaba bien. Porque aquel día me había llevado de compras y se había topado con algunos amigos. Bueno, si es que ha eso se le puede llamar amigos. Yo recordaba muy bien de que habían comenzado a juguetear con botellas de cerveza grande. Hoy sé que le llaman caguamas. Si, hoy sé que así le llaman y sé que hacen daño, mucho daño porque a consecuencia de eso murió mi padre, para que mi madre se viera obligada a juntarse con el monstruo, el cual, supuestamente la cobijo para que ella no muriera de hambre y de frio junto a sus tres hijos de los cuales yo soy el mayor al cual el más golpea. Mama no puede hacer nada por mí y prefiere ir con mis hermanos para protegerlos a ellos porque son más pequeños y me deja a mí, abandonado a mi propia suerte. Recuerdo bien que aquel día sus amigos le apostaban a papa que no era capaz de terminarse de un solo trago la caguama, sin despegársela de la boca. Si lo hacía ellos pagaban la otra tanda y sino lo lograba él tendría que pagar las otras. Yo recuerdo que el miro lo poco que llevaba y me miro. Yo era muy pequeño, pero, aun así, podía entender que la famosa caguama estaba muy fría y cuando es muy fría no se puede tomar todo de un solo trago y menos como ellos decían. Yo pude ver su tristeza en sus ojos y no imagine que el posiblemente se estaba despidiendo de mí. -Te quiero mucho, hijo-. Me dijo, me sonrió y me acaricio y, la verdad, nunca me imaginé que todo aquello terminaría muy mal. Yo no lo imagine, pero creo, que el cielo si, el sí lo sabía y comenzó a llover muy fuerte. El me tomo y me cargo para ponerme sobre una barda a la cual me imagino que era o había sido una especie de ventana. Hoy en la actualidad sé que le llaman a esto, puerta bandera, pero, no había puerta ni ventana. La ventana estaba doblada hacia adentro y la puerta estaba abierta en su totalidad. El ahí me sentó, sobre la parte de barda donde se colocaba la ventana cuando esta se cerraba. La lluvia arreciaba y mi padre lo que más deseaba era ir a casa. No tenía mucho dinero, pero ellos también no podían dejarlo ir, así como así. Ellos lo que deseaban o, lo que más buscaban era tomar y si podían hacerlo gratis, que mejor. He ahí la razón de la apuesta y el motivo por el cual mi padre lo que más deseaba era salir huyendo de ahí porque era casi imposible, a menos de que lograra hacerlo no tendría que pagar nada y se ahorraría ese dinero para su familia. La lluvia era muy fuerte y mi padre seguía dándole largar al asunto, hasta que uno de ellos dijo; - ¿Qué, te rajas? El que se raja paga -. Así que tenía que hacerlo y no solamente era intentarlo, sino que tenía que ganar para no pagar. Me dio una mirada y se cercioró de que estaría bien en aquella plancha de concreto donde me había sentado para que no me mojara. Bajo aquella gran tormenta le destaparon una cerveza caguama, que sudaba de frio y de ansiedad porque serian sus últimos segundos en el envase. Mi padre me volvió a mirar mientras respiraba y después de soltar el aire comenzó a tomar el líquido a grandes tragos. Mientras que él toma el líquido frio, todos lo veían y se sonreían. Llevaba la mitad de caguama y se podía ver la angustia reflejada en su semblante. El cielo relampagueaba y tal vez lloraba algunas lágrimas anticipadas por lo que iba a suceder. Conforme mi padre tomaba y tomaba, aquellos hombres dejaban de reír. Nadie. Supongo que nadie se imaginó que se la terminaría y entonces apareció el monstruo a sus espaldas y le dio un botellazo en su cabeza. Todos corrieron y nadie ayudo a mi padre a levantarse, por el contrario. El hombre que le dio el botellazo en la cabeza, le pateo varias veces y lo hizo rodar al agua. sino fuera por que han pasado los años, diría que el hombre que golpeo a papá es el mismo monstruo. Ese hombre que aun viendo a mi padre en el suelo lo pateo para que rodara hacia el charco que se formaba bajo la banqueta. Los hombres que habían salido corriendo ninguno volvió sus pasos para ayudar, mientras que yo, me moría de tanto llorar sentado sobre aquella barda donde no podía ni bajarme y cada vez veía a mi padre hundirse más y más en aquella poza donde nunca se movió. Pobre muchachito, su padre murió de borracho, ahogado con el agua y con el vino. Alguien contaba seis caguamas de las cuales se decía que había ingerido. Alguien dijo que le había visto tomar como un desesperado, y pensé que quisa era verdad lo que aquel hombre había visto, porque solamente había visto a mi padre, pero negaba a los hombres que le habían hecho tomar. Así, lo levanto la ambulancia y no tuvieron que hacer ni siquiera autopsia para verificar que no había muerto de ebriedad sino por los golpes que le había dado el monstruo. Así es la justicia y la injusticia, en la que muchos prefieren callar un crimen o pagar un silencio para que nunca se sepa la verdad. Hoy sé que, yo en aquel tiempo no podía decir nada, porque no estaba seguro de lo que había sucedido, pero hoy, hoy si puedo hacerlo, y sé que algún día podré levantar un acta para que se haga justicia, pero, por lo pronto seguiré soportando al monstruo que cobijo a mamá y que, tal vez, el mato a papa para poderse quedar con ella, pero sé que, ella no le ama y que también lo odia y le tiene miedo tanto como lo tengo yo. El día en que le habíamos confundido el no llego, le llamo a mama diciendo que no iría, que se quedara en Celaya por dos días más, porque la misión que tenía que cumplir se había alargado. El, asistía continuamente a retiros espirituales donde se juntaba con demasiada gente y hablaban de cosas bíblicas y satánicas y según él, el mal siempre estaba presente y había que luchar para no caer en la tentación y así, sucumbir ante el demonio. Para el, yo era el mal, y el para mí era simplemente el monstruo que había matado y arrebatado el amor de mi verdadero padre y a veces, cuando laceraba mi cuerpo golpe a golpe, decía que terminaría igual que mi Padre, cirrótico o en un pozo lleno de agua o de vino. Era entonces cuando lo recordaba golpeándole la cabeza con una botella igual a la que mi Padre había terminado de beber y me preguntaba a mí mismo, ¿Cómo es que tú lo sabes si se supone que tu no lo conocías? Eso le escuche decirle una vez a Mamá. – ¿Sabes? me hubiera gustado conocer a tu exmarido. Me imagino que fue un buen hombre -. Mamá solamente musito, - lo era, al menos eso creo, porque murió de borracho, totalmente ahogado, en una poza de agua y de alcohol. Yo no sabía que tomara, pero la autoridades dijeron que eso lo había matado, el alcohol y nos dejó solos a mis hijos y a mí -. Mamá se fue para la cocina y yo lo veía de lejos y el me veía a mí. No decía nada, pero sé que se sentía culpable por haberlo matado. Reconozco que en ese tiempo él se portó muy bien tanto con Mamá como conmigo, pero, tan luego se fue a otro de sus famosos retiros donde supuestamente se iba a orar para sentirse bien con Dios y con el mismo, creo que no le funcionaba tanto como él decía, porque cuando llegaba se volvía una fiera acorralada y muy peligrosa y según él, me estaba corrigiendo. Su forma de corregir me fue continua y casi interminable y desde aquella, su primer corrección, no había parado de corregirme. Lo hacía todas las noches en que el venía a dormir. Cuando yo sabía que el venia corría a mi cama a rezar. Mamá no decía nada para no ser lastimada y así, de alguna manera salvaba a mis hermanos para no ser golpeados al igual que yo. Ella decía que yo le provocaba y la verdad es que. Yo solo buscaba mi protección y que él no llegara. Lo único que yo pedía a Dios era, que él no llegara, y decía: - No permitas Padre mío que él llegue esta noche-. Y para colmo, el llego, entro y me escucho. - ¿Así que, no quieres que yo llegue imbécil? -. Grito y comenzó con los azotes. El primer golpe me hizo retorcer de dolor. No voy a negar que grite y llore al primer cintarazo, porque en segundo yo, ya estaba que reventaba de coraje. Lo odiaba y más cuando vi que empujaba a mi Madre. – Deberías de ponerte con un hombre, pendejo -. Eso dije y creo que lo dije muy fuerte y bien claro, pero, no me sirvió de nada. Si al principio me había tomado por el cuello de mi camisa y me había lanzado sobre la cama para golpearme en las nalgas, en donde yo consideraba que estaba bien, el segundo cintarazo fue en la espalda, pero, gracias al dolor y al comprender que nunca había sido golpeado o tal vez por lo fuerte del golpe me desmaye. Después, ya no supe más, solamente recordaba los gritos y al siguiente día, los regaños de Mamá diciendo que era yo el que le había provocado. Después de ese acontecimiento tardo 15 días en volver y al verme hincado me volvió a golpear mientras decía que yo seguramente había estado feliz todos estos días en que no había ido porque mi Dios estaba de acuerdo con mi suplica. La verdad es que si, él tenía razón. Durante ese tiempo yo estaba feliz porque al fin Dios me escuchaba, porque todos los días sin faltar y, a la misma hora yo corría a rezar antes de que se metiera el sol. Desde que llegaba de la escuela me dedicaba a mis tareas apresurado ayudando a Mamá, estudiando, cenando y me dirigía apresurado a rezar, así que tenía razón, todos los dias sin falta me había dirigido al pie de mi cama para rezar y pedirle a Dios, me hiciera el favor de no dejarlo volver. El no volvió por tres semanas exactas y a veces me digo, que ilógica es la vida. Mientras yo le pedía a Dios el no volviera, mi Madre le suplicaba dejarlo volver a casa. Quizá su rezo era mejor que el mío, muy bueno y válido a pesar de las tremendas palizas que me daba. Cuando la descubrí implorando por el me dijo, -quiero que vuelva porque es la única forma de salir adelante, chaparro. Ya debo la luz y sino la pago no la van a quitar y ¿Sabes que va a pasar si estamos sin luz? -. -Si-. Le dije. -Nos vamos a ir a dormir más temprano y nos vamos a despertar y a levantar cuando salga el Sol-. Ella se enojó, se puso de pie y se fue de la habitación mientras decía. -para ti todo es fácil, y la verdad es que no, no es así. Digamos que la luz esta solucionada, nos levantamos con el sol y nos dormimos antes de que se meta, pero y, ¿El gas? -Compra cosas que no tengas que utilizar el gas. Compra puros vegetales verdes y asunto resuelto. ¿No que entre más vegano seas más saludable estas? Pues volvámonos veganos y asunto arreglado. No necesitas más del gas-. Ella sonrió a mi petición y la verdad. Nunca en toda mi cabrona vida me imagine que entre más vegano fueras más vitaminas tenías que consumir porque íbamos teniendo un color amarillo pálido asiático. Y por falta de azucares en todas partes me quedaba dormido. Así entendí que es mejor una buena torta y andar por la vida corriendo, que estar comiendo cosas saludables y permanecer sentado para irme inflando como balón sin fuerza, por que forzosamente necesitaba las vitaminas. Nos hacía falta la proteína de la carne. Estúpido pero real. Así que durante un buen tiempo estuvimos comiendo así, preparándonos para el día en que llegara su abandono total y no resulto, así que poco a poco fui entendiendo el significado de su frase y la sentencia fatal de sus palabras; - No es tan fácil, hijo. En menos de un mes vas a tener un color amarillo pálido asiático que te va a hacer ver muy mal-. Y así sucedió, pero no fue todo lo que habíamos hablado aquella noche triste con mi madre y sus suplicas, esa solamente fue una pequeña prueba de lo que te espera la vida si no estas con alguien que, aparte de que te la va a partir llega la maldita estupidez de los ojetes que se dicen defensores de los derechos humanos, de que un niño no debe trabajar. Pues por intentar trabajar le dieron una visitadita a mamá que casi se va al hospital por el tremendo susto. Le van a quitar a sus hijos mi señora. Y en lugar de ayudar a mi madre a solucionar su problema se lo hicieron más grande. -ya ves chaparro, si sigues trabajando, lavando carros me van a quitar a todos mis hijos-. Y así fue la forma en como entendí que la vida te obliga a permanecer con el maldito monstruo que te hace sufrir todos los días y entendía sus suplicas y su forma de decir, para ti todo es fácil. Ya se debe una letra de la Casa, y hay que pagar la luz. Ya mero se termina el gas, y hay que ir a pagar el agua y el impuesto predial. Ya no tenemos dinero para comer y ese… al que tú le llamas monstruo, tiene tres semanas en que no viene. ¿Qué vamos a hacer con el agua? -. pregunto sin saber que ya lo tenía resuelto. - la almacenamos de las lluvias, pero, ya no le pidas que vuelva, porque me va a volver a golpear-. Y para colmo apareció como si mis palabras lo trajeran por arte de magia. Quizá ya llevaba varios minutos detrás de la puerta y ya no aguanto más y salió. -No cabe dudas de que tú me odios maldito enano-. Y solo escuche un, ¡zas, zas, zas! Un golpeteo fuerte y continuo sobre mi cabeza y todo el cuerpo. Pero, el primero fue en la cabeza y luego en mi espalda, y después… no sé, caí al suelo abatido por tanto golpe supongo y él se enfrasco agritos con mi madre o tal vez la hizo callar a golpes también y entendí, que entre más religioso eres, más ojete te vuelves en la vida con la gente a la que se supone debes de proteger. Si Dios te da una esposa y niños para proteger, no tienes porque estales golpeando a cada instante tan solo por el placer de sentirte el dueño del hogar. Si Dios le da un marido a la mujer, no tiene por qué estarle jodiendo la vida, porque sale a trabajar. Y algo que yo considero totalmente inhumano, si Dios te da el privilegio de tener dinero, es para que ayudes a todos los que te rodean. Si son empleados directos tuyos, es tu obligación cuidar de ellos porque ellos cuidan de ti y de tu dinero. Sino eres así, bien haría Dios en quitarte absolutamente todo. En eso estoy de acuerdo y ya lo veremos más adelante, porque aquí el caso es, la golpiza que me dio donde ya no supe más de mi hasta el siguiente día donde me desperté con un tremendo dolor de cabeza y pude ver, que me falta un diente. Bueno, al menos la mitad de él, no fui a la escuela por varios dias y, ni mi madre se presentó a trabajar por dos semanas por temor a que le preguntaran por su ojo rojo y lo obscuro de su piel. Parecía mapache. El, durante ese tiempo no volvió y nos dedicamos a volver a comer calabacitas tiernas con sal y pepinos. Cosa curiosa eran más caros que una bolsa de frijoles y pollo, aparte de que no nos quitaban el hambre, por el contrario, a cada rato teníamos que estar comiendo más y más porque la sensación de estar lleno se iba muy rápido y así, mi madre se tuvo que ir a trabajar y yo, comencé a ir a la escuela y como la mujer que le cuidaba los niños a mamá no era gratis, tenía que pagarle también y así seguía creciendo su frustración cada día más y más al igual que mi resignación de liberarme del monstruo. Me gustaba ir a la escuela y aprender y, al menos allí alguien me regalaba una torta, agua o refresco y era consolado por la mujer más hermosa que yo haya conocido, mi maestra. Cuando volvía a casa me dedico a estudiar, a hacer mis tareas, cenar, y dirigirme a rezar. Ahora tenía compañía y la súplica era la misma. - "Padre mío, te encomiendo no vuelva el monstruo, te lo suplico, te lo imploro-. Amen. Decíamos rápidamente y corríamos a la puerta para cerciorarnos de que no, no había escuchado. Y durante un buen tiempo todo funciono a la perfección, Dios nos oía y escuchaba nuestras suplicas y nos entendía a la perfección. El monstruo no llego y con ello aliviábamos nuestro sufrimiento en cada visita que nos daba. Pero, con eso que dicen que la felicidad no es permanente y que, tarde o temprano Dios te suelta la mano para dejarte que tu soluciones tus problemas y el, una tarde llamo por teléfono. Mi madre se asustó y para que negarlo, yo también. Por un buen rato yo me puse histérico y le pregunté a mi madre, ¿Qué sucedió? Prometimos que íbamos a cumplir con nuestra propuesta. Yo me moleste con ella, ¿Qué sucedió? ¿Por qué le pidió a Dios el volviera? -. Le pregunte de muy mal humor. Me sentía seriamente molesto. – No lo hice hijo. Te juro que no lo hice-. Me respondió con un rostro preocupado. - ¿Entonces que sucedió? Eso solamente tiene una sola explicación, a Dios, no le gustan los niños buenos como yo. Tal vez usted no se ha dado cuenta, yo a nadie le hago daño, Madre. – yo tampoco hijo. Yo tampoco-. Dijo mama, pero, antes de que el sol se metiera nos dedicamos a cenar y nos preparamos para ir a rezar. El llego después del rezo y nos sorprendió por qué, no dijo nada. Ni la regaño ni la golpeo y tampoco a mí. Lo único cierto que sucedió es que me vio igual que siempre, con indiferencia, con mucha indiferencia como si no existiera. Se limitó a decir que, los había detenido la policía y que los habían encerrado mientras hacían las averiguaciones y le mostro el periódico a mamá sabiendo que ella no lo leería, pero no contaba en que yo sí y decía; presuntos estafadores de la religión... fue entonces en que me miro y apresuradamente de un manotazo me arrebato el periódico de las manos. No dije nada. Mamá tampoco. Cenamos nuevamente con él y yo me hice el dormido para no mirarlo. Lo odiaba tanto como el a mí y con ese pensar en mi cerebro, tomado de la mano de mamá, la obligue a que me llevara a mi cama dormir donde la abrace y no la deje ir a pesar de que intentaba al máximo a abandonarme. Entre susurros y unos cuantos gritos de él, cómo; - es el colmo-. Pero ella, creo, tampoco hizo mucho por ponerse de pie e irse con él. Al día siguiente, despertamos y el ya no estaba, se había ido después de una llamada que había recibido. Ambos sabíamos que el volvería por la noche y me prepare. Después de la escuela había estado lavando algunos autos y había conseguido algún dinero, tenía que iluminar la casa para que el monstruo no volviera. Fue entonces que se me ocurrió comprar muchas luces, y adorne la casa, todo su interior brilla de una forma espectacular con todo eso. Vi todos mis arreglos de luces y sonreí, estaba más que seguro que no volvería, pero, volvió y todo fue inútil. El monstruo volvió y me dio otra paliza argumentando que, - "la luz no la regalan grandísimo idiota"-. Y solo escuché un zas, zas, zas. Entonces, cerré mis ojos y fingí desmayarme para ver si paraba, pero no fue así. El siguió dándome como pudo. Al día siguiente así, como pude me levante y me fui a la escuela, ante la súplica de mama de que no lo hiciera, pero lo hice. Él se había metido a bañarse y aproveche para salirme. En cuanto la maestra me vio, sin demora alguna mando llamar a la policía y me detuvieron para hacer una declaración ante las autoridades las cuales levantaron acta correspondiente a la detención de: lo habían detenido y en mi declaración dije que el me odiaba porque era el único que sabía de la muerte de mi padre, y que había sido el precisamente el que le había golpeado. Mandaron llamar al dueño de la tienda e investigaron a fondo todo lo sucedido. También aparecieron los presuntos implicados y los detuvieron por obstrucción y encubriendo de un crimen. Dando como resultado el encarcelamiento del Monstruo al cual, rezo todas las noches porque nunca salga, porque aún tengo en mi memoria su amenaza. - Algún día saldré y te voy a matar maldito enano-. Me grito al oído. Existe en el mundo demasiada gente que comete delitos y culpa a otras personas y estas son detenidas y pagan delitos que nunca cometieron. Hay otras tantas que buscando comida o trabajo para alimentarse son detenidas y pagan delitos que no merecen. Yo creo que hay que hacer justicia. Siempre justicia. Dije y el Abuelo Arturo y todos los demás se pusieron de pie y me comenzaron a aplaudir. Pero, para todo aquel que haga un bien, existe alguien al que le caerá muy mal esa acción. Priscila lo primero que hizo fue decir. - ¡Huy, amiga! Si que tienes un gran problema. Es muy inteligente. ¡Yo, haya tú! -. Dijo y se puso de pie. La Abuela me miro con odio. En lugar de felicitarme. Los chicos me felicitaron por la historia a la cual habían encontrado interesante y con un buen consejo. Pero, no fue lo suficiente mente interesante como para cautivar el corazón de dos mujeres a las cuales les estaba pidiendo ante el monologo su comprensión. Rezar, ayudar y perdonar. Pero en sí, ¿Cuál era mi delito? Creo que ni ellas lo sabían, pero estaban interesadas en hacerme sufrir, Comadre. Si, en hacerme sufrir. Todos se pusieron de pie. La Abuela miro al Abuelo e hizo una señal de, - ya sabes que hacer. Ve -. Yo le había entendido a la perfección y todos sin previo aviso se comenzaron a poner de pie, y se alistaban para regresar a casa. ¿Acaso le estaba pidiendo, que me llevaron con ellos, Comadre? Pronto lo sabría. Todos se encaminaron platicando muy entusiasmados hacia sus caballos y Lucero se encamino hacia mí. Me felicito y había dicho que varias veces había estado a punto de interrumpirme porque no le gustaban las injusticias. Me dijo que en algunas partes de la narración había estado llorando por que un niño no merece ser tratado mal. ¿Yo me pregunte si sabía realmente lo que estaban a punto de hacer conmigo? Me iban a abandonar y que ese era realmente el motivo por que todos estaban ahí. Y me pregunte la pregunta que estaba a punto de hacerle a Lucero; ¿Realmente sabes la diferencia que existe entre la justicia y la injusticia? Eso es realmente lo que el mundo hace Lucero. Si no fuera así, todo aquel que gane más de un millón al año, muy bien puede mantener a una persona, con un sueldo de cincuenta mil dólares al año, y que conste que digo, sueldo, puede dedicarse a realizar cualquier cosa en tu hogar, jardín o incluso ser solamente el chofer de tu propio taxi o meterlo como Uber en lugar de tener tanto automóvil guardado en la cochera. Pero, el mundo es injusto, prefieren detenerlos en las fronteras en lugar de darles trabajo. ¿y tú, Lucero, que es lo que haces bien o haces mal? ¿hasta qué grado eres capaz de permitir que tu propia madre cometa tanta injusticia? ¿Sabes ahora lo que es justicia o injusticia? Tal vez algún día lo sepas. Si tal vez algún día lo sepas. Sonó en mi cerebro y camine detrás de todos ellos rumbo a los caballos. Tal vez me llevarían a casa. Si, tal vez me llevarían a casa. Apenas si comenzaba a caminar escalones abajo, cuando apareció Priscila ya montando su caballo el cual no supe en qué momento le pidió a Fermín. Pero fue este el que se lo llevo hasta el sitio donde ella lo necesitaba y se atravesó en mi camino. No dijo nada, solo se atravesó y me miro con esa alegría que da el saber y sentir el poder en sus manos. Los minutos pasaban y ella me seguía mirando como pudo haber mirado a su criada o al jardinero. Todos montaron sus caballos y la mayoría se quedaron como si estuvieran esperando a alguien. Fue entonces cuando se acercó más a mí. Con su fuete iba golpeando el barandal del quiosco. Parecía que contaba los maderos en cada golpe. Si en cada golpe, comadre. Uno a uno hasta llegar a mí y luego me pareció que deseaba echarme su caballo encima. El caballo en cada golpe daba una sacudida a su cabeza y la cabezada se movía al ritmo del clin, mientras el freno hacia un ruido tremendo. Parecía que el caballo bailaba, pero en realidad estaba sufriendo porque ella lo retenía jalando las riendas y al mismo tiempo lo lanzaba hacia adelante amenazando con golpearlo con el fuete. Yo había visto que cuando le habían entregado su caballo había estado platicando con uno de sus hombres y cuando vi que ella se pegaba más y más a mí, entendí lo que había realizado porque alguien le había hablado a Lucero la cual ya iba por mí y llevaba el caballo que me habían hecho montar por la mañana. Uno de los hombres de Priscila tomo el caballo y se encaminaba despacio, muy despacio hacia a mí. Oscar e Isabel eran los que no habían montado. Se mantuvieron lejos de todos y platicando. Ella siempre en todo momento le decía, por favor. Es que, no es correcto, por favor. Oscar solamente movía la cabeza y daba a entender que no estaba en condiciones. Quizá se sentía muy cansado. Y no era para menos, había trabajado demasiado, mucho más de lo habitual o al menos de lo que estaban acostumbrados a trabajar. Miré hacia el camino de subida y vi que Lucero se había ido. Mi corazón se entristeció y Priscila se alegró por ello. Casi lanzo su caballo sobre mi cuando dijo: - ¡Ah! Si que eres idiota, tu… tú y tu justicia e injusticia. Esa jamás existe idiotilla. No aquí. Ni aquí, ni en ningún lado -. Soltó una risotada e hizo trotar a su caballo frente a mí de ida y vuelta. Pero, cuando llego ya había alguien más cerca de mí. – Deja de molestar a la gente buena de este mundo -. Le dijo la esposa de Genaro. – Yo no tengo miedo a lo que quieras hacer, y en verdad, con gusto te daba una arrastra a ti y a toda esa bola de idiotas que están contigo -. Entonces Priscila echo a correr con su caballo hacia ella para darle con el fuete y la mujer de Genaro saco una pistola de una forma muy poco común en una mujer. ¿De dónde la saco? No supe. Fue mucho más rápida que un parpadeo. Y entonces entendí. La esposa de Genaro era una especie de pistolero. – Sabes que soy muy buena y eso sería lo último que harías en tu asquerosa vida. Fermín, parecía que se enfriaba ante aquel hecho, porque si bien la había visto muy buena para sacar su arma eso quería decir que también era muy buena para disparar. Probablemente, exageradamente certera. No supe porque había visto que le habían huido. Eso quería decir que tenía razón. En ese instante, Priscila se fue junto a Fermín y dos hombres más y ella se acercó a mi diciendo: - Yo estoy hasta el fondo, hasta abajo. Si me necesitas grita y yo iré -. Dijo, pero la verdad, no entendí absolutamente nada y solamente me quedé mirando. No sabía exactamente que sucedía y ni que estaba por suceder, pero, la mayoría de los chicos se comenzaron a adelantar camino arriba. Lucero se había ido con Victor y me miro antes de dar vuelta al mangal donde por la tarde había ido por mí. La esposa de Genaro se fue con él por un camino diferente al que todos tomaban. Ellos tres, Genaro, Esposa e hijo se habían ido hacia el arroyuelo y aun los vi alejarse por un caminito que iba pegado al arroyuelo y muy probablemente vivía por ahí. Pero, en mi mente poco a poco se iban perdiendo sus palabras. – Yo estoy hasta el fondo, hasta abajo, si me necesitas grita y yo iré-. No tenía ni la más mínima idea de lo que había querido decir, pero, tan luego desapareció por el camino al arroyuelo, apareció nuevamente Priscila y dijo: - Te voy a enseñar un refrán. Aunque creo que ya lo sabes. "Al mal tiempo buena cara" -. Después, suspiro e hizo recular su caballo.

– Sube, por favor, él te espera -. Me ordeno la Abuela Rosaura y entonces vi al Abuelo Arturo con su cara triste. Su rostro era el símbolo perfecto después de tanta oración de letanía. Tal vez había cantado, rezado y suplicado sin obtener ningún resultado a su oración. Creo que, esta vez Dios tampoco le había escuchado como a mí. Pero, si ellas ordenaban a que montara el caballo, eso significaba que volvería a su casa y que no me dejarían aquí, como había sido su intención durante todo el día. Eso me tranquilizo y pude respirar un poco de tranquilidad. Mi cuerpo y mente se relajaron y no precisamente poco, sino demasiado. Podía sentir la alegría vibrar dentro de mí, dentro de mi cuerpo y de mi mente como una novia enamorada ante el altar para recibir la sublime bendición en la que toda su vida soñó. Cipriano también quería llorar, quizá de alegría como yo, pero se contuvo un poco porque sus hijas lo comenzaron a presionar; - Vamos Papá -. Le grito la mayor. El volvió su mirada hacia ellas y les dijo; - Adelántense -. Y comenzaron a cabalgar a toda prisa detrás de los chicos que ya les esperaban. Eso me dio gusto porque al fin podía montar bien y podía estar con todas ellas y todos ellos. No sabía realmente por qué sentía esa sensación de libertad y de amor hacia todos esos chicos que, si bien se burlaban de mi durante la mañana, ahora se sentían liberados como me sentía yo, y quise gritar, y quise cantar un aleluya y un, alabado sea el señor. No voy a decir que fuera ese tipo de personas que se pasara leyendo la biblia noche y día para lavar todas mis ofensas a la gente y todos mis pecados cometidos por deseos mundanos o por querer tener y desear todo lo que otros hombres tenían. No, lo cierto es que. Para mí la primera prioridad era ayudar si me lo permitían y nos les creaba un problema como el que había resultado con la Abuela por culpa de sus hijos o por los Celos de ella misma, que nada tenían que ver conmigo. Yo lo único que quería era ayudarla a sacar adelante a sus hijos y, a su familia. En eso no existe pecado de mi parte y no tenía porque estar a cada rato y a cada hora pidiéndole perdón a Dios por mis pecados. Yo tenía conocimiento de lo que era un pecado y el hecho de saber quién era yo, nada tenía que ver con lo que ellos y ellas hacían, incluyendo la ley de Dios. No, en eso no había un pecado, un solo pecado en mí. Yo, solo quería ayudar y nada más, y a cambio recibir comida y techo como pago de mi trabajo. Porque hasta la flojera es pecado. Así que, no. No había nada porque yo hiciera mal y me arrepintiera en cada segundo de mi vida. Con una sonrisa en los labios monte de una manera fácil y rápida en la cual Doña Priscila se sorprendió y puso una cara de no esperar nada de eso. – Así que, sabes montar muy bien-. Dijo, pero no respondí. Yo estaba entusiasmada, realmente feliz, porque regresaría con los Abuelos a su casa y la verdad ya los sentía parte de mi familia. Los sentía algo mío y eso me alegraba, pero, en cuanto monte y mi caballo se dio una ligera paseada por todo aquel terreno, tanto Priscila como Fermín se interpusieron en mi camino. Eso me sorprendió, porque yo lo que quería era salir corriendo a todo trote por la Serranía y alcanzar a los chicos que ya iban muy adelante. Pero ellos dos hicieron eso y me incomode. Quise gritarles que se movieran y cuando intenté ir por otro camino, los dos hombres de ella se apresuraron a tapar el paso, obligándome a ir por el único camino por donde ellos iban. Creo que, me taparon el paso entre todos ellos para que yo fuera la última que cabalgaba entre todas las mujeres. – No es de tu incumbencia -. Le dijo el Abuelo Arturo a Fermín el cual se sorprendió y se apartó del camino para ir a un costado de su patrona y después atrás. En ese instante pude darme cuenta de que algo no estaba bien, si el Abuelo estaba molesto, nada anda bien. Fermín por alguna extraña razón me pareció que trataba de hacer molestar al Abuelo, porque se quitó de donde iba y se atravesó hacia donde iba la Abuela. Él lo vio con cara de pocos amigos, pero ya no le dijo nada. Bien pudo soltarle un reatazo, pero solamente le miro y fue la Abuela la que lo quito echándole el caballo en cima para luego ir sobre el Abuelo y decirle; - Yo no veo que pongas buena cara -. El abuelo en lugar de responder con palabras solamente miro hacia la distancia. Ese silencio no era muy bueno para nadie, principalmente para mí, porque podía ver la cara de alegría que llevaba Priscila. Y es que, cuando Priscila está contenta, es porque ha logrado uno de sus objetivos. – Creo que deberías de decirle que has cambiado de idea -. El no respondió y siguió igual, callado y pensativo como que nada le caía bien en esos minutos. - Para ella este es el futuro inmediato -. Así lo dijo y yo seguía sin entender, pero, el movimiento de manos que había realizado el Abuelo era de preocupación. Él había realizado uno de los movimientos que a mí me encantaba hacer cuando estaba seriamente preocupada y así lo descubrí a él. Estaba muy nervioso e inquietantemente preocupado. Era como si fuera hacer algo o decir algo que no quisiera hacer o no quisiera decir. Para colmo de sus males, estaba siendo presionado por su propia esposa, porque lo estaba presionando a portarse mal junto a Priscila que posiblemente le había malaconsejado hacer cosas que él ni en sus sueños había pensado realizar. Priscila y Fermín estaban felices y dos hombres más se le emparejaron. La mayoría de la guardia de ella se había ido con los chicos, quizá para brindarles protección y que cuidaran de sus hijas. Yo los había visto marchar dos adelante, dos en medio de todos los chicos y dos hasta atrás. Creo que de esa forma podían protegerlos mejor, pero si se topaban con alguien como la esposa de Genaro, no les serviría de nada esa protección. Yo, en mis recuerdos locos, me parecía haber visto a alguien que utilizaba el arma igual que ella, pero no estaba segura de quien era, el caso es que, si ella usa el arma así, era un verdadero peligro y fácilmente podía matar a todos ellos sin recargar el arma y no era precisamente de una película popular de cine, sino que, muy real. – Piensa lo que haces Rosa -. Dijo Don Luis. - Tú no eres así. No, no te conviertas en un monstruo lleno de remordimientos por tanta injusticia. No te conviertas en un monstruo, Cómo…-. No había terminado la frase porque, Priscila había protestado - ¿Cómo yo? Si anda dilo, ¿Cómo yo? -. Pregunto Priscila. - ¿Te consideras? -. Respondió Don Luis con otra pregunta y dejando en el aire la duda de si existía otra persona peor que ella. Lo más posible es que diera a entender de su propio marido. Si no era el marido, ¿Quién más podía ser tan monstruoso y despreciable? ¿te consideras? Volvió a sonar en mi cabeza aquella frase. - ¡No! -. respondió ella apuradamente. -Yo creo que si-. Dijo Don Luis sarcásticamente. -Vamos a ver si puedes dormir bien esta noche, o las sombras de tus maldades te despiertan y no te dejan dormir. Yo creo que las pesadillas y todo el mal que haces no te van a dejar dormir o el demonio va a estar detrás de ti todo el tiempo para que sigas ocasionando maldades -. Don Cipriano y Luis se rieron. – creo que lo último es más viable para Priscila. Los monstruos no tienen pesadillas porque se la pasan pensando en monstruosidades para que puedan vivir. Esos no tienen pesadillas y pueden dormir -. Dijo Don Luis y siguieron las risitas. – la que no va a dormir va a ser otra -. Respondió Priscila y soltó una carcajada. En ese instante mire hacia el camino y ya no había nadie más que los adultos, todos los chicos ya se habían ido. En eso los mire; solo estaban: Don Cipriano, Luis, Arturo, Fermín, Oscar, Doña Isabel, Rosaura, Priscila y dos más de sus hombres. El resto habían partido. – Piénsalo muy bien, Rosa-. Dijo Doña Isabel casi suplicando. - Lo pensado, pensado esta -. Respondió la Abuela. Mientras que Don Luis quería opinar, pero solo dijo a Cipriano, - No, a nosotros no nos corresponde pensar, porque ciertas personitas toman las decisiones por nosotros. Dejemos que ellos piensen y tomen sus propias decisiones -. Dijo y Don Arturo se volvió a retorcer en su caballo, mientras que la luz del sol amenazaba con desaparecer en la cima del cerro por donde se habían ido todos los chicos. Era muy probable que solamente tuviéramos unos 30 minutos de sol y después, todo quedaría entre sombras y tal vez, en la más terrible obscuridad. No podía imaginarme todo aquello lleno de sombras saltarinas. Lo peor que puede pasar es que, ni siquiera luciérnagas había en esa temporada. Eran los meses entre enero y febrero, así que, aun le faltaba un buen tiempo para que llegaran las aguas y las tierras se notaban arenosas y secas. Poca agua y muy poca vegetación se podía ver en los parajes que normalmente suelen ser muy bellos. El problema para mí es que, había perdido el sentido del tiempo y no sabía realmente cuanto tiempo llevaba ahí, podían ser cuatro dias como me dictaba mi memoria o tal vez meses y nadie me lo decía. Eso era otro problema por resolver. El factor, Tiempo. Por lo mientras me deleitaba y me imaginaba las sombras saltarinas que se formarían conforme cabalgáramos de regreso a casa y pude notar que, tendríamos luna llena. En cierta forma me emocionaba el saber que íbamos rumbo a casa y que por primera vez en mi vida cabalgaría con la luz de la luna. La luz de la luna, esa luna que da amor a los enamorados y que los hace soñar y amarse más. ¡Ah! Qué bonito y que romántico, "amor bajo la luz de la luna", esa luna que con sus rayos de plata incita al amor y al verso, a amar y a soñar en la persona amada en la más completa soledad o en los tierno de un beso robado y brindado a la luna para que todas las noches vele con su luz al amor. Me gustaba de sobre manera saber que habría luz de luna y que los chicos se amarían más y más bajo el rayo de plata o la ternura de un poema al amor. En fin. Pude ver que tendríamos luna llena y eso ayudaba mucho para cabalgar y pensé que era por ello por lo que todos los adultos se habían quedado conmigo. Querían que yo viera con mis propios ojos la luz que se reflejaba en el camino. Si, eso era lo más seguro. Si ya me habían invitado a montar eso quería decir que pronto partiríamos. Lo único malo que vi. Era que había cierta tristeza que no entendía. Tal vez era esa tristeza de volver conmigo a su hogar y que, muy probablemente les volvería a ocasionar problemas familiares. Y recordé un dicho conocido, "El muerto y el arrimado a los tres dias apesta" y yo, ya me estaba pasando del tiempo convenido del arrimado y eso los ponía tristes porque, quizá, volverían las peleas y los disgustos por mi culpa entre los Abuelos. Pero, por otro lado, yo no tenía el privilegio de pensar como lo habían dicho Cipriano y Luis, "Otros toman las decisiones por nosotros y a mí, solo me preocupaba y esperaba ver, que decisión toma la Abuela. Porque yo sabía perfectamente que era ella la que estaba ansiosa por darle fin a todo para que yo me fuera. Pero, aun así, ella tampoco tenía la decisión de portarse mal, eso no era lo suyo, pero, para Priscila era otro tipo de asunto más que tenía que atender y resolver con la cabeza fría y con una mano en la cintura y la otra en su fuete el cual azoto al aire. – Lo que vayas hacer, hazlo ya, Rosa. Y déjate de sentimentalismos. Nosotras somos las que ordenamos acá-. Dijo con fuete en mano y golpeando los maderos del barandal del quiosco, donde Fermín me había ido a llevar el caballo que habían ensillado para mí. Yo sabía que no podía decir nada más que aceptar la decisión de los Abuelos y si esto era regresar a su casa, lo haría feliz de la vida. Así que yo misma les ordene siguiendo las palabras de Priscila. -Lo que tengan que hacer, háganlo ya, se va a hacer más tarde para cabalgar en la Serranía y llegaremos tarde a casa -. Dije muy felizmente y con una sonrisa en los labios. - ¡imbécil ¡-. Dijo susurrando Priscila que fue la que salió casi a toda carrera seguida por Fermín. Isabel se acercó a mí y me acaricio la espalda lo cual me dio mala espina. Ella en sí, se estaba compadeciendo de mí y no entendía el motivo del por qué. – Te vez tan buena persona -. Dijo y no le quedo más que partir y me invito a seguirla. El camino que Priscila había tomado no era para nada el de los chicos. Fermín y sus hombres se atravesaron a ese camino incitándome a seguir a Doña Isabel, Oscar y Priscila la cual estaba que no cabía de la alegría que le ocasionaba ese camino. Uno de los hombres no me dejo pasar y me señaló el camino delgado. Era una vereda demasiado angosta y llena de matorrales. No podíamos ir de dos en dos y yo la verdad me comían las ansias por hacer platica con Oscar y Doña Isabel, pero, no podía, en todo momento me veía obligada en permanecer atrás, siempre atrás. Así que, prácticamente fui obligada a seguirles por el angosto camino lleno de bosque y arbustos que te retachaban en la cara. Yo estaba más que desconcertada. Tal vez están tomando este camino que sirve como atajo para alcanzar a los chicos. Me dije. Pero, los minutos fueron pasando y quizá habíamos hecho unos diez minutos o tal vez más cuando apareció frente a mí una casa de campaña. Color azul obscuro con parches blancos en todo el derredor. Una cascada sonaba a unos metros más allá y desde el caballo podía ver un corral mucho más allá del arroyuelo. Mi ánimo cayo y las fuerzas se me fueron del cuerpo al reconocer el lugar. Ese era el Potrero. Miré la casa de acampar y la descubrí casi negra. A su alrededor tenía parches azules y negros como ventanas tenía unos parches blancos, casi transparentes. Se podía ver perfectamente de afuera para adentro y de adentro hacia afuera. Por dentro se podían ver las ventanas enrollas si es que se deseaba cerrar se hacía y no se podía ver hacia adentro siempre y cuando no hubiera luz. Eso lo puede notar rápidamente. Por la parte de abajo tenía un angosto camino como si fuera un corral. Me acerque un poco para ver. Era un corral y formaba un delgado pasillo de unos dos metros de anchos. La casa de acampar tal vez era de unos 6 o 7 metros y estaba totalmente sellada desde abajo con piedras y tierra, tal vez para que no entraran las víboras, alacranes y arañas. Todo bien sellado y atirantado. La cascada se escuchaba terrorífica. Miré a la distancia y descubrí todo muy lejano y sin nada de casas por todo el derredor. Nada. Podía descubrir kilómetros y kilómetros de montes y montañas encaramándose unos sobre otros y nada de gente por ningún lado. Miré a todos ellos y descubrí a Priscila totalmente feliz. Había ganado la partida, había logrado lo que ella quería, pero no le daría el gusto de verme triste. Aunque, por otro lado, en sí, me agradaba el lugar sino fuera porque… ¡ah!, no existía nadie en todo el derredor, me dije mentalmente. Y creo que fue entonces cuando la descubrí. Hasta allá, a más de un kilómetro y medio abajo, había una fogata la cual estaban prendiendo recientemente. Era muy pequeñita por la distancia, pero, al fin y al cabo, era una fogata y eso quería decir que había gente allá. Una fogata, quizá, y fue entonces cuando comencé a comprender las palabras de la mujer de Genaro; - yo estoy hasta el fondo, hasta abajo, si me necesitas, grita y yo iré -. Miré nuevamente todo el derredor y me dije, ahí está la casa para mí. Estaba muy sorprendida porque estaba totalmente aislada de todo y de todos, en un sitio vacío y desolado y no había otra casa cerca, lo que significaba que no habría otras familias ni amigos ni rivales ni nada por el estilo. Entonces volví el tiempo a unos segundos atrás cuando la vi y me recordé, abriendo los ojos desmesuradamente y mis labios, segura estoy de que formaron una O, de sorpresa y de miedo. Don Arturo desmonto con lágrimas en los ojos. Yo le vi, pero me hice la disimulada para no avergonzarlo, y ni su esposa ni Priscila se bajaron. El camino hacia la casa de campamento y no volvió su mirada hacia nadie. Todos se habían quedado a la altura del camino en la parte de arriba de la casa de campamento. La vereda seguía hacia el corral el cual estaba pasando el arroyuelo. Le calcule unos treinta metros más allá. El abuelo jamás volvió su mirada hacia la Abuela porque en verdad estaba triste. Oscar desmonto también y se encamino hacia mi junto a su esposa. -Yo no quiero hacer esto-. dijo, Oscar. -yo tampoco-. Respondió, Doña Isabel. -…pero, sé que estarás bien-. Concluyo y se lanzó sobre mí, abrazándome de una manera verdaderamente amorosa. No sé porque sentí su abrazo tan maternal y quise llorar y no soltarla, pero, sabía que tarde o temprano tendría que suceder, pero, no, no imagine que sería de ese modo. Y de lanzarme a un lugar tan lejano y lejos de todo y de todos. En esos momentos es cuando uno piensa, ¿Por qué Dios nos abandona de esa forma? En ese instante quería decirles a ellos dos, - no me dejen aquí, llévenme con ustedes. No quiero morir en esta soledad y sin saber quién soy -. Pero, el razonamiento volvió a mí y me acorde que él tenía a su hijo Oscar y su mujer viviendo con ellos, junto con un nieto y me arrepentí. Sería la misma situación con ellos dos y en menos tiempo del que había durado con El Abuelo Arturo volvería a suceder exactamente lo mismo y una tarde como esta, donde podía aun ver, rayando el sol, ellos me abandonarían a mi suerte, dejándome en la más completa soledad, así como hoy sucedía. Sus brazos se extendieron nuevamente y me abrazaron con todas sus fuerzas y ninguno de ellos me quería soltar. - Déjense de sentimentalismos, estará bien -. Grito Priscila riendo desde su caballo. -… espero -. Agrego sin parar de reír. -Esta estúpida no se cansa de hacer daño -. Dijo Don Oscar. – Ella tiene razón, no se preocupen por mí, estaré bien -. Dije sin dejar de abrazar mi libreta y de acariciar mis plumas. - no me da miedo la soledad -. Dije tratando de sonreír. – el miedo es mental -. Continúe diciendo, mientras trataba de yo misma creerlo y camine hacia la casa de campaña, de campo o de campamento. No sabía como llamarla. Estaba temblando, pero trataba de estar o parecer lo más tranquila posible. Lo que hacían esas personas era lo más que podían hacer por mí y les agradecía todo lo que habían hecho por mí. Don Arturo, Oscar e Isabel, caminaron conmigo hasta el interior de la casa para mostrarme todo. No había nada que mostrar, más que un montón de velas de un grosor considerado y encendió dos, poniéndolas en lo que serían esquinas. Oscar e Isabel me obligaron a pasar, ya dentro descubrí dos paredes. Izquierda y el frente. Le habían colocado dos polines largos y entendí lo que habían realizado toda la mañana. Y de igual forma entendía las palabras de la Abuela, déjala en tu potrero, estas loca, no sabes lo que dices, ahí no hay nada más que una pared a medio construir. Este era el potrero y aquella la ranchería. Este era el potrero el cual la Abuela había mencionado, pero no había absolutamente nada, más lo que había mencionado el Abuelo. Solamente son dos paredes sin terminar, eso había dicho, no, no estaba segura y comencé a temblar mientras recordaba el gran paquete envoltorio que traían en un caballo. Era esto lo que asemejaba un bulto azul con negro y en algunas partes asomaban las partes blancas transparentes. Eran esos parches. Era muy posible también que la utilizaran muy seguido y se la habían llevado para arreglarle algunos orificios que ya se comenzaban a ver muy deteriorados por tanto uso, principalmente porque la utilizaban con madera. En el interior de la casa de campamento descubrí diez postes; cuatro por cada lado y dos más altos en el centro. De largo eran 6 o 7 y de ancho apenas unos cuatro metros, pero si habría que decir que era muy resistente. Demasiado resistente porque tenía tres hamacas colgadas y se veía que las utilizaban porque el piso mostraba el uso que les daban. Una de ellas estaba colocada y las demás estaban recogidas y colgadas donde tenían que estar para no estorbar. Entre más veía más temblaba porque sabía que solo era cuestión de minutos en que todos ellos partieran y yo, me quedaría allí, tirada en un rincón y quizá escogería el más lejano de la puerta y en lo más obscuro para no ser vista tan fácilmente. Si, era solamente cuestión de minutos para ser abandonada ahí en medio de la nada sin que un perro me ladrara, porque incluso el caballo que yo llevaba lo había tomado Fermín y seguramente se lo llevaría. Por otro lado, no podía llegar a imaginar que yo, en verdad podría llegar a vivir ahi Aquí no hay nada me dije. Todo está… triste y desolado. Se que nadie me quiere dejar aquí, ni siquiera ella. Ahora sé que el Abuelo tampoco, pero aquí, y en cualquier parte del mundo donde ellos estuvieran, con amigos o sin amigos, la que mandaba era ella y el Abuelo no le gustaba admitir que le tenía un poco de miedo cuando ella tomaba ese tipo de decisiones tan a la ligera donde salía alguien dañado y más cruel era aún, que era por hacerle caso y darle gusto a un ser malvado que la impulsaba a portarse mal. El Abuelo, ahora que lo veía, procuraba ser sincero consigo mismo, pero, debía aceptar que en verdad así era con su mujer. Priscila reía totalmente entusiasmada y salí para verlos partir y con la esperanza, tal vez, de que me dejaran el caballo. Pensé que si me dejaban el caballo les seguiría de lejos sin acercarme demasiado hasta llegar al pueblo y después, poder tomar mi propio rumbo. No sé porque pensé que tenía que darme fuerzas y reanimarme yo misma. Por alguna extraña sensación pensé que esa sería una manera de darme valor. Pero, sobre todo, tenía que hacer sentir a aquella mujer de Nombre Priscila, que se estaba equivocando de persona a la cual había tomado de su juguete para reírse. Sali y le mire a los ojos mientras pensaba; soy mucho más de lo que ven tus ojos y el tiempo te lo dirá. Ella me volvió la mirada y nunca dejo de reír. Yo sabía que aceptaba el reto y no solo eso, ella estaba dispuesta a seguir jugando rudo. No me sorprendí demasiado cuando descubrí que dos de sus hombres no estaban y quizá nadie se había dado cuenta por estar pensando y preocupándose por mí. Incluso la misma Abuela que parecía tener su mirada perdida, pensando quizá, que a ella no le habría gustado que la trataran de la manera en cómo ella lo hacía, no lo había notado. Cipriano y Luis estaban sentados sobre el camino, fumando. Ellos habían preferido no ver para no sentir remordimientos y de esa forma liberaban toda culpa. Además, ya habían dicho que ellos dos no tenían derecho a pensar y tenían razón, aunque, por otro lado, ellos querían quedarse, pero si se quedaban conmigo para protegerme, ¿Quién protegería a sus hijas? Lo mismo sucedía con el Abuelo, no quería que uno de sus hijos fuera a cometer un error grave con una de las chicas, así que, lo que tenía que hacer, tenía que ser rápido y sin pensarlo demasiado. Mire a Priscila y a Fermín, el esquivo la mirada dando en evidencia que yo tenía razón, algo planeaban y pensé que tendría que estar alerta durante toda la noche. Recordé que adentro había visto varas, muchas varas. Era un gran montón de ellas y variaban en tamaño. Algunas medían dos metros o más y las vi en todo el techo. Eso es lo que habían utilizado para que todo estuviera fuerte y a mí también me podrían servir. También había visto algunos carretes de hilo cáñamo encerado. Sabía que era muy fuerte. Creo que eso sirve, me había dicho Oscar. Él me había dado una pequeña navaja. -Espero te sirva-. Dijo y se salió. Doña Isabel me volvió a abrazar y Don Arturo camino hasta su caballo, tomo su bule y se encamino hacia mí. -Casi no tiene agua, pero te servirá, yo sé que te servirá -. Dijo mientras le quitaba el tapón y le soplaba. Del Bule salió un sonido único. Del cual nunca había escuchado. Era como soplarle a una Zampoña. - ¿Servirme para qué? me pregunte, y creo que hable porque él se puso triste mientras decía: - Si sientes miedo o necesitas ayuda. Sóplale, ¿ya viste que el Bule canta? El Bule canta y yo vendré en tu auxilio, "No sé". Yo vendré-. Dijo y salió casi corriendo. Yo sabía que iba llorando. Yo sabía que me había dicho eso para darme valor, pero, la verdad se necesitaba ser muy tonto como para poder imaginar que alguien viniera de tan lejos con solo un sonido de un Bule. Si, yo sabía que iba llorando con su corazón destrozado y muy triste, porque sabía perfectamente que era un hombre bueno que se tenía que resignar a hacer una maldad porque no tenía de otra. ¿O era su matrimonio, o era "La Loca que había traído la Tormenta? Creo que había decidido bien y lo entendía. Así como salió corriendo de la casa de campaña, monto su caballo y se fue apresurado. No espero a nadie, pero, todos le siguieron principalmente Don Cipriano y Luis que nunca se separaron de él y salieron a trote, yo también sabía que ellos iban muy tristes. Nadie quería estar con Priscila y Fermín los cuales se rezagaron un poco como queriendo seguir molestando, pero Oscar e Isabel los obligaron a ir por delante. -Vamos, no sea que vaya a hacer el Diablo-. Dijo Oscar. Quien me imagino iba maldiciendo las risotadas que daba Priscila la cual se aferraba en ser la última, pero ni Oscar ni Isabel le permitieron ese placer. Pero aun así se le escucho gritar; -Al mal tiempo buena cara, jajaja. Buena cara, jajaja, buena cara -. Seguía gritando y riendo. - ¡imbécil! -. Pensé. Y camine un poco sin meterme al interior de la casa de campana. Después, miré a la lejanía, donde las sombras comenzaban a aparecer y me senté sobre un montón de ladrillo que habían acomodado, quizá para ese fin. Con las manos temblorosas y sabiéndome totalmente sola. Destapé el Bule y comencé a soplar. No cabía ninguna duda de que su sonido era único. Al cuarto toquido alguien me contesto y su sonido parecía decirme, Cipriano. Pero, sabía perfectamente que nadie vendría a ayudarme. Nadie. En ese instante pensé en los dos hombres que no se fueron y que muy posiblemente estaban ahí, escondidos esperando a que la mujer de Genaro se durmiera. Comenzaba a obscurecer y la fogata era grande. Tal vez yo desde ahí no podía verla, pero lo más seguro es que ella a mi sí. Era muy probable que uno de sus hijos le hubiera dicho lo que pensaba hacer su mamá y por eso ella había aparecido en su casa. Si eso había sucedido ¿Quién de sus hijos la había traicionado? Creo que de todos ellos por el que más me inclinaba era por Victor, pero el único que más tarde en aparecer fue Adrián. En este acto de maldad yo sabía que existían unos que estaban dispuestos en ayudar a su familia y otros tantos estaban en contra. Quizá los únicos que estaban en contra eran los dos mayores y el resto de ellos estaban dispuestos a ayudar y salvar a su familia a como dé lugar de Priscila. Aunque también cabía la posibilidad de que los dos mayores al casarse con ellas le quitarían todo poder a ella. ¿Cuál era la verdad en esta historia? Como quiera que haya sido, creo que Rosaura no había querido del todo perjudicarme, porque de haber querido me habría dejado en la Ranchería y ahí sí que estaría desprotegida de todo. Pero, ahora mi preocupación eran esos dos hombres que no se habían ido. Busque con que encender las velas y busque conque proteger la luz de la otra vela. Quería que la mitad de la casa campaña estuviera media obscura y el rincón totalmente a obscuras. Entonces se me ocurrió ir hacia la pared donde había una especie de mueble y quise moverlo. Me fue imposible porque descubrí que estaba enganchado con algo a la pared. Traté y volví a tratar sin lograrlo. No podía gastar todas las fuerzas en ese mueble de otate así que, lo abandone. Corrí hacia la otra orilla donde había una gran cantidad de otates y elegí cuatro del mismo tamaño, los cuales até muy bien con el hilo cáñamo acerado. Ese tipo de madera parecía carrizo, pero era demasiado dura y flexible. No se trozaba tan fácilmente y así surgió mi idea de hacer un arma. Bien podía hacerme de un arco muy fuerte. Con dos varas era fuerte, pero no demasiado. Con tres podría tener una buena potencia y probé con cuatro. Con cuatro era perfecta pero ahora tenía un problema, que usar de cordón. Me di a la tarea de tejer un cordón que fuera muy fuerte, capaz de resistir una gran fuerza y la verdad no tenía demasiado tiempo, los hombres aparecerían en cualquier momento y busqué la forma de hacerlo muy rápido utilizando los ganchos que tenían las hamacas. Rápidamente me quedo bien el tamaño de cordón que necesitaba y se lo puse al arco, me había quedado con demasiado potencia, pero ahora tenía un problema no podría tensarlo demasiado con los dos brazos, así que solo tenía una sola forma para usarlo. Las piernas y los brazos. Ya tenía mi arco, solamente me faltaba unas cuantas varas puntiagudas y un poco de peso en la punta y en la parte de atrás una pluma. Decidí cortarle unas pequeñas partes a la casa y después de deshilar unos hilos los coloqué en la parte de atrás de las varas y así, comencé a sacarles punta. Para poderles poner peso se me ocurrió la cera de las velas que había encendidas. Conforme se calentaban ese líquido lo iba girando poco a poco a las varas para que tuvieran un peso considerado y siempre fueran hacia adelante. Ya tenía seis varas y mi arco. Quería probarlo. Quería salir para probarlo, pero, no me atreví. Me conforme con saber que serviría, pero tendría que utilizar las piernas y los brazos para dispáralo. Lo haría así si era necesario. Y practique varias veces hasta que me dolieron las manos y los dedos. Incluso llegue a la conclusión de que podía realizarlo también con una sola pierna, pero me caería al hacerlo y solo podría realizarlo una sola vez. Como quiera que fuera, al menos podría defenderme. Solamente así podría defenderme de los hombres que muy probablemente vendrían cuando la luz de la fogata se apagara. Yo sabía que tanto Genaro como su esposa estarían pendientes de mí y eran buenos con las armas e incluso les había visto un salón el cual podrían utilizar. Había notado que por la parte de atrás y por un costado no podrían entrar, solamente podían hacerlo por donde había entrado. Y muy posiblemente por abajo, pero serian vistos al intentar subir. Las horas seguían pasando muy lentamente, después de realizar el arco. Al no hacer nada pude sentir como algo iba creciendo dentro de mí. El pensamiento nos hace pensar cosas raras, cosas malas e incluso comenzamos a imaginar cosas que no existen y así me estaba sucediendo. Algo estaba creciendo y sentí miedo al pensar que cuando saliera de las profundidades de mi ser, y se presentara al mundo exterior me haría gritar y chillar y podía al fin decir que todo aquello era un error. Una equivocación y una injusticia. Ese era un gran error por el que alguien pagaría tarde o temprano o que, simplemente yo me soltaría en llanto. No, no entendía Comadre, como era y como había podido llega hasta aquella situación. ¿Cómo era posible que me hubieran abandonado en aquel lugar?, en algo que no era casa, estaba metida en un plástico que asemejaba una casa la cual, hacia un ruido horrible, ¡plas, plas! Atormentándome a cada instante y escuchando a mi alrededor lo que serían unos susurros y los ruidos de unos perros descansando. La vocecita de un hombre irrumpía ligeramente en el aire por fuera. Aunque más bien, a veces me parecía que estaban por dentro. No sabía porque, por alguna y extraña razón escuchaba los ruidos dentro de la casa de campaña y guarda silencio porque deseaba ubicar exactamente de dónde venían aquellos ruidos. Lo malo es que la cascada no ayudada mucho. Por algunos instantes dejaba de tallar las varas y me dedica a ponerles cera para así no realizar ningún ruido y así poder ubicar de dónde venían los ruidos. Me puse mi arco cerca de mi y algunas varas las plante en la tierra suelta para así poderlas sacar lo más rápido posible en caso de necesitarlas. Ya tenía bien cuatro y esas las podía utilizar. Las fui plantando en lugares que no me estorbaban y al mismo tiempo, darles solamente un ligero manotazo y utilizarlas a la mayor brevedad. Varias veces probé con mi arco al cual sabia era poderoso, pero, siempre que practicaba con él llegaba a la conclusión de que, si tenía que lastimar a alguien seriamente, tendría que utilizar los pies y la manos, de lo contrario no funcionaría bien. Tendría que ser así. Porque una de mis manos se había puesto muy tiesa. Y si para que se me quitara un poco las junte como si rezara. Mi cuerpo empezó a temblar ante el miedo de sentirme sola sin nadie cerca de mí y mire a la distancia, mientras me preguntaba, ¿Qué tiempo podía tardar de subida de la casa de Genaro hasta aquí? ¿Quince o veinte minutos? Pensé que en ese tiempo podían suceder demasiadas cosas. La cara me hormigueo y baje la vista al suelo. Escuche en total silencio y ahí estaba otra vez la vocecita. -No hagas ruido, Gilabras. Espérate. ¡Ven acá! -. Dijo la voz y el perro pareció gruñirle desesperado por querer moverse. Algo había en mí, porque ¿estaba alucinando o algo así? La desesperación se estaba apoderando de mí. – quédense donde están y guarden silencio-. Dijo nuevamente la voz. Y se volvía a escuchar un ruido como si alguien se arrastrara y pensé en los perros, pero no, simplemente no podía ser posible, estaban muertos y de eso hacía más de cinco años. Las manos me comenzaron a temblar muy rápidamente y sentí como me comenzaba a perder poco a poco en aquella desesperación. Estaba comenzando a sudar demasiado y el miedo fue creciendo poco a poco hasta sentirse demasiado intenso. Repentinamente tomé el Bule con demasiada desesperación y quise gritar, al volver a escuchar el sonido de algo que había ahí. Un perro, un fantasma o, simplemente una piedra que llevaba la corriente del arroyuelo. -El arroyuelo, la cascada. ¡cálmate, cálmate! -. Es fácil decir cálmate, cuando sabes que no estás en peligro, pero ¿Acaso lo estoy? ¿Por qué demonios tienes que hacer esas escenitas de pánico? En verdad que eres patética. Tú no eres patética, ¿o sí? Has frente a la realidad con valentía y no desesperes por algo que no has visto. Conserva la calma.

Hasta no ver la verdad, no desfallezcas. No tienes por qué. Vamos "No se" tú eres una guerrera, fuerte y valiente. El miedo está en tu mente. Solo en tu mente. Dije y destapé el Bule para soplar como una desesperada. El comenzó a silbar una y otra vez y rogué a Dios alguien llegara en mi auxilio, pero, más que llegar, solo me respondió la más completa soledad y silencio. El problema es que, entre más tiempo pasaba más y más me perdía. Y volvía a alucinar las frases de aquel hombre. Y el pánico se comenzó a apoderar más fuerte de mí, y seguía silbando y soplando al Bule. Tenía que hacer que el Abuelo llegara por mí. Sople y sople hasta perder la cuenta de los silbidos del Bule e incluso olvidarme del tiempo. No se realmente cuanto tiempo pase así. No, no lo sé. Solo sé que entre más tiempo pasaba más me perdía y cuando creí que ya estaba bien, comenzaba a alucinar las frases de Antonio. Del hombre que había desaparecido en la entrada de la mina. Hacía más de cinco años. Y entonces comenzó para mí la lucidez que iba y venía como las olas del mar. Un minuto estaba bien y dos minutos me perdía en el laberinto de mi imaginación, pero ¿Qué pasaría si el Abuelo al dejarme el Bule y decirme que si necesitaba ayuda lo hiciera cantar y que el vendría? ¿Tal vez el no quiso decir que, precisamente vendría el, sino Antonio su compadre con sus dos perros; Gilabras y Rompecadenas para ayudarme? Eso suena más lógico. No lo dijo por temor a ser escuchado por Priscila, pero, creo que la solución era esa. Antonio sería el que vendría y no el. Eso quiere decir que ellos saben que está vivo. Él se enojó, o al menos eso nos hizo creer al montar una obra teatral con aquella descripción. El pensar en las cosas buenas y positivas hace que la sabiduría salga a flote y esta elimina el terror y el pánico. -Rompecadenas, por favor, no hagas ruido. Mantén la calma, no hagan ruido. Por favor, los dos, compórtense que los pueden escuchar -. Dijo nuevamente y volvieron a quedarse quizá muy quietos. Después de un ligero jugueteo de ambos animales y como protesta soltaron un gruñido de no estar satisfechos con eso de estar callados. Era muy probable que estuvieran echados los dos juntos aun lado de su dueño y tal vez desesperados también como yo. Por un buen tiempo no escuche absolutamente nada más que el agua que caía de una cascada. A veces el sonido era muy fuerte y otras veces se apagaba como si esta estuviera detrás de la puerta la cual la abrían y la cerraban. Cuando cerraban la puerta esta dejaba de escucharse y cuando la abrían, sonaba más fuerte. Era como si hubiera una habitación atrás de la pared.

De pronto me comenzó a llegar un aroma a caldo de pollo con arroz y se escucharon los gruñidos de los perros queriéndose pelear por los huesos. -ya, cállense-. Dijo la voz. Y se escuchó como si cerraran una puerta. De pronto, ya no hubo sonido de cascada, ni perros ni aroma ni nada. Yo también me quede quieta, muy quieta. Me sentía ansiosa. Quise salir, pero, la obscuridad me hizo regresar sobre mis propios pasos. Apague las velas y solamente me quede con la luz de la luna. Luna llena, noche de... malos presagios. Es la noche de los Hombres lobo. Es la noche de las brujas. Es la noche de los vampiros y para colmo, la noche de los fantasmas. La luna llena iluminaba todo el interior de la casa de campaña. Avance despacio hacia a fuera y mire ligeramente todo lo que alcanza a iluminar la luz. No se podía ver gran cosa así que, camine nuevamente hacia el interior, porque no quería llevarme un chasco. Pegué mi oído al mueble y descubrí que de ahí venían los sonidos de los perros y las palabras del hombre con una voz suave y amorosa. Me pareció ver una luz correr por debajo del mueble. Era la luz de una lampara y me asuste demasiado. Eché un vistazo con la vela en mano y no vi nada más que, como una corriente de aire me apagaba la vela. ¡Es un demonio! ¡una bestia helada que viene del fondo del infierno! Quiere atormentarme esta noche, esta noche que estoy completamente sola. Quiere atormentarme. No quiere que duerma para que, por la madrugada, ya cansada, sin fuerzas y sin dormir, me devore sin misericordia. Siento que está aquí. Mis manos comenzaron a temblar y mi cerebro me comenzaba a darme una mala pasada. Amenazaba con borrarse todo mi sistema cerebral. Me quise pegar al plástico transparente para ver qué es lo que había afuera y cerré en su totalidad el cierre del plástico. No pude ver nada a fuera, aunque mis ojos se abrieron desmesuradamente, ¿Un demonio? Nunca, me había interesado en este tipo de cosas. No sé nada de demonios y se, que puede ser parte de mi imaginación. -Calma-, comencé a hablar. Tú sabes muy bien como es esa extraña sensación de sentir miedo. Comienzas a sentir la espalda fría y las manos sudorosas y luego le sigue ese hormigueo en tu cuello en toda tu piel y sientes que ese hormigueo es verdad, te asustas, ¿Es él? ¿Está detrás de mí? ¡Va! No es nada. Solo mi imaginación jugando conmigo. Se que sentía frio y un gran temor, pero, era mejor estar así que con la luz de las velas iluminando todo por dentro. Le tengo más miedo a los dos hombres a que vengan que, a los demonios de mi imaginación. Caminé hacia la hamaca y me recosté sobre ella ayudada por la luz de la luna la cual se filtraba al interior. Vi la distancia y pude comprobar que tendría luz de luna hasta las tres y media o cuatro de la mañana. Eso era bueno. Antes de subirme a la hamaca mire a la distancia iluminada por la luna. El campo se veía muy bien hasta, tan lejos, más allá de donde alcanzaba la vista. Qué curioso no hay nada a kilómetros y comencé a alucinar mientras el mareo llegaba y me iba arrastrando poco a poco haciéndome perder, realmente no tenía idea de lo que estaba ablando y eso despertaba mi curiosidad. Me impacientaba y al mismo tiempo comenzaba a asustarme. -No, no la quiero, nadie pensó en mi esta vez. Esta casa no la quiero. Ni los insectos elegirían quedarse aquí, aquí todo es horrible. Estoy sola en esta habitación y no me gusta la casa y para colmo, suena a platicos arrastrados por el aire. Suena a bolsa de plástico. Dije mientras me iba quedando dormida. El aire de pronto me dio la sensación de que olía a yerbabuena y menta, me dormí. No supe porque, pero, creo que me dormí con los ojos abiertos y volvía a aparecer esa luz debajo del mueble de carrizos y se abrió en su totalidad como si fuera una puerta. Me pareció ver que se levantaba un poco y luego se habría como si fuera una puerta y se movía hacia donde estaba la puerta y no hacia donde la quería mover yo. La luz de la lampara que alguien llevaba en un casco, comenzó a recorrerlo todo de un lado a otro y luego se posó en mí. Se que no parpadee a pesar de que la luz era muy intensa y pensé, ellos vienen por mí. Ahora lo sé, no soy de este mundo. No soy de este mundo, dije y el hombre me respondió. – yo creo que sí, solo que estas sonando-. Dijo y me ilumino con una luz mucho más intensa y después me tapo un poco el rostro. Ilumino una esquina y frente a mi aparecieron los dos perros. Dos y ambos soltaron un chillido de alegría e incluso, dejo uno que lo tocara, el otro permaneció un poco retirado, haciendo guardia. Sentí mi cuerpo anestesiado. Gilabras, Rompecadenas, vengan acá. Dijo aquella voz y se abrió una de las ventanas, para hacer una señal a la lejanía. Eso me asombro porque alguien le estaba contestando. Era muy posible que fuera su hermano. El volvió su luz hacia el orificio. Era un hoyo de casi un metro de altura por sesenta centímetros de ancho. Podía entrar muy bien gateando y salir gateando. Había apagado la luz de sus lámparas y ambos perros se pasearon por aquel lugar. Podía verlos por la luz de la luna que aun pegaba muy fuerte y clara. No me pude poner de pie. -tranquila. Duerme. No es necesario de que te levantes. Duerme, descansa. Nosotros vamos a cuidar de ti-. Dijo y se volvieron a meter al hoyo. No supe porque, pero, yo ya me estaba quedando dormida. Sentí miedo, mucho miedo y volvió a mi ese frio y temor intenso. Demasiado intenso, pero, aun así, me dormí como si me hubieran anestesiado. Yo pienso comadre que era el aire enrarecido o tal vez, como todo estaba muy cerrado, no tenía muy buena oxigenación lo suficiente como para mantenerme despierta y me dormí, casi colgando de la hamaca. Cuando desperté vi el pan y la leche, estaba muy asustada. ¿Acaso es verdad de que vino Antonio y sus perros a dejarme comida? No, no puede ser posible. Tuve que soñarlo y fue la esposa de Genaro la que vino. Corrí hacia el mueble que estaba elaborado de otate, y le quise mover. Trate por todos los medios en abrirlo, y nada. Jale con todas mis fuerzas y nada. No había un indicio siquiera de poder moverse. Estaba pegado a la pared. Quise abrirle, moverle, arrancarlo y nada. Eso significaba que lo había soñado y que el pan, leche y pollo con arroz, todo el tiempo estuvieron ahí o lo trajo la mujer de Genaro. Por alguna extraña razón una vez más el pánico se volvió a apoderar de mi por aquella acción vivida en la que no estaba segura y comencé a alucinar. No sé si dormía o despertaba o estaba despierta y soñando. El maldito problema es que había unas huellas de perro en la casa de campamento. El problema aquí es que, lo más seguro…, es, que yo sea una mujer lobo. ¿Qué es lo que había sucedido? No sé qué paso. Eran aproximadamente las seis de la mañana, y afuera, había un escándalo tremendo. De pronto, no supe que era realmente lo que había pasado. No tenía ni un maldito recuerdo que fuera completo. La mayoría de mis recuerdos eran solamente pedazos y más pedazos incompletos de algo que se había vivido allí y que en cierta forma era realmente horripilante. Dos hombres y un caballo; a uno le habían destrozado los dedos de las manos y una pierna, la cual presentaba doble fractura: en la rodilla se le había volteado el hueso como si quisiera irse hacia la otra pierna y la aparición de una gran hinchazón le apretaba el pantalón. Recordé que el hombre quería moverse y la pierna se le fue de lado por una posible luxación de rotula con desprendimiento de ligamentos a lo cual había gritado a todo pulmón, pero ahogado sobre su brazo derecho. Para colmo de sus males presentaba rotura de tibia y peroné. Recordaba que aquello que había aparecido de pronto lo había dejado así. Había gritos de hombres. La manta estaba rasgada a la altura de la entrada, antes de llegar al pasillo como si alguien la hubiera abierto con unas garras o con un cuchillo. Había pataleo de varios caballos. - ¿Qué paso aquí? Estos hombres-. Se escucho la voz de Priscila y de pronto entro como una loca. Yo permanecía en una esquina, tirada. No, mas bien casi hecha bola. Sentada y abrazando mis rodillas. Trataba de pensar y de armar el rompecabezas de hechos ocurridos que tenía frente a mí. No recordaba absolutamente nada completo. En mi mente solo aparecían recuerdos rotos y fragmentos como los huesos de los dos hombres que aun gritaban y lloraban de que no los jalaran. Ambos pedían de que fueran levantados con calma o puestos en una camilla porque no podían moverse. Entre mas escuchaba a Priscila, mas me hacía bola en la esquina y de pronto saco algo de su pecho. Era un papel muy arrugado. Me lo dio a que lo tomara más a la fuerza que nada. Me dio un jalón y me obligo a que lo tomara. Era una fotografía. La vi ligeramente y luego me tomo por el pelo y me obligo a que la mirara fijamente mientras me tomaba del pelo y de la mano donde tenía la fotografía. -Los hombres... dime, ¿Cómo es eso? -. dijo como si quisiera que yo le contara todo a la fuerza. ¿Has visto a este hombre? Maldita estúpida. Los hombres que gritan allá a fuera dicen que tú los golpeaste. ¿Dime cómo es eso? Y volvió a aparecer la fotografía de un hombre con dos perros corriendo hacia una mina, una caverna o hacia un túnel con agua. parecía un arroyuelo. La fotografía estaba muy arrugada. Demasiado arrugada. Era Antonio y sus perros fantasmas, Gilabras y Rompecadenas. Quise decirle si, pero al verla ahí parada frente a mí y exigiendo la verdad, respondí que no. -No, no los he visto-. Solamente un hombre como él pudo matar a un caballo y golpear a esos dos hombres de esa manera tan salvaje. No creo que tú lo hayas hecho... eres muy delgada y estúpida como para hacer eso. Alguien golpeo a dos de mis hombres y atravesó a un caballo con una flecha. Maldita estúpida y me lanzo el contenido del jarro. Arroz con leche. La cual cayó sobre mi playera y mi pantalón. Y en ese preciso instante entro la mujer de Genaro y le dio dos cachetadas y le arrebato el fuete de una manera que, quizá nunca imagino que alguien le pudiera arrancar. Priscila se sorprendió. – ya deja de molestar maldita estúpida-. Y le dio con el fuete en una pierna, dejando soltar un chillido. - ¡ah! No se va a quedar así-. Amenazo. – no, se te va a poner hinchado-. Dijo le volvió a dar otro en las nalgas con mucha fuerza y ella se retorció de dolor. Cuando un fuete zumba de esa forma es que va muy fuerte y ella sentía ganas de gritar, pero se contuvo. No sé como fue que se contuvo tanto dolor, para luego, recibirlo también en la cara. Ella le había lanzado el fuete a la cara de una manera, exageradamente seria. - ¡Lárgate! -. Le dijo en el momento en que sacaba su pistola. A mí en lo particular me había sorprendido demasiado. Entraba Fermín y solo recibía una amenaza. -llévatela o los matos a los dos-. Fermín estaba asustado y salió con ella. Entonces la mujer de Genaro se dirigió a mí. - ¿Qué paso manita? - pregunto inquieta. - ¿Es verdad que mataste al caballo y golpeaste a los hombres? -no lo sé. Te juro que no lo sé. No estoy segura -. Dije tratando de recordar lo sucedido. -Has de tener una fuerza increíble, para poder hacer eso. Atravesaste al caballo por el cuello. ¿Cómo le hiciste? Anda, cuenta. Lo tiraste sobre esa zanja con todo y caballo. El hombre no se puede mover. Es como si hubieras cargado al caballo y lo hubieras lanzado sobre el y luego irte sobre el caballo y darle con esa vara. Parece flecha, pero no hay arco. Ya buscaron por todos lados y no hay arco. El hombre dice que usaste un arco, pero no hay tal. Eso solamente quiere decir, que te lanzaste sobre el y lo heriste con saña y que decir de lo demás. Y los hombres están muy mal. Uno tiene la pierna rota y el otro no se puede levantar. Parece que le fracturaste la columna. Sino fuiste tú, ¿Quién? La verdad es que te felicito, así esos idiotas no volverán a meterse contigo. Tú lo hiciste ¿verdad? Si, tú lo hiciste y no quieres decir la verdad-. Me dijo riendo. – la verdad no lo sé. Yo recuerdo que estaba acostada y un hombre entro casi corriendo con un cuchillo en la mano, pero no imagino que…, no sé. ¿Le di con un arco, y lo tiré? No se cómo fue. Si fui yo, no sé cómo fue. Tengo recuerdos muy vagos. ¿le di con el arco y lo tiré? Fue entonces en que trate de asustarle y me puse el arco en un pie, tome una vara y dispare, pero, era solo para asustarlo, pero, en ese momento apareció el otro a caballo y a él fue a darle el…flechazo -, le dije tratando de acordarme de todo, Comadre. …él y jinete cayo y… ¿se fueron sobre mí? Pero mas no me acuerdo. Creo que uno me jalaba y le di con la navaja en un pie y luego los golpeé. No, todo esto es mentira. No use navaja. No sé, no estoy segura. Lo que más recuerdo es al abuelo como vaquero, pistola en mano y yo, tomada de su pierna y sentada en la tierra. Vi a Don Cipriano y a Don Luis y luego me mire mis manos llenas de sangre y esa vara que creo que tenía el caballo clavada. Vi al caballo tirado y muriendo. Vi a los hombres arrastrándose en el suelo y llorando. Cuando apareció Priscila con sus demás hombres corrí al interior y me quedé ahí, en la esquina. Se que no podía contarle que había corrido a borrar dos huellas enormes de un perro las cuales había visto muy fuertes y visibles yendo hacia la pared. No se lo dije porque no quería que se riera de mí. No me acuerdo de que fue exactamente lo que paso. Tengo que acordarme. Tengo que acordarme. - ¡ay, mujer! Nunca sabes lo fuerte que eres, hasta que ser fuerte es la única opción que te queda -. Dijo ella y se quedó viendo hacia la puerta mientras me ayudaba a levantarme y salimos a afuera para ver todo aquel desastre. Creo que, Priscila ya se había ido con sus hombres totalmente enojada. Ahora sé que fue ella la que me tiro las cosas y dice que me había encontrado vomitada. Ya logré acordarme de los cinco primeros dias que había pasado aquí. Priscila me había dicho que habían sido sus hijas las que me habían encontrado aquí, tirada y vomitada. Ahora sé que es totalmente falso. Fue ella la que me tiro el arroz con leche encima y ella ya se había ido con todos sus hombres. Don Luis había dicho que el caballo se pondría bien en un par de semanas y eso me alegro. Minutos después llegaba la Abuela con algunas de las chicas. Lucero es la que corrió a abrazarme después de que le había visto desmontar y la Abuela desde su caballo pregunto. - ¿Qué es esto? -. Pregunto con la libreta que yo buscaba y que en realidad necesitaba porque había escrito demasiadas cosas ahí y que a cambio de esa me había llevado una libreta totalmente nueva. *Léeme*", uno, dos y tres, ya estaban conmigo y me alegraba mucho al tenerlas. Léeme", cuatro ya casi se terminaba y solamente tenía unas cuantas páginas en blanco.

– Son fórmulas de alimento y medicinas para los animales y cultivos del Abuelo. – hay hija, perdóname -. Dijo mientras brincaba del caballo y corría a abrazarme. - ¡Perdóname, perdóname, perdóname!

- Continua –